Le mystère du bayou

*

Troublante conspiration

CARLA CASSIDY

Le mystère du bayou

Traduction française de
FABRICE CANEPA

BLACK ROSE

HARLEQUIN

Collection : BLACK ROSE

Titre original :
UNSOLVED BAYOU MURDER

HARPERCOLLINS FRANCE
83-85, boulevard Vincent-Auriol, 75646 PARIS CEDEX 13
Service Clients — www.harlequin.fr
ISBN 978-2-2805-1192-6 — ISSN 1950-2753

Édité par HarperCollins France.
Composition et mise en pages Nord Compo.
Imprimé en décembre 2024 par CPI Black Print (Barcelone)
en utilisant 100% d'électricité renouvelable.
Dépôt légal : janvier 2025.

MIXTE
Papier issu de sources responsables
FSC® C159065

Pour limiter l'empreinte environnementale de ses livres, HarperCollins France s'engage à n'utiliser que du papier fabriqué à partir de bois provenant de forêts gérées durablement et de manière responsable.

1

Peyton LaCroix regardait par la fenêtre de son bureau en faisant machinalement tourner un crayon de papier entre ses doigts. De là où elle se trouvait, elle avait une vue imprenable sur la rue principale de Black Bayou.

La petite ville lui semblait plus fatiguée que jamais, avec ses boutiques un peu vieillottes aux devantures patinées par le temps et les intempéries. Au-dessus des trottoirs, s'élevait une légère brume de chaleur, ce qui n'avait rien d'inhabituel à la mi-juillet en Louisiane.

Au-delà des bâtiments, on apercevait de grands cyprès chauves en grande partie recouverts de mousse espagnole, des tupelos aquatiques et des gommiers noirs, arbres caractéristiques du bayou qui entourait la ville de toutes parts.

Ce marais et ses habitants avaient toujours fasciné Peyton. À ses yeux, ses eaux boueuses et sombres et la végétation étrange qui s'y épanouissait revêtaient une aura de mystère teintée d'une pointe de danger.

Les gens qui y vivaient étaient fiers et passionnés. Ils travaillaient dur et, dans l'ensemble, se montraient plutôt respectueux des lois. À une exception près, bien sûr. À cette pensée, les doigts de Peyton se crispèrent sur son crayon qui se brisa en deux.

Au même instant, la porte de son bureau s'ouvrit, laissant apparaître son assistante, Kylie Bradford.

— Je m'ennuie, déclara-t-elle en se laissant tomber dans le siège qui faisait face à Peyton.

— Eh bien, comme ça, nous sommes deux...

— Je me demandais si je ne ferais pas mieux d'aller commettre un crime pour que tu puisses assurer ma défense.

— Je ne m'ennuie tout de même pas à ce point, protesta Peyton en riant. Mais je dois bien reconnaître que tu ferais une excellente cliente. Non seulement ton casier judiciaire est vierge mais, en plus, avec ton visage angélique, je suis sûre que les jurés te donneraient le bon Dieu sans confession...

De fait, avec ses grands yeux bleus et ses longs cheveux blonds, Kylie était tout bonnement ravissante.

— Voilà qui est bon à savoir, s'exclama son assistante avec un large sourire. En attendant de me lancer dans une carrière de criminelle professionnelle, je crois que je vais aller déjeuner chez Big Larry. Est-ce que tu veux que je te rapporte quelque chose ?

Big Larry était un fast-food situé à quelques dizaines de mètres du bureau de Peyton.

— Je veux bien une de leurs salades de pâtes.

— Entendu, acquiesça Kylie en se levant.

Peyton fit mine de s'emparer de son sac à main mais Kylie lui fit signe que ça n'était pas nécessaire.

— C'est moi qui invite. Je devrais être de retour d'ici un quart d'heure, vingt minutes.

— Prends ton temps. Il fait beaucoup trop chaud pour se presser, aujourd'hui.

Lorsque Peyton avait ouvert son cabinet d'avocate à Black Bayou, elle avait fait passer une annonce dans la presse locale indiquant qu'elle recherchait une assistante. Kylie s'était presque immédiatement présentée.

Âgée de vingt-cinq ans, c'était une fille aussi vive d'esprit que dynamique avec laquelle Peyton avait rapidement sympathisé et qu'elle considérait désormais comme une véritable amie.

Or Peyton n'en avait plus beaucoup à Black Bayou. Elle avait quitté la ville quinze ans plus tôt dans des circonstances tragiques.

Elle avait étudié à la faculté de droit de Tulane, à La Nouvelle-Orléans, avant de décrocher un poste dans une firme juridique très en vue de Shreveport. Là, elle s'était consacrée presque exclusivement à son travail et avait eu l'occasion de traiter des dossiers aussi passionnants que valorisants sur le plan professionnel.

Mais au cours de l'année précédente, elle avait pris conscience du fait qu'elle passait presque tout son temps à travailler. Elle était épuisée par le rythme infernal et par l'accumulation des heures supplémentaires. Elle s'était également rendu compte qu'elle avait totalement négligé sa vie personnelle.

Après réflexion, elle avait donc décidé qu'il était temps pour elle de rentrer dans sa ville natale. De retour à Black Bayou, elle s'était installée comme avocate à son propre compte et avait acheté une très jolie petite maison ainsi qu'un bâtiment en centre-ville pour y installer son bureau.

Ce dernier aurait eu grand besoin d'être rénové. C'était d'ailleurs ce qui lui avait permis d'en faire l'acquisition pour un prix plus que raisonnable. Malheureusement, ces achats avaient grevé ses économies et elle n'avait plus les moyens de financer les travaux sans toucher à l'argent qu'elle avait mis de côté pour sa retraite.

Et son cabinet ne générait pas encore suffisamment d'activité et de bénéfices pour lui permettre de faire face à de telles dépenses.

Peyton ne regrettait cependant pas son nouveau choix de vie. À trente-trois ans, elle était bien décidée à profiter de son rythme de travail plus apaisé et à se concentrer sur sa vie affective.

Ce soir-là, par exemple, elle devait dîner avec Sam Landry, un banquier qu'elle avait rencontré lors de son installation à Black Bayou et avec lequel elle avait déjà passé plusieurs soirées très agréables. Jusqu'à présent, leur relation était demeurée platonique mais Peyton n'écartait pas la possibilité que les choses deviennent un peu plus sérieuses.

Après que Kylie fut rentrée de sa pause déjeuner, Peyton s'accorda quelques minutes pour manger la salade que son assistante lui avait rapportée. N'ayant pas grand-chose d'urgent à faire, elle se plongea ensuite dans la lecture d'une revue juridique pour se tenir au courant des dernières évolutions de la jurisprudence.

Vers 15 heures, Kylie frappa de nouveau à la porte de son bureau.

— Il y a dans la salle d'attente quelqu'un qui demande à te voir, l'informa-t-elle. Il n'a pas voulu me dire comment il s'appelait et, tout ce que je peux te dire, c'est qu'il est vraiment canon !

— Eh bien, fais-le entrer, répondit Peyton.

Peu lui importait le physique de l'homme en question. Tout ce qui comptait, c'était qu'il s'agissait peut-être d'un nouveau client qui contribuerait à renflouer la trésorerie du cabinet. Quelques instants après que Kylie fut ressortie, la porte se rouvrit, laissant entrer l'homme en question.

En l'apercevant, Peyton sentit son sang se glacer dans ses veines. Un frisson dévala entre ses omoplates et son cœur se mit à battre la chamade. De tous les gens qu'elle aurait pu s'attendre à voir pénétrer un jour dans son bureau, il était bien le dernier.

Quinze années s'étaient écoulées depuis qu'elle avait posé les yeux sur Beau Boudreau, son premier amour, l'homme qui l'avait trahie et lui avait brisé le cœur. Il avait alors vingt et un ans et était incontestablement l'homme le plus beau, le plus charismatique et le plus ténébreux qu'elle ait jamais rencontré.

Tel était encore le cas aujourd'hui. L'âge avait même ajouté à son charme, faisant disparaître les derniers vestiges de l'enfance et affinant les traits de son visage volontaire.

Doté d'un physique à la fois puissant et nerveux, il avait de larges épaules, un ventre plat et une taille svelte. Ses cheveux d'un noir de jais, qu'il portait autrefois très longs, étaient coupés court, soulignant l'éclat de ses beaux yeux noirs.

Son regard avait changé, en revanche. La douceur et l'humour qui s'y lisaient autrefois avaient laissé place à une dureté teintée d'amertume. Il considérait très attentivement Peyton, qui avait la désagréable impression d'être mise à nu.

Une foule de souvenirs lui revinrent soudain en mémoire. Elle avait passé ces quinze dernières années à les refouler sans parvenir à les oublier complètement.

Elle se rappelait la lampe à huile qui éclairait la cabane de Beau durant leurs ébats... La magie de leurs étreintes et le plaisir qu'il faisait naître en elle... La souffrance terrible qu'elle avait éprouvée en apprenant ce qu'il avait fait...

— Je ne savais pas que tu étais sorti de prison, parvint-elle enfin à articuler.

Beau traversa la pièce et vint prendre place sur la chaise qui se trouvait face à son bureau. Il émanait de lui une impression d'assurance et de force qui la mettait vaguement mal à l'aise.

— Je suis sorti ce matin même et suis arrivé à Black Bayou il y a tout juste une heure, répondit-il.

— Pourquoi es-tu venu ici ? lui demanda Peyton d'une voix calme et distante destinée à masquer la véritable tempête d'émotions contradictoires qui faisait rage en elle en cet instant.

Un sourire teinté de dérision se dessina alors sur les lèvres de Beau.

— Eh bien, cela fait quinze ans que je ne t'avais pas revue, lui dit-il. J'étais curieux de savoir à quoi tu pouvais bien ressembler aujourd'hui. Et je dois dire que je ne suis pas déçu. Tu es encore plus séduisante qu'autrefois, plus belle que dans mes souvenirs. Et Dieu sait que j'ai souvent pensé à toi lorsque j'étais en prison... Est-ce que toi, tu as eu une pensée pour moi pendant tout ce temps ?

— Non, répondit-elle. Jamais.

Le sourire de Beau s'accentua légèrement : de toute évidence, il n'était pas dupe de ce mensonge.

— Qu'est-ce que tu fais *vraiment* ici ? lui demanda-t-elle avec une pointe d'agacement dans la voix.

Le sourire ironique disparut soudain, laissant place à une moue douloureuse. Dans les yeux de Beau, elle lut brièvement une profonde amertume. Mais ces émotions disparurent aussi rapidement qu'elles s'étaient manifestées, et son regard redevint froid et distant.

— Je suis venu te demander ton aide, lui dit-il. Je veux que tu enquêtes sur l'homicide qui m'a valu de passer quinze ans derrière les barreaux.

Peyton le considéra avec étonnement.

— Tu as été condamné et tu as purgé ta peine, lui rappela-t-elle. Je ne vois pas l'intérêt de remuer le passé.

Elle-même ne tenait surtout pas à se replonger dans ce qui s'était passé alors. Elle avait déjà suffisamment souffert à l'époque et ne voulait pas revivre ce traumatisme.

Mais Beau se pencha légèrement en avant, plongeant son regard dans le sien. Une fois de plus, elle eut l'impression qu'il la transperçait de part en part.

— J'étais innocent, lui dit-il. Et je tiens à le prouver. Je veux que le jugement soit cassé et que tout le monde sache que je ne suis pas un meurtrier.

Beau se rencogna alors contre le dossier de son siège en croisant les bras sur sa poitrine.

— J'ai besoin de toi, Peyton, reprit-il. Je n'ai pas beaucoup d'argent mais, vu l'état de ce bâtiment, je me suis dit que nous pourrions peut-être trouver un arrangement. Si tu acceptes de te charger de cette affaire, je m'occuperai des rénovations.

— C'est absurde, protesta Peyton.

Il secoua la tête.

— Cela n'a rien d'absurde. C'est une question d'honneur et de réputation. Et mon avenir en dépend.

Il y avait dans sa voix une intensité qui fit naître un frisson sur la peau de Peyton. Beau prit alors une profonde inspiration.

— C'est très important pour moi, reprit-il d'un ton un peu plus apaisé. J'ai vraiment besoin de toi, Peyton.

— Je vais y réfléchir, soupira-t-elle.

— Quand me donneras-tu ta réponse ?

Elle hésita quelques instants.

— Demain après-midi.

— J'espère vraiment que tu accepteras de m'aider, déclara Beau en se levant. Il y a quinze ans, un meurtrier a échappé à la justice et, encore aujourd'hui, il se promène peut-être en liberté à Black Bayou...

Sur ce, Beau se détourna et quitta le bureau de Peyton sans lui laisser le temps de répondre. En voyant la porte se refermer derrière lui, elle ne put réprimer un soupir tremblant. Elle avait encore du mal à assimiler ce qui venait de se produire.

Quelques instants plus tard, Kylie vint la rejoindre, prenant place sur la chaise que Beau venait tout juste de quitter.

— Alors ? s'exclama-t-elle, les yeux pétillants de curiosité. Qui est ce beau gosse ?

— Beau Boudreau.

Kylie fronça légèrement les sourcils.

— Bizarre, dit-elle. Le nom m'est familier... Je suis pourtant sûre de ne l'avoir jamais rencontré.

— Tu as certainement dû en entendre parler, soupira Peyton. Il y a quinze ans de cela, il a été condamné pour homicide involontaire sur la personne de Lacy Dupree, une prostituée qui vivait dans l'un des motels de la ville. Il a été libéré aujourd'hui même après avoir purgé sa peine.

Une fois de plus, le ton détaché qu'elle venait d'employer était aux antipodes du maelström d'émotions qui menaçaient à chaque instant de la submerger.

— C'est vrai, acquiesça Kylie. Ma mère m'a parlé de cette histoire. Elle voulait me mettre en garde contre ce genre d'hommes... Mais que te voulait-il, au juste ?

— Il veut que je l'aide à démontrer son innocence.

— Voilà qui pourrait nous occuper un moment... et rapporter gros.

— Malheureusement, non. Beau n'a pas un sou. Il m'a juste proposé de s'occuper de la rénovation du bâtiment si j'accepte de me charger de cette affaire.

— Est-ce qu'il en serait capable ? s'enquit Kylie.

Peyton hocha la tête.

— Avant d'être condamné, Beau était associé avec Jack Fontenot. Ils ont fondé ensemble une entreprise de construction. Beau était spécialisé dans les travaux de charpente.

Il lui semblait étrange de parler de Beau de cette façon, alors qu'elle ne s'était même pas autorisée à prononcer son nom depuis toutes ces années.

— Je crois que je vais fermer en avance, aujourd'hui, déclara-t-elle.

— C'est vrai. Il faut que tu te prépares pour ton dîner en amoureux de ce soir.

— Je ne suis pas certaine que nos dîners soient aussi romantiques que tu sembles l'imaginer, objecta Peyton en souriant. Quoi qu'il en soit, je ne vais pas tarder à partir et je t'incite à faire de même.

— Parfait ! s'exclama Kylie en sautant au bas de sa chaise. Dans ce cas, je vais filer tout de suite avant que tu ne changes d'avis.

De fait, moins de dix minutes plus tard, Kylie vint prendre congé de Peyton et quitta leur bureau, la laissant seule. Au lieu de lui emboîter le pas, elle demeura assise dans son bureau, songeuse.

À une certaine époque, elle avait été convaincue que Beau et elle passeraient le reste de leur vie ensemble. Elle ne s'imaginait pas vivre sans lui. Leur amour avait été aussi intense que passionné, jusqu'à cette nuit terrible où il avait été arrêté pour l'homicide de cette femme avec laquelle il la trompait.

Lorsqu'elle avait appris les détails de son crime, l'amour qu'il lui inspirait s'était mué en une haine farouche, brûlante. À ses yeux, il était non seulement un adultère et un assassin mais aussi le fossoyeur de ses rêves et de son innocence.

Il l'avait menée par le bout du nez à force de mots d'amour, de doux baisers et d'étreintes ardentes. Elle n'avait pas su percer à jour l'homme qui se cachait derrière l'irrésistible séducteur. Et elle ne s'était jamais complètement remise de cette trahison.

Lorsqu'il lui avait demandé son aide, elle avait failli lui opposer un refus ferme et définitif. Mais au lieu de cela, elle lui avait promis de réfléchir et de lui donner une réponse le lendemain.

La requête de Beau l'avait profondément troublée. S'il était réellement coupable de cet homicide, pourquoi perdrait-il son temps à chercher un bouc émissaire, maintenant qu'il avait purgé sa peine ?

Un frisson glacé dévala le long de son échine. Se pouvait-il qu'elle se soit trompée à son sujet durant toutes ces années ?

Que Beau soit innocent, sinon de l'avoir trompée, du moins d'avoir tué sa maîtresse ?

Et, si elle refusait de lui venir en aide, pourrait-elle vivre avec le doute insidieux qu'il avait fait naître en elle ?

Beau s'était enfoncé dans le bayou et progressait d'un bon pas, se laissant submerger par les sensations autrefois familières : la chaleur moite et poisseuse qui lui collait à la peau, le chant des oiseaux, l'odeur à la fois âcre et douceâtre de la végétation qui se décomposait pour renaître perpétuellement...

En dépit des années qui s'étaient écoulées, il se rappelait parfaitement la configuration des lieux. Il retrouvait d'instinct les sentiers qui zigzaguaient à travers la mangrove et la localisation des mares qu'affectionnaient les alligators.

Cela faisait quinze ans qu'il rêvait de revenir ici. Chez lui.

Ce bayou faisait partie de lui. Il l'avait dans la peau, tout comme la femme qu'il venait de quitter.

Peyton...

Le simple fait de penser à elle éveillait en lui un poignant mélange de désir et de rancœur. Durant tout ce temps, il avait vécu avec son souvenir. C'était devenu pour lui une véritable obsession. Il se rappelait l'odeur de sa peau, le goût de ses baisers, le contact de son corps nu contre le sien lorsqu'ils faisaient l'amour, les gémissements qu'elle poussait alors...

Peyton était ce qui lui était arrivé de mieux dans sa vie. Elle avait représenté à ses yeux la douceur, l'innocence, la rectitude. Elle avait été pour lui une lumière dans les ténèbres d'une existence dure et miséreuse.

Tous deux s'étaient rencontrés alors qu'elle n'avait que dix ans et que lui-même en avait treize. Elle était assise sur une souche, au beau milieu du bayou, et pleurait à chaudes larmes.

Elle lui avait alors expliqué qu'elle s'était enfuie de chez elle parce que ses parents ne voulaient plus d'elle. Tout ce qui les intéressait, d'après elle, c'étaient les fêtes et les réceptions auxquelles ils assistaient à longueur de temps.

Elle avait donc décidé de partir vivre dans le bayou mais s'était rapidement égarée. Et la nuit approchait.

Ils avaient discuté durant une quinzaine de minutes puis Beau l'avait prise par la main et l'avait guidée hors du marais avant de la raccompagner jusque chez elle. Ce jour avait marqué le début de leur amitié – une amitié indéfectible qui, lorsqu'ils avaient traversé l'adolescence, s'était muée en quelque chose de bien plus tendre...

Ils n'avaient pourtant été réellement amants que durant quatre petits mois. Mais chaque moment de cette courte idylle était demeuré gravé à jamais dans son esprit. Et ces souvenirs lui avaient donné la force de résister à quinze ans d'enfer carcéral.

Pourtant, elle n'était jamais venue le voir en prison. Elle n'avait même pas assisté à son procès. Quelques jours après l'arrestation de Beau, elle avait quitté Black Bayou et était partie pour La Nouvelle-Orléans.

Sur le coup, il n'avait pas compris sa réaction. Ou peut-être n'avait-il pas voulu la comprendre... Mais, avec le temps, il avait fini par prendre conscience de la terrible réalité : Peyton le croyait coupable du crime dont on l'avait accusé. C'était la seule explication logique à ce silence insoutenable.

Cette certitude lui avait fait plus de mal que l'arrestation, le procès, le verdict ou même l'emprisonnement qui s'était ensuivi.

Cette trahison ne l'avait pourtant pas guéri des sentiments qu'il éprouvait pour elle. Mais ils se doublaient désormais d'un douloureux mélange d'amertume et de rancœur.

Il s'était tenu informé de ce qu'elle devenait au fil des années. Il savait qu'elle avait brillamment décroché son diplôme, qu'elle était devenue avocate et qu'elle était revenue récemment s'installer à Black Bayou. Il savait aussi qu'elle n'était pas mariée et qu'elle vivait seule.

Toutes ces informations, il les tenait de la seule personne qui ait cru à son innocence et qui soit restée en contact avec lui lors de son séjour en prison.

Il avait toujours considéré Marie Boujoulais comme la mère qu'il n'avait jamais eue. Sa mère biologique avait quitté son père alors que Beau n'avait que cinq ans. Et s'il ne pouvait lui reprocher d'avoir quitté un mari alcoolique et violent, il ne lui pardonnerait jamais de l'avoir abandonné, lui aussi.

Marie était originaire des marais, tout comme lui. Mais à force de travail et de volonté, elle était parvenue à s'arracher à la misère et même à fonder son propre restaurant, le Black Bayou Café.

C'est là qu'il l'avait rencontrée. Il n'avait que dix ans, alors, et s'était introduit dans les cuisines pour voler de quoi manger. Marie l'avait pris sur le fait. Mais au lieu de le jeter dehors ou d'appeler la police, elle l'avait fait asseoir à une table et lui avait préparé un copieux repas.

Par ce geste, elle avait su gagner sa confiance. Et le lien qui s'était noué entre eux ce jour-là n'avait fait que se renforcer par la suite. C'était Marie qui avait remis sur le droit chemin le sauvageon du bayou qu'il était alors. Elle l'avait encouragé à faire preuve de sérieux en classe et à cultiver ses talents de bricoleur.

Beau comptait bien lui rendre visite dès ce soir. Mais, avant cela, il avait décidé de passer par la cabane dans laquelle son père et lui habitaient avant que sa vie ne bascule.

Il l'atteignit après une vingtaine de minutes de marche à travers le bayou. C'était une construction de planches et de tôle ondulée, juchée sur pilotis pour l'isoler un peu de l'humidité ambiante. Elle avait l'air plus décrépite encore que lorsqu'il l'avait quittée, quinze ans auparavant. Cela n'avait d'ailleurs rien d'étonnant : son père était bien trop paresseux pour se donner la peine d'entretenir la maison.

— Papa ! appela-t-il en s'engageant sur le pont grinçant qui conduisait à l'entrée. C'est Beau !

N'obtenant pas de réponse, il essaya la poignée et s'aperçut que la porte n'était pas verrouillée.

— Papa ?

La pièce principale n'avait pas changé. Il reconnaissait chacun des meubles vétustes et dépareillés. Mais le tout était recouvert d'une épaisse couche de poussière. Le poêle qui servait à la fois à la cuisine et au chauffage semblait ne pas avoir été utilisé depuis bien longtemps.

Par acquit de conscience, Beau alla jeter un coup d'œil à la chambre de son père. Mais ce dernier ne s'y trouvait pas. La pièce semblait tout aussi à l'abandon.

Sa propre chambre, en revanche, était sens dessus dessous. On avait sorti les vêtements de son armoire, ouvert la malle de marin ainsi que tous les tiroirs de son bureau et de sa table de nuit. Le matelas du lit avait même été repoussé contre le mur pour laisser voir le sommier.

Beau ne se faisait strictement aucune illusion : il ne s'agissait probablement pas d'un cambriolage. En apprenant sa condamnation, son père avait dû passer sa chambre au peigne fin, à la recherche d'argent ou d'objets de valeur qui lui auraient permis de financer l'achat de quelques bouteilles de ce mauvais gin qu'il affectionnait tant.

Par chance, il n'avait pas touché aux outils de Beau – qui se trouvaient toujours au bas de son armoire. Si Peyton acceptait sa proposition, il pourrait donc commencer à travailler rapidement.

Beau rabattit le matelas et s'assit sur le lit. Il ne lui faudrait sans doute pas très longtemps pour remettre sa chambre en état. Il ne s'était pas attendu à se sentir aussi ému de se retrouver ici. Mais c'était ici qu'il avait passé le plus de temps en compagnie de Peyton, ici que tous deux avaient fait l'amour pour la première fois.

Il lui suffisait de fermer les yeux pour revoir ce moment magique. Il se rappelait le beau visage de Peyton sublimé par la lueur mouvante de la lampe à pétrole, leurs corps qui s'enlaçaient dans la pénombre, le contact soyeux de sa peau... Il pouvait presque encore sentir son parfum à la fois fleuri et épicé, auquel se mêlait son odeur à elle, bien plus troublante encore.

— Beau ?

Tiré de sa rêverie par une voix masculine, Beau rouvrit les yeux et se releva pour gagner la pièce principale. Il eut la surprise d'y découvrir Jack Fontenot, son meilleur ami.

— Content de te revoir, mon vieux ! s'exclama ce dernier en l'étreignant affectueusement. Plusieurs personnes m'ont assuré qu'elles t'avaient aperçu en ville et je me suis dit que tu viendrais ici.

Jack n'avait pas beaucoup changé depuis la dernière fois qu'ils s'étaient vus : grand, doté d'un physique très athlétique, il émanait de lui une impression de santé et d'énergie. Peut-être s'était-il juste un peu empâté. Ce jour-là, il était vêtu d'un pantalon en toile et d'une élégante chemisette bleue qui mettait en valeur ses yeux.

Bien que Jack soit issu de l'une des familles les plus fortunées et influentes de la ville, Beau et lui étaient amis depuis l'âge de treize ans. Jack avait toujours été fasciné par le bayou et il avait passé une bonne partie de sa jeunesse chez Beau en dépit de la désapprobation de ses parents.

Beau lui fit signe de s'asseoir sur le canapé et prit place sur une chaise face à lui.

— Je viens tout juste d'arriver, lui indiqua-t-il. Je pensais trouver mon père ici mais il n'y est pas.

— Personne ne t'a dit ? s'étonna Jack en fronçant les sourcils.

— Dit quoi ?

— Il est mort, Beau, soupira son ami. Cela s'est passé il y a trois mois. L'un de ses camarades de cuite habituels l'a retrouvé dans le bayou...

La nouvelle n'affecta pas Beau autant qu'elle l'aurait dû. Mais il était difficile d'éprouver de la compassion envers un homme qui avait passé le plus clair de son temps à le battre et à l'insulter. Du moins, lorsqu'il ne disparaissait pas pendant plusieurs semaines d'affilée, le laissant seul.

Beau éprouvait cependant une pointe de tristesse – non pas tant pour le père qu'il avait connu que pour celui qu'il aurait pu être.

— En tout cas, tu as bonne mine, déclara Jack. Je ne t'ai jamais vu aussi affûté.

— J'ai fait pas mal d'exercice physique, reconnut Beau. Que ce soit dans ma cellule ou à la salle de sport de la prison chaque fois que j'avais l'occasion de m'y rendre. Il faut dire que je n'avais pas grand-chose d'autre à faire, là-bas. Mais, dis-moi, comment vont les affaires ?

Quinze ans plus tôt, peu de temps avant que Beau ne se fasse arrêter, Jack et lui avaient décidé de monter leur entreprise de construction. Bien qu'ils n'aient pas encore déposé officiellement les statuts de la société, ils travaillaient ensemble depuis plus de six mois. Pour Beau, il s'agissait de la réalisation d'un très vieux rêve.

— Ça marche vraiment très fort, répondit Jack. J'ai maintenant huit employés qui travaillent pour moi à plein temps.

— Excellente nouvelle ! s'exclama Beau. Je pense que je devrais pouvoir me remettre au travail d'ici un mois ou deux.

Cela lui laisserait probablement tout le temps nécessaire pour procéder à la rénovation du bureau de Peyton – et, avec un peu de chance, pour découvrir qui avait tué cette pauvre Lacy.

— Nous pourrions peut-être convenir d'un rendez-vous dans la semaine pour que tu m'expliques un peu le fonctionnement de la boîte, ajouta-t-il.

Beau ne s'attendait évidemment pas à ce que Jack partage avec lui les profits réalisés en son absence. Mais en tant qu'associé, il avait dû accumuler quelques dividendes au fil des années. Et ce matelas financier lui permettrait de voir venir en attendant de toucher un véritable salaire.

— Si tu veux, acquiesça Jack. Mais en attendant, il va falloir que j'y retourne. Je voulais juste te souhaiter la bienvenue.

— C'est gentil. Je suis heureux d'être de retour, en tout cas.

Tous deux se levèrent, et Beau alla chercher un papier et un stylo dans le bureau de sa chambre.

— Je vais prendre tes coordonnées. J'achèterai un téléphone portable dès demain et je te passerai un coup de fil.

Jack lui dicta son numéro avant de prendre congé. Se retrouvant de nouveau seul, Beau ne put retenir un soupir : il commençait tout juste à prendre conscience de ce qu'il lui faudrait accomplir avant de pouvoir recouvrer un semblant de vie normale.

Il ne disposait pour le moment que de quelques milliers de dollars qu'il avait accumulés au fil des années en travaillant à la blanchisserie de la prison. Il allait lui falloir faire l'acquisition d'un téléphone, de quelques vêtements de rechange et de provisions.

Il dressa rapidement une liste de courses. Mais il était sans doute trop tard pour espérer atteindre les boutiques du centre-ville avant l'heure de la fermeture. Il décida donc de commencer par nettoyer et ranger la maison. Puis il irait dîner au Black Bayou Café où il pourrait reprendre contact avec Marie.

Il lui fallut un peu plus de deux heures pour remettre de l'ordre dans la petite cabane et la rendre habitable. Lorsqu'il ressortit, le soleil s'était déjà couché et une lune à demi pleine brillait dans le ciel piqueté d'étoiles.

Les grenouilles avaient commencé leur chorale nocturne. Ce son si typique du bayou lui avait terriblement manqué durant les premiers mois qu'il avait passés en prison. Et l'entendre de nouveau l'emplissait d'une profonde émotion.

Il lui fallut une demi-heure pour rallier le restaurant de Marie. Au lieu de passer par la porte principale, il contourna le bâtiment pour se diriger vers la porte de service qui donnait sur une ruelle.

Il ne tenait pas à croiser des gens qu'il connaissait. Pour le moment, il ignorait encore comment il serait accueilli à Black Bayou. La plupart des gens qui se souvenaient de lui le considéraient probablement comme un meurtrier.

Après tout, à l'époque, personne n'avait semblé douter que quelqu'un comme lui ait pu étrangler une prostituée au cours d'un jeu érotique qui avait mal tourné. On n'en attendait pas moins d'un dégénéré du bayou dans son genre, abandonné par sa mère et élevé par un père alcoolique.

Le fait qu'il ait purgé sa peine – ou plutôt, la peine de quelqu'un d'autre – ne suffirait sans doute pas à convaincre ses concitoyens de lui accorder une seconde chance.

En approchant de la porte de derrière, il avisa deux hommes qui discutaient dans la ruelle en grillant une cigarette. Ils portaient des résilles à cheveux qui les désignaient comme des employés du restaurant.

— Bonsoir, les salua Beau. Il faut que je parle à Marie. Est-ce que l'un de vous pourrait aller la prévenir, s'il vous plaît ?

— Bien sûr, répondit l'un d'eux.

Son camarade et lui écrasèrent leur cigarette avant de disparaître à l'intérieur du restaurant. Quelques instants plus tard, la voix de Marie se fit entendre, instantanément identifiable à sa voix rauque et son accent créole.

— J'espère que c'est important parce que je suis vraiment très occupée...

Beau s'avança à sa rencontre. Lorsqu'elle l'aperçut, Marie ouvrit de grands yeux, comme si elle venait de voir un fantôme. Puis, sans dire un mot, elle se précipita sur lui et le serra affectueusement dans ses bras.

Lorsqu'elle le libéra enfin, elle essuya ses yeux emplis de larmes.

— Je commençais à me demander si je vivrais assez longtemps pour te revoir un jour, lui dit-elle.

Beau devait bien reconnaître que Marie avait pris un coup de vieux. Ses cheveux noirs étaient à présent presque intégralement blancs et son visage était sillonné de rides. Ses yeux, en revanche, demeuraient conformes à son souvenir. Dans leurs sombres profondeurs, il devinait une vie entière de malheur, de résilience, de fierté et de sagesse accumulée.

— Entre, lui dit-elle alors. Viens t'asseoir et manger quelque chose. Tu es beaucoup trop maigre. Je suis sûre que tu n'as pas dû avaler un repas digne de ce nom depuis la dernière fois que tu es venu ici !

— C'est vrai, reconnut Beau en la suivant jusqu'à la petite table de la cuisine où il avait eu l'habitude de venir manger régulièrement depuis sa plus tendre enfance.

Il s'installa à sa place tandis que Marie allait lui servir une assiette de son célèbre jambalaya qui mijotait à feu doux. Elle la déposa en face de lui avant de retourner lui chercher une assiette de petits légumes et un épi de maïs bien doré. Elle y ajouta des couverts et une canette de la bière locale.

Marie s'assit face à lui et le considéra gravement.

— J'ai appris que mon père était mort, lui dit-il.

— Je suis désolée, Beau. Je n'ai pas eu le courage de te l'apprendre par courrier. Je préférais te le dire en personne. Comment l'as-tu su ?

— Jack est passé me voir à la maison, tout à l'heure.

— Je suis vraiment désolée, répéta Marie.

Beau haussa les épaules.

— Nous savons tous deux que je ne le regretterai pas vraiment. Cela faisait déjà des années que je l'avais perdu.

Marie se pencha en avant et lui tapota affectueusement la main.

— Que Dieu ait son âme, lui dit-elle. C'était un homme tourmenté. Mais, dis-moi, quels sont tes projets, maintenant que tu es enfin rentré à la maison ?

— Mon premier objectif est de prouver mon innocence.

Marie le considéra pensivement durant quelques instants.

— Peut-être serait-il plus sage de tourner la page, lui dit-elle. De te concentrer sur l'avenir plutôt que de regarder en arrière.

— Je ne peux pas, Marie, objecta-t-il. Je tiens à laver mon nom et ma réputation.

Beau tenait à ce que tous les habitants de la ville sachent qu'il était innocent du crime dont on l'avait accusé.

— En remuant la fange, Dieu sait ce que tu pourrais faire remonter à la surface, le mit en garde Marie.

— Je suis prêt à retourner ciel et terre pour découvrir qui a tué Lacy et m'a fait porter le chapeau.

Parmi les gens qu'il comptait bien convaincre de son innocence, Peyton figurait évidemment en première ligne. Il n'aurait de cesse qu'elle soit persuadée qu'il ne l'avait pas trompée et qu'il n'avait jamais levé la main sur Lacy.

Car s'il y parvenait, tous deux auraient peut-être une nouvelle chance. Ils pourraient tenter de renouer le fil de leur relation qui s'était déliée, quinze ans auparavant, mais qui n'avait cessé depuis de l'obséder nuit et jour.

2

Jackson Fortier considéra Peyton avec un mélange de stupeur et de désapprobation.

— Tu ne comptes pas sérieusement accepter de venir en aide à ce meurtrier ! s'exclama-t-il.

En rentrant de son dîner avec Sam, Peyton avait trouvé Jackson installé sur la balancelle de son porche. Son meilleur ami passait souvent la voir à l'improviste en fin de journée.

Tous deux se connaissaient depuis l'enfance. Ils se voyaient alors régulièrement au cours des nombreuses fêtes auxquelles leurs parents respectifs assistaient. L'amitié qu'ils avaient nouée à cette époque n'avait fait que se renforcer au fil des années. C'était lui qui l'avait consolée quand Beau s'était fait arrêter, lui qui l'avait encouragée à tourner la page et à partir pour La Nouvelle-Orléans.

À vrai dire, il n'avait jamais vraiment approuvé sa liaison avec Beau. Il s'était même efforcé de la dissuader de sortir avec lui. Cela n'avait d'ailleurs rien de surprenant. Les deux hommes venaient de deux mondes radicalement différents.

Jackson était issu de l'une des familles les plus respectables de Black Bayou. Rien d'important ne pouvait se faire en ville sans recevoir l'aval des Fortier. Et Jackson ne s'était pas contenté de cette auguste naissance : il avait travaillé très dur et était devenu l'un des plus grands promoteurs immobiliers de la région.

Il était également très séduisant et pouvait se montrer charmant quand il le désirait. Mais, ce jour-là, c'était surtout de la défiance et de la colère qui se lisaient sur son visage.

— Cet homme a un sacré toupet d'oser te demander quoi que ce soit ! s'exclama-t-il. Après ce qu'il t'a fait... Il s'est servi de toi. Il t'a trompée. Et il a tué cette pauvre fille... Beau a toujours été un rat du bayou. Et maintenant, c'est aussi un repris de justice. Surtout, tiens-toi éloignée de lui. Ne le laisse pas t'entraîner dans je ne sais quelle misérable combine. Envoie-le paître !

Peyton fronça les sourcils. En dépit de toute l'amitié qu'elle avait pour Jackson, elle n'appréciait pas la façon dont il dénigrait parfois les habitants du bayou.

— Je lui ai juste dit que je réfléchirais, répondit-elle.

Jackson laissa échapper un juron bien senti, ce qui ne lui ressemblait pas.

— Je n'arrive pas à y croire ! s'exclama-t-il. Comment peux-tu seulement envisager de l'aider ? Il a failli détruire ta vie !

— Même si je devais accepter sa proposition, notre relation demeurerait exclusivement professionnelle...

— Crois-tu vraiment pouvoir danser avec le diable sans en payer le prix ?

— Tu exagères...

— Tout ce que je sais, c'est qu'il a étranglé cette pauvre fille. Peut-être s'agissait-il juste d'un jeu malsain qui a mal tourné. Mais ça ne me le rend pas plus sympathique pour autant.

— Il affirme qu'il est innocent et que le véritable meurtrier court toujours.

— La plupart des ex-taulards clament haut et fort leur innocence, objecta Jackson. Mais je te rappelle que c'est avec la chaîne de Beau que Lacy Dupree a été étranglée. Et la police a retrouvé ses empreintes dans la chambre du motel.

Peyton soupira.

— Il commence à se faire tard, dit-elle. Et je me sens épuisée...

Jackson se leva aussitôt.

— Je vais te laisser, lui dit-il.

Il hésita un instant, la contemplant d'un air troublé.

— Peyton, ajouta-t-il, tu sais combien je t'adore. Et tu sais aussi que j'ai toujours cherché à défendre tes intérêts...

Elle hocha la tête.

— Alors, crois-moi si je te dis que le mieux que tu puisses faire, c'est te tenir aussi éloignée que possible de Beau Boudreau.

Sur ce, il déposa un léger baiser sur son front.

— Bonne nuit, lui dit-il.

— À toi aussi, Jackson.

— J'espère qu'elle te portera conseil.

Sur ce, il descendit les marches du porche et s'éloigna, la tête basse. Peyton le suivit des yeux durant quelques instants avant de rentrer chez elle. Après s'être brossé les dents, elle alla se coucher. Mais le sommeil ne vint pas et elle ne cessa de se retourner dans son lit, ressassant les conversations qu'elle avait eues avec Beau et Jackson.

La mise en garde de ce dernier était probablement empreinte de sagesse. Il serait nettement plus sage – et plus simple – de se tenir prudemment à l'écart de Beau.

Mais la possibilité qu'il soit innocent changeait tout.

N'était-ce pas précisément pour cela qu'elle avait décidé de devenir avocate ? Pour offrir aux innocents une chance de se défendre ? Pourrait-elle vraiment se regarder en face si elle refusait de tendre la main à Beau ?

Elle finit par sombrer dans un sommeil agité sans être vraiment parvenue à répondre à ses propres questions.

Et elle rêva de Beau.

Dans ce rêve, tous deux se trouvaient chez lui, dans le bayou. Nus, enlacés, ils s'embrassaient avec passion. Les mains de

Beau couraient sur son corps fiévreux et elle s'abandonnait entièrement à ses caresses. Il s'écarta alors légèrement d'elle et, à la lueur tremblotante de la lampe à huile, elle avisa son regard brûlant, affamé, éperdu.

Au moment d'entrer en elle, il lui passa autour du cou le collier dont il ne se séparait jamais, autrefois. C'était un simple cordon de cuir auquel était attachée une petite croix en or. Et tandis qu'il allait et venait en elle à un rythme toujours plus frénétique, il resserra le lacet sur sa gorge.

— Beau, protesta-t-elle, partagée entre le plaisir qui menaçait de la submerger et la panique qu'elle sentait grandir en elle. Arrête... Tu m'étrangles...

Elle porta les mains à son cou mais le cordon était désormais trop serré pour qu'elle puisse glisser les doigts au-dessous. Il mordait cruellement sa chair et l'empêchait de respirer.

Peyton se débattit de toutes ses forces, tentant de se dégager. Mais Beau continuait à la besogner sans relâche tout en resserrant impitoyablement son étreinte. L'air lui manquait. Sa vision se brouillait. Une sensation de vertige s'empara d'elle.

Elle était en train de se faire assassiner par l'homme qu'elle aimait...

Peyton se réveilla en sursaut, le corps parcouru de violents frissons. Son cœur battait à tout rompre, et elle ne pouvait retenir les sanglots qui la secouaient.

Elle finit par repousser ses draps et se leva, s'efforçant de rejeter les bribes de son rêve qui s'accrochaient toujours à son esprit. Gagnant la salle de bains, elle commença par allumer la lumière pour tenter de conjurer ces images terrifiantes.

Dans le miroir surmontant le lavabo, elle s'attendait presque à découvrir la marque du cordon autour de sa gorge. Mais sa chair était intacte, bien sûr. Elle s'aspergea le visage d'eau froide et parvint enfin à recouvrer un semblant de calme.

De retour dans sa chambre, elle s'assit au bord de son lit et se passa une main dans les cheveux.

S'agissait-il d'un songe prémonitoire ? D'une mise en garde ? Ou ne fallait-il voir dans ce rêve que l'effet de son imagination ?

En tout cas, elle ignorait toujours quelle réponse elle pourrait bien faire à Beau, lorsqu'il reviendrait la voir, le lendemain...

Lorsque Peyton parvint à son bureau vers 9 heures, le lendemain matin, Kylie venait tout juste d'arriver. Et elle avait déjà préparé du café.

Peyton en accepta une tasse avec reconnaissance. Elle était parvenue à se rendormir mais son sommeil avait été troublé, et elle se sentait fatiguée et d'humeur morose.

— Comment s'est passé ton rendez-vous galant, hier soir ? lui demanda son assistante, curieuse.

Peyton la considéra avec étonnement. Elle avait presque oublié son dîner avec Sam.

— Bien, répondit-elle vaguement.

Kylie lui lança un regard légèrement amusé.

— Eh bien ! s'exclama-t-elle malicieusement. À t'entendre, ça a dû être torride...

Peyton ne put s'empêcher de repenser à son rêve. Elle se força à sourire à Kylie.

— Ce n'est pas forcément le terme que je choisirais, concéda-t-elle.

Elle fut alors interrompue par un bruit de marteau provenant de l'extérieur du bâtiment. Kylie et elle échangèrent un coup d'œil étonné avant de se diriger vers la porte d'entrée. En sortant, elles eurent la surprise de se retrouver nez à nez avec Beau Boudreau.

Il était vêtu ce jour-là d'un jean délavé et d'un T-shirt blanc qui soulignait ses larges épaules et ses bras musclés. Abaissant le marteau avec lequel il était en train de reclouer un bardeau de la façade, il se tourna vers Peyton et lui décocha un sourire.

— Bonjour, lui dit-il.

— Beau, qu'est-ce que tu fabriques ?

— Eh bien, je me suis dit que j'allais commencer directement les réparations que je t'ai promises. Je pense travailler le matin. Cela te laissera le temps de t'occuper de tes autres affaires. Puis nous nous pencherons sur la mienne dans l'après-midi si cela te convient.

— Je n'ai même pas encore décidé si j'acceptais ou non de t'aider, objecta-t-elle.

Beau reposa son marteau dans sa boîte à outils et s'avança vers elle. Il était plus proche qu'elle ne l'aurait voulu, et elle pouvait sentir l'odeur de son after-shave se mêlant à celle de sa peau.

— Je sais que tu vas m'aider, lui dit-il avec conviction.

— Tu parais bien sûr de toi, répliqua-t-elle en fronçant les sourcils.

Elle était bien décidée à ne pas se laisser déstabiliser par le trouble que sa présence faisait naître en elle. Mais en dépit de la trahison qu'il avait commise et des nombreuses années qui s'étaient écoulées, elle n'était apparemment toujours pas complètement immunisée contre le pouvoir de séduction qu'il avait toujours exercé sur elle.

Elle se demanda si elle trouverait un jour un autre homme qui saurait provoquer chez elle une réaction aussi intense, aussi immédiate. Pour le moment, cette quête était demeurée vaine. Et elle n'était pas sûre que Sam Landry soit à la hauteur.

— C'est parce que je te connais, Peyton, déclara Beau. Tu es curieuse. Je suis sûr qu'à l'heure actuelle, tu te demandes si, par hasard, tu ne te serais pas trompée à mon sujet. Ce n'est peut-être pas la première fois que tu te poses la question, d'ailleurs...

— Détrompe-toi, répliqua-t-elle durement. Tu as été condamné pour ce crime. Et je n'ai aucune raison de mettre en doute ce jugement. Je sais que l'on a retrouvé des preuves accablantes.

— Quelles preuves ? N'importe qui aurait pu laisser ce collier pour me faire accuser...

— On a aussi relevé tes empreintes, objecta Peyton.

Beau haussa les épaules.

— Cela n'a rien d'étonnant. Je connaissais bien Lacy et je lui rendais régulièrement visite...

Peyton sentit son cœur se serrer dans sa poitrine. Au moins, il ne prenait même pas la peine de démentir cette liaison. La tentation était grande de lui dire qu'elle ne comptait pas travailler pour lui et qu'elle ne voulait plus jamais le revoir.

Mais ce faisant, elle aurait agi par dépit et par jalousie. Or le fait qu'il reconnaisse à demi-mot l'avoir trompée ne rendait que plus étrange son insistance à prouver son innocence. Se pouvait-il réellement que quelqu'un ait cherché à lui faire porter le chapeau pour ce crime ?

— D'accord, lui dit-elle enfin. Je vais t'aider.

Il la considéra d'un air un peu étonné.

— Vraiment ? lui demanda-t-il. Puis-je savoir ce qui t'a fait changer d'avis si soudainement ?

— Tu as raison : je suis curieuse, lui dit-elle sobrement.

Beau lui décocha un sourire amusé et, malgré elle, elle sentit un frisson courir sur sa peau.

— Merci, Peyton, lui dit-il d'une voix très grave. Je te promets que tu ne le regretteras pas.

Une fois de plus, elle sentit remonter en elle un flot de souvenirs troublants. Lorsqu'il la regardait de cette façon, elle avait beaucoup de mal à se rappeler à quel point cet homme l'avait fait souffrir. Elle se força à repenser à la conversation qu'elle avait eue avec Jackson, la veille au soir, et à la promesse qu'elle lui avait faite.

— Que les choses soient claires, dit-elle d'une voix aussi détachée que possible. Tu es mon client, rien de plus.

Le sourire de Beau se teinta d'un brin d'ironie.

— Cela va sans dire, répondit-il d'un ton malicieux.

Malgré elle, elle se sentit rougir.

— Retrouvons-nous dans mon bureau vers 14 heures, suggéra-t-elle.

Sur ce, elle tourna les talons et rentra précipitamment dans l'immeuble, manquant de bousculer Kylie au passage. Celle-ci lui emboîta le pas et la suivit jusqu'à son bureau, les yeux brillants de curiosité.

— Je crois que tu me dois quelques explications, déclara-t-elle. Je pensais tout savoir ou presque à ton sujet mais je me trompais lourdement, apparemment. Tu es vraiment sortie avec ce type ?

Peyton laissa échapper un soupir résigné.

— Oui, répondit-elle. J'avais dix-huit ans et il en avait vingt et un. Nous sommes sortis ensemble pendant quatre mois. Et puis, il s'est fait arrêter pour avoir tué cette prostituée...

Tout en résumant les faits de cette façon, Peyton ne pouvait s'empêcher de penser que ce n'était là que la partie émergée de l'iceberg. Mais elle ne tenait pas à s'étendre sur les années d'amitié presque fusionnelle qui avaient précédé leur idylle ni sur l'importance capitale qu'elle avait revêtue – qu'elle revêtait toujours – à ses yeux.

— J'ai l'impression que tu ne me dis pas tout, remarqua Kylie avec sa perspicacité habituelle. Je ne vais pas te presser de questions mais je tiens à ce que tu saches que je suis là si tu veux en parler, d'accord ?

— D'accord. Merci, Kylie.

Son assistante hocha la tête et s'éclipsa, la laissant seule. Peyton se laissa tomber sur son fauteuil et ferma les yeux.

Comment aurait-elle pu expliquer à Kylie ce qu'elle éprouvait à l'égard de Beau alors qu'elle-même avait tant de mal à se le figurer ?

Elle avait assuré à Jackson qu'elle parviendrait à conserver ses distances mais elle devinait déjà combien ce serait difficile. Beau avait été son plus grand, son plus bel amour – le seul véritable, en fait. Elle s'était donnée à lui corps et âme. Elle avait été convaincue qu'il était l'homme de sa vie.

Jusqu'à cette horrible journée, quinze ans auparavant...

Le choc avait été tel que, sur le moment, elle avait bien cru en mourir. Durant des semaines entières, elle n'avait été que l'ombre d'elle-même. Par moments, il lui semblait que le simple fait de continuer à respirer lui demandait un effort.

Cette souffrance avait fini par s'atténuer, bien sûr, mais elle se rendait compte à présent qu'elle ne s'était jamais complètement dissipée. Elle avait toujours été là, au fond de son cœur, comme une marque indélébile que Beau aurait imprimée en elle. Et le simple fait de le revoir avait ravivé cette douleur.

Beau travailla jusqu'à midi sur la façade du bâtiment, qui avait grandement besoin d'être rénovée. Il avait commencé par arracher les planches les plus abîmées pour en reclouer de nouvelles qu'il comptait commencer à peindre dès le lendemain.

Se remettre au travail lui faisait le plus grand bien. Il avait toujours aimé l'idée de redonner une seconde vie à un bâtiment disgracieux ou fatigué, de le transformer en un lieu vivant et accueillant. C'était pour cela qu'il avait autrefois décidé de monter cette entreprise avec Jack.

Ce dernier avait accepté avec enthousiasme cette collaboration. Beau devait apporter son savoir-faire et Jack le vernis de respectabilité et de légitimité qui se trouvait associé au nom de Fontenot.

Hélas, l'arrestation de Beau l'avait empêché de prendre part activement à l'aventure. Mais cela n'avait apparemment pas empêché Jack de faire fructifier cette société. Et Beau avait bon espoir de pouvoir apporter très prochainement sa pierre à l'édifice.

En attendant, il comptait bien laver son honneur et prouver son innocence. Après être repassé par chez lui pour déjeuner, prendre une douche et se changer, il reprit la direction du bureau de Peyton.

Il avait été agréablement surpris qu'elle accepte aussi rapidement de lui venir en aide. Jusqu'alors, en effet, elle avait été convaincue qu'il était bien responsable de la mort de Lacy. Cela signifiait d'ailleurs probablement qu'elle l'avait cru infidèle.

La veille du jour où il avait été arrêté, Peyton et lui avaient fait l'amour et s'étaient déclaré les sentiments qu'ils se vouaient l'un à l'autre. Et, quelques heures plus tard, il avait été accusé du meurtre d'une prostituée avec laquelle il était censé avoir eu des rapports sexuels.

Jack n'avait aucun mal à imaginer ce que Peyton avait pu penser de lui. Malheureusement, il n'avait jamais eu la moindre chance de se justifier. Et la condamnation rapide dont il avait écopé avait probablement achevé de la convaincre qu'il était bel et bien coupable du crime dont on l'accusait.

Mais le procès avait été bâclé. Beau avait été défendu par un avocat commis d'office qui semblait convaincu de la culpabilité de son client.

Il n'avait pas non plus été aidé par ses origines. Les gens du bayou avaient toujours souffert de discriminations de la part des habitants de la ville. Ils passaient pour des chasseurs d'alligators miséreux et incultes qui n'hésitaient pas à voler ceux qui commettaient l'erreur de leur faire confiance.

Beau avait toujours vécu dans le bayou et cela faisait de lui un coupable idéal. D'ailleurs, même la femme qui l'aimait s'était laissé convaincre.

C'était ce qui lui avait fait le plus mal, bien sûr. Peyton le connaissait – sans doute mieux que n'importe qui d'autre sur cette terre. Il s'était confié à elle, lui avait raconté sa vie, lui avait fait part de ses craintes comme de ses espoirs. Et même s'il savait que la famille de Peyton ne l'accepterait jamais complètement, il avait fini par se convaincre que les sentiments qu'ils avaient l'un pour l'autre étaient suffisamment forts pour leur permettre de surmonter n'importe quelle difficulté.

Évidemment, il n'avait jamais envisagé un obstacle de cette nature...

Il en voulait cependant à Peyton de ne pas lui avoir accordé le bénéfice du doute, de ne pas lui avoir laissé une chance de s'expliquer. Il s'était senti trahi alors, et n'était toujours pas certain de pouvoir le lui pardonner complètement.

C'était sans doute pour cette raison qu'il avait décidé de lui demander son aide plutôt que de faire appel à un avocat ou à un détective privé inconnu. Il voulait lui prouver son innocence. Mieux, il voulait que ce soit elle qui prouve son innocence. Il sentait confusément que ce n'était qu'à ce prix que tous deux auraient une chance de pouvoir aller de l'avant.

Il savait aussi qu'elle était parfaitement qualifiée pour se charger d'un tel dossier. Du temps où elle travaillait à Shreveport, elle avait remporté de nombreux procès, devenant même l'une des avocates pénales les plus en vue de la région.

Après avoir fait un léger détour, Beau parvint au bureau de Peyton vers une heure et demie. La jeune femme aux cheveux blonds qui l'avait accueilli la veille était toujours à son poste et elle lui fit un charmant sourire.

— Nous n'avons pas encore été présentés, lui dit-elle en se

levant pour lui tendre la main. Je m'appelle Kylie Bradford. Je suis l'assistante juridique de Peyton.

— Ravi de faire votre connaissance, mademoiselle Bradford. Je suis Beau Boudreau.

— Je vais la prévenir que vous êtes arrivé.

Kylie se dirigea vers la porte de Peyton et passa la tête par l'embrasure après avoir frappé. Elle annonça Beau avant de se tourner vers lui.

— Vous pouvez y aller, lui dit-elle.

— Merci.

À l'instant même où il entra dans le bureau de Peyton, il sentit un frisson courir sur sa peau. Le parfum de la jeune femme flottait dans l'air. C'était le même que celui qu'elle portait à l'époque où ils sortaient ensemble et, pour lui, il demeurerait à jamais associé à cette période de sa vie.

S'efforçant de dominer le trouble qui s'insinuait en lui, Beau s'avança dans la pièce.

— J'espère que je ne suis pas trop en avance, lui dit-il.

Elle secoua la tête et lui fit signe de s'asseoir.

— Par où est-ce que tu penses commencer ? s'enquit-il.

— C'est précisément ce que j'étais en train de me demander. J'ai chargé Kylie d'envoyer une requête au tribunal pour que l'on nous transmette une copie de ton dossier et les minutes du procès. Je devrais recevoir tout ça d'ici un jour ou deux. Je vais également prendre rendez-vous avec le chef de la police, qui a supervisé l'enquête, ainsi qu'avec Charles Landry, le procureur de l'époque, qui est aujourd'hui à la retraite.

Tandis qu'elle parlait, Beau ne pouvait s'empêcher de remarquer la façon dont son chemisier épousait la courbe de sa poitrine ou le fait que la couleur bleue du vêtement faisait ressortir celle des yeux de Peyton.

Il se força à se concentrer sur son visage et fut instantanément fasciné par la douceur de ses traits et la sensualité de ses lèvres, par la mèche de cheveux noirs qui avait échappé à sa barrette et venait caresser sa joue. Il se rappelait encore la sensation qu'il éprouvait lorsqu'il plongeait ses doigts dans sa chevelure soyeuse.

Déjà, son corps réagissait à la vue et à l'odeur de la jeune femme, et il se félicita de porter un jean plutôt qu'un pantalon de toile.

— Est-ce que Thomas Gravois est toujours chef de la police ? demanda-t-il.

— Oui. Pourquoi ?

— Charles Landry et lui sont bourrés de préjugés à l'égard des gens du bayou.

L'espace d'un instant, le regard de Peyton s'emplit de douceur et de compassion. Mais elle parut se reprendre presque aussitôt, et son visage se ferma.

— Il faudra tout de même que je m'entretienne avec eux, déclara-t-elle. Sans toi, cela va sans dire. En fait, je pense que je pourrais mener seule l'ensemble des investigations. Tu n'as pas besoin de m'accompagner.

Beau secoua la tête.

— Il n'est pas question que je demeure les bras croisés à attendre que tu fasses tout le travail. Cela fait quinze ans que je n'ai rien pu faire pour me défendre. Et il est temps que cela change. Je crois même savoir par où commencer.

— Je t'écoute.

— Par la chambre 7 du motel de Black Bayou.

À ces mots, Peyton ne put réprimer un léger sursaut.

— Il n'y a aucune raison de nous rendre là-bas, objecta-t-elle. Quinze ans se sont écoulés depuis l'époque où Lacy Dupree louait cette chambre. Des centaines de personnes ont dû y séjourner depuis.

— Je doute que ce trou à rats ait eu autant de clients depuis sa création, il y a cinquante ans. Je reconnais que nous ne trouverons sans doute pas grand-chose. Mais c'est là que se sont déroulés les faits, et je pense que c'est par là que nous devrions commencer notre enquête.

— Il y a de fortes chances pour que nous ne puissions même pas accéder à la chambre. Elle est probablement louée.

— Non. Je suis allé m'en assurer avant de venir. Et Ed Johnson m'a promis qu'il nous ouvrirait si nous passions dans l'après-midi.

— Je ne pense vraiment pas que cela serve à quoi que ce soit.

— Moi, si, répondit Beau avec conviction. Je veux retourner sur place. Revoir les lieux me rappellera peut-être un détail important. Quelque chose qui nous permettrait de prouver que je n'ai pas tué Lacy. Je veux aussi t'expliquer en détail ce qui s'est passé ce soir-là.

Peyton le considéra longuement, paraissant chercher une échappatoire. Mais c'était quelque chose qu'il avait besoin de faire – et de faire avec elle.

— Quand veux-tu que nous y allions ? soupira-t-elle enfin.

— Pourquoi pas maintenant ?

— Tu es vraiment sûr que ce soit nécessaire ? demanda-t-elle en fronçant légèrement les sourcils.

— Certain, déclara-t-il en se levant.

Il contourna le bureau de Peyton et lui tendit la main. Elle la contempla d'un air méfiant, comme s'il s'agissait d'un serpent susceptible de la mordre. Pourtant, elle finit par la prendre et il l'aida à se redresser.

Le contact de sa paume contre la sienne raviva une nouvelle série de souvenirs. Combien de fois s'étaient-ils promenés main dans la main à travers le bayou ? Il retrouvait une sensation qu'il croyait avoir oubliée.

Mais Peyton retira précipitamment ses doigts et, dans son regard, il vit que ce geste ne l'avait pas laissée indifférente, elle non plus. Se détournant brusquement, elle alla récupérer son sac à main posé sur une chaise.

— J'imagine que c'est moi qui conduis ? lui demanda-t-elle.

— À moins que tu ne préfères y aller à pied, acquiesça-t-il. Je compte faire l'acquisition d'un téléphone portable et d'une voiture d'occasion dès demain.

Ils quittèrent le bureau de Peyton, et celle-ci indiqua à son assistante qu'elle devait sortir mais qu'elle repasserait dans l'après-midi. Puis ils sortirent de l'immeuble pour se rendre dans le parking tout proche où Peyton avait garé sa voiture.

Lorsqu'ils prirent place à l'intérieur du véhicule, le parfum troublant de la jeune femme vint de nouveau caresser les narines de Beau. Elle n'avait rien perdu du pouvoir de séduction qu'elle exerçait autrefois sur lui.

Pourtant, il ne pouvait se permettre de se laisser distraire. S'il voulait avoir une chance de découvrir un quelconque indice, au motel, il allait devoir garder toute sa lucidité. Après tout, il ne s'agissait pas uniquement de démontrer son innocence mais aussi de rendre justice à son amie Lacy.

Constitué d'un unique bâtiment au toit de tôle et aux murs décrépis, le Black Bayou Motel était un endroit aussi sinistre que mal entretenu. Il émanait des lieux une aura de désespérance et de résignation. Les clients qui résidaient dans les huit chambres disponibles étaient pour la plupart des alcooliques, des drogués et des prostituées qui les louaient au mois.

Peyton se gara devant la chambre numéro 7, et Beau alla récupérer la clé à la réception. Il s'était bien gardé de dire à Peyton combien il redoutait de revoir cet endroit après ce qui s'y était passé.

La dernière fois qu'il y était venu, quinze ans auparavant, Lacy était bien vivante. Et il avait encore du mal à croire qu'on ait pu la tuer quelques minutes ou quelques heures après qu'il avait pris congé d'elle.

Même s'ils ne trouvaient aucun indice, cette visite serait au moins l'occasion de dire adieu à son amie. Mais il était content de ne pas effectuer seul ce triste pèlerinage.

En le voyant revenir, Peyton était descendue de voiture à son tour. Tous deux s'approchèrent de la porte, que Beau déverrouilla d'une main légèrement tremblante. Ils pénétrèrent dans la petite chambre qui contenait un lit double recouvert d'un dessus-de-lit doré, une commode cabossée et une kitchenette. Il flottait dans l'air une odeur de renfermé et de poussière.

Beau vint se placer au centre de la pièce et ferma les yeux. Dans son esprit, il revoyait les lieux tels qu'ils avaient été, du temps où Lacy vivait ici.

Elle avait accroché un peu partout de nombreux tissus colorés pour égayer le papier peint défraîchi et les rideaux assortis au dessus-de-lit. Sur la commode, elle avait disposé sa collection de bouteilles de parfum. Et aux murs, elle avait fixé des guirlandes lumineuses.

Je suis désolé, Lacy, pensa-t-il. *Je n'étais pas là pour te protéger. Si seulement j'étais resté un peu plus longtemps à tes côtés, tu ne serais peut-être pas morte...*

— Beau ?

La voix de Peyton le ramena brusquement à l'instant présent, et il rouvrit les yeux. La jeune femme se tenait près de la porte entrouverte et l'observait avec un mélange de curiosité et de méfiance.

— Que faisons-nous ici, exactement ? lui demanda-t-elle. Même si, par miracle, nous découvrions un indice prouvant ton innocence, il ne serait pas exploitable devant un tribunal.

— Je me doutais que nous ne trouverions rien, lui dit-il.

— Alors pourquoi tenais-tu tant à venir ?

— Parce que je veux te raconter ce qui s'est passé ici, ce soir-là. Cela fait quinze ans que j'attends de pouvoir te le dire.

Il n'était pas complètement parvenu à gommer la note de

ressentiment qui perçait dans sa voix. Lorsqu'il avait été arrêté, il était convaincu que Peyton viendrait le voir en prison, qu'elle professerait la confiance qu'elle avait en lui et l'assurerait de son soutien indéfectible.

Mais elle n'était pas venue – ni durant sa détention provisoire, ni durant le procès, ni même après, en prison...

Une fois de plus, il prenait conscience de la contradiction de ses propres sentiments à l'égard de Peyton. Une partie de lui désirait la reconquérir. Mais il n'était pas certain de parvenir à dépasser la rancœur qu'il éprouvait chaque fois qu'il repensait à ce qui s'était passé à l'époque...

3

Peyton avait du mal à réprimer la tension nerveuse qui l'habitait en cet instant. Certes, elle était prête à aider Beau s'il était réellement innocent du crime dont on l'avait accusé. Mais avait-elle vraiment envie de l'entendre raconter en détail la soirée qu'il avait passée auprès de cette fille ?

Elle s'était très souvent demandé pourquoi il avait fréquenté une prostituée. Après tout, tous deux faisaient l'amour – fréquemment et passionnément.

Mais peut-être avait-il cherché quelqu'un de plus expérimenté qu'elle. Après tout, Peyton était encore vierge lorsqu'ils étaient sortis ensemble. Elle n'avait même jamais embrassé le moindre garçon avant Beau…

Qui sait ? En l'écoutant raconter ce qui s'était produit alors, peut-être comprendrait-elle pourquoi elle n'avait pas su satisfaire ses besoins. Ce ne serait peut-être pas très plaisant à entendre mais, avec un peu de chance, cela pourrait répondre aux questions qu'elle se posait depuis toutes ces années…

— Je t'écoute, murmura-t-elle, le cœur battant à tout rompre.

Beau prit une profonde inspiration avant de commencer son récit.

— Lacy était une gamine du bayou, tout comme moi. J'avais sept ans et elle neuf lorsque nous avons fait connaissance. Son père et le mien avaient l'habitude de boire ensemble. Quant à sa mère, elle était partie tout comme la mienne, deux ans auparavant. Bien que Lacy ait été plus âgée que moi, je l'ai toujours considérée comme une petite sœur. C'est moi qui la protégeais lorsque nous assistions aux soirées de beuverie de nos pères respectifs.

— Pourquoi ne m'as-tu jamais parlé d'elle, à l'époque ? s'enquit Peyton.

Elle avait cru alors tout savoir au sujet de Beau mais elle ne se rappelait pas l'avoir jamais entendu mentionner l'existence de la jeune femme.

— Parce qu'elle ne voulait pas que je te parle d'elle, répondit-il en soupirant. Elle m'avait fait promettre que je ne parlerais de notre amitié à personne – et surtout pas à toi. Elle savait que tu venais d'une famille très respectable et craignait qu'en avouant mes liens avec une prostituée, je ne me déconsidère encore un peu plus aux yeux de tes proches. Et elle n'avait probablement pas tort, étant donné la façon dont j'ai été traité après sa mort...

Peyton détourna les yeux, blessée par l'accusation qui se lisait dans son regard. Elle ne pouvait nier le fait qu'elle ne lui avait laissé aucune chance de se justifier. Mais elle s'était sentie bien trop blessée par sa trahison pour trouver le courage de se confronter à lui. Et, par la suite, le verdict rendu par le tribunal avait semblé établir sans la moindre ambiguïté la culpabilité de Beau.

Ce dernier s'approcha alors de Peyton, fixant sur elle un regard étonnamment brillant. Il prit l'une de ses mains entre les siennes et la serra avec fièvre.

— Lacy et moi étions juste des amis, lui dit-il gravement. Nous n'avons jamais couché ensemble.

Ses doigts se crispèrent sur les siens, lui faisant presque mal.

— Tu dois me croire, ajouta-t-il. Je ne t'ai jamais trompée...

Peyton lui arracha sa main et recula, un peu effrayée par

l'intensité qui émanait de lui en cet instant. Il dut s'en apercevoir car il fit à son tour un pas en arrière et baissa tristement la tête. Malgré elle, Peyton sentit son cœur se serrer dans sa poitrine.

Se pouvait-il qu'il lui dise la vérité ? Cette seule idée éveillait en elle un mélange d'espoir et d'angoisse. Car, si tel était le cas, elle n'osait s'imaginer ce qu'il avait pu ressentir en la voyant se détourner de lui.

— Pourquoi es-tu venu la voir, cette nuit-là ? lui demanda-t-elle d'une voix troublée.

— Elle m'avait appelé pour me demander de lui prêter deux cents dollars. C'était la première fois qu'elle m'empruntait de l'argent, et je me suis douté qu'il se passait quelque chose.

— T'a-t-elle dit ce qu'elle comptait faire de cette somme ? s'enquit Peyton.

Il secoua la tête.

— Elle m'a juste assuré qu'elle me rembourserait très rapidement. Apparemment, elle comptait toucher sous peu une somme rondelette. Et elle espérait que cela lui permettrait de quitter définitivement Black Bayou.

— Je ne comprends pas : si elle pensait gagner beaucoup d'argent, pourquoi t'en a-t-elle emprunté ?

— J'ai eu l'impression que c'était pour pouvoir prendre le large au cas où les choses ne tourneraient pas comme elle l'espérait.

— Tu crois qu'il s'agissait de quelque chose d'illégal ?

— Probablement. Le... métier de Lacy lui permettait tout juste de joindre les deux bouts.

— Pourrait-il s'agir de trafic de drogue ?

Beau secoua la tête.

— Elle n'y touchait pas et je ne l'imagine vraiment pas jouer les dealers. Non, j'y ai beaucoup réfléchi et j'en suis venu à la conclusion que cela avait sans doute un rapport avec l'un de ses clients.

— Tu penses que l'un d'eux voulait l'épouser ? Ou la prendre comme maîtresse ?

— Non... Vu la façon dont elle parlait de cette somme d'argent qu'elle comptait recevoir, j'ai eu l'impression qu'il s'agissait plus d'un coup.

— Peut-être voulait-elle faire chanter l'un de ses clients, suggéra Peyton.

— C'est exactement ce que je me suis dit. D'autant que cela aurait donné à cette personne un mobile pour la tuer.

— Mais comment la personne en question serait-elle entrée en possession de l'arme du crime ? objecta Peyton.

Car c'était bien le collier de Beau que l'on avait utilisé pour étrangler la victime.

— J'avais perdu ma croix la veille, répondit-il.

Peyton lui lança un regard ouvertement dubitatif. Si c'était la défense qu'il avait utilisée lors de son procès, il n'était pas étonnant qu'elle n'ait pas été prise au sérieux par les jurés. La coïncidence paraissait un peu trop énorme pour être réellement convaincante.

— Toi, au moins, tu dois t'en souvenir, insista-t-il. Est-ce que tu te rappelles cette soirée-là ? Lorsque nous avons fait l'amour ?

Peyton se sentit rougir et détourna les yeux.

— Je m'en souviens, acquiesça-t-elle.

Malgré elle, les images de cette ultime étreinte remontaient à la surface de son esprit. Elle revoyait leurs caresses, leurs baisers passionnés, la douceur avec laquelle Beau était entré en elle et...

Un violent frisson la parcourut de part en part, et elle se tourna de nouveau vers lui.

— Tu n'avais pas ta croix, ce soir-là, murmura-t-elle d'une voix légèrement tremblante.

Il hocha sobrement la tête.

Peyton se sentit alors prise d'un brusque vertige. Que signifiait l'absence de ce bijou ? Que Beau disait la vérité ? Ou bien qu'il avait prémédité son geste et compté sur son témoignage à elle ?

— Pourquoi ne m'as-tu pas dit que tu l'avais perdue ? lui demanda-t-elle.

Il haussa les épaules.

— Parce que je pensais que je la retrouverais rapidement. Je croyais qu'elle se trouvait probablement sur le chantier sur lequel j'avais travaillé. Je l'ai cru jusqu'à ce qu'on la découvre autour du cou de Lacy...

— Et si quelqu'un te l'avait volée ? suggéra Peyton d'une voix blanche. Quelqu'un qui comptait te faire accuser de ce meurtre ?

— C'est possible, reconnut Beau. Tout ce que je sais, en tout cas, c'est que, lorsque je suis sorti d'ici, cette nuit-là, Lacy était encore en vie. Et je suis bien décidé à retrouver celui qui l'a tuée et m'a volé quinze ans de ma vie.

Après avoir fait un dernier tour de la chambre sans rien découvrir d'intéressant, ils quittèrent le motel et regagnèrent le bureau de Peyton.

Durant le trajet de retour, tous deux demeurèrent silencieux, plongés dans leurs pensées respectives. Peyton ne cessait de ressasser les révélations que Beau venait de lui faire et de se demander s'il lui avait bien dit toute la vérité au sujet de Lacy et de ce qui s'était passé cette nuit-là.

Aucun élément ne venait étayer son récit, en dehors de l'absence de son collier, lorsqu'ils avaient fait l'amour. Mais même ce détail ne constituait pas une preuve à proprement parler. Certes, il lui avait paru sincère. Mais les sentiments plus qu'ambigus qu'il lui inspirait n'obscurcissaient-ils pas le jugement de Peyton ?

Lorsqu'ils parvinrent au cabinet, Kylie était déjà partie.

Sans doute avait-elle terminé les coups de téléphone qu'elle avait prévu de passer. Ils retournèrent s'installer dans le bureau de Peyton.

— Alors ? lui demanda-t-il gravement. Quelle est l'étape suivante ?

Peyton croisa le regard de Beau et ne put réprimer un léger frisson. Ce n'était plus de l'appréhension mais un sentiment bien plus trouble. Cela faisait quinze ans que tous deux ne s'étaient pas retrouvés en tête à tête. Et pourtant, il lui semblait que c'était hier. Il aurait été si facile d'oublier que tout ce temps s'était écoulé...

Elle détourna les yeux en s'éclaircissant nerveusement la gorge.

— Eh bien, dès demain, je vais prendre rendez-vous avec Thomas Gravois et Charles Landry. Cela nous donnera de premiers éléments sur lesquels nous pourrons enquêter. En attendant, je ne pense pas que nous puissions faire beaucoup plus.

— Que dirais-tu d'aller dîner au Café ? lui suggéra Beau.

— Cela fait des années que je n'y suis pas retournée, avoua-t-elle.

Après l'arrestation de Beau, elle n'avait même pas eu le courage de repasser devant le restaurant où ils étaient allés dîner ensemble si souvent. Trop de souvenirs heureux devenus pour elle déchirants se rattachaient à cet endroit. Et depuis son retour à Black Bayou, elle l'avait soigneusement évité.

— Je suis sûr que Marie serait ravie de te revoir, déclara Beau. Elle a toujours eu un faible pour toi. Tout ce que je te demande, c'est un dîner, rien de plus, insista-t-il en la voyant hésiter. À moins que cela ne t'effraie...

— De quoi devrais-je avoir peur ?

Il se pencha légèrement en avant et la regarda de nouveau droit dans les yeux.

— Je ne sais pas... De retomber sous le charme, peut-être ?

Peyton se sentit rougir malgré elle et le foudroya du regard.

— Ne sois pas ridicule, protesta-t-elle.

Il éclata d'un rire grave et sensuel qui ne contribua guère à atténuer le malaise de Peyton. Elle se demanda s'il n'était pas déjà trop tard, si elle n'était pas déjà retombée sous son charme, en effet.

— Je constate avec soulagement que ces années passées en prison ne t'ont pas fait perdre ta confiance en toi, répliqua-t-elle durement.

Cette remarque sembla doucher la belle humeur de Beau. En avisant la douleur qui se lut brièvement dans son regard, elle s'en voulut terriblement.

— Je suis désolée, lui dit-elle. Je n'aurais pas dû dire ça.

Il haussa les épaules.

— Allons dîner, soupira-t-elle en se levant pour aller récupérer son sac à main. C'est moi qui t'invite.

À son tour, il parut hésiter avant de hocher la tête.

— D'accord, lui dit-il en se redressant. Même si je doute que Marie te laisse payer quoi que ce soit.

Quelques instants plus tard, ils arrivèrent au Black Bayou Café qui ne se trouvait qu'à quelques minutes de marche du cabinet.

Bien qu'il soit encore tôt, le petit restaurant était déjà bondé. De délicieuses odeurs d'oignons frits, de saucisses grillées, de crevettes sautées et de jambalaya flottaient dans la salle principale, mettant l'eau à la bouche de Peyton.

L'aménagement des lieux n'avait quasiment pas changé depuis la dernière fois qu'elle y était venue. Il y avait un grand comptoir au fond de la salle, des rangées de tables au centre et des box tout autour.

Les murs étaient peints en jaune et décorés de fresques. D'un côté, elles représentaient le bayou, avec ses arbres drapés de mousse espagnole. De l'autre était dessinée la rue principale de Black Bayou.

Tandis qu'elle observait les lieux, Peyton prit soudain conscience du silence qui s'était brusquement installé. Observant les clients, elle s'aperçut que la plupart d'entre eux avaient les yeux braqués sur Beau. Les conversations reprirent alors et, tandis qu'ils traversaient la pièce en direction de l'un des box, elle perçut quelques bribes peu flatteuses.

— Ce sale meurtrier...

— ... il n'aurait jamais dû revenir ici...

— Ces rats du bayou sont tous les mêmes...

Peyton ne put s'empêcher d'admirer l'attitude de Beau qui ne laissa transparaître aucune réaction, se contentant d'avancer en regardant droit devant lui. Seule la crispation de sa mâchoire laissait deviner la tension qui l'habitait.

Tous deux s'installèrent face à face sur les banquettes de skaï. Peyton avait très envie de prendre la main de Beau dans la sienne mais n'osa le faire de peur que ce geste soit mal interprété.

— Je suis vraiment désolée, lui dit-elle.

— Je suppose qu'il va falloir m'y habituer tant que je n'aurai pas prouvé mon innocence, répondit-il d'un ton fataliste.

À cet instant, Marie sortit de la cuisine. Parcourant la salle des yeux, elle avisa aussitôt leur présence et se dirigea vers eux.

— Dis donc, Marie, l'interpella l'un des dîneurs, un homme d'un certain âge que Peyton ne reconnut pas. Est-ce que tu vas vraiment laisser ce meurtrier manger dans ton restaurant ?

— Il a purgé sa peine, Wally, déclara-t-elle. Et son argent est tout aussi valable que le tien. Alors, tu ferais mieux de profiter de notre délicieux plat du jour au lieu de jouer les redresseurs de torts.

Elle soutint le regard de l'homme qui finit par détourner les yeux et se remit à manger. Marie hocha la tête d'un air satisfait. Lorsqu'elle arriva à leur niveau, elle se pencha vers Peyton et la serra contre elle sans dire un mot. Surprise, celle-ci s'abandonna à cette affectueuse étreinte, sentant des larmes inattendues lui monter aux yeux.

Du temps où Peyton était adolescente, puis lorsqu'elle était sortie avec Beau, Marie s'était substituée à sa mère absente et indifférente. C'était elle qui avait répondu aux questions qu'elle se posait au sujet de la vie et de l'amour. C'était elle aussi qui lui avait prodigué la tendresse et l'affection qui lui avaient toujours manqué.

Beau et elle étaient très souvent venus manger sur la petite table de la cuisine de Marie. Peyton en gardait le souvenir de moments privilégiés, pleins de chaleur, de rires et d'amour.

— Je suis vraiment ravie de te revoir, Peyton, déclara Marie en la relâchant enfin. Tu sais que tu es encore plus jolie que lorsque tu étais plus jeune ! Mais dis-moi, pourquoi n'es-tu pas venue me voir depuis que tu es revenue à Black Bayou ?

— J'ai été très occupée par la création de mon cabinet, répondit Peyton.

C'était un mensonge, bien sûr, et le regard entendu de Marie lui fit comprendre qu'elle n'était pas dupe.

— J'ai été tentée de venir te voir à plusieurs reprises depuis que j'ai appris ton retour, lui dit-elle. Mais je n'ai pas voulu m'imposer. Puisque tu as fait le premier pas, n'hésite pas à revenir quand tu voudras, d'accord ?

Peyton hocha la tête, un peu penaude. Sentant probablement son embarras, Marie posa une main affectueuse sur son épaule. Elle adressa ensuite un sourire radieux à Beau puis prit leurs commandes.

Ils furent très vite servis en dépit du monde qui se trouvait là. Et tandis qu'elle sirotait son verre de thé glacé, Peyton réfléchit à ce que Beau lui avait dit dans la chambre du motel.

— À quoi penses-tu ? lui demanda-t-il.

— À la façon dont nous allons bien pouvoir prouver ton innocence, répondit-elle. Nous n'avons quasiment aucune chance de retrouver une preuve matérielle. Et nous n'avons aucune idée de qui Lacy pouvait bien vouloir faire chanter...

Beau s'accouda sur la table.

— Une chose est sûre : il devait s'agir de quelqu'un d'influent et de riche. Peut-être quelqu'un de marié qui craignait de voir sa respectabilité mise en cause.

Malheureusement, il y avait à Black Bayou des dizaines d'hommes qui pouvaient correspondre à un tel profil.

— Sais-tu si Lacy était amie avec certaines des filles qui travaillaient au motel ? demanda Peyton. Elle aurait pu se confier à l'une d'elles.

— Je crois qu'elle s'entendait bien avec une fille appelée Angel Marchant, répondit Beau.

— Sais-tu si cette Angel a été interrogée par la police, à l'époque ?

Beau secoua la tête.

— Je l'ignore.

— Et sais-tu où elle vit, aujourd'hui ?

— Non. Mais si elle est retournée dans le bayou, je devrais pouvoir la retrouver.

— Renseigne-toi à son sujet. Il pourrait être intéressant de lui parler. Bien sûr, j'en saurai plus après m'être entretenue avec le chef de la police, demain.

— Je viendrai avec toi, lui dit Beau.

Peyton fut tentée de protester. Elle était convaincue que Gravois se montrerait moins disert en présence de Beau que si elle l'interrogeait en tête à tête. Mais elle connaissait l'expression résolue qui se peignait sur son visage en cet instant et savait qu'il serait vain de tenter de le dissuader.

— D'accord, lui dit-elle.

Tous deux mangèrent en silence, plongés dans leurs pensées.

Mais chaque fois que leurs regards se croisaient, Peyton se sentait frissonner malgré elle.

Elle n'avait eu que deux amants depuis qu'ils étaient sortis ensemble, et aucun ne l'avait fait se sentir aussi désirée. Aucun ne lui avait procuré cette sensation de connivence, de connexion émotionnelle, d'intimité physique. Aucun ne lui avait procuré autant de plaisir.

Au fil des années, elle en était venue à se demander si elle n'avait pas exagéré la complicité qui avait existé entre Beau et elle. Mais elle se rendait compte à présent que cette sensation ne devait rien à son imagination. Il existait toujours entre eux un lien puissant que ni le temps ni la distance n'avaient suffi à éroder.

Après avoir terminé leurs plats, ils quittèrent le restaurant. Le soleil était en train de se coucher sur la petite ville.

— Est-ce que tu veux que je te dépose quelque part ? lui demanda-t-elle.

— Tu n'as qu'à rentrer jusque chez toi et je continuerai à pied, lui dit-il. C'est sur le chemin.

Elle lui lança un regard suspicieux.

— Comment sais-tu où j'habite ?

Beau haussa les épaules.

— Je me suis renseigné à ton sujet avant de te contacter, lui dit-il. Je ne voulais pas débouler comme un chien dans un jeu de quilles...

C'était pourtant l'impression que cela lui avait fait. Mais elle s'abstint de le lui dire.

Il ne leur fallut que quelques minutes pour atteindre la petite maison qu'elle avait achetée en arrivant à Black Bayou. Elle se gara devant son garage, puis tous deux descendirent de voiture et passèrent la petite grille qui fermait le jardin.

— C'est vraiment très joli, déclara Beau en observant attentivement la façade de sa nouvelle demeure.

— Merci, lui dit-elle, mal à l'aise.

Jamais elle n'avait imaginé que Beau Boudreau se tiendrait un jour dans son jardin. Il lui semblait que deux phases distinctes de sa vie venaient brusquement d'entrer en collision l'une avec l'autre, et elle n'était pas certaine de savoir comment les réconcilier.

Elle essaya de se convaincre que ce n'était que temporaire, que, dès qu'ils auraient retrouvé le meurtrier de Lacy, tous deux reprendraient le cours de leurs existences respectives. Mais quelque chose lui disait que les choses seraient peut-être un peu plus compliquées que cela.

Car, si Beau était réellement innocent du crime dont il avait été accusé, s'il n'avait effectivement pas eu de liaison avec Lacy, cela signifiait qu'elle l'avait traité de façon terriblement injuste – cruelle, même. Comment pourrait-elle espérer se faire pardonner ?

— Je serai peut-être un peu en retard, demain matin, lui dit-il. Il faut vraiment que je trouve un véhicule et un téléphone.

— Tu peux arriver à l'heure qui te conviendra, lui assura-t-elle. Et nous n'avons pas vraiment discuté des détails de ces travaux. Si tu comptes vraiment t'en charger, je suis partante. Mais à condition de te rembourser toutes les fournitures dont tu auras besoin.

Beau parut hésiter quelques instants avant de hocher la tête. S'approchant d'elle, il tendit la main et rabattit une mèche de cheveux rebelle derrière l'oreille de Peyton. Ce simple contact la fit frissonner de la tête aux pieds. Il y avait dans ce geste quelque chose de terriblement familier, comme si rien n'était venu entacher la complicité qui existait autrefois entre eux.

Elle sentit les battements de son cœur s'emballer et se demanda s'il allait l'embrasser. Elle prit simultanément conscience du fait qu'elle en avait terriblement envie. Il aurait été si facile en cet instant de tout oublier pour s'abandonner pleinement au désir qui montait en elle.

— Peyton, lui dit-il alors d'une voix légèrement rauque. Je voulais te dire... Lorsque tout ceci sera terminé... Il faudra que nous discutions, toi et moi.

— Je sais, souffla-t-elle.

Il hocha la tête, parut hésiter à ajouter quelque chose, puis se détourna pour se diriger vers la petite porte en fer forgé qui donnait sur la rue. Elle le suivit du regard tandis qu'il s'éloignait du centre-ville pour regagner le bayou. Et elle regretta soudain de ne pas avoir le courage de lui emboîter le pas...

Pénétrer dans le poste de police de Black Bayou après toutes ces années était sans doute l'une des choses les plus difficiles que Beau ait jamais faites. La dernière fois qu'on l'y avait conduit, il était menotté, terrifié par les charges qui pesaient contre lui, anéanti par la mort de Lacy.

Rétrospectivement, il se demandait si ce n'était pas réellement ce jour-là qu'il avait laissé son enfance derrière lui.

Aujourd'hui, il était adulte. Il était libre. Et Peyton se trouvait à ses côtés. Mais cela ne suffisait pas à dissiper complètement la sensation nauséeuse qui le taraudait.

Un peu plus tôt, ce matin-là, Peyton avait appelé Thomas Gravois, le chef de la police, pour prendre rendez-vous. Et il lui avait proposé de passer le voir sans attendre.

À leur arrivée, le policier qui se trouvait de permanence à l'accueil les conduisit directement jusqu'à une petite salle de conférences.

— Installez-vous, leur dit-il. Le chef ne devrait pas tarder à vous rejoindre.

— Souviens-toi de ce que je t'ai dit, souffla Peyton à Beau dès qu'ils se retrouvèrent seuls. Laisse-moi parler et contente-toi d'écouter avec attention. Quoi qu'il dise, ne le laisse pas te provoquer. Et rappelle-toi que nous sommes sur mon terrain, pas le tien.

— Je sais, acquiesça gravement Beau. Crois-moi, j'ai eu tout le temps de m'en rendre compte dans les quinze années qui ont suivi ma parodie de procès.

Peyton rougit, et il vit passer dans ses yeux une douloureuse lueur de culpabilité. Mais avant qu'elle n'ait pu reprendre la parole, la porte se rouvrit, laissant apparaître Thomas Gravois, le chef de la police.

Il leur adressa un petit signe de la tête avant de traverser la pièce pour aller prendre place de l'autre côté de la table, face à eux.

Gravois était un homme de haute taille, assez mince et en excellente forme physique. Il devait avoir dans les cinquante-cinq ans. Ses cheveux noirs étaient devenus grisonnants mais son regard bleu n'avait pas changé, trahissant toujours une intelligence acérée.

Beau savait que Gravois était d'origine très modeste. Son épouse Yvette descendait en revanche d'une famille très riche et très respectable de la ville – l'une de ces familles qui ne faisaient pas mystère de leur peu de considération pour les habitants du bayou.

À l'époque où Beau s'était fait arrêter, Gravois était plus jeune. Il brûlait de faire ses preuves et de démontrer sa valeur – notamment aux yeux de sa belle-famille. Et Beau était convaincu que cela avait joué un rôle non négligeable dans la façon dont il avait conduit son enquête à charge.

— Beau Boudreau, s'exclama-t-il. Je vois que vous êtes sorti de prison. J'espère que ce séjour aura été instructif et que vous êtes désormais résolu à vous conduire en citoyen modèle.

— Respecter la loi ne m'a pas empêché de me faire arrêter et condamner à tort, répondit Beau d'une voix calme et mesurée.

Il était bien décidé à ne rien laisser transparaître de la rancœur, de la frustration et de la colère qu'il avait éprouvées en voyant apparaître le chef de la police. Ce dernier se tourna alors vers Peyton.

— Vous avez sollicité ce rendez-vous, Peyton, lui dit-il. Pouvez-vous me dire ce que vous avez en tête, exactement ?

— J'aimerais obtenir une copie de votre dossier concernant le meurtre de Lacy Dupree, lui dit-elle.

— Pourquoi donc ? s'étonna Thomas. Cette affaire est classée depuis des années.

— Effectivement. Mais je crois que mon client était innocent du meurtre dont on l'a accusé.

Thomas la considéra avec une évidente stupeur. Un sourire ironique se dessina alors sur ses lèvres.

— Votre client ? répéta-t-il. Elle est bien bonne...

Il secoua doucement la tête et posa sur elle un regard presque paternel.

— Il vous a remis le grappin dessus, j'imagine, lui dit-il. Je me rappelle combien vos parents étaient désolés et embarrassés par votre relation, à l'époque. J'aurais pensé que vous auriez un peu plus de plomb dans la tête, aujourd'hui...

Au prix d'un effort de volonté surhumain, Beau ravala les menaces qui lui montaient aux lèvres. Du coin de l'œil, il vit que le visage de Peyton s'était changé en un masque glacial.

— Je suis venue ici en tant qu'avocate pour discuter avec le chef de la police, déclara-t-elle froidement. Je n'ai que faire de vos conseils en amour.

Thomas haussa les épaules, feignant l'indifférence. Mais Beau n'était pas dupe et percevait distinctement la colère qui l'habitait.

— Très bien, déclara-t-il. Je tiens à ce que les choses soient parfaitement claires, *maître*. Cette enquête a été conduite selon les règles. Et tous les indices que nous avons pu rassembler pointaient vers votre client sans la moindre équivoque.

— Excellent ! s'exclama Peyton avec une bonhomie feinte. Dans ce cas, j'imagine que vous ne verrez aucune raison de me refuser l'accès au dossier.

C'était la première fois que Beau voyait Peyton dans l'exercice de son métier. Vêtue d'un pantalon de tailleur noir et d'un chemisier blanc à manches courtes, elle arborait une apparence parfaitement professionnelle qui n'enlevait rien au charme qui émanait d'elle, bien au contraire. Elle dégageait une impression de confiance en elle qui ne la rendait que plus sexy aux yeux de Beau.

— D'accord, soupira Gravois. Je vais envoyer quelqu'un aux archives pour récupérer ce dossier et vous en faire une copie.

— Merci beaucoup, répondit-elle. J'espère que vous pourrez le faire parvenir à mon bureau d'ici demain.

— Je verrai ce que je peux faire. Est-ce que nous en avons terminé ? Figurez-vous qu'il y a des meurtres nettement plus d'actualité sur lesquels je dois enquêter.

— Des meurtres ? répéta Peyton, visiblement étonnée.

— Babette Pitre a été assassinée, il y a deux nuits de cela, précisa Gravois. On a retrouvé son corps dans la ruelle qui sépare la poste de l'hôtel de ville. Elle a été égorgée.

— Est-ce que vous avez une idée de qui a pu faire une chose pareille ? demanda Beau.

Il avait bien connu la famille Pitre et se souvenait de Babette enfant.

— Les gens de chez vous pensent que c'est l'œuvre du monstre des marais de Honey Island, répondit Gravois d'un ton ironique.

« Les gens de chez vous ». Le mépris qui transparaissait dans la voix du policier en disait long sur les préjugés qu'il entretenait encore aujourd'hui sur les habitants du bayou.

Beau ne pouvait qu'espérer qu'il se montrerait un peu moins négligent au cours de cette nouvelle investigation.

— Nous allons vous laisser retourner à votre enquête, déclara Peyton. Mais je compte sur vous pour me transmettre ce dossier très rapidement.

Elle se leva alors et Beau l'imita.

— Merci d'avoir pris le temps de nous recevoir, chef Gravois.

Beau se contenta d'un salut de la tête un peu sec et tous deux sortirent de la salle de conférences.

— Mais quel salopard ! s'exclama Peyton lorsqu'ils eurent pris place dans sa voiture.

Elle démarra et quitta le parking du poste de police.

— Je pensais que tu avais prévu de lui poser plus de questions au sujet de l'enquête, remarqua Beau.

— C'était bien mon intention, confirma-t-elle. Mais j'ai tout de suite compris qu'il comptait nous en dire le moins possible. Cela n'a pas d'importance, d'ailleurs. J'en apprendrai sans doute plus en lisant le rapport d'enquête. J'aurai également accès aux photos, aux comptes rendus de la police scientifique et du médecin légiste, et aux transcriptions des différents interrogatoires...

— Espérons que cela nous permettra de découvrir qui aurait pu commettre ce crime.

— À propos de crime, qu'est-ce que c'est que cette histoire de monstre des marais ? s'enquit Peyton. Je n'en ai jamais entendu parler.

— Le monstre des marais de Honey Island, précisa Beau. C'est une vieille légende cajun. Elle raconte qu'un enfant a été abandonné par sa famille et élevé par les alligators. Mais il existe une autre version qui prétend qu'il s'agit en fait d'un rougarou, le terme que les « gens de chez moi » utilisent pour désigner un loup-garou, ajouta-t-il en contrefaisant le ton méprisant de Gravois.

— Et à quoi cette créature est-elle censée ressembler ?

— Le monstre mesurerait plus de deux mètres, et pèserait dans les deux cents kilos. Il serait recouvert d'une fourrure grise et aurait de grands yeux couleur d'ambre. D'après la légende, il n'a que trois orteils à chaque pied et dégage une odeur fétide. À vrai dire, maintenant que j'y pense, il se pourrait que Gravois soit l'un de ses descendants...

Peyton éclata de rire. C'était la première fois que Beau l'entendait rire depuis qu'il l'avait retrouvée, et ce son faisait resurgir des dizaines de souvenirs merveilleux. Son cœur se serra en pensant à la formidable connivence qui avait été la leur autrefois.

— Je ne devrais pas rire, se reprit-elle alors. Quand je pense à cette pauvre fille qui a été assassinée...

— C'est vrai, acquiesça-t-il gravement. Et je serais prêt à parier que le rougarou n'y est pour rien.

Quelques instants plus tard, ils atteignirent le parking situé non loin du cabinet de Peyton et tous deux descendirent de voiture. Le téléphone de la jeune femme se mit alors à sonner.

— Il faut que je réponde, lui dit-elle en jetant un coup d'œil à l'écran. Va t'installer dans mon bureau. Je te rejoins rapidement.

Beau hocha la tête et commença à s'éloigner. Il eut pourtant le temps de l'entendre répondre à cet appel.

— Salut, Sam ! s'exclama-t-elle. Quoi de neuf ?

Le ton de sa voix n'échappa pas à Beau. Il trahissait un mélange de jovialité, de complicité et de tendresse qui éveilla en lui un accès de jalousie aussi intense qu'irrépressible. C'était parfaitement absurde, bien sûr. Il n'avait strictement aucun droit sur elle. Et pourtant, l'idée qu'elle puisse sortir avec quelqu'un d'autre le rendait malade.

Pressant le pas, il entra dans le petit immeuble qui abritait le cabinet de Peyton. En le voyant arriver, Kylie fit mine de se lever mais il lui fit signer de rester assise.

— Peyton est au téléphone mais elle ne devrait pas tarder à arriver. Elle m'a demandé de l'attendre dans son bureau.

— Bien sûr, acquiesça Kylie. Allez-y.

Beau se dirigea vers le couloir qui y conduisait mais s'arrêta avant d'y pénétrer.

— Dites, savez-vous qui est ce Sam avec qui elle s'entretient ?

Kylie lui jeta un regard scrutateur.

— Il s'agit probablement de Sam Landry, lui dit-elle.

— Un client de Peyton ? demanda-t-il.

L'ombre d'un sourire entendu se dessina sur les lèvres de la jolie blonde.

— Sam est un banquier de Black Bayou. Peyton et lui... se fréquentent depuis quelque temps.

Un nouvel élan de jalousie s'insinua en lui mais il s'efforça de ne pas trahir cette réaction.

— C'est bon à savoir, acquiesça-t-il. À tout à l'heure, Kylie.

Elle hocha la tête et le suivit pensivement des yeux tandis qu'il gagnait le bureau de Peyton. Là, il se laissa tomber dans un fauteuil et poussa un profond soupir.

Il avait douloureusement conscience du fait que sa propre existence s'était brusquement arrêtée, quinze ans auparavant. Sa vie affective s'était figée, et Peyton était demeurée son unique horizon amoureux.

Mais il n'en allait sans doute pas de même pour elle. Combien d'hommes avait-elle connus depuis qu'ils avaient été séparés ? En avait-elle aimé ? Avait-elle retrouvé dans les bras d'un autre ce qu'ils avaient partagé autrefois ?

Était-elle amoureuse de ce Sam Landry ?

— Désolée de t'avoir fait attendre...

Il releva les yeux et observa Peyton qui venait de le rejoindre, cherchant sur son visage des réponses à ses questions.

— Est-ce que c'est sérieux, entre vous ? ne put-il s'empêcher de lui demander.

Peyton se figea brusquement et ses joues s'empourprèrent.

— On dirait que ma fidèle assistante ne sait pas tenir sa langue, remarqua-t-elle.

— Tu n'as pas répondu à ma question.

Elle fronça légèrement les sourcils.

— Ce ne sont pas tes affaires, Beau, lui dit-elle.

Il se contenta de la regarder droit dans les yeux et la vit rougir de nouveau.

— Écoute, reprit-elle. C'est déjà suffisamment difficile comme cela... Je préférerais vraiment que nous nous en tenions à des relations d'ordre professionnel. Tâchons de nous conduire avec respect et de nous montrer honnêtes l'un envers l'autre.

— D'accord, soupira Beau. Mais je tiens à ce que tu saches que je t'ai toujours respectée, Peyton. Et, quoi que tu puisses en penser, je ne t'ai jamais trompée.

Ils échangèrent un long regard et elle finit par hocher doucement la tête.

— Je commence à en être convaincue, en effet, lui dit-elle avec une pointe de tristesse dans la voix.

4

Peyton se renversa dans son fauteuil et se frotta les yeux. Un coup d'œil à la pendule accrochée au mur lui indiqua qu'il était déjà 19 heures passées. Elle aurait dû rentrer chez elle depuis plusieurs heures déjà. Mais l'un des hommes de Gravois lui avait enfin apporté le dossier de Beau, et elle n'avait pas pu résister à la tentation de le parcourir.

Comme elle hésitait à se replonger dans sa lecture, elle entendit frapper à la porte d'entrée du cabinet. Curieuse, elle se leva et gagna la réception pour jeter un coup d'œil par le judas. À sa grande surprise, elle découvrit Jackson qui se tenait sur le pas de sa porte. Elle lui ouvrit aussitôt.

— Alors ? lui demanda-t-il après lui avoir fait la bise. On fait des heures supplémentaires ?

— Il n'est pas si tard que cela, répondit-elle. Mais c'est vrai, je me suis laissé absorber par ma lecture.

Tout en devisant, ils allèrent s'installer dans son bureau.

— Un nouveau dossier ? s'enquit Jackson.

— Un vieux dossier, en fait. Le chef Gravois m'a envoyé le rapport de police concernant la mort de Lacy Dupree.

— Et tu as trouvé des choses intéressantes ?

— Édifiantes serait un terme plus juste, répondit-elle. Gravois prétend que l'enquête a été menée dans les formes mais, en réalité, cette investigation semble avoir été complètement bâclée. Tu ne devineras jamais qui était le témoin principal, par exemple.

— Qui ça ?

— Louis Rivet.

— Tu n'es pas sérieuse ? s'exclama Jackson, incrédule. Ce type n'a pas dû dessoûler plus de dix minutes au cours des vingt-cinq dernières années !

— Eh bien, figure-toi que c'est en grande partie sur son témoignage que repose l'acte d'accusation. Il a déclaré que Beau avait quitté le motel quelques minutes seulement avant l'heure de la mort établie par le médecin légiste.

Peyton secoua doucement la tête.

— Beau était innocent, déclara-t-elle. J'en suis maintenant convaincue. Il a été condamné pour un meurtre commis par quelqu'un d'autre.

Jackson la considéra avec attention.

— Comment peux-tu en être aussi sûre ?

Peyton repensa à la conversation qu'elle avait eue avec Beau dans la chambre du motel et à tout ce qu'elle avait lu dans son dossier.

— Cela ne fait aucun doute. Cette enquête a été expédiée, et j'imagine que l'avocat de Beau manquait d'expérience. J'en saurai un peu plus à ce sujet lorsque j'aurai récupéré les minutes du procès.

— Admettons que tu aies raison et qu'il soit bel et bien innocent, que va-t-il se passer, à présent ?

— Je vais devoir trouver de nouveaux éléments sur la base desquels je pourrai demander qu'il soit rejugé.

— Je vois, acquiesça Jackson.

Il hésita quelques instants avant de poursuivre.

— En tout cas, quoi qu'il arrive sur le plan juridique, j'espère que tu ne commettras pas l'erreur de t'impliquer sur le plan émotionnel.

— Ne t'en fais pas pour moi, lui dit-elle. Je sais ce que je fais.

Elle ne comptait pas avouer à Jackson à quel point ses retrouvailles avec Beau l'avaient affectée. Elle ne voulait pas non plus lui parler de la terrible culpabilité qu'elle éprouvait à l'idée qu'elle avait trahi sa confiance.

— Jusqu'à présent, nos relations se limitent à une cordialité distante, reprit-elle.

— Ce n'est pas ce que j'ai entendu dire en ville. Les ragots vont bon train à votre sujet.

— Tu sais que c'est la spécialité de Black Bayou, objecta-t-elle. Lorsque les gens s'ennuient, ils inventent toutes sortes d'histoires. Je n'y ai jamais prêté attention et ce n'est pas maintenant que je vais commencer.

— Il n'empêche : des tas de gens désapprouvent le retour de Beau.

— Et où donc serait-il allé ? protesta Peyton. C'est chez lui, ici.

— J'imagine..., concéda Jackson sans grand enthousiasme.

Il demeura quelques instants silencieux.

— Est-ce que tu as eu des nouvelles de Sam depuis votre dernière soirée ?

— Il m'a appelée hier, acquiesça Peyton.

— C'est un type bien. Et vous feriez vraiment un joli couple, tous les deux.

— Je l'apprécie beaucoup, répondit-elle. Mais je préfère prendre mon temps. Je ne compte me marier qu'une seule fois et je veux être certaine d'avoir choisi la bonne personne. Mais parle-moi plutôt de ta vie amoureuse à toi. Où en es-tu ?

Il haussa les épaules.

— Au point mort, j'imagine. Cela fait un bon moment que je suis célibataire. Et les dernières femmes avec lesquelles je suis sorti m'ont paru terriblement ennuyeuses. On dirait qu'elles sortent toutes du même moule : gentilles, bien élevées, élégantes... mais très vite, nous n'avons plus rien à nous dire.

— Peut-être devrais-tu cesser de ne fréquenter que de riches héritières, suggéra Peyton, moqueuse.

— Tu as sûrement raison, soupira-t-il. Mais je ne connais personne d'autre...

— Je suis sûre que tu finiras par trouver quelqu'un de spécial. Tu feras un merveilleux mari et un excellent père.

— Sam aussi, tu sais, répondit Jackson. Et il t'adore. Je suis certain que vous seriez très heureux ensemble.

— Peut-être, éluda-t-elle. Mais tu ne m'as toujours pas dit ce que tu faisais ici.

— Oh ! rien de particulier. Je passais devant le cabinet en allant dîner chez mes parents. J'ai vu de la lumière à ta fenêtre et je me suis dit que j'allais passer te dire bonjour. Est-ce que tu es prête à y aller ?

— À vrai dire, je pense que je vais rester encore un peu. Je préfère prendre quelques notes tant que ce que j'ai lu est encore frais dans mon esprit.

— Dans ce cas, je ne vais pas te déranger plus longtemps...

Peyton raccompagna Jackson jusqu'à la porte avant de regagner son bureau. Elle repensa alors à ce que lui avait dit son meilleur ami.

Elle ne pouvait nier le fait que Sam Landry était un homme charmant. Grand, brun, avec des yeux noisette pétillants d'intelligence, il était plutôt beau garçon. C'était quelqu'un de doux et de gentil. Tous deux partageaient les mêmes valeurs et avaient un certain nombre de goûts en commun.

Elle l'appréciait beaucoup et aimait passer du temps en sa compagnie. Mais force était de reconnaître que, jusqu'à présent, elle n'avait pas ressenti de réelle alchimie entre eux sur le plan physique. À vrai dire, il lui était difficile de considérer Sam autrement que comme un ami.

Et elle ne pouvait s'empêcher de comparer leur relation avec celle qu'elle avait entretenue autrefois avec Beau. Certes, elle était alors beaucoup plus jeune et nettement moins expérimentée. Mais cela n'expliquait pas tout.

Aujourd'hui encore, chaque fois qu'elle se retrouvait dans la même pièce que lui, elle sentait s'éveiller en elle une pointe de désir aussi lancinant qu'irrépressible. Elle était troublée par l'odeur de sa peau, par le contact de ses mains, par la façon dont il la regardait...

Cela ne signifiait pas que tous deux avaient la moindre chance de se remettre ensemble, bien sûr. Trop de temps s'était écoulé, sans doute. Et sa propre réaction à l'arrestation de Beau avait certainement creusé entre eux un fossé qu'ils ne pouvaient espérer combler.

Il n'empêche : l'attirance que lui inspirait Beau ne faisait que souligner le caractère platonique de ses sentiments pour Sam. Peut-être était-il temps pour elle d'en tirer les conséquences...

Réprimant un soupir, elle se replongea dans l'étude du rapport d'enquête qu'elle annota copieusement. Le temps qu'elle parvienne à la fin du dossier, la nuit était tombée depuis longtemps. Étouffant un bâillement, elle rangea l'ensemble des documents dans un tiroir de son bureau et se prépara à partir.

Dès le lendemain, elle se mettrait à la recherche d'Angel, l'amie de Lacy dont Beau lui avait parlé et qui, curieusement, ne semblait pas avoir été interrogée par la police à l'époque. Peut-être aurait-elle des précisions intéressantes à apporter sur ce qui s'était passé en ce soir fatidique. Peut-être disposerait-elle d'éléments permettant d'identifier l'homme que Lacy s'apprêtait à faire chanter.

Si cette personne existait bel et bien, il y avait de fortes chances pour que ce soit elle qui ait assassiné la jeune femme. Et s'il s'agissait de l'un de ses clients, il résidait probablement toujours à Black Bayou. L'idée qu'un tel assassin puisse se promener en liberté, convaincu d'avoir échappé à la justice, la rendait malade.

Peyton quitta le cabinet et se dirigea vers le parking. À cette heure, les rues étaient désertes et l'air nocturne, toujours aussi chaud et humide, se chargeait d'effluves terreux et végétaux venus du bayou.

Elle remonta la rue jusqu'au parking où elle était garée. Mais alors qu'elle approchait de sa voiture, elle avisa du coin de l'œil un mouvement derrière elle et, l'instant d'après, fut violemment propulsée contre le véhicule, qu'elle percuta de plein fouet.

Avant qu'elle ait pu reprendre ses esprits, un corps se plaqua contre elle, l'écrasant contre la carrosserie brûlante. Elle se débattit, tentant d'échapper à son agresseur, mais il était beaucoup plus fort qu'elle et ne lui laissa aucune chance.

Luttant contre la panique qui menaçait de la submerger, elle s'efforça de comprendre qui pouvait bien l'attaquer de cette façon et pourquoi. Avec un peu de chance, il ne s'agissait que d'un vol à l'arraché...

— J'ai cent dollars dans mon sac, s'exclama-t-elle. Lâchez-moi et je vous les donne !

— Je ne veux pas de votre foutu fric, répliqua une voix masculine, basse et voilée. Laissez tomber votre enquête. Ne vous occupez plus de Lacy Dupree. Remuer le passé ne peut que vous causer des ennuis, croyez-moi.

Sur ce, son agresseur lui décocha un violent coup de poing au visage qui la toucha à la pommette. Une douleur fulgurante la traversa et, sonnée, elle prit appui sur la voiture pour éviter de s'écrouler. Derrière elle, elle entendit vaguement un bruit de course tandis que son attaquant s'esquivait.

Au bout de quelques instants, la douleur reflua légèrement, de même que la sensation de vertige. D'une main tremblante, elle déverrouilla sa portière et se laissa tomber sur le siège conducteur.

Elle se força à respirer profondément pour chasser la sensation de panique rétrospective qui montait en elle. Portant la main à sa joue, elle grimaça. Elle n'osait imaginer le bleu qu'elle aurait le lendemain. Mais, au moins, elle n'avait rien de cassé.

Sans doute ferait-elle bien d'appeler la police pour signaler l'agression dont elle venait d'être victime. Mais à quoi cela servirait-il ? Elle n'avait pas vu l'attaquant. Tout ce qu'elle pouvait dire de lui, c'était qu'il s'agissait d'un homme.

Tout s'était passé si vite... Même à présent, elle avait du mal à assimiler réellement le déroulement des événements. Elle regrettait amèrement de ne pas avoir eu le réflexe de se retourner au moment où l'homme s'était enfui. Elle aurait au moins pu se faire une idée de sa taille et de sa corpulence, peut-être même de la couleur de sa peau et de ses cheveux...

Mais elle ne l'avait pas fait et n'aurait donc rien à dire aux policiers qui l'interrogeraient. Refusant de perdre son temps, elle essuya les larmes qui coulaient de ses yeux, brouillant sa vision. Tout ce qu'elle voulait, c'était rentrer chez elle.

Elle fit donc démarrer sa voiture et quitta le parking. Et tandis qu'elle roulait en direction de sa maison, une conviction nouvelle se fit jour en elle.

L'homme qui venait de la menacer ne tenait pas à ce qu'elle s'intéresse de trop près au meurtre de Lacy Dupree. Or la personne qui avait le plus à craindre d'une réouverture de ce dossier n'était autre que le véritable meurtrier.

Si elle avait eu encore le moindre doute concernant l'innocence de Beau Boudreau, cette déplaisante rencontre aurait au moins eu le mérite de le dissiper.

Beau décocha un petit salut amical au vieil homme qui se tenait près de la camionnette mangée de rouille sur le parking de l'épicerie de Vincent. Ce petit établissement se trouvait juste à la limite du marais et c'était là que la plupart des habitants du bayou venaient faire leurs courses et garer leur véhicule.

Gator Broussard était une véritable légende vivante, dans les parages. Personne ne connaissait son âge exact mais il semblait avoir toujours été là. Ce personnage haut en couleur avait passé le plus clair de son existence à chasser l'alligator dans le bayou. Il lui manquait d'ailleurs trois doigts de la main gauche qu'il avait perdus lors d'un combat contre l'une de ces créatures.

Broussard portait un T-shirt gris crasseux et un jean fatigué retenu à la taille par un simple morceau de corde. Il tenait à la main un bâton de marche en bois noueux au bout duquel était fixé un couteau de chasse.

Beau ignorait comment le vieil aventurier avait eu vent du fait qu'il cherchait une voiture. Mais il lui avait donné rendez-vous ici par personne interposée.

— Content de te revoir, Gator. Comment ça va depuis tout ce temps ?

Les yeux noirs du chasseur d'alligators étincelèrent de malice.

— Je n'ai pas à me plaindre. Surtout comparé à toi... Comment se passe ton grand retour, Beau ?

— Eh bien, on ne peut pas dire que j'aie été accueilli à bras ouverts. Mais je me débrouille.

— Tu n'as vraiment pas eu de pot, en tout cas. Tu ne méritais pas ce qui t'est arrivé, ça ne fait aucun doute dans mon esprit. Je sais que tu n'aurais jamais fait de mal à Lacy – ni à qui que ce soit, d'ailleurs. Je ne sais pas qui t'a fait porter le chapeau dans cette histoire mais, si je le tenais, il passerait un mauvais quart d'heure avant d'aller nourrir mes bestioles, tu peux me croire.

— Merci pour ton soutien, Gator.

Ce dernier hocha la tête.

— Je me suis laissé dire que tu avais besoin d'une voiture.

Il tapota la camionnette de sa main calleuse.

— Celle-ci ne paye pas de mine, je te l'accorde, mais elle roule au poil. On m'a retiré mon permis, il y a quelques années, parce que j'ai failli faire exploser leur alcootest après avoir embouti une voiture sur un parking. Alors, la camionnette est à toi si tu veux. Je n'en ai plus besoin.

— C'est vraiment très gentil à toi, Gator, mais je tiens à te l'acheter.

Beau était bien placé pour savoir que les gens du bayou avaient souvent du mal à joindre les deux bouts. Et il se refusait à profiter de l'un de ses congénères.

— D'accord, acquiesça le vieux baroudeur. Donne-moi cent dollars et on sera quittes.

— Je t'en donne cinq cents.

— Deux cents.

Beau se mit à rire.

— Disons quatre cents, c'est mon dernier mot.

Sortant son portefeuille, il en tira huit billets de cinquante dollars qu'il tendit à Gator. Ce dernier les fit disparaître dans l'une des poches de son jean.

— Est-ce que tu sais que cette pauvre Babette Pitre s'est fait tuer ? lui demanda alors Beau.

Le sourire de Gator disparut, et le vieil homme se rembrunit.

— C'est ce que j'ai entendu dire, acquiesça-t-il. Mais je n'en sais pas beaucoup plus que ça. J'imagine que c'est le même tueur que pour les deux précédentes...

Surpris, Beau l'interrogea du regard.

— Colette Castille et Marcelle Savoie, précisa Gator. Elles aussi se sont fait tuer.

Il cracha la chique qu'il était en train de mastiquer.

— Quand est-ce arrivé ? s'enquit Beau.

Gator fronça les sourcils, faisant un effort pour se rappeler.

— Colette est morte il y a quatre mois environ et Marcelle quatre ou cinq mois avant ça.

— Et qu'en dit Gravois ?

Gator haussa ses larges épaules.

— Pas grand-chose, à ma connaissance. Et je doute que son enquête ait beaucoup avancé. Ce type serait incapable de trouver un meurtrier dans une prison de haute sécurité.

— Gravois m'a dit que les gens du coin pensaient que Babette avait été tuée par le monstre de Honey Island, remarqua Beau.

Gator lui jeta un regard inquiet comme si le seul fait de prononcer ce nom aurait pu suffire à invoquer la créature en question.

— Je ne sais pas ce qui a égorgé ces pauvres filles, déclara-t-il. Mais, humain ou pas, c'est bel et bien un monstre.

Tous deux continuèrent à deviser durant quelques minutes avant de signer l'acte de vente de la camionnette. Gator remit alors les clés à Beau. Un peu plus tôt, ce dernier avait fait l'acquisition d'un téléphone et il était donc fin prêt à aller rejoindre Peyton.

Gator ne lui avait pas menti : la camionnette était peut-être rouillée et un peu cabossée mais elle roulait parfaitement. Il ne lui fallut que quelques minutes pour atteindre le centre-ville et, après s'être garé, il gagna directement le cabinet où il fut accueilli par Kylie.

— Bonjour, monsieur Boudreau, lui dit-elle.

— Appelez-moi Beau, je vous en prie, objecta-t-il. Est-ce que Peyton est là ?

— Elle est là et elle m'a dit que vous pouviez la rejoindre sans attendre.

Beau ne se fit pas prier et gagna le bureau de la jeune femme.

— Entrez ! lui cria-t-elle lorsqu'il frappa à la porte.

Il s'exécuta et referma le battant derrière lui avant de s'avancer dans la pièce. Là, il se figea brusquement, et contempla avec stupeur le visage tuméfié de Peyton qui s'était levée pour l'accueillir.

— Que t'est-il arrivé ? lui demanda-t-il, le cœur battant à tout rompre.

— Rien de bien grave, éluda-t-elle en effleurant le bleu impressionnant qui ornait sa pommette.

Elle détourna aussitôt les yeux, et il comprit immédiatement qu'elle lui cachait quelque chose.

— Dis-moi ce qui s'est passé, insista-t-il.

— Eh bien… j'ai fait une mauvaise rencontre, hier soir, en sortant d'ici…

— Avec un boxeur professionnel ?

Peyton ne put s'empêcher de sourire, ce qui lui arracha aussitôt une grimace douloureuse.

— S'il te plaît, ne me fais pas rire, lui dit-elle.

Elle soupira et recouvra son sérieux.

— J'étais sur le point de rentrer chez moi, hier soir, lorsqu'un homme m'a plaquée contre ma voiture. Puis ce salopard m'a décoché un coup de poing en plein visage avant de s'enfuir.

Beau sentit monter en lui un brusque accès de colère.

— Est-ce que tu as vu qui c'était ?

Elle secoua la tête.

— Est-ce qu'il t'a volé ton sac ?

Elle fit de nouveau non de la tête.

— Ça n'a aucun sens ! s'exclama Beau, sidéré. Il n'a rien dit pour expliquer son geste ?

Elle détourna de nouveau les yeux.

— À vrai dire, si…

Beau s'approcha d'elle et lui prit doucement le menton pour la forcer à le regarder.

— Qu'est-ce qu'il t'a dit ? lui demanda-t-il gravement.

— Que je ferais mieux de laisser tomber cette enquête et de ne plus m'occuper de l'affaire Lacy Dupree.

Beau ne put réprimer un juron. Ainsi, c'était à cause de lui qu'elle s'était fait attaquer.

— Je crois que tu ferais mieux de suivre ce conseil, déclara-t-il.

Elle secoua la tête.

— Au contraire, s'exclama-t-elle. Cette agression prouve que nous sommes sur la bonne voie.

— Peut-être, concéda-t-il. Mais je refuse que tu te mettes en danger à cause de moi. Je poursuivrai les recherches sans ton aide.

— Il n'en est pas question ! protesta-t-elle.

Ses yeux bleus étincelaient d'un mélange de colère et de volonté farouche.

— Je suis avocate, lui rappela-t-elle. Ce n'est pas la première fois que quelqu'un cherche à m'intimider. J'ai reçu des tas de menaces de mort au cours de ma carrière. Et, généralement, elles ne font que renforcer ma résolution.

— Peyton... S'il devait t'arriver quelque chose, je crois que je ne le supporterais pas, lui avoua-t-il.

Elle le considéra avec un mélange d'étonnement et de doute.

— Pourquoi, Beau ? lui demanda-t-elle d'une voix légèrement étranglée. Après ce que je t'ai fait...

Il vit une larme perler au coin de ses yeux et sentit son cœur se serrer dans sa poitrine. Incapable de résister à la détresse qu'il lisait sur son visage en cet instant, il se pencha vers elle et posa doucement ses lèvres sur les siennes.

Il n'avait eu l'intention que de les effleurer. Mais c'était compter sans l'alchimie qui avait toujours existé entre eux et que le temps ne semblait pas avoir entamée.

Dès l'instant où leurs bouches se rencontrèrent, un violent frisson les parcourut tous deux. Beau sentit monter en lui un accès de désir si intense, si incoercible, qu'il se sentit pris de vertige.

Peyton lui rendit alors son baiser, ce qui ne fit que décupler la passion qui l'habitait. Leurs langues se mêlèrent tandis que tous deux laissaient échapper de petits gémissements incontrôlables. Beau plongea ses doigts dans les cheveux soyeux de la jeune femme et ferma les yeux pour mieux s'abandonner à cet instant magique qu'il attendait depuis quinze ans.

Hélas, elle s'arracha alors à lui et posa les mains sur la poitrine de Beau pour le tenir à distance. Haletante, les joues rougies, les yeux brillants de désir, elle était plus séduisante que jamais.

— Non, murmura-t-elle d'une voix légèrement tremblante. Nous ne devrions pas faire ça.

— J'ai pourtant l'impression que tu en avais autant envie que moi, objecta Beau.

— La question n'est pas là...

Elle se détourna et passa la main dans ses cheveux, s'efforçant visiblement de recouvrer un semblant de self-control.

— Tout cela est trop soudain, soupira-t-elle. Il y a encore quelques jours, je pensais ne jamais te revoir. J'étais convaincue que tu m'avais trompée, que tu étais responsable de la mort de cette fille... Et puis, il y a quelqu'un dans ma vie... Je ne suis pas sûre que cette relation ait réellement une chance d'aboutir mais je lui dois un minimum d'honnêteté... Je suis désolée, Beau, mais je vais avoir besoin d'un peu de temps...

Il hocha gravement la tête : le simple fait qu'elle ne lui oppose pas une fin de non-recevoir était déjà une victoire en soi.

— Je comprends, répondit-il. Et c'est une raison de plus pour te tenir à l'écart de cette enquête.

— Il n'en est pas question, répliqua-t-elle d'une voix sans appel. Tu es mon client et je me suis engagée à m'occuper de ton affaire. Je ne peux pas reculer. C'est une question d'intégrité professionnelle. Simplement, je me montrerai plus prudente, désormais, et je ne courrai aucun risque inutile.

Beau la considéra avec une franche admiration. La jeune

fille innocente et un brin naïve qu'elle était autrefois s'était muée en une femme volontaire et courageuse. Et elle n'en était que plus admirable à ses yeux.

— D'accord, s'inclina-t-il. Mais, dans ce cas, je tiens à t'escorter chaque matin de chez toi au cabinet et chaque soir du cabinet à ton domicile. Je veillerai à ce que personne n'ait l'occasion de lever de nouveau la main sur toi.

— J'en déduis que tu as trouvé une voiture ?

— Une camionnette, précisa-t-il. Ce qui s'avérera probablement très utile pour les travaux de rénovation. Tu n'as qu'à me dire ce que tu préfères : je peux te suivre dans mon propre véhicule ou bien venir te chercher et te ramener chaque jour.

Elle lui décocha un petit sourire.

— Quitte à faire tous deux ces allers-retours, autant les faire ensemble, déclara-t-elle. Merci, Beau.

Le fait qu'elle accepte aussi facilement sa proposition prouvait qu'elle avait été plus choquée par cette agression qu'elle ne voulait bien le laisser paraître. Cela ne faisait qu'ajouter à la résolution de Beau : plus que jamais il était décidé à identifier l'homme qui avait tué Lacy et qui s'en était pris à Peyton.

— Est-ce que tu as appelé Gravois pour lui signaler cette attaque ? lui demanda-t-il.

— Non. Je n'ai pas vu mon agresseur et je ne dispose d'aucune information qui permettrait de l'identifier.

— J'imagine qu'étant donné les circonstances, ça ne serait pas en haut de la liste de ses priorités, soupira Beau.

— Que veux-tu dire ?

Il lui raconta ce que Gator lui avait dit au sujet des meurtres commis récemment.

— C'est horrible, s'exclama Peyton. Je n'avais pas idée qu'il s'agissait d'un tueur en série... Comment se fait-il que les gens n'en parlent pas plus, en ville ?

Beau haussa les épaules d'un air fataliste.

— Les victimes sont des gens du bayou, expliqua-t-il. Personne ne s'intéresse réellement à eux en dehors de leurs congénères. Mais, en parlant de Gator... Je lui ai également demandé où nous pourrions trouver Angel Marchant. Il m'a dit qu'elle vivait recluse au fin fond du marais. Il m'a indiqué où se trouvait sa cabane et je me disais que nous pourrions passer la voir dans l'après-midi.

— Excellente idée, approuva Peyton. Peut-être pourra-t-elle nous en dire un peu plus sur ce que mijotait Lacy.

— Je l'espère. En attendant, je vais me remettre au travail sur la façade. Je repasserai ensuite chez moi pour me doucher et me changer et puis, je viendrai te prendre dans l'après-midi.

— Parfait, acquiesça-t-elle.

Quelques minutes plus tard, Beau s'était mis à l'œuvre. Il comptait remplacer les dernières planches grignotées par l'humidité avant de passer une première couche de peinture sur la façade.

Tout en travaillant, il ne cessait de repenser au baiser que Peyton et lui avaient échangé et à ce qu'elle lui avait dit ensuite. Visiblement, les sentiments qu'elle éprouvait à son égard étaient tout aussi troubles que les siens. Pas plus que lui, elle n'était insensible à l'attirance réciproque qui existait entre eux.

Mais même s'ils se donnaient une chance de renouer le fil de leur relation, parviendraient-ils réellement à réparer les dégâts causés par sa longue incarcération et la trahison de Peyton ?

5

Peyton venait tout juste de terminer le sandwich que Kylie lui avait rapporté de chez Big Larry lorsque son assistante vint de nouveau frapper à la porte de son bureau.

— Peyton, lui dit-elle en passant la tête par l'entrebâillement. M. et Mme Farineau demandent à te voir.

Peyton lui lança un regard étonné.

— Est-ce qu'ils t'ont dit pourquoi ?

— Non. Ils m'ont indiqué qu'ils préféraient en discuter directement avec toi. Ça a l'air d'être important.

— Fais-les entrer.

Jason Farineau était un notable de Black Bayou, l'un des piliers de la communauté. Il avait fait fortune dans la finance et était membre du conseil municipal. C'était le genre de clientèle que Peyton ne pouvait se permettre de refuser.

Il pénétra dans son bureau avec l'énergie d'un taureau en colère. Sa femme Irene le suivait de près, le visage penaud. Peyton se leva aussitôt pour les accueillir et contourna sa table de travail pour aller leur serrer la main.

— Mon Dieu ! s'exclama Jason en contemplant son visage d'un air inquiet. Mais que vous est-il arrivé, Peyton ?

— Je me suis cognée bêtement en allant boire cette nuit, répondit-elle. J'aurais peut-être mieux fait d'allumer la lumière. Mais, dites-moi, que puis-je faire pour vous ?

Ils prirent tous place autour du bureau. Irene sortit un mouchoir en batiste dont elle se servit pour se tamponner les yeux. Jason lui lança un regard réprobateur avant de se tourner de nouveau vers Peyton.

— Hier, ma chère épouse a été accusée de vol à l'étalage par les agents de sécurité de chez Chastain, expliqua-t-il.

Peyton prit garde de ne laisser transparaître aucune réaction. Chastain était l'une des boutiques les plus chics de Black Bayou, où l'on trouvait aussi bien des vêtements luxueux que des articles de décoration raffinés.

— De toute évidence, il s'agit d'un malentendu, reprit Jason. Irene avait une carte de crédit sur elle et nous avons évidemment les moyens de régler ces achats... Mais Chastain n'a rien voulu entendre et a porté plainte. J'en ai parlé à Trevor Mignot, le procureur du district, et il m'a laissé entendre qu'étant donné les circonstances, il n'avait d'autre choix que de poursuivre Irene pour vol...

— Je vois, acquiesça gravement Peyton.

— Puis-je compter sur vous pour régler cette affaire rapidement et en toute discrétion ?

— Avant de vous répondre, il va me falloir quelques informations supplémentaires, répondit prudemment Peyton.

Elle se tourna vers Irene, qui paraissait totalement terrifiée. Peyton se demanda si elle craignait plus les accusations portées contre elle, les conséquences juridiques qui pourraient en découler ou la colère de son propre mari.

Une chose était sûre : si Chastain avait décidé de porter plainte au lieu de s'arranger à l'amiable, cela signifiait soit que le vol était très important, soit qu'il s'agissait d'une récidive.

— J'avais la tête ailleurs, lui assura alors Irene, les larmes aux yeux. J'ai mis ces articles dans mon sac sans réfléchir... Mais c'était une erreur... un malentendu... Je n'avais pas l'intention de voler quoi que ce soit.

Elle jeta un nouveau coup d'œil en direction de son époux et se remit à pleurer de plus belle.

L'entretien avec le couple dura près de deux heures et permit à Peyton de comprendre à demi-mot qu'Irene Farineau était coutumière de ce genre de situations et souffrait probablement de kleptomanie. Elle décida d'accepter cette affaire qui lui permettrait de regonfler sa trésorerie et, en cas de succès, lui vaudrait certainement une précieuse recommandation de la part de Jason Farineau.

En raccompagnant le couple jusqu'à la porte d'entrée, Peyton constata que le ciel s'était chargé de lourds nuages gris annonciateurs de pluie. Elle espéra que ce changement de temps ne les empêcherait pas de se rendre dans le bayou pour interroger Angel Marchant.

De retour auprès de Kylie, Peyton lui demanda d'ouvrir un nouveau dossier au nom d'Irene Farineau.

— Pour quel motif ?

— Vol à l'étalage.

Son assistante la considéra avec stupeur.

— Irene semble avoir... un petit problème, expliqua Peyton. Il va sans dire que nous ne devons parler de cela à personne. Je vais tenter de négocier avec Mignot et avec Chastain pour obtenir un règlement à l'amiable.

Kylie hocha la tête.

— J'imagine que personne n'a rien à gagner à étaler cette affaire sur la place publique.

— C'est aussi mon sentiment. Est-ce que tu as vu Beau ?

— Oui, il est passé pendant que tu t'entretenais avec les Farineau. Il m'a dit qu'il allait prendre un café chez Larry et qu'il repasserait un peu plus tard.

— Parfait. Je vais en profiter pour m'attaquer à notre nouvelle affaire en l'attendant.

— En tout cas, c'est une excellente nouvelle pour le cabinet, déclara Kylie.

— Oui, d'autant que les Farineau ont les moyens de nous payer rubis sur l'ongle.

— À condition qu'Irene ne pique pas dans la caisse, plaisanta Kylie.

Peyton ne put réprimer un sourire. Toutes deux furent alors interrompues par l'arrivée de Beau. Comme à chaque fois qu'elle le voyait, Peyton fut frappée par l'impression de force et d'assurance qui émanait de lui. Elle n'osait imaginer ce qu'il avait dû vivre en prison pendant ces quinze dernières années. Mais cette expérience semblait l'avoir rendu plus fort et plus volontaire encore qu'il ne l'était autrefois.

— J'ai vu les Farineau sortir de chez vous, remarqua-t-il. Dois-je en déduire que vous avez décroché une nouvelle affaire ?

— Oui, répondit Peyton. Mais je te rassure : elle ne devrait pas me prendre tant de temps que cela. Kylie, tâche de récupérer le rapport de police.

— C'est comme si c'était fait.

Peyton se tourna de nouveau vers Beau.

— Eh bien, allons trouver Angel, lui dit-elle. Laisse-moi juste le temps d'aller chercher mon sac.

Quelques minutes plus tard, ils se mirent en route dans la camionnette de Beau. Si celle-ci ne payait pas de mine, extérieurement, Peyton remarqua qu'il avait soigneusement nettoyé l'intérieur de l'habitacle qui était déjà imprégné de son odeur.

À mesure qu'ils se rapprochaient du bayou, elle sentit son anxiété monter insidieusement en elle. Elle n'était pas retournée dans les marais depuis la dernière soirée qu'elle avait passée en compagnie de Beau, quinze ans auparavant.

À ce moment-là, elle était encore convaincue que tous deux étaient faits l'un pour l'autre et que rien ni personne ne pourrait entraver leur bonheur. Moins de vingt-quatre heures plus tard, ce rêve avait brusquement volé en éclats.

À présent qu'ils s'étaient retrouvés, elle commençait à comprendre que ses sentiments pour lui n'avaient jamais complètement disparu. Ils étaient seulement entrés en dormance, couvant en elle comme la braise sous la cendre.

Aujourd'hui, elle pouvait choisir de les laisser resurgir… ou les étouffer définitivement. Et ces deux éventualités lui semblaient presque aussi terrifiantes l'une que l'autre.

La perspective de ce choix conférait à son retour dans le bayou une dimension hautement symbolique. Elle sentait confusément que le moment approchait où elle ne pourrait plus se contenter d'ignorer ce dilemme, de faire comme si de rien n'était.

Beau gara la camionnette sur le parking de l'épicerie de Vincent. De là, plusieurs sentiers s'enfonçaient dans les profondeurs du bayou. Le cœur battant la chamade, Peyton emboîta le pas à Beau et tous deux ne tardèrent pas à se retrouver à l'ombre de l'inextricable canopée.

Dans l'air lourd et saturé d'humidité, une multitude de bruits se faisaient entendre : chant des oiseaux, vrombissement et crissement des insectes, clapotement des poissons et des grenouilles, hululements étranges que Peyton aurait été bien en peine d'identifier…

Elle se rapprocha de Beau, bien consciente de n'être qu'une intruse dans ce monde encore sauvage. Son compagnon, en revanche, paraissait parfaitement à son aise dans un tel environnement. Il s'y mouvait avec assurance, et elle ne put s'empêcher de repenser à leur toute première rencontre, lorsqu'il l'avait guidée à travers les marais pour la ramener jusque chez elle.

En dépit des années qui s'étaient écoulées, elle reconnaissait la piste qu'ils suivaient : c'était celle qui conduisait jusqu'à la cabane de Beau. Mais avant qu'ils ne l'aient atteinte, il bifurqua, s'engageant sur un sentier plus étroit encore.

— Est-ce que tu es déjà allé chez cette Angel ? lui demanda-t-elle.

— Non. La dernière fois que je l'ai vue, elle habitait encore la chambre voisine de celle de Lacy, au motel.

Ils continuèrent de progresser pendant plusieurs minutes.

— Est-ce que tu connais cette partie du bayou ? s'enquit encore Peyton en s'efforçant de masquer sa nervosité.

— Pas très bien, reconnut Beau. C'est une partie vraiment très reculée et il n'y a pas grand-chose à voir, par ici. Mais je fais confiance aux instructions de Gator.

— Si tu le dis..., murmura-t-elle.

Ils se trouvaient à présent en plein cœur des marais. La végétation s'était faite plus luxuriante encore et l'épais feuillage des arbres ne laissait plus passer que quelques rayons de soleil, plongeant les lieux dans une semi-obscurité verdâtre. Irrégulier, mangé d'herbes folles et ponctué de flaques fangeuses qu'ils devaient contourner, le sentier qu'ils suivaient n'en était plus un que de nom.

À plusieurs reprises, Peyton manqua de trébucher, et Beau finit par lui tendre la main. Elle la prit avec reconnaissance, non seulement pour assurer sa marche mais aussi et surtout parce que ce contact avait le don de la tranquilliser.

Des oiseaux invisibles faisaient entendre leurs chants dissonants et leurs battements d'ailes, comme pour signifier aux humains qui s'étaient aventurés sur leur territoire qu'ils n'étaient pas les bienvenus. L'air s'était chargé d'une senteur doucereuse et sure à la fois, qui évoquait la mort et la décomposition.

Une peur sourde s'insinuait en elle, et elle comprenait mieux pourquoi le bayou faisait l'objet de tant de légendes et de superstitions. En un tel lieu, il paraissait tout naturel de croire aux esprits et aux fantômes.

— Est-ce que c'est encore loin ? murmura-t-elle, n'osant élever la voix.

— Je ne crois pas, lui répondit Beau. Est-ce que tu veux que nous fassions une pause ?

— Non, ce n'est pas la peine, lui assura-t-elle.

Tant qu'il se trouverait à ses côtés, tant qu'il lui tiendrait la main, elle parviendrait à surmonter la peur.

À cette idée, elle sentit les larmes lui monter aux yeux. Elle se rendait soudain compte du fait que la confiance qu'elle vouait à Beau était consubstantielle de leur relation. Depuis qu'il l'avait prise par la main, à l'âge de dix ans, elle lui avait accordé cette confiance de façon pleine et entière.

Cela expliquait peut-être pourquoi elle avait si mal vécu ce qui s'était passé quinze ans auparavant. Le sentiment de trahison avait été pour elle un véritable coup de poignard en plein cœur. Et, maintenant qu'elle était convaincue de son innocence, elle supposait que Beau avait dû éprouver exactement la même chose.

Pouvait-on vraiment se remettre d'un tel malentendu ? Avaient-ils réellement une chance de retisser cette confiance ?

Ses sombres réflexions furent brusquement interrompues par un hurlement déchirant qui résonna dans le bayou. Peyton ne put réprimer un violent frisson et se tourna vers Beau. L'inquiétude qui se lisait sur son visage ne contribua guère à la rassurer.

— Qu'est-ce que c'était ?

— On aurait dit... un loup, murmura-t-il.

— Il n'y a pas de loups dans le bayou, objecta-t-elle d'une voix légèrement tremblante.

— Pas que je sache, en effet. La bonne nouvelle, c'est que nous sommes arrivés...

Suivant son regard, elle découvrit une petite cabane sur pilotis qui se dressait non loin de là. Plusieurs lampes à pétrole étaient accrochées sous le porche, éclairant de leurs lueurs vacillantes des dizaines de poupées suspendues à des cordelettes. La plupart étaient défigurées, avaient des membres arrachés ou étaient partiellement carbonisées.

— Qu'est-ce qui se passe, ici ? souffla Peyton.

— Gator m'a dit qu'Angel était devenue guérisseuse, expliqua Beau. Il semble avoir oublié de préciser que c'était aussi une sorcière...

La porte de la cabane s'ouvrit soudain, au moment précis où un second hurlement déchirait le silence. Se découpant à contre-jour dans l'embrasure se dressait une femme de haute taille qui tenait un fusil à la main.

— Qui est là ? appela-t-elle.

— Angel ? C'est Beau Boudreau. Je suis avec Peyton LaCroix. Nous aimerions vous parler.

Elle demeura longuement silencieuse, et Beau prit alors conscience des espoirs qu'il plaçait en elle. Car si elle refusait de leur parler ou s'il s'avérait qu'elle n'avait rien à leur dire, il leur serait probablement difficile de trouver qui Lacy avait voulu faire chanter.

— Entrez, leur dit-elle enfin.

Tandis qu'ils s'approchaient de la cabane, Beau vit Angel reculer d'un pas et poser une main apaisante sur la tête d'un gros loup au pelage roux qui se tenait à ses côtés.

Il sentit alors les doigts de Peyton se crisper sur les siens. L'angoisse qui émanait d'elle en cet instant était presque palpable. Et il devait bien reconnaître que lui-même ne se sentait pas très à l'aise. Toutes les histoires de sorcières, de loups-garous et de sorcellerie qu'il avait entendu raconter depuis sa plus tendre enfance lui revenaient soudain en mémoire.

Ils s'avancèrent sur l'étroite passerelle de bois qui conduisait au porche de la maison. Beau avançait en tête et Peyton le suivait de très près. Angel avait disparu à l'intérieur, et il observa les poupées, remarquant que certaines d'entre elles étaient piquées d'aiguilles. Une autre avait un couteau planté au niveau du cœur. S'agissait-il de gens qu'Angel avait voulu envoûter ?

Il songea alors qu'Angel le croyait peut-être responsable de la mort de Lacy. L'avait-elle maudit, lui aussi ? Il ne tarderait probablement pas à le découvrir.

Pénétrant dans la pièce principale de la cabane, ils trouvèrent Angel assise dans un grand fauteuil en cuir brun. Son loup était posté auprès d'elle, vigilant. Elle leur fit signe de prendre place sur le canapé qui était disposé face à elle.

— Beau Boudreau, murmura-t-elle, je ne m'attendais pas à te revoir un jour.

— Moi non plus, à vrai dire, concéda-t-il. Mais il semble que le destin en ait décidé autrement.

La dernière fois qu'il avait vu Angel, c'était une jeune femme très séduisante aux longs cheveux de jais et aux yeux noirs brillant de vie et de passion.

Les quinze années qui venaient de s'écouler n'avaient pas été tendres avec elle. Elle paraissait en avoir pris trente. Une cicatrice vicieuse lui barrait la joue droite. Sa chevelure noire était traversée en son centre par une longue mèche blanche. Et ses yeux trahissaient désormais un mélange de lassitude et de sagesse.

Beau observa plus attentivement la pièce dans laquelle ils se trouvaient. De nombreux bouquets de plantes séchaient, accrochés aux poutres. Il en reconnaissait certaines mais d'autres lui étaient inconnues. Une odeur de fleurs et de baies flottait dans l'air, se mêlant à celle d'épices plus exotiques. D'autres poupées étaient suspendues çà et là.

— Pourquoi ces poupées ? demanda-t-il, curieux.

Elle lui décocha un sourire malicieux.

— Tu n'as pas entendu, Beau ? Je suis la méchante sorcière du marais. Les hommes ont peur de moi. Leurs femmes viennent me voir en secret pour me confier leurs problèmes de santé ou de cœur...

— Cela n'explique pas les poupées, objecta-t-il.

— Je suis une femme et je vis seule ici... Enfin, avec Loup, bien sûr.

Reconnaissant son nom, l'animal leva vers elle un regard empli d'adoration.

— Laisser penser que je suis une sorcière ou une puissante reine du vaudou a tendance à décourager les curieux et les gens mal intentionnés. Et cela me convient parfaitement.

Tandis qu'elle prononçait ces mots, sa main s'était portée inconsciemment à sa cicatrice.

— Tant que l'on a peur de moi, je suis en sécurité, ajouta-t-elle.

Elle posa la main sur la tête de son loup et lui murmura quelques mots dans une langue que Beau ne reconnut pas. Cela parut apaiser l'animal qui s'allongea à ses pieds, posant son museau sur ses pattes antérieures. Mais il continuait à observer attentivement les invités de sa maîtresse.

— Je suis sûre que votre compagnon suffirait à dissuader les mauvais plaisants, remarqua Peyton. Où l'avez-vous trouvé ?

— Je l'ai découvert alors qu'il n'était encore qu'un bébé. Il était caché dans un épais buisson. Les corps de ses parents se trouvaient à quelques dizaines de mètres de là. Ils avaient été abattus. Dieu sait pourquoi ils s'étaient aventurés aussi loin au sud. Quoi qu'il en soit, j'ai recueilli Loup et il a grandi à mes côtés. Mais dites-moi plutôt ce que vous, vous êtes venus faire ici.

— Avant de répondre à cette question, je dois t'en poser une, déclara Beau. Penses-tu que j'aie tué Lacy ?

Un sourire cruel se dessina sur les lèvres d'Angel.

— Crois-moi, si je pensais que tu avais tué mon amie, tu

ne serais pas assis tranquillement sur mon canapé à l'heure actuelle. Je sais que tu n'es pas responsable.

— Tant mieux. Pour répondre à ta question, j'essaye de découvrir qui l'a tuée et m'a laissé porter le chapeau. Et nous espérions que tu pourrais peut-être nous y aider.

— À l'époque, j'ai dit à Gravois que je ne te pensais pas capable d'avoir fait du mal à Lacy. Mais il n'y a prêté aucune attention. J'ai rapidement compris qu'il ne cherchait pas réellement à comprendre ce qui s'était passé. Lacy était une fille du bayou et, tant qu'il avait un coupable à offrir en pâture à la justice, cela lui suffisait amplement.

— Je lui avais rendu visite, ce soir-là, indiqua Beau. Elle m'avait demandé de lui prêter de l'argent. Et j'ai eu l'impression qu'elle comptait en extorquer à l'un de ses clients…

Angel hocha la tête.

— C'est exact. Elle m'avait parlé de ce projet et j'avais tenté de la dissuader de le mettre à exécution. Mais elle n'a rien voulu entendre.

— T'a-t-elle dit qui elle comptait faire chanter ? s'enquit Beau.

— Elle ne m'a pas donné de nom, répondit Angel. Tout ce qu'elle m'a dit, c'est que c'était un notable, quelqu'un de fortuné qui ne tiendrait pas à ce que les gens sachent qu'il fréquentait régulièrement une prostituée.

Les espoirs de Beau se trouvaient soudain anéantis, et il ne put réprimer un soupir.

— Alors nous n'avons aucune chance de découvrir de qui il s'agissait, murmura-t-il.

— Je ne peux pas vous donner son nom mais je peux peut-être vous fournir un indice qui pourrait éventuellement vous aider à identifier cette personne.

Sur ce, Angel se leva, aussitôt imitée par son loup. Elle lui adressa de nouveau quelques mots dans cette langue inconnue et il se rallongea. Traversant la pièce, elle s'approcha de l'une des poupées suspendues. Un trou avait été découpé au niveau de sa bouche, ce qui donnait l'impression vaguement dérangeante qu'elle poussait un hurlement silencieux.

Angel la décrocha avant d'aller chercher une paire de ciseaux sur un petit bureau situé près de la porte d'entrée.

— Je ne sais pas pourquoi j'ai gardé ça durant toutes ces années, déclara-t-elle en coupant la tête de la poupée.

Elle commença à retirer la bourre qui se trouvait dans le corps et finit par en extirper un petit morceau de papier plié.

— Lacy conservait une liste de ses clients, expliqua-t-elle. Je savais qu'elle la dissimulait dans le conduit d'aération de sa chambre. Quelques jours après le meurtre, je suis allée la récupérer.

Elle déplia précautionneusement le morceau de papier jauni par le temps et le tendit à Beau.

— Je craignais que Gravois ne la jette si je la lui donnais, ajouta-t-elle. Mais je ne voyais personne d'autre à qui j'aurais pu la transmettre... jusqu'à aujourd'hui.

Beau observa la liste qu'il tenait à la main : elle comprenait deux colonnes, une première constituée d'initiales et une seconde d'une série de chiffres.

— Ces initiales correspondent à ses clients ? demanda-t-il.

— Exact.

— Et tu penses que l'homme qu'elle voulait faire chanter en fait partie ?

— Oui.

— Et les nombres ? Est-ce que tu sais ce qu'ils représentent ?

— Je n'en ai aucune idée.

Une fois de plus, Beau sentit renaître en lui l'espoir.

— Merci d'avoir gardé cette liste, Angel, lui dit-il. Cela pourrait effectivement nous aider à prouver mon innocence et à obtenir que justice soit faite pour Lacy.

— Et vous comptez l'aider ? demanda Angel à Peyton.

— Oui. J'ai accepté de le représenter.

Angel hocha la tête d'un air approbateur.

— J'ai entendu parler de ce que vous aviez fait pour la famille Mouton. C'était vraiment très généreux de votre part.

Peyton haussa modestement les épaules.

— J'ai juste agi en mon âme et conscience, dit-elle.

Beau se leva alors.

— Nous n'allons pas te déranger plus longtemps. Merci encore, Angel. Pour avoir tenté d'intercéder en ma faveur, à l'époque, et pour nous avoir remis cette liste.

Peyton se leva à son tour tandis que Beau hésitait à poser la question qui lui brûlait les lèvres.

— Qu'est-il arrivé à ton visage ? demanda-t-il à Angel.

Elle effleura la cicatrice qui lui barrait la joue.

— Tu te doutes que la mort de Lacy nous a toutes secouées, à l'époque, répondit-elle. Nous avons continué à travailler. Mais la situation a rapidement dégénéré. C'était comme si ce qui était arrivé à Lacy avait créé une sorte de précédent... Suzette s'est fait casser le bras par un de ses clients. Et une semaine après, l'un des miens a sorti un rasoir parce qu'il n'avait pas apprécié une remarque que je lui avais faite...

Angel secoua tristement la tête.

— Le lendemain matin, j'ai quitté le motel. Quelques jours plus tard, j'ai entendu parler de cette maison abandonnée. Je m'y suis installée et j'ai mis à profit ce que ma grand-mère m'avait appris lorsque j'étais petite. C'était une guérisseuse, elle aussi. C'est un don qui court dans notre famille.

— Est-ce que tu es heureuse ? demanda Beau.

— Heureuse ? répéta Angel en penchant pensivement la tête de côté. Je ne sais pas... En tout cas, j'ai trouvé une certaine sérénité. Je peux choisir qui je décide d'aider. Et puis, j'ai Loup... C'est curieux, tu sais. Lorsque je travaillais au motel, mon seul objectif était de réunir suffisamment d'argent pour pouvoir m'enfuir très loin de cet endroit. Mais depuis que je suis de retour dans le bayou, je le vois différemment. Je crois que j'ai appris à l'aimer. Et je n'ai plus honte de ce que je suis.

— Je suis heureuse que tu aies trouvé la paix, déclara Beau.

Angel hocha la tête.

— Tout ce que je vous demande, leur dit-elle, c'est de ne dire à personne que vous êtes venus me parler. J'ai fait tout ce que je pouvais faire pour vous. Ne comptez pas sur moi pour venir témoigner devant un tribunal, ajouta-t-elle à l'intention de Peyton.

— Je ne vous le demanderai pas, lui assura la jeune femme. Avec un peu de chance, ce papier nous permettra de démasquer le coupable.

— Je l'espère, acquiesça Angel. Si c'est le cas, je fabriquerai une poupée à son effigie et je la chargerai de toutes les malédictions que je connais.

Le ton de sa voix éveilla en Beau un frisson glacé. Il n'était pas sûr de croire vraiment à la sorcellerie mais il se réjouissait de ne pas être celui qui encourrait le déplaisir d'Angel Marchant.

6

En quittant la cabane d'Angel, Peyton avait hâte de se plonger dans l'étude de la liste que celle-ci venait de leur remettre. Mais, pour le moment, ils allaient devoir échapper à la pluie torrentielle qui s'abattait sur eux sans discontinuer. En l'espace de quelques minutes de marche, elle était déjà trempée jusqu'aux os.

Beau lui avait repris la main et la guidait avec assurance le long du sentier à présent inondé. Les nuages noirs qui s'étaient amoncelés dans le ciel et l'épaisse canopée bloquaient totalement les rayons du soleil. Fort heureusement, Beau avait pris soin de se munir d'une lampe de poche dont il se servait pour éclairer leur route.

— Je pense que nous ferions mieux de nous arrêter à la maison, le temps de laisser passer l'orage, suggéra-t-il.

Il était obligé de crier pour couvrir le crépitement de la pluie sur les feuilles des arbres et les buissons avoisinants. Peyton répondit d'un hochement de tête. Elle savait combien ce genre de précipitations violentes pouvaient s'avérer dangereuses au cœur du bayou.

Pourtant, lorsqu'ils atteignirent l'embranchement qui menait chez Beau, elle ne put réprimer un frisson. La dernière fois qu'elle avait emprunté ce chemin, tous deux avaient passé ensemble une nuit tendre et passionnée – la dernière avant que leur vie ne bascule.

Elle essaya de se convaincre que la situation actuelle n'avait plus aucun rapport avec ce qui s'était passé à l'époque. Ils se contenteraient probablement de patienter durant une demi-heure ou une heure, le temps que la pluie s'interrompe. Puis ils sortiraient du bayou et Beau la ramènerait jusque chez elle.

Un quart d'heure plus tard, ils atteignirent avec un certain soulagement la cabane autrefois si familière. Et Peyton ne tarda pas à s'apercevoir qu'elle n'avait pas changé. À vrai dire, le temps ici semblait s'être arrêté.

Elle retrouvait les mêmes meubles, les mêmes objets. Et tandis qu'elle se laissait tomber sur une chaise en rotin, Beau s'agenouilla auprès du poêle.

— Laisse-moi le temps d'allumer un bon feu, lui dit-il. Cela devrait nous permettre de sécher un peu. Ensuite, j'irai nous chercher des serviettes.

De fait, une belle flambée ne tarda pas à crépiter joyeusement dans le poêle, et Peyton épongea du mieux qu'elle put ses cheveux et ses vêtements à l'aide d'une serviette.

— Est-ce que tu veux boire quelque chose ? lui proposa Beau. J'ai du soda, de l'eau ou du café.

— Je veux bien un peu d'eau, lui dit-elle.

Il hocha la tête et se dirigea vers une boîte en bois qui trônait dans un coin de la cuisine.

— Qu'est-ce que c'est ? lui demanda-t-elle, curieuse.

— Un réfrigérateur artisanal, expliqua-t-il. Tant que je remplace les sacs de glaçons tous les deux ou trois jours, ça me permet de maintenir au frais mes denrées périssables. Je peux aussi le brancher sur le groupe électrogène si jamais j'oublie de racheter de la glace.

Il sortit deux petites bouteilles d'eau et en tendit une à

Peyton. Il alla ensuite prendre place sur le canapé qui lui faisait face et tous deux burent en silence durant quelques instants.

— Je jetterais bien un coup d'œil à la liste que t'a confiée Angel, déclara-t-elle enfin.

— Viens t'asseoir à côté de moi. Comme cela, nous pourrons la lire ensemble.

Après une infime hésitation, elle s'exécuta tandis qu'il sortait précautionneusement de son portefeuille le morceau de papier qu'il y avait placé pour le protéger de la pluie.

Lorsqu'elle prit place auprès de lui, Peyton sentit un petit fourmillement courir sur sa peau. L'odeur de Beau et la chaleur de sa peau éveillaient en elle un trouble qui s'insinua subrepticement au plus profond d'elle-même.

Malgré elle, elle ne put s'empêcher de se demander ce qu'elle éprouverait en cet instant s'il décidait de la prendre dans ses bras, de l'embrasser, de lui faire l'amour...

Ils étaient encore si jeunes la dernière fois que cela s'était produit. Elle était naïve et innocente, et manquait encore d'expérience. Que ressentirait-elle maintenant qu'elle était devenue une femme plus sûre d'elle et de ses propres désirs ?

Elle décida aussitôt que c'était là le genre de questions qu'il valait mieux ne pas se poser tant que tous deux se trouveraient en tête à tête dans cette maison chargée de souvenirs...

— Je me demande ce que peuvent signifier ces chiffres, dit-elle en se forçant à se concentrer sur la liste qui s'étalait devant elle.

— Peut-être le nombre de fois qu'elle a reçu l'homme en question ? suggéra Beau. À moins qu'il ne s'agisse d'un système de notation... Il se peut que nous ne le découvrions jamais.

— Cela pourrait avoir un rapport avec la vulnérabilité de ces gens au chantage.

— Possible.

— Quoi qu'il en soit, nous devrions essayer d'associer

chaque groupe d'initiales avec des habitants de la ville. Avec un peu de chance, une fois que nous aurons établi cette liste de suspects, l'un des noms nous semblera peut-être plus prometteur que les autres...

Peyton ne se faisait pourtant aucune illusion : une telle entreprise n'aurait rien d'une sinécure. Il y avait dix-sept personnes sur la liste de Lacy. Les identifier toutes risquerait de leur prendre un temps fou.

— Je peux consulter les registres des impôts locaux, suggéra-t-elle. Mais cela ne nous donnera que les noms des propriétaires, pas celui des locataires – a fortiori pas de ceux qui vivaient ici il y a quinze ans.

— Partons du principe qu'il s'agit de quelqu'un de riche et d'influent et que, à ce titre, il a de fortes chances d'être propriétaire. Il s'agit aussi probablement d'un notable, de quelqu'un qui vit toujours dans la région. Cela expliquerait d'ailleurs l'agression dont tu as été victime.

— C'est vrai, concéda Peyton.

— Je crois que tu devrais garder ce papier. Tu seras plus à même de l'exploiter que moi.

— D'accord, dit-elle en sortant son téléphone portable de sa poche. Mais je vais commencer par photographier la liste.

Elle joignit le geste à la parole.

— Dès demain, je ferai des photocopies.

Elle replia précautionneusement le petit papier et le rangea dans son sac à main.

— Je compte aussi m'entretenir avec Louis Rivet, ajouta-t-elle. Bien qu'il soit alcoolique, c'est son témoignage qui a permis à la police d'établir que tu te trouvais chez Lacy quelques minutes avant sa mort. Cela ne correspond absolument pas à ce que tu m'as raconté au sujet de cette nuit.

— Très franchement, je doute qu'il se souvienne de ce qui s'est passé il y a si longtemps.

— Peut-être pas, admit Peyton. Mais nous ne pouvons négliger aucune piste – surtout pas une piste aussi importante que celle-là. Entre nous, je ne comprends vraiment pas comment ton avocat a pu accepter ce témoignage sans soumettre la moindre objection. Il était de notoriété publique que Louis était ivre mort presque chaque soir ! Franchement, je pourrais probablement faire casser ce jugement pour vice de forme.

— Ce n'est pas ce que je veux, objecta Beau. Je tiens à être reconnu innocent. Et je veux que nous retrouvions celui qui a tué Lacy.

— Tu sais que ce ne sera peut-être pas possible, objecta Peyton d'une voix très douce.

— Je ferai tout ce qui sera en mon pouvoir pour y parvenir, déclara Beau d'un ton qui n'admettait pas de réplique. Mais dis-moi plutôt qui est cette famille Mouton et ce que tu as fait pour eux.

Peyton le considéra avec étonnement, déstabilisée par ce brusque changement de sujet.

— Oh ! ce n'était vraiment pas grand-chose, lui assura-t-elle. Leur plus jeune fils a été arrêté pour avoir tagué un bâtiment appartenant à Lester Granger.

— Ce vieux grincheux ? Il est toujours en vie ?

— Non seulement il est en vie mais il est plus acariâtre que jamais. Il voulait faire jeter le gamin en prison mais j'ai réussi à obtenir que la sentence soit commuée en période de probation assortie de travaux d'intérêt général. J'ai aussi renoncé à la moitié de mes honoraires et j'ai échelonné le paiement du reste. À vrai dire, s'il n'avait tenu qu'à moi, je les aurais défendus gratuitement. Mais j'ai eu l'impression qu'ils se seraient sentis humiliés.

— C'était vraiment très généreux de ta part, déclara Beau. Et tu as eu raison : ils auraient été vexés. Les gens du bayou ont sans doute bien des défauts mais ils sont fiers et, lorsqu'ils contractent une dette, ils s'efforcent toujours de s'en acquitter.

Beau se détourna alors et contempla longuement le feu. Peyton en profita pour le regarder à la dérobée et perçut la tension qui l'habitait. Son visage était fermé, et elle se demanda à quoi il pouvait bien être en train de penser en cet instant.

La pluie qui tambourinait contre le toit et les vitres se fit progressivement moins violente avant de s'arrêter complètement. Durant quelques instants, un profond silence régna sur le bayou puis, brusquement, le grésillement des insectes et le chant des grenouilles reprirent, annonçant l'approche du soir.

— J'imagine que tu regrettais cet endroit, murmura Peyton, songeuse.

— Tu n'as pas idée d'à quel point, acquiesça Beau en se retournant vers elle. Ces sons et ces odeurs me manquaient, de même que la sensation de liberté que l'on éprouve ici.

— Comment as-tu réussi à survivre en prison ? Est-ce que tu as été obligé de rejoindre l'un de ces gangs ?

Beau secoua la tête.

— Non, je me suis servi exactement de la même tactique qu'Angel, à vrai dire. Les gens savaient que je venais du bayou et j'ai laissé courir le bruit que j'avais été initié aux rites vaudous. Les gens avaient peur que je leur jette le mauvais œil et, la plupart du temps, ils préféraient me laisser dans mon coin. La solitude était le prix de ma tranquillité. J'en ai profité pour lire et pour étudier. J'ai même décroché un diplôme d'ingénieur en bâtiment.

— Félicitations ! s'exclama Peyton.

Il haussa modestement les épaules.

— Il fallait bien que je m'occupe, lui dit-il. Je ne pouvais pas me contenter de faire du sport – même si j'en ai fait beaucoup.

Peyton se garda de lui dire que cela se voyait. Le T-shirt

encore humide de Beau épousait son torse, soulignant ses larges épaules, ses pectoraux puissants et son ventre plat.

— Et le reste du temps, ajouta-t-il gravement, j'ai beaucoup pensé à toi...

À ces mots, elle ne put réprimer un frisson.

— La pluie s'est arrêtée, remarqua alors Beau en se redressant. Nous ferions sans doute mieux de rentrer avant que la nuit ne tombe.

Peyton ne put réprimer l'immense déception qui l'envahit à ces mots. Elle se rendit compte alors qu'en venant ici, elle s'était laissé aller à espérer sans même se l'avouer que la magie de cet endroit opérerait, que les souvenirs raviveraient la braise qui n'avait jamais cessé de brûler sous la cendre. Et l'aveu de Beau n'avait fait qu'attiser cet espoir.

Mais elle ne pouvait lui reprocher de respecter la demande qu'elle-même lui avait faite après qu'il l'avait embrassée. S'abandonner au désir lancinant qu'elle avait de lui ne réglerait ni leurs différends passés, ni sa propre situation vis-à-vis de Sam.

Elle savait aussi que, s'il devait se passer quelque chose entre Beau et elle, il ne s'agirait pas d'une simple aventure, d'une liaison sans lendemain. Leur histoire était déjà bien trop riche et complexe pour cela.

Était-elle vraiment prête à renouer avec une liaison aussi importante – la plus importante qu'elle ait jamais vécue, à vrai dire ? Était-elle prête à miser de nouveau son cœur ? À courir le risque de le voir se briser une fois encore ? L'idée de reprendre le fil de leur histoire là où il s'était rompu l'emplissait d'un mélange d'exaltation et de terreur mêlées.

Elle avait également du mal à savoir dans quel état d'esprit se trouvait Beau. Il était évident qu'il la désirait – les regards qu'il lui lançait parfois ne lui laissaient aucun doute à ce sujet. Mais parviendrait-il à lui pardonner la trahison dont elle s'était rendue coupable ? Pourrait-il l'aimer de nouveau ?

Pour le moment, rien ne lui permettait de répondre à toutes ces angoissantes questions.

— Tu as raison, soupira-t-elle en se levant à son tour.

Ils quittèrent la cabane et descendirent le long de la passerelle. Avant de s'engager sur le sentier qui serpentait à travers le marais, Beau tendit la main à Peyton. Elle hésita un instant avant de la prendre dans la sienne. Et tous deux s'enfoncèrent en silence au cœur du bayou.

Le lendemain matin, Peyton commença par appeler Trevor Mignot, le procureur du district, pour tenter de sonder la gravité des accusations qu'il comptait retenir à l'encontre d'Irene Farineau. Elle voulait savoir si elle avait une chance de négocier un arrangement à l'amiable avant que l'affaire ne passe devant le tribunal.

Malheureusement, Mignot ne pouvait lui donner de réponse définitive tant qu'il n'en aurait pas discuté avec Claude Chastain, le propriétaire de la boutique. Il lui promit néanmoins de la recontacter au plus vite.

Vers midi, Jackson passa à l'improviste au cabinet pour lui proposer de déjeuner en sa compagnie. Elle accepta avec reconnaissance et passa une bonne partie du repas à esquiver les questions de son meilleur ami au sujet de ses relations avec Beau. Elle ne tenait pas à en discuter avec lui tant qu'elle n'aurait pas avancé dans ses réflexions à ce sujet.

Après le café, Jackson la raccompagna jusqu'à son bureau avant de prendre congé d'elle. Il ne s'écoula que quelques minutes avant que Beau ne vienne à son tour frapper à sa porte.

— Bonjour, lui dit-il en s'installant sur l'une des chaises qui lui faisaient face. J'ai croisé l'homme de ta vie en arrivant.

— L'homme de ma vie ? répéta-t-elle en le considérant avec une pointe de stupeur.

— Jackson Fortier, précisa-t-il. J'ai toujours pensé qu'il était l'homme idéal pour toi. Il est plutôt séduisant et très intelligent. Il vient d'une bonne famille et connaît tous les gens qui comptent dans cette ville. C'est le mari idéal, en quelque sorte.

Peyton secoua doucement la tête.

— Il n'y a qu'un seul problème : je ne suis pas amoureuse de lui. Jackson est mon meilleur ami, et il n'y a jamais eu la moindre ambiguïté entre nous.

Beau hocha pensivement la tête.

— Dis-moi, lui demanda-t-il alors, est-ce que tu es tombée amoureuse au cours de ces quinze dernières années ?

Peyton se sentit rougir.

— Cela ne te regarde pas, protesta-t-elle.

Au demeurant, la question était pertinente. Et si elle avait effectivement pu se croire amoureuse à deux reprises, il lui semblait rétrospectivement que ses sentiments avaient été bien pâles, comparés à ceux que Beau lui inspirait encore aujourd'hui.

— Nous ferions mieux de nous occuper de la liste de Lacy, déclara-t-elle pour faire diversion.

Elle la récupéra dans son sac à main.

— Je vais commencer par en faire quelques copies, déclara-t-elle.

Beau la suivit des yeux tandis qu'elle se dirigeait vers l'imprimante-photocopieuse qui était installée dans un coin.

— Tu prendras une copie et j'en garderai une, suggéra-t-elle. Je placerai l'original dans mon coffre, à la banque. Je pense que nous devrions aussi remettre une copie à Gravois.

— Pour quoi faire ? s'enquit Beau.

— Pour qu'il ne se sente pas pris en traître par la suite, répondit-elle. Je préfère travailler en collaboration avec la police plutôt que contre elle. Et qui sait ? Il aura peut-être une idée de l'identité de certaines des personnes qui se trouvent sur cette liste.

Après avoir imprimé les copies de la liste, elle retourna s'installer à son bureau et tendit l'un des exemplaires à Beau. Elle ouvrit ensuite le tableur dans lequel elle avait pris soin de copier toutes les initiales.

— Je te propose que nous les prenions dans l'ordre, dit-elle. G. M.

— Gustave Martin, suggéra aussitôt Beau. Il possédait une bonne moitié des immeubles de la rue principale. J'imagine que c'est toujours le cas.

Peyton hocha la tête.

— Il était déjà marié, à l'époque, remarqua-t-elle. Lacy aurait donc pu vouloir le faire chanter.

Elle réfléchit quelques instants.

— Il y aurait aussi George Marcel, remarqua-t-elle. Lui aussi est fortuné et marié.

Elle inscrivit les deux noms.

— Continuons à recenser les noms qui nous viennent à l'esprit, suggéra-t-elle. Lorsque j'aurai obtenu le registre des impôts locaux, je compléterai la liste des éventuels suspects.

Durant l'heure qui suivit, ils passèrent en revue chacune des initiales.

— J. F., lut Peyton alors qu'ils avaient déjà étudié une bonne moitié de la liste.

— Jackson Fortier, suggéra Beau.

— Je n'imagine vraiment pas Jackson assassiner quelqu'un, objecta Peyton.

Par souci d'équité, elle ajouta pourtant le nom de son meilleur ami au tableau.

— En tout cas, il aurait eu une double bonne raison de me faire porter le chapeau : se couvrir, d'une part, et protéger sa meilleure amie d'autre part.

— Je ne vois vraiment pas en quoi le fait de t'envoyer en prison m'a protégée, protesta Peyton.

— Jackson a toujours désapprouvé notre liaison. Il ne s'en est jamais vraiment caché, d'ailleurs.

Peyton ne pouvait prétendre le contraire : aujourd'hui encore, au cours du déjeuner, il l'avait de nouveau mise en garde contre Beau.

— Quels que puissent être ses sentiments à ton égard, il n'aurait jamais fait une chose pareille, déclara-t-elle. Ce n'est tout simplement pas dans son ADN. Qui d'autre correspondrait à ces initiales ?

Il ne lui fallut que quelques instants pour trouver un deuxième candidat.

— Jason Farineau, suggéra-t-elle. Il est riche et influent. Et il n'a pas beaucoup de respect pour son épouse. C'est le genre d'homme que j'imagine parfaitement fréquenter les prostituées du motel…

Ils continuèrent à travailler pendant une demi-heure.

— Je vais devoir arrêter là, déclara alors Peyton en jetant un coup d'œil à sa montre. Il faut que j'aille remettre la liste à Gravois et que je passe à la banque avant qu'elle ne ferme.

— Je t'accompagne, déclara Beau.

Comme elle faisait mine de protester, il l'interrompit d'un geste.

— Je me suis engagé à te servir de garde du corps, lui rappela-t-il. Tu n'as pas renoncé à mener cette enquête, et l'homme qui t'a déjà menacée pourrait très bien décider de s'en prendre de nouveau à toi.

— Tu as raison, soupira-t-elle.

Tous deux quittèrent donc le bureau de Peyton et empruntèrent la camionnette de Beau pour se rendre au poste de police.

— Je t'attends dans la voiture, lui dit-il, n'ayant visiblement aucune envie de recroiser Gravois.

Ce dernier reçut Peyton sans attendre et elle lui remit l'une des copies de la liste.

— Où est-ce que vous avez trouvé ça ? lui demanda-t-il d'un ton méfiant.

— Peu importe, éluda-t-elle. Ce qui compte, c'est que ces initiales sont celles des hommes qui fréquentaient Lacy au moment de sa mort. Et nous avons de bonnes raisons de penser que le tueur se trouve parmi eux.

Gravois posa le document sur son bureau et secoua la tête.

— C'est une perte de temps, déclara-t-il. Je ne sais pas comment vous avez réussi à obtenir cette liste mais ces initiales pourraient correspondre à des tas de gens différents. Même si vous parvenez à identifier les clients de Lacy, cela ne prouve pas que l'un d'eux l'ait tuée. Et même si tel est bien le cas, vous n'aurez aucun moyen d'identifier le coupable – si tant est que ce ne soit pas Beau Boudreau. Je vous rappelle qu'il est le seul qui soit relié à cette mort par des indices matériels.

— J'ai juste pensé que cela pourrait vous intéresser, répondit Peyton en haussant les épaules.

— Vous avez bien fait, approuva Gravois. Mais ne comptez pas sur moi pour rouvrir une affaire classée depuis quinze ans alors que j'ai d'autres problèmes bien plus urgents à traiter. D'ailleurs, à propos de problèmes, qu'est-il arrivé à votre joue ?

— Je me suis cognée contre un meuble en pleine nuit, répondit-elle.

Elle avait si souvent répété ce mensonge au cours des derniers jours qu'il lui venait désormais de façon très naturelle. De toute façon, même si elle avait dit la vérité à Gravois, il n'aurait probablement rien pu faire puisqu'elle ne pouvait rien lui dire au sujet de son agresseur.

— Je vais devoir vous laisser, conclut-elle.

En quittant le poste de police, Beau et Peyton se rendirent à l'hôtel de ville pour demander une copie du registre des impôts locaux. Puis ils passèrent à la banque juste avant l'heure de la fermeture, et elle déposa au coffre l'original de la liste de Lacy.

— Il se fait tard, déclara Beau lorsqu'ils ressortirent. Que dirais-tu d'aller dîner chez Marie ?

Jetant un coup d'œil à sa montre, Peyton constata qu'il était presque 19 heures. Kylie avait déjà dû quitter le cabinet.

— Bonne idée, déclara-t-elle. D'autant que je crois que mon réfrigérateur est vide. Il va falloir que je pense à aller faire quelques courses...

Mais lorsqu'ils arrivèrent au Black Bayou Café, le restaurant était bondé et plusieurs couples faisaient déjà la queue, attendant qu'une table se libère.

— Partie remise, j'imagine, soupira Peyton, déçue.

— Tu oublies que nous avons une table qui nous est réservée en cuisine, objecta Beau.

Il la prit par la main et ressortit pour faire le tour du bâtiment et accéder à la porte de derrière.

— Je ne suis pas sûre que Marie nous accepte en cuisine, objecta Peyton, hésitante. C'était il y a des années...

Il lui décocha un sourire désarmant.

— Certaines choses ne changent jamais, Peyton, lui assura-t-il.

Elle se demanda s'il parlait uniquement de leur table réservée mais, avant qu'elle ait pu l'interroger à ce sujet, il poussa la porte et pénétra dans la cuisine. Lorsque Marie les aperçut, elle les accueillit tous deux à bras ouverts.

— Nous sommes passés par-devant mais c'était bondé, lui expliqua Beau.

— Vous savez qu'il y a toujours une place pour vous ici, leur dit Marie en désignant la petite table qui se dressait dans un coin de la pièce. Asseyez-vous et dites-moi ce qui vous ferait envie.

Ils s'installèrent donc comme ils l'avaient fait si souvent par le passé. Marie les contempla avec un large sourire.

— Vous voir assis ici tous les deux, ça me rappelle vraiment de bons souvenirs, leur dit-elle.

Elle prit leurs commandes et, tandis qu'ils attendaient leurs plats, Peyton se prit à songer que, pour elle aussi, ce dîner faisait resurgir le souvenir de ce qu'elle considérait encore aujourd'hui comme l'époque la plus heureuse de son existence.

Beau et elle avaient passé des heures ici à manger et à discuter. Combien de fois avaient-ils refait le monde ou partagé d'irrépressibles fous rires. Cette cuisine avait vu leur amour s'épanouir et se renforcer. C'était ici qu'ils avaient fait des projets d'avenir, convaincus alors qu'ils passeraient leur vie ensemble.

Mais l'homme qui avait tué Lacy avait brisé ces rêves. Il avait creusé entre eux un fossé qu'elle n'était pas certaine de pouvoir combler un jour. Et cette idée l'emplissait d'une colère froide.

Il ne s'agissait plus seulement pour elle de laver l'honneur de Beau en prouvant son innocence. Elle était bien décidée à faire payer l'homme qui leur avait volé leur amour.

7

Le lundi suivant, en début d'après-midi, Beau se gara devant les locaux de l'entreprise de construction qu'il avait fondée avec Jack. Le bâtiment magnifique reflétait le succès de la compagnie, qui semblait avoir prospéré durant les quinze dernières années.

Bien qu'il n'ait pu contribuer à ce développement, Beau se sentait fier du chemin que son ami Jack avait parcouru depuis leurs débuts très artisanaux. Il n'était cependant pas étonné du tout : à l'époque où ils avaient créé cette entreprise, il était déjà convaincu que la ville avait besoin d'un opérateur compétent dans ce domaine.

Il regrettait juste de ne pas avoir participé plus activement à cette aventure mais était bien décidé à rattraper le temps perdu et à s'impliquer fortement désormais.

Poussant la porte d'entrée, il avança dans un vaste espace d'exposition. Les murs étaient recouverts d'échantillons de papiers peints, de carrelages et de parquets ainsi que d'un immense nuancier de couleurs.

Une partie de la salle était aménagée comme une salle de bains et une autre comme une cuisine. Il y avait aussi toutes sortes de catalogues qui présentaient les différents produits proposés par l'entreprise.

Beau alla se présenter à la jeune employée qui se tenait

derrière le comptoir. Elle l'accompagna aussitôt jusqu'à un bureau qui se trouvait dans l'arrière-boutique et où était installé Jack. Ce dernier se leva pour l'accueillir et lui serra cordialement la main.

— Content de te revoir, lui dit-il. Assieds-toi, je t'en prie.

Beau s'installa sur l'une des chaises confortables tandis que Jack retournait prendre place derrière sa grande table de travail.

— Ces bureaux sont magnifiques, déclara Beau en admirant la décoration sobre mais élégante de la pièce dans laquelle ils se trouvaient. Bien plus grands que je ne l'avais imaginé.

— Ça s'est fait au fur et à mesure, répondit Jack. Mais je suis assez content du résultat. Alors, dis-moi, comment se passe ton retour à Black Bayou ?

— J'ai pas mal travaillé avec Peyton, répondit Beau. Nous menons l'enquête pour tenter d'identifier le véritable meurtrier de Lacy.

Jack secoua doucement la tête.

— Je n'ai jamais compris comment tu pouvais être ami avec cette fille, déclara-t-il.

— C'était quelqu'un de bien, déclara Beau. Est-ce que tu la connaissais ?

— Pas personnellement. Cecile m'aurait arraché les yeux si je m'étais acoquiné avec une prostituée !

Cecile était la petite amie de Jack, à l'époque.

— Est-ce que vous êtes toujours ensemble, tous les deux ?

— Oh ! non. Ça n'a pas duré très longtemps.

— Est-ce que tu es marié ?

— Non, mais cela va peut-être changer, répondit Jack en souriant. Je sors avec Mary Ingram, depuis quelques mois, et j'envisage très sérieusement de demander sa main.

— Mary Ingram..., répéta Beau pensivement. Je ne me souviens pas d'elle.

— C'est normal. Elle ne vivait pas encore à Black Bayou,

à l'époque. Mary est la nièce de Jimmy et Anne Ingram. Ses parents sont morts dans un accident de voiture lorsqu'elle avait quinze ans. Elle est venue vivre chez son oncle et sa tante à peu près un an après que tu t'es fait arrêter. C'est une fille super et, pour une raison que je ne m'explique pas, elle est folle de moi...

— J'en suis ravi pour toi, en tout cas, déclara Beau en souriant.

— Merci. Est-ce que Peyton et toi allez vous remettre ensemble ?

— Je ne crois pas, répondit Beau. Je travaille pour elle et elle travaille pour moi. Je ne suis pas sûr que nous soyons prêts l'un et l'autre à reprendre là où nous nous en étions arrêtés. Trop de temps a passé et ça rend les choses un peu difficiles...

— Je comprends, acquiesça Jack sobrement. Mais dis-moi, que puis-je faire pour toi ?

Beau se redressa légèrement sur son siège.

— Comme je te l'ai dit, j'aimerais m'impliquer dans notre entreprise, maintenant que j'ai retrouvé ma liberté.

Jack toussota et ramassa sur son bureau un stylo qu'il se mit à triturer nerveusement.

— Ce n'est pas à proprement parler *notre* entreprise, lui dit-il enfin.

— Que veux-tu dire ?

— Eh bien... Tu te souviens sans doute qu'à l'époque, nous n'avions pas encore déposé les statuts.

— Mais ils étaient prêts, articula Beau, craignant de deviner ce que Jack s'apprêtait à lui dire. Nous étions censés les déposer le surlendemain du jour où j'ai été arrêté.

— C'est vrai, reconnut Jack. Et c'est ce que j'ai fait... Mais comme tu avais été arrêté entre-temps et que tu encourais des années de prison, je me suis dit qu'il ne servirait à rien d'ajouter ton nom. D'autant que l'apport prévu de ton côté était en main-d'œuvre, pas en capital.

Beau sentit un frisson glacé dévaler le long de sa colonne vertébrale.

— Je n'avais même pas encore été condamné ! protesta-t-il.

— Mais tu l'as été en fin de compte, n'est-ce pas ?

— Nous avions conçu cette entreprise ensemble ! C'est moi qui ai décroché tous nos premiers contrats, avant même qu'elle ne soit officiellement créée.

— Et je t'en serai éternellement reconnaissant. Mais mets-toi à ma place : je ne savais même pas si je te reverrais un jour. Et je ne pouvais décemment pas m'associer avec quelqu'un qui était sur le point d'être condamné pour homicide. Personne n'aurait voulu faire appel à nos services…

— Alors toi aussi, tu me croyais coupable ?

Incapable de soutenir son regard, Jack détourna les yeux.

— Je ne sais pas, soupira-t-il. Ma seule certitude, c'était que, pour avoir une chance de réussir, l'entreprise devait se désolidariser de toi. Je suis vraiment désolé, Beau…

Ce dernier ne répondit pas immédiatement. Pendant près de quinze ans, il avait été convaincu qu'à sa sortie de prison, un métier l'attendrait – et même peut-être quelques dividendes accumulés au fil des années.

Rétrospectivement, il ne pouvait s'empêcher de penser qu'il avait fait preuve d'une grande naïveté. Sans doute aurait-il dû comprendre que l'absence totale de communication de la part de son ami signifiait qu'il n'avait plus rien à attendre de lui – tout comme il n'avait rien à espérer de Peyton.

— Si tu as besoin de travail, en revanche, je suis tout à fait prêt à t'embaucher, reprit enfin Jack.

Beau fut tenté de l'envoyer se faire voir, de lui répondre qu'il ne voulait pas de sa charité. Mais il songea aussitôt que cette réaction pleine de fierté lui coûterait peut-être très cher. Il n'y avait pas beaucoup d'entreprises qui accepteraient de faire travailler un homme qui avait été condamné pour homicide.

Et il n'aurait peut-être pas d'autre choix que d'accepter la proposition de Jack, en fin de compte.

— Je vais y réfléchir, répondit-il d'une voix blanche. Quoi qu'il arrive, ce ne sera pas avant quelques semaines, le temps que je termine les travaux au cabinet de Peyton.

— Tu crois vraiment qu'elle a la moindre chance de trouver le coupable d'un crime vieux de quinze ans ? s'enquit Jack.

— On verra, répondit Beau. Nous avons découvert un indice important qui nous permettrait peut-être de remonter jusqu'au tueur.

— Vraiment ? s'étonna Jack. De quoi s'agit-il ?

— Je préfère ne pas en parler tant que nous n'avons pas identifié l'homme en question, déclara prudemment Beau.

Il ne tenait pas à ce que s'ébruite le fait que Peyton et lui disposaient désormais de la liste des clients de Lacy.

— Je comprends, acquiesça Jack. Je suis vraiment désolé que les choses aient tourné de cette façon...

— Pas autant que moi, rétorqua Beau avec une pointe d'amertume.

— En tout cas, une fois que tu auras prouvé ton innocence, n'hésite pas à revenir me voir. Nous reparlerons de ce que nous pouvons faire ensemble.

Beau hocha la tête et prit congé de Jack avant de quitter le bureau de ce dernier. Une fois de plus, il se sentait trahi. Ce projet d'entreprise avait été le sien bien avant que Jack ne soit impliqué.

Il avait considéré ce dernier comme son ami le plus cher, presque comme un frère. Il lui avait voué une confiance totale. Et il avait l'impression de s'être fait poignarder dans le dos en retour.

En quittant les bureaux de Jack, il remonta dans sa camionnette. Mais au lieu de retourner directement au cabinet de Peyton comme il avait initialement eu l'intention de le faire, il se retrouva en train de tourner au hasard à travers les rues de la petite ville.

Cette entreprise avait été son seul espoir de s'arracher définitivement à son statut social défavorisé. Des années auparavant, il comptait sur elle pour prouver aux parents de Peyton qu'il avait des projets, des ambitions, qu'il ne comptait pas demeurer indéfiniment un rat du bayou.

Ce rêve venait de partir en fumée. Il était de retour à la case départ, de retour dans le marais...

Quant à sa relation avec Peyton, elle paraissait tout aussi condamnée. Lorsqu'ils étaient allés dîner, samedi soir, il s'était laissé aller à espérer qu'il se produirait peut-être quelque chose. Il était évident que l'attirance réciproque qui avait toujours existé entre eux n'avait pas disparu. Le baiser passionné qu'ils avaient échangé le prouvait amplement.

Mais, au beau milieu du dîner, Peyton avait brusquement douché ses espérances en lui indiquant qu'elle avait un nouveau rendez-vous avec Sam Landry, ce lundi-ci. De toute évidence, ce fameux baiser n'avait pas représenté la même chose pour elle que pour lui-même.

Pouvait-il vraiment le lui reprocher ? Sam était l'antithèse de Beau. C'était un homme respectable, issu du même milieu qu'elle. Il avait fait des études, exerçait un métier très estimable et était généralement très bien considéré par ses concitoyens.

Beau devait bien reconnaître que Peyton et Sam étaient parfaits l'un pour l'autre et qu'ils formeraient sans doute un couple idéal. Cette idée le rendait malade, bien sûr. Mais que pouvait-il bien y faire ? Sans doute était-il temps pour lui d'admettre qu'il avait définitivement perdu sa chance, quinze ans auparavant...

Profondément déprimé par ce double échec, Beau finit par se garer sur le parking du Vaudou Lounge, un bar miteux situé à l'ouest de la ville que son père fréquentait très régulièrement autrefois.

Ayant été élevé par un alcoolique, Beau s'était toujours juré qu'il ne suivrait pas ce funeste exemple. Il ne buvait donc quasiment jamais d'alcool. Mais ce jour-là, il avait besoin d'anesthésier la douleur lancinante qui l'habitait, de noyer ce double sentiment d'échec qui menaçait de se transformer en désespoir.

Il pénétra dans la salle du bar. Elle était plongée dans la pénombre. Une odeur vaguement écœurante de bière, de transpiration et de friture flottait dans l'air. Plusieurs hommes étaient déjà assis devant le zinc. Ils se contentaient de contempler fixement leur verre sans dire un mot.

Beau alla se placer tout au bout du bar. Il ne se sentait pas d'humeur très sociable et ne tenait pas à discuter avec qui que ce soit. Tout ce qu'il voulait, en fait, c'était réfléchir à ce qu'il allait bien pouvoir faire de sa vie dans les mois et les années à venir.

Il commanda un whisky au barman, un jeune homme qu'il n'avait jamais vu auparavant, et avala une longue gorgée. Une réconfortante sensation de chaleur glissa le long de son œsophage pour venir se nicher au creux de son ventre.

Fermant les yeux, il réfléchit à la situation dans laquelle il se trouvait. Jusqu'alors, il s'était convaincu que, dès qu'il aurait démontré son innocence, il pourrait recouvrer une vie parfaitement normale. Mais il paraissait désormais évident que tel ne serait pas le cas.

Il avait perdu à la fois la femme qu'il aimait et l'entreprise qu'il avait cofondée. Que lui restait-il, au juste ? Une cabane miteuse au fond des marais, une camionnette qui avait connu des jours meilleurs et quelques milliers de dollars qui ne tarderaient probablement pas à s'évaporer...

Beau vida son verre et en demanda un autre. Il avala

celui-ci par petites gorgées, regardant sans vraiment les voir les marques qui constellaient la surface du bar. Il y avait des traces de verre, des brûlures de cigarette et quelques initiales gravées dans le bois.

Parmi elles, il aperçut celles de son père. Un frisson glacé le parcourut. Comptait-il réellement suivre ses traces ? Que faisait-il dans ce bar minable, au beau milieu de la journée ?

Beau n'avait jamais été du genre à s'avouer vaincu – pas même lorsqu'il s'était retrouvé condamné à quinze ans de prison. Et il n'était pas question qu'il commence à s'apitoyer sur son propre sort.

Reposant brusquement son verre, il jeta un billet froissé sur le comptoir, se laissa glisser au bas de son tabouret et quitta le bar à grands pas.

Peyton ne regrettait pas d'avoir rompu avec Sam Landry. Ils étaient sortis ensemble suffisamment longtemps pour qu'elle se convainque qu'elle n'éprouvait pas de réelle attirance physique à son égard. Et il serait injuste de continuer à le voir, de lui laisser croire que leur histoire avait une chance de devenir un jour plus sérieuse.

La réapparition de Beau Boudreau n'avait fait que mettre en évidence le fait que Sam et elle n'étaient pas faits l'un pour l'autre. Leur relation ne pouvait se comparer à l'incontestable alchimie qui existait entre Beau et elle. Le moindre regard, le moindre contact pouvait suffire à éveiller en elle un désir lancinant.

Elle était de plus en plus convaincue qu'elle ne s'était pas trompée, quinze ans auparavant : il était bel et bien l'homme de sa vie. Malheureusement, au cours de ces derniers jours, son attitude avait changé. Il s'était soudain montré bien plus distant à son égard.

Il venait toujours la chercher chaque matin et la raccompagnait chaque soir. Mais leurs discussions se cantonnaient désormais aux travaux qu'il effectuait pour elle ou à leur enquête sur la mort de Lacy. Il ne lui avait pas proposé de retourner dîner chez Marie. Le baiser passionné qu'ils avaient échangé ne s'était pas reproduit, bien sûr, et il faisait désormais à Peyton l'effet d'un rêve lointain.

En réalité, Beau maintenait entre eux une certaine distance physique. Plus jamais il ne lui prenait la main ou ne rabattait une mèche de ses cheveux. Ces petits gestes manquaient à Peyton, tout aussi cruellement que les discussions plus personnelles qu'ils avaient auparavant. Et elle ne s'expliquait pas les raisons de ce brusque revirement.

Réprimant un soupir, Peyton se replongea dans l'étude de la liste de suspects dont les initiales correspondaient à celles figurant sur la liste de Lacy. Après avoir épluché les registres des impôts locaux, ils étaient parvenus à identifier vingt-trois noms.

Nombre de ces hommes étaient des notables de Black Bayou, et elle savait d'avance que les interroger serait très délicat. Même ceux qui avaient réellement fréquenté Lacy refuseraient probablement de le reconnaître – sans parler de celui qui l'avait assassinée. Il allait donc lui falloir trouver une approche subtile et se fier à son instinct pour tenter d'identifier le tueur.

En attendant, Peyton comptait interroger Louis Rivet, le témoin principal que la police avait fait comparaître et dont le récit avait constitué la pièce maîtresse du dossier d'accusation.

Elle n'était pas certaine que cet entretien les aiderait beaucoup. Rivet était un alcoolique notoire et il y avait peu de chance qu'il se rappelle précisément ce qui s'était passé cette nuit-là. Mais Peyton ne pouvait se permettre de négliger aucune piste.

On frappa alors à sa porte, et elle reposa la liste de suspects qu'elle était en train d'étudier.

— Entrez ! appela-t-elle.

Beau avança dans son bureau. Il avait dû repasser chez lui pour prendre une douche et se changer après avoir apposé la deuxième couche de peinture sur la façade désormais méconnaissable du cabinet. Ses cheveux étaient encore humides et elle pouvait sentir l'odeur de savon qui se mêlait à celle bien plus troublante de sa peau.

— Est-ce que tu es prête ? lui demanda-t-il.

— Parée, acquiesça-t-elle en se levant pour aller récupérer son sac à main.

Ils quittèrent le bureau de Peyton et s'arrêtèrent un instant devant celui de son assistante.

— Nous allons interroger Rivet, lui indiqua-t-elle. N'hésite pas à m'envoyer un message en cas d'urgence. Nous devrions rentrer vers 17 heures, j'imagine. Mais si tu ne nous vois pas revenir, n'hésite pas à fermer à l'heure habituelle et à rentrer chez toi.

— D'accord, acquiesça Kylie, toujours aussi souriante. J'espère que Rivet aura quelque chose d'intéressant à vous apprendre.

— Je l'espère aussi, soupira Beau.

Ils quittèrent le cabinet et prirent la camionnette pour se rendre au motel où Lacy avait été assassinée. Rivet habitait apparemment toujours la même chambre qu'à l'époque du meurtre.

— Je n'arrive toujours pas à croire que l'accusation se soit appuyée sur le seul témoignage de cet homme, remarqua Peyton tandis qu'ils traversaient Black Bayou.

— Je pense que Gravois et Landry auraient fait comparaître n'importe qui pour obtenir une condamnation rapide. Franchement, j'en viens à me demander s'ils ne cherchaient pas surtout à ce que l'on ne s'intéresse pas de trop près à Lacy et à ses clients...

— Leurs initiales ne correspondent pas à celles figurant sur la liste, remarqua Peyton.

— Mais ils protégeaient peut-être quelqu'un d'autre, quelqu'un d'influent qui ne tenait pas à ce que l'on apprenne qu'il fréquentait une prostituée.

— J'espère de tout cœur que ce n'est pas le cas. Je ne veux pas croire que le chef de la police ou un ancien procureur puissent être corrompus au point d'accepter de couvrir un meurtrier.

— Tu sais, rien ne m'étonnerait de la part de Gravois, répondit Beau.

Elle lui jeta un coup d'œil à la dérobée et avisa l'expression très sombre qui se lisait sur son visage. Une fois de plus, elle fut tentée de lui demander pourquoi il se montrait désormais aussi distant à son égard. Mais le moment était sans doute mal choisi pour cela.

Le reste du trajet se déroula donc en silence et ils finirent par se garer devant le motel, face à la chambre numéro 5. Juste devant la porte était installée une chaise en tissu rouge délavé, du genre de celles qu'utilisent les pêcheurs. Ils descendirent de voiture et Beau alla frapper à la porte.

Quelques instants s'écoulèrent sans qu'ils n'obtiennent de réponse. Beau recommença donc un peu plus fort, sans plus de résultat.

— Il s'est peut-être absenté, suggéra Peyton.

— Je suis sûr qu'il est chez lui, objecta Beau. Aucun ivrogne digne de ce nom ne sort de chez lui si tôt dans la journée.

Il frappa une troisième fois, produisant un vacarme à réveiller les morts.

— Qu'est-ce qui se passe ? beugla quelqu'un depuis l'intérieur de la chambre.

— Louis Rivet, nous devons vous parler, répondit Peyton.

— Vous êtes des flics ?

— Non, répondit-elle en se demandant ce qu'il pouvait bien avoir à se reprocher.

— Donnez-moi juste une minute...

Il en fallut plus de cinq avant que la porte ne s'ouvre enfin, laissant échapper une forte odeur d'alcool. Louis portait un jean taché et un T-shirt qui avait dû être blanc et soulignait sa bedaine proéminente. Ses longs cheveux grisonnants étaient gras et emmêlés. Ils n'avaient pas dû être coiffés depuis bien des mois.

Peyton avait découvert que, des années auparavant, Louis avait travaillé comme mécanicien et qu'il avait même joui d'une excellente réputation dans ce domaine. Mais l'alcool lui avait fait perdre son métier, sa maison et, visiblement, les derniers vestiges de son amour-propre.

Il examina tour à tour Beau et Peyton.

— Qui êtes-vous et qu'est-ce que vous me voulez ? leur demanda-t-il enfin.

— Je m'appelle Peyton LaCroix et je suis avocate, se présenta-t-elle. Je suis venue pour m'entretenir avec vous au sujet du meurtre qui a été commis ici même, il y a quinze ans de cela.

Louis fronça les sourcils.

— Je n'aime pas trop parler de ça. Ça me déprime. Lacy était vraiment une chic fille. Elle était toujours gentille avec moi. Parfois, elle m'apportait même à manger.

— Je sais que ce n'est pas facile, acquiesça Peyton. Mais j'aimerais vraiment que vous nous aidiez, monsieur Rivet.

— Appelez-moi, Louis. Tout le monde m'appelle Louis.

— Très bien, Louis. Accepteriez-vous de répondre à mes questions ?

— Qu'est-ce que ça me rapportera ?

Peyton fit mine d'ouvrir son sac à main mais Beau l'en empêcha.

— Il n'est pas question que nous vous achetions ces informations, objecta-t-il. Ce serait de la subornation de témoin.

Louis jeta un coup d'œil réprobateur en direction de Beau. Mais soudain, ses yeux s'écarquillèrent légèrement et Peyton discerna une expression inquiète dans son regard.

— C'est vous, n'est-ce pas ? Vous étiez dans sa chambre, ce soir-là !

— C'est exact, acquiesça Peyton. Beau Boudreau était un ami de Lacy Dupree. Vous souvenez-vous à quelle heure il est sorti de chez elle, cette nuit-là ?

— Vous devriez le savoir, rétorqua Louis à l'intention de Beau.

— C'est le cas. Mais c'est votre réponse dont nous avons besoin.

— Laissez-moi réfléchir...

Louis se laissa tomber sur la chaise de pêcheur. Peyton remarqua alors que ses mains étaient agitées d'un léger tremblement. Il venait tout juste de se réveiller et souffrait pourtant déjà du manque d'alcool.

— J'étais assis exactement à cet endroit, ce soir-là, expliqua-t-il enfin. Je sirotais tranquillement une bonne bouteille en regardant les allées et venues des clients.

Il fronça les sourcils.

— C'était il y a vraiment longtemps...

— Je sais, acquiesça Peyton d'une voix encourageante. Mais j'aimerais que vous y réfléchissiez. C'est très important. Faisait-il déjà nuit lorsque Beau est arrivé ?

— Il me semble que le soleil était en train de se coucher.

Peyton jeta un coup d'œil à Beau qui confirma d'un hochement de tête.

— Combien de temps après est-il ressorti ?

Louis pâlit brusquement.

— Je... je ne sais plus trop...

— Faites un effort, Louis, insista Peyton.

— Pas très longtemps après. Un quart d'heure, je dirais. Vingt minutes tout au plus.

Beau hocha de nouveau la tête.

— Est-ce que d'autres personnes sont venues voir Lacy, cette nuit-là ? reprit Peyton.

Louis jeta un coup d'œil nerveux à la ronde.

— Ils m'ont dit de ne pas en parler, marmonna-t-il enfin.

Peyton sentit les battements de son cœur s'emballer dans sa poitrine.

— Qui ça, Louis ? Qui vous a dit ne pas en parler ?

— Gravois et l'autre type. Celui qui m'a offert un costume tout neuf.

— Est-ce que vous voulez parler de Charles Landry, l'ancien procureur ?

— Oui, c'est ça, approuva Louis. Landry... Il m'a apporté ce costume et m'a même invité chez lui deux jours avant le début du procès. Il avait vraiment une super baraque. Jamais je n'ai dormi dans un lit aussi confortable ! C'était comme dormir sur un nuage...

— Revenons-en à ma question initiale. Lacy a-t-elle reçu d'autres visiteurs que Beau, ce soir-là ?

— Deux autres types sont passés après lui, acquiesça Louis. Mais ne me demandez pas de vous les décrire. Il faisait nuit, à ce moment-là et, pour ne rien vous cacher, je commençais à avoir déjà pas mal bu...

— Vous avez peut-être aperçu les voitures de ces hommes, remarqua Peyton.

— Bien sûr, répondit Louis. Les clients de Lacy roulaient souvent dans de belles bagnoles...

— Pourriez-vous identifier celles des deux hommes qui sont venus après Beau ? Tout particulièrement celle du second ?

Louis secoua la tête.

— Je ne m'y connais pas vraiment en voitures, leur dit-il.

Tout ce que je peux vous dire, c'est qu'elles étaient vraiment très chics.

Déçue, Peyton lui posa encore quelques questions. Mais il s'avéra très vite que Louis n'avait pas grand-chose de plus à leur apprendre. Ils prirent donc congé de lui et remontèrent dans la camionnette pour regagner le cabinet.

— Tu avais raison ! s'exclama Peyton tandis qu'ils quittaient le parking du motel. Gravois et Landry étaient vraiment prêts à tout pour te faire accuser. Y compris à suborner un témoin et à le faire mentir ! Ça me rend malade... Mais nous avons maintenant amplement de quoi demander la révision de ton procès ! Je suis convaincue que je n'aurai aucun mal à obtenir gain de cause et à t'innocenter.

— Je ne suis pas sûr de vouloir revivre ça, soupira Beau. Je me demande même si nous ne ferions pas mieux de tout laisser tomber...

Peyton le considéra avec stupeur.

— Tu n'es pas sérieux ? protesta-t-elle. Qu'est-ce qui ne va pas, Beau ?

— Rien..., éluda-t-il. Dis-moi, ça ne t'ennuie pas si je te raccompagne directement chez toi ? Je sais qu'il est encore tôt mais j'ai deux ou trois choses à faire.

— D'accord, acquiesça-t-elle. De toute façon, je pourrai terminer à la maison ce que j'ai à faire. Mais, pour en revenir à ton affaire, le moment est mal choisi pour baisser les bras. Nous avons déjà assez d'éléments pour l'emporter même si nous ne parvenons pas à découvrir l'identité du véritable meurtrier.

— Je sais.

— Et nous avons toujours des pistes susceptibles de nous mener jusqu'à lui, insista-t-elle. Il y a une bonne chance de faire arrêter ce salopard.

Elle posa doucement la main sur l'avant-bras de Beau et sentit la tension qui l'habitait en cet instant.

— Promets-moi de ne pas abandonner en si bon chemin, lui demanda-t-elle. Promets-moi que nous n'arrêterons pas tant que nous aurons une chance de découvrir qui a tué Lacy. Nous le lui devons.

Beau ne répondit pas immédiatement. Une fois de plus, il demeura longuement silencieux, comme plongé dans ses pensées. Lorsqu'il jeta enfin un coup d'œil dans sa direction, son expression ne trahissait aucune émotion.

— D'accord, lui dit-il. Je te le promets.

Quelques minutes plus tard, Beau la déposa devant chez elle. Elle se sentait toujours troublée : lui qui avait toujours paru si décidé à laver son honneur paraissait presque se désintéresser de l'affaire. Et elle ne pouvait s'empêcher de mettre ce brusque revirement en parallèle avec la distance qu'il avait prise vis-à-vis d'elle.

Que lui était-il donc arrivé ?

Incapable de trouver une réponse satisfaisante à cette question, elle commença par appeler Kylie pour lui indiquer qu'elle ne repasserait pas par le cabinet. Puis elle décida de prendre un bain moussant pour se délasser.

Elle y demeura jusqu'à ce que l'eau commence à refroidir puis se sécha et enfila une robe d'été sans manches. Après s'être préparé une salade composée, elle mangea sur son canapé en regardant quelques épisodes de sa série préférée.

Lorsqu'elle éteignit finalement le poste, la nuit était tombée depuis longtemps. Gagnant sa chambre à coucher, elle commença par aller tirer les rideaux. Mais avant même qu'elle ait fini de le faire, une explosion retentit à l'extérieur. Au même instant, la fenêtre explosa et Peyton sentit une douleur fulgurante lui vriller l'épaule.

Elle recula en titubant et s'écroula sur le sol au moment précis où un deuxième coup de feu se faisait entendre. Durant quelques instants, elle demeura parfaitement immobile, le cœur battant à tout rompre.

La souffrance qu'elle éprouvait finit cependant par la tirer de sa stupeur, et elle réalisa que l'on venait de lui tirer dessus. Portant la main à son épaule, elle constata que le tissu de sa robe était imbibé de sang.

Consciente que le tireur était peut-être toujours à l'affût, elle rampa jusqu'à la porte. Une fois sortie de sa chambre, elle se précipita vers la cuisine où elle avait laissé son sac à main. D'une main tremblante, elle composa le numéro des urgences.

8

Beau était assis sur son canapé, les pieds posés sur la table basse. Il écoutait distraitement les bruits familiers qui peuplaient le bayou à la nuit tombée.

Depuis qu'il s'était entretenu avec Jack, il avait la désagréable impression que son esprit était étrangement engourdi. Comme il l'avait avoué à Peyton, prouver son innocence ne lui paraissait plus aussi important qu'auparavant.

Il ne croyait plus vraiment à ses chances de se réinsérer dans la société, de retrouver une vie normale. Après tout, il avait passé la plus grande partie de sa vie d'adulte en prison. On lui avait imposé l'heure à laquelle il devait se lever, manger, travailler, se promener, se laver ou aller se coucher.

Certes, aujourd'hui, il avait recouvré sa liberté. Mais qu'allait-il bien pouvoir en faire ? Le métier qu'il avait prévu d'exercer s'était révélé n'être qu'une illusion. Et quelle chance avait-il de concurrencer Jack en travaillant comme entrepreneur indépendant ?

Quant à la femme qu'il avait espéré reconquérir, elle paraissait avoir définitivement tiré un trait sur leur histoire et sortait avec un autre homme...

— Eh, Beau, tu es là ?

Brusquement tiré de ses pensées, Beau se leva et alla ouvrir la porte à Gator Broussard, qui se tenait sur le seuil de sa cabane.

— Salut, lui dit-il. Tu te promènes ?

— J'en avais bien l'intention, confirma Gator. La nuit est belle. Mais je me suis dit que tu serais probablement intéressé par ce que je viens tout juste d'apprendre par le bouche à oreille.

— Je t'écoute, répondit Beau.

— Il semblerait que ton amie avocate se soit fait tirer dessus ce soir.

Beau sentit les battements de son cœur s'emballer dans sa poitrine.

— Tirer dessus ? répéta-t-il d'une voix blanche. Tu es sûr ? Comment va-t-elle ?

— Je ne sais pas grand-chose de plus, si ce n'est qu'elle a été conduite aux urgences. Mais je me suis dit que tu voudrais le savoir.

— Merci, Gator ! s'exclama Beau, luttant contre la sensation de vertige qui s'était emparée de lui.

Il se détourna pour aller récupérer ses clés de voiture puis ressortit et s'élança à travers le marécage sous le regard inquiet de Gator. Tandis qu'il courait à toute allure, des dizaines de questions se pressaient dans son esprit enfiévré.

Gator s'était-il trompé ? Avait-il mal compris ce qu'on lui avait dit ? Et, sinon, Peyton était-elle grièvement blessée ? L'idée qu'elle puisse avoir succombé à ses blessures était bien trop abominable pour qu'il puisse seulement l'envisager. Qui avait ouvert le feu sur elle ? Était-ce l'homme qui l'avait attaquée sur le parking ? Et, dans ce cas, Beau n'était-il pas indirectement responsable de ce qui lui était arrivé ce soir ?

Il lui sembla que le trajet jusqu'à sa camionnette durait des heures. Lorsqu'il la rejoignit enfin, il s'installa au volant et prit sans attendre la direction de l'hôpital.

Il espérait contre toute attente que la rumeur avait été infondée et que Peyton se trouvait tranquillement chez elle, à l'heure actuelle. Malheureusement, il savait que le bouche à oreille était généralement très efficace au sein de la petite communauté des habitants du bayou.

Il atteignit enfin l'hôpital et, après avoir garé sa camionnette sur le parking réservé aux visiteurs, il s'élança en courant vers l'entrée réservée aux urgences. Il reconnut aussitôt Lydia March, l'infirmière qui était de permanence, ce soir-là. Il était allé au lycée avec elle mais ne l'avait pas revue depuis son arrestation. Elle le regarda approcher avec un mélange d'étonnement et de méfiance.

— Bonsoir, Lydia, lui dit-il. J'ai entendu dire que Peyton LaCroix avait été conduite aux urgences suite à une blessure par balle. Pourrais-tu trouver un médecin capable de m'informer de la gravité de son état ?

Elle hocha la tête et se leva aussitôt.

— Je reviens tout de suite, lui assura-t-elle avant de se diriger à grands pas vers une porte réservée au personnel autorisé.

Beau sentit son cœur se serrer dans sa poitrine. La réaction de Lydia lui confirmait qu'il s'était bel et bien passé quelque chose. Dans le cas contraire, elle lui aurait immédiatement affirmé que Peyton n'avait pas été admise ici.

Les questions qu'il était difficilement parvenu à écarter resurgirent, plus pressantes encore. Craignant que ses jambes ne se dérobent sous lui, il se dirigea vers la rangée de chaises en plastique et se laissa tomber sur l'une d'elles, le ventre noué par l'angoisse.

Lydia ne tarda pas à revenir à son bureau.

— Le Dr Richards devrait être ici d'une minute à l'autre, lui annonça-t-elle.

— Merci, articula Beau.

Il demeura prostré sur sa chaise pendant une nouvelle éternité, priant pour que Peyton soit saine et sauve. Enfin, le Dr Richards émergea du bloc et Beau se redressa pour le rejoindre. Il ne pensait pas avoir déjà rencontré cet homme aux cheveux d'un noir de jais qui devait avoir à peu près le même âge que lui.

— Je vous rassure tout de suite, lui dit le médecin, Peyton va bien. Elle a eu beaucoup de chance : la balle n'a fait qu'effleurer l'épaule. Lorsqu'elle a su que vous étiez ici, elle a demandé à vous parler. Je vais vous conduire jusqu'à elle.

Beau lutta pour retenir les larmes de soulagement qui lui montaient aux yeux. Il suivit le médecin dans le couloir qui menait aux urgences, et tous deux rejoignirent l'une des salles de soin.

Peyton était allongée sur un lit d'hôpital. Pâle, les traits tirés, elle lui parut étrangement petite et fragile. Elle portait une chemise d'hôpital qui laissait apercevoir l'épais bandage qui recouvrait son épaule droite.

Dès qu'elle aperçut Beau, Peyton fondit en larmes. Il se précipita aussitôt vers elle. Il aurait voulu la prendre dans ses bras et la serrer contre lui mais craignait de lui faire mal. Il se contenta donc de se pencher vers elle pour l'embrasser sur le front avant de prendre sa main gauche entre les siennes.

— Qu... Quelqu'un m'a tiré dessus, Beau, articula-t-elle entre deux sanglots. Quelqu'un m'a tiré dessus alors que j'étais dans ma propre chambre à coucher... J'étais en train de fermer les rideaux lorsque la vitre a éclaté...

— Je suis désolé, mon ange, lui dit-il d'une voix étranglée par l'émotion. Je suis vraiment désolé. Mais tout va bien, à présent. Tu es en sécurité, ici.

Il se tourna alors vers le médecin.

— Que va-t-il se passer, à présent, docteur ?

Le Dr Richards haussa les épaules.

— La blessure est superficielle, dit-il. Je l'ai désinfectée et pansée, et j'ai administré quelque chose contre la douleur. Je vais lui prescrire des antibiotiques et un antalgique. Pour le reste, c'est à Peyton de décider : elle peut rester ici pour la nuit ou rentrer chez elle.

— Je préfère rentrer, déclara-t-elle.

— Tu es sûre ? lui demanda Beau en fronçant les sourcils.

— Certaine.

— Est-ce qu'il y a quelqu'un qui pourra rester à vos côtés, au moins cette nuit ? s'enquit le médecin.

Peyton lança un regard interrogateur en direction de Beau qui hocha la tête.

— Je serai là, déclara-t-il sans hésiter.

— Parfait, approuva le Dr Richards. Dans ce cas, je vais demander à une aide-soignante de vous apporter l'ordonnance ainsi que vos effets personnels. Si vous avez la moindre question ou la moindre inquiétude au cours des jours à venir, n'hésitez surtout pas à m'appeler.

— Merci, docteur, répondit Peyton d'une voix toujours un peu tremblante.

Lorsque le médecin eut disparu, Beau approcha une chaise du lit de Peyton et s'assit à ses côtés.

— C'est ma faute, soupira-t-elle en se tamponnant doucement les yeux à l'aide d'un mouchoir.

— Qu'est-ce qui te fait dire ça ? s'étonna Beau.

— Je n'ai pris aucune précaution particulière malgré l'agression dont j'ai été victime l'autre jour. J'aurais dû savoir que ce type n'en resterait pas là. Si c'est vraiment lui qui a tué Lacy, il n'hésitera peut-être pas à faire de même avec moi.

Beau se rembrunit : il avait surtout l'impression d'être lui-même responsable de cette attaque. N'était-ce pas lui qui avait sollicité son aide ? Qui lui avait demandé d'identifier l'homme qui avait tué Lacy ?

Après l'attaque du parking, il aurait dû lui retirer cette affaire et prendre ses distances. Mais avant qu'il puisse lui faire part de ses regrets, ils furent interrompus par l'arrivée de Thomas Gravois.

— Peyton ! s'exclama le chef de la police. Comment vous sentez-vous ?

— Pas si mal pour quelqu'un qui vient de se faire tirer dessus, j'imagine, répondit-elle avec un pâle sourire.

Elle redressa légèrement la tête de son lit de façon à se retrouver en position semi-assise.

— Par chance, la balle n'a fait qu'effleurer mon épaule.

— Dieu merci ! s'exclama Gravois. J'aimerais pouvoir vous dire que nous avons arrêté le salopard qui a fait ça mais, malheureusement, ce n'est pas le cas.

Le policier tira de sa poche un petit calepin et un stylo.

— Pourriez-vous me raconter aussi précisément que possible ce qui s'est passé ? demanda-t-il.

Tandis que Peyton lui relatait les événements qui s'étaient produits ce soir-là, l'esprit de Beau était submergé d'émotions contradictoires. Mais celle qui l'emportait sur toutes les autres était probablement la terreur rétrospective.

Car il avait bien conscience du fait que la balle n'était passée qu'à quelques centimètres du cœur de Peyton et que celle-ci aurait très bien pu mourir. Et cette idée lui était tout bonnement insupportable.

Il éprouvait également une haine farouche envers le tireur. Ce dernier avait certainement pensé qu'en abattant la jeune femme, il mettrait un terme aux investigations qu'ils menaient. Et il ne s'était pas trompé : la mort de Peyton aurait sans aucun doute anéanti Beau, le privant du courage de poursuivre cette enquête.

S'efforçant de tenir à distance l'angoisse qui l'étreignait, il se concentra sur ce que disait le chef de la police.

— Nous avons ratissé les environs et interrogé tous vos voisins. Malheureusement, aucun d'entre eux n'a remarqué une personne ou un véhicule sortant de l'ordinaire. Nous n'avons donc aucune description du tireur.

— Ce n'est pas étonnant, soupira Peyton. Il faisait nuit noire et le quartier n'est pas très éclairé.

— La bonne nouvelle, c'est que nous avons retrouvé la balle qui s'est fichée dans le mur opposé à la fenêtre. Je vais l'envoyer au labo. Cela nous apprendra peut-être quelque chose.

— J'en doute, soupira Peyton. Plus de la moitié des habitants de Black Bayou doivent posséder une arme à feu – sans parler de celles qui sont détenues illégalement. À moins que cette arme n'ait déjà été utilisée pour commettre un crime, la balle ne nous fournira pas le moindre indice.

— Elle pourrait nous permettre de confirmer la culpabilité du tireur, le cas échéant. Avez-vous la moindre idée de qui aurait pu chercher à vous tuer ?

— Je n'ai aucun doute à ce sujet, intervint Beau. C'est l'homme qui a assassiné Lacy Dupree. Celui qui a agressé Peyton, il y a quelques jours. Il sait que nous sommes sur sa piste et il cherche à mettre un terme à notre enquête par tous les moyens.

— Qu'est-ce que c'est que cette histoire d'agression ? s'enquit Gravois en fronçant les sourcils.

Peyton porta la main à son visage. La contusion qu'elle arborait quelques jours auparavant s'était nettement résorbée mais était toujours visible.

— Alors, c'est de là que venait ce bleu ! s'exclama Gravois d'un ton réprobateur. Vous m'aviez dit que vous vous étiez cognée !

— Je n'avais pas vu mon agresseur et je savais que vous ne pourriez rien faire.

— Vous auriez tout de même dû m'en parler, objecta Gravois. Je préfère savoir ce qui se passe dans ma ville.

Peyton lui relata rapidement ce qui s'était déroulé sur le

parking tandis que Gravois prenait consciencieusement des notes.

— Est-ce que la police a fini d'inspecter ma maison ? demanda-t-elle lorsqu'elle eut terminé son récit.

— Oui, vous pourrez rentrer chez vous dès que les médecins vous laisseront sortir d'ici. Un de mes agents est resté sur place pour sécuriser les lieux. La porte était toujours ouverte et nous ne savions pas si vous aviez vos clés.

Peyton secoua la tête.

— Mon sac à main est probablement resté dans la cuisine, dit-elle.

Gravois referma son calepin et le glissa dans sa poche.

— Je tiens à ce que vous sachiez que je prends cette histoire très au sérieux et que je compte bien faire tout ce qui sera en mon pouvoir pour identifier le tireur. Mais en attendant, vous devriez tous deux envisager très sérieusement de mettre un terme à vos investigations. En vous entêtant, vous risquez vraiment de vous attirer des ennuis.

— Merci du conseil, répondit Peyton. Mais il faut bien que quelqu'un enquête pour identifier le véritable assassin de Lacy Dupree puisque, de votre propre aveu, vous n'avez aucune intention de le faire.

Gravois fronça les sourcils.

— Je vous ai dit que j'avais déjà fort à faire, en ce moment, lui rappela-t-il. Je n'ai ni le temps, ni l'énergie, ni le personnel pour rouvrir un dossier clos il y a déjà quinze ans. Mais n'hésitez pas à me contacter si vous découvrez quoi que ce soit de plus probant qu'une liste d'initiales qui aurait pu être rédigée par n'importe qui.

Sur ce, Gravois prit congé d'eux et quitta la pièce. Un instant plus tard, une aide-soignante les rejoignit.

— Voici l'ordonnance du médecin, dit-elle en la tendant à Peyton. J'ai aussi apporté des bandages pour que vous puissiez les changer demain. Si vous préférez, nous pouvons le faire ici. J'ai bien peur que la jolie robe que vous portiez en arrivant ne soit irrécupérable. Vous devrez garder votre chemise d'hôpital le temps de rentrer chez vous. Si vous êtes prête à partir, je vais vous ôter votre perfusion.

À la demande de l'aide-soignante, Beau sortit attendre la jeune femme dans le couloir. Moins de vingt minutes plus tard, ils avaient récupéré les médicaments prescrits par le médecin, signé les documents de prise en charge et quitté l'hôpital. Beau escorta Peyton jusqu'à sa camionnette et la reconduisit jusque chez elle.

En arrivant, ils constatèrent que, comme l'avait indiqué Gravois, une voiture de police était garée devant la maison. En les apercevant, le policier sortit aussitôt de son véhicule et se dirigea vers eux.

— Je suis heureux de voir que vous allez bien, dit-il à Peyton. Le chef Gravois m'a demandé de veiller sur la maison en votre absence.

— Merci beaucoup, répondit-elle. Après ce qui s'est passé, c'est vraiment très rassurant de pouvoir rentrer sans craindre que quelqu'un ne m'attende à l'intérieur.

— Croyez-moi, il n'y a personne. Mais si cela vous rassure, je peux faire le tour de la maison.

— Cela ne vous ennuie pas ?

— Pas du tout. Attendez-moi tranquillement dans la camionnette. Je n'en ai que pour quelques minutes.

— Ça ne me plaît pas du tout, commenta Beau tandis que le policier s'éloignait en direction de la maison. D'autant que, si cette ordure s'en prend de nouveau à toi, je ne pourrai pas te protéger : en tant que repris de justice, je n'ai pas le droit de posséder une arme.

Beau s'efforça de ravaler la rage qu'il éprouvait à l'égard de l'homme qui avait tenté de la tuer. Une telle colère ne servirait à rien. Pire, elle risquait de compliquer les choses. Il se devait de garder la tête froide et de tenter une fois de plus de la convaincre de renoncer à cette enquête.

Quelques minutes plus tard, le policier revint pour leur annoncer que la voie était libre et qu'aucune mauvaise surprise ne les attendait à l'intérieur.

— Merci beaucoup, lui dit Peyton.

— Il n'y a pas de quoi. J'espère vraiment qu'on retrouvera celui qui vous a tiré dessus. Je suis vraiment désolé qu'une chose pareille vous soit arrivée, mademoiselle LaCroix.

Après avoir pris congé du policier qui remonta dans sa voiture de patrouille, Peyton et Beau entrèrent dans la maison. Elle commença par aller s'assurer que son sac à main se trouvait bien toujours dans la cuisine, là où elle l'avait laissé. Puis elle conduisit Beau dans sa chambre où il observa les débris de verre et les traces de sang qui recouvraient le sol.

— Je pense vraiment que tu devrais tout laisser tomber, déclara-t-il avec conviction. Je pourrais continuer l'enquête seul.

— Certainement pas ! s'exclama-t-elle d'un ton décidé. Il n'est pas question que je me laisse intimider par ce type. Ce qui s'est passé ce soir ne fait que renforcer ma motivation. Je suis plus déterminée que jamais à envoyer cette ordure derrière les barreaux.

— Je me doutais que tu dirais cela, soupira Beau. Mais si tu y tiens vraiment, tu ne peux pas rester là. Prépare un sac de voyage pendant que je nettoie la chambre.

— Où comptes-tu m'emmener ? s'enquit-elle.

— Là où nous aurons l'avantage du terrain, répondit-il. Dans le bayou.

Peyton considéra Beau d'un air hésitant. Sur le coup, elle avait été tentée de décliner sa proposition. Mais à mieux y réfléchir, l'idée avait peut-être du bon. En dépit de l'assurance qu'elle affichait, elle ne pouvait nier le fait que cette tentative de meurtre l'avait profondément secouée.

De toute évidence, l'assassin de Lacy avait décidé que les menaces ne suffisaient plus. Et s'il avait essayé de la tuer une fois, il n'y avait aucune raison de penser qu'il en resterait là. Elle avait besoin d'un peu de temps pour se remettre de ses émotions et pour récupérer.

Or Beau avait raison : au cœur du bayou, il aurait l'avantage. C'était un environnement qu'il connaissait parfaitement. S'ils ne s'étaient pas trompés, le tueur était en revanche un citadin aisé qui avait peu de chance de se sentir à son aise dans les marais.

— D'accord, acquiesça-t-elle enfin. Mais c'est juste pour quelques jours.

— Parfait, approuva Beau. Dis-moi, est-ce que par hasard tu aurais des planches que je pourrais utiliser pour murer la fenêtre en ton absence ?

— Je crois qu'il y en a dans le garage, acquiesça-t-elle. Tu y trouveras quelques outils aussi. Prends tout ce dont tu as besoin.

Beau hocha la tête et quitta la pièce. Sans attendre, Peyton sortit un sac de voyage et commença à le remplir d'habits. Elle ne pouvait se servir de son bras droit, ce qui lui compliquait nettement la tâche.

Par chance, elle avait bouclé l'affaire Farineau, la veille, parvenant à un accord à l'amiable avec Chastain qui avait accepté de renoncer à sa plainte. Elle était convaincue que Jason avait conclu un arrangement financier avec le propriétaire du magasin.

Pour le moment, elle n'avait donc plus aucune obligation professionnelle et pouvait parfaitement s'accorder deux ou trois jours de repos. Elle appellerait Kylie le lendemain matin pour lui donner deux jours de congé.

Beau ne tarda pas à revenir dans la chambre avec les planches qu'il avait récupérées et il commença à les clouer. Peyton en profita pour se rendre dans la salle de bains où, après avoir fait une toilette de chat, elle enfila péniblement un jean et un T-shirt propres.

Lorsqu'elle rejoignit Beau, il avait déjà terminé ses réparations.

— Est-ce que tu es prête ?

— Oui, acquiesça-t-elle. Merci de t'être occupé de la fenêtre.

— Il n'y a pas de quoi. J'ai pris les mesures pour commander une nouvelle vitre. Je la remplacerai avant que tu ne reviennes chez toi.

Beau prit le sac de voyage, et Peyton récupéra son sac à main. Puis ils quittèrent la maison et elle prit soin de verrouiller la porte à double tour.

— Comment te sens-tu ? lui demanda-t-il tandis qu'ils prenaient place à bord de sa camionnette.

— Épuisée, lui avoua-t-elle. Je crois que, dès que nous serons arrivés, je vais directement prendre un antalgique et aller me coucher.

— Je suis vraiment désolé pour ce qui t'est arrivé, Peyton, lui dit Beau. J'espère vraiment que tout ceci sera rapidement derrière nous.

Peyton avala difficilement sa salive. Posant sa tête contre le dossier du fauteuil, elle ferma les yeux et s'efforça de chasser l'angoisse sourde qui ne la quittait plus depuis qu'on lui avait tiré dessus. Les effets du dernier antalgique qu'on lui avait administré à l'hôpital commençaient à se dissiper et une douleur lancinante pulsait au niveau de son épaule.

Beau roula en silence, et Peyton ne rouvrit les yeux que lorsqu'il se gara enfin sur le parking de l'épicerie de Vincent. Ils descendirent de voiture et Beau récupéra le sac de voyage qu'il accrocha en travers de ses épaules.

— Est-ce que tu te sens d'attaque ? demanda-t-il en étudiant gravement le visage de Peyton.

— Tant que tu es à mes côtés, ça ira, lui assura-t-elle.

Le sourire qu'il lui décocha était si tendre qu'elle sentit son cœur se serrer dans sa poitrine. Beau lui tendit la main et elle la prit dans la sienne. Elle avait presque l'impression de se retrouver projetée des années en arrière, à l'époque où le bayou abritait leurs amours.

Ils s'avancèrent sous le couvert des arbres, empruntant le sentier si familier qui conduisait à la cabane de Beau. À la lueur de la lune, ils se mirent en marche. Beau la guidait à mi-voix, lui indiquant les aspérités du terrain et les racines qui dépassaient du sol.

Plus ils s'enfonçaient dans le marais et plus l'air se rafraîchissait. À plusieurs reprises, leur sentier en croisa d'autres qui serpentaient à travers le bayou. Et Peyton commença enfin à se détendre.

Beau avait eu raison de la conduire ici : l'homme qui s'en était pris à elle n'avait strictement aucune chance de la retrouver au cœur de ce véritable labyrinthe végétal.

Au bout de ce qui lui parut une éternité, ils parvinrent enfin en vue de la petite maison sur pilotis. La douleur que Peyton ressentait n'avait cessé de croître. Elle se sentait épuisée, tant sur le plan physique qu'émotionnel. Et elle détestait se sentir aussi faible.

Ils empruntèrent la passerelle qui menait à la maison et entrèrent. Après avoir guidé Peyton jusqu'au canapé, sur lequel elle se laissa tomber en gémissant, Beau alla allumer deux lampes à huile qui nimbèrent le salon d'une douce lumière.

— Je vais t'apporter un verre d'eau pour que tu puisses prendre tes cachets d'antalgique et d'antibiotique.

Elle hocha la tête avec reconnaissance et sortit ses médicaments de son sac à main tandis qu'il allait chercher une bouteille d'eau fraîche dans la glacière. Il lui servit un verre et elle avala les pilules que lui avait prescrites le médecin.

— Et dire que la balle n'a fait qu'effleurer mon épaule, soupira-t-elle. Je n'ose imaginer ce que j'aurais enduré si elle l'avait transpercée.

Elle vit Beau frissonner violemment et lut dans ses yeux ce qu'il pensait : à quelques centimètres près, la balle en question aurait très bien pu traverser son cœur ou son poumon. Cette pensée l'emplit d'effroi.

— Je crois que tu ferais mieux d'aller te coucher, déclara Beau d'une voix très douce. Prends ma chambre. Je dormirai sur le canapé.

Peyton se leva, récupérant son sac à main tandis que Beau prenait son sac de voyage. Il la conduisit jusqu'à sa chambre et, en y pénétrant, elle fut frappée de la retrouver en tout point identique à ce qu'elle était, quinze ans auparavant. Visiblement, le père de Beau n'avait pas dû y mettre les pieds durant tout ce temps.

— Je peux changer les draps, si tu veux. Je n'y ai dormi que deux nuits.

— Ce n'est pas la peine, lui assura-t-elle. De toute façon, je ne compte rester qu'un jour ou deux, le temps de me remettre d'aplomb. Ensuite, je te laisserai tranquille.

— Nous verrons, répliqua Beau en déposant son sac au pied du lit. En attendant, si tu as besoin de quoi que ce soit, n'hésite pas. Je serai juste à côté.

S'approchant d'elle, il déposa un chaste baiser sur son front.

— Tu es en sécurité, ici, Peyton, lui affirma-t-il. Je veille sur toi.

— Merci, Beau, lui dit-elle, touchée par sa gentillesse. Merci pour tout.

— Tu sais que je ferais n'importe quoi pour toi, répondit-il. Bonne nuit.

Elle avala difficilement sa salive, luttant contre l'émotion qui l'étreignait. Ce qu'il venait de lui dire était peut-être juste une façon de la réconforter. Mais elle avait terriblement envie de le prendre au mot, de se laisser aller à croire que Beau l'aimait toujours.

La porte se referma doucement derrière lui, et elle laissa échapper un profond soupir. Elle alla chercher sa chemise de nuit dans son sac et se déshabilla maladroitement avant de l'enfiler.

Ne sachant si Beau disposait d'un moyen de recharger son téléphone, elle l'éteignit. De toute façon, elle n'avait envie de parler à personne : tout ce qu'elle voulait, c'était dormir aussi longtemps que possible.

Peyton posa la lampe à huile sur la table de nuit et se glissa dans le lit de Beau. Instantanément, elle reconnut son odeur qui avait toujours le don d'éveiller en elle un petit frisson. C'était ici, dans cette chambre, qu'elle avait fait l'amour pour la première fois.

Elle se rappelait encore parfaitement cette nuit magique. Beau avait été très doux, infiniment précautionneux, prenant tout le temps d'éveiller son désir et de la rassurer. Jamais elle n'oublierait l'intensité des sensations et des émotions qu'il avait su faire naître en elle.

Elles l'avaient marquée pour toujours, transformant en l'espace de quelques heures leur indéfectible amitié en un amour plein de tendresse et de passion. Et en y réfléchissant, elle se demanda si ce sentiment avait réellement disparu par la suite.

Ne s'était-elle pas contentée d'enfouir cet amour au plus profond d'elle en tentant de se convaincre qu'elle était parvenue à tourner la page ? Et depuis que Beau avait resurgi dans sa vie et l'avait convaincue de son innocence, n'était-elle pas en train de le redécouvrir ?

Une chose était sûre : ici, dans cette cabane perdue au fond du bayou, enveloppée par son odeur, elle se sentait plus en confiance et en sécurité qu'elle ne l'avait été au cours des quinze dernières années…

9

Lorsque Beau ouvrit les yeux, le lendemain matin, sa première pensée fut pour celle qui dormait dans sa chambre. Curieusement, c'était la première fois que Peyton passait une nuit entière dans le bayou. Autrefois, il la raccompagnait toujours chez elle au beau milieu de la nuit.

Cette fois-ci, il était bien décidé à ce qu'elle reste ici jusqu'à ce que le danger soit définitivement écarté. Pour cela, ils devraient identifier l'homme qui s'en était pris à elle – probablement celui qui avait tué Lacy. Et il y avait peu de chances pour que ce soit terminé en l'espace d'un jour ou deux.

Beau avait réfléchi à sa première impulsion. Et il était parvenu à la conclusion que, même si Peyton avait accepté d'abandonner l'enquête, il était sans doute déjà trop tard. Elle s'était déjà beaucoup trop impliquée pour pouvoir être certaine que le tueur la laisserait tranquille.

Tant qu'elle resterait ici, en revanche, il pouvait raisonnablement espérer la protéger. De son côté, il pourrait poursuivre les investigations qu'ils avaient commencées.

S'arrachant au canapé sur lequel il avait passé la nuit, il alluma le feu dans le poêle. Dès que Peyton serait réveillée, il préparerait le petit déjeuner. En attendant, il décida de s'assurer qu'elle allait bien et alla jeter un coup d'œil dans la chambre.

La porte grinça légèrement lorsqu'il l'entrouvrit mais, fort heureusement, cela ne suffit pas à la réveiller. Elle dormait sur le dos et ses longs cheveux noirs étaient répandus sur l'oreiller, formant une auréole autour de son beau visage.

Elle lui parut magnifique et fragile à la fois. Et il sentit son cœur se serrer en avisant le bandage qui entourait son épaule. L'idée de la terreur qu'elle avait dû ressentir et de la souffrance qu'elle devait encore éprouver éveillait en lui un mélange de détresse et de colère.

L'homme qui lui avait tiré dessus était un monstre. Et Beau se demandait à combien d'autres femmes il avait pu faire du mal, combien il avait pu en tuer. Il était grand temps que quelqu'un le perce à jour et le jette en prison où il aurait dû croupir depuis déjà très longtemps.

Beau referma précautionneusement la porte et retourna dans le salon où il se rassit sur le canapé. Il entendait bien consacrer les quelques jours à venir à Peyton. Quels que puissent être ses besoins, il s'efforcerait de les satisfaire du mieux qu'il pourrait.

Au bout de quelques minutes, Beau fut brusquement tiré de ses pensées par le grincement de la porte de la chambre. Levant les yeux, il vit Peyton s'avancer dans la pièce principale. Elle avait enfilé une robe de chambre légère assortie à sa chemise de nuit, et ses cheveux étaient emmêlés.

Une fois de plus, il sentit son cœur se serrer en avisant la pâleur de son visage et les cernes qui soulignaient ses yeux.

— Bonjour, lui dit-il. Comment te sens-tu ?

— Pas très bien, reconnut-elle. Mon épaule me fait encore plus mal qu'hier soir.

— Assieds-toi, lui dit-il en se levant. Je vais aller te chercher tes médicaments.

— Merci, murmura-t-elle en prenant place sur le canapé.

Beau sortit les pilules d'antalgique et d'antibiotique, et remplit un verre d'eau avant d'apporter le tout à Peyton.

— Merci encore, Beau, lui dit-elle. Pour tout.

— Je suis ravi de pouvoir me rendre utile, lui assura-t-il.

— Et moi de me retrouver ici. Je me suis toujours sentie tellement en sécurité dans cette maison.

— J'en suis heureux, répondit Beau.

Tel n'avait pas toujours été son cas. Mais il s'était toujours arrangé pour protéger Peyton de son père.

— Que dirais-tu d'un bon petit déjeuner ? lui proposa-t-il. J'ai des œufs et du bacon, si ça te tente.

— Ne te donne pas toute cette peine pour moi.

— Tu plaisantes ? s'exclama-t-il. Je compte bien en préparer pour moi, de toute façon.

Il sortit une boîte d'œufs et des tranches de bacon de la glacière, et récupéra une poêle.

— J'espère que tu les aimes brouillés parce que c'est invariablement comme ça qu'ils finissent, lui dit-il.

— Brouillés, c'est parfait, répondit-elle en souriant.

Il commença à cuisiner sur le poêle.

— Il fait frais, ce matin, remarqua-t-elle.

— C'est toujours le cas à cette heure. Mais la température augmente très vite durant la matinée. Je t'assure que, d'ici deux heures, il fera aussi chaud qu'hier.

Lorsque Beau eut préparé leur repas, ils s'installèrent à la petite table de la cuisine et commencèrent à manger avec appétit. Les cachets que Peyton avait pris avaient commencé à faire effet, et elle se sentait déjà nettement plus en forme.

— Est-ce que tu as une copie de la liste que nous avons établie ? lui demanda-t-elle.

— Oui. Mais je pense que tu ne devrais pas travailler, aujourd'hui. Il faut que tu te reposes et que tu reprennes des forces.

— Tu as peut-être raison, acquiesça-t-elle. Mais qu'allons-nous bien pouvoir faire en attendant ?

Il haussa les épaules.

— Nous n'avons jamais eu de mal à trouver des sujets de conversation, tous les deux, remarqua-t-il.

— C'est vrai, reconnut Peyton. Mais c'était il y a longtemps... Nous n'étions encore que des enfants, à l'époque, et nous pensions avoir toute la vie devant nous.

— Je dois dire que je n'imaginais vraiment pas que les choses puissent tourner de cette façon, reconnut Beau. Je ne peux pas dire que mes rêves d'alors se soient réalisés. Et toi, Peyton ? Est-ce que tu as été heureuse ?

Elle hésita quelques instants avant de lui répondre.

— J'ai eu des hauts et des bas, lui dit-elle. Mais dans l'ensemble, j'imagine que je ne suis pas à plaindre.

— Il y a une question qui me taraude depuis que nous nous sommes revus..., déclara Beau d'une voix légèrement hésitante.

Elle l'interrogea du regard.

— Eh bien... Tu es la femme la plus intelligente et la plus séduisante que j'aie jamais rencontrée, lui dit-il. Alors comment se fait-il que tu sois toujours célibataire ?

Elle rougit légèrement et détourna les yeux.

— Il faut croire que je n'ai pas rencontré la bonne personne, lui dit-elle.

— Et Sam Landry ? ne put-il s'empêcher de demander.

Elle secoua doucement la tête.

— Sam est quelqu'un de bien. J'ai éprouvé beaucoup de plaisir à passer du temps en sa compagnie, à discuter avec lui... Mais nous ne sommes pas faits l'un pour l'autre. C'est pour cela que j'ai préféré rompre avec lui lors de notre dernier déjeuner ensemble...

Beau la considéra d'un air interdit.

— Vraiment ? articula-t-il.

— Oui. Ça ne me paraissait pas très juste que nous continuions à nous voir de cette façon alors que je savais pertinemment que les choses n'iraient jamais plus loin entre nous.

— Je comprends, acquiesça Beau en s'efforçant de maîtriser le mélange enivrant de soulagement et d'espoir qui montait en lui.

Après tout, le fait qu'elle ait rompu avec Sam Landry ne signifiait absolument pas qu'il puisse se passer quoi que ce soit entre eux. Il ne pouvait cependant s'empêcher de se demander si leur baiser y était pour quelque chose.

— Ces antalgiques sont vraiment redoutables, lui dit alors Peyton en étouffant un bâillement.

— Tu devrais peut-être aller faire une petite sieste, suggéra Beau.

— Je sors tout juste du lit, protesta-t-elle.

— Tu as besoin de reconstituer tes forces.

— Je vais laver la vaisselle et puis j'irai me recoucher, lui dit-elle.

— File au lit. Je me charge de la vaisselle.

Elle lui décocha un pâle sourire.

— Merci, Beau...

— Arrête de me remercier, lui dit-il en riant. File !

Lorsqu'elle eut disparu dans la chambre à coucher, il commença à nettoyer leurs assiettes et leurs couverts. Il ne pouvait s'empêcher de se demander si cette sieste ne donnait pas à Peyton un prétexte commode pour éviter ses questions.

Ce qu'elle lui avait dit au sujet de Sam ne répondait d'ailleurs pas complètement à celle qu'il lui avait posée. En l'espace de quinze ans, elle avait forcément rencontré des tas de gens. Et, parmi eux, il y en avait certainement qui auraient fait d'excellents époux.

Y avait-il eu quelqu'un dont elle préférait ne pas parler ? Avait-elle connu une déception amoureuse ? Était-ce pour cela qu'elle avait brusquement décidé de revenir à Black Bayou après toutes ces années ?

Évidemment, il n'avait aucune légitimité pour lui poser de telles questions. Il ne pouvait que rétablir la confiance qui existait autrefois entre eux et espérer qu'elle se déciderait à se confier à lui.

Redeviendraient-ils amis, comme ils l'avaient été durant des années avant que leur relation ne prenne brusquement une nouvelle dimension ? Et qui sait, avec le temps, cette amitié renouvelée se muerait peut-être de nouveau en quelque chose de plus profond...

Ravalant ces questions destinées à rester sans réponses, Beau termina la vaisselle puis atténua le feu qui flambait toujours dans le poêle. Comme il l'avait annoncé à Peyton, la température s'était rapidement élevée et continuait à le faire.

Beau sortit de la maison et alla jeter un coup d'œil au ciel que l'on distinguait à travers la ramure des arbres. Malgré le grand soleil qui brillait ce jour-là, les sous-bois étaient toujours plongés dans une pénombre glauque.

Parmi les choses auxquelles Beau avait eu beaucoup de mal à s'adapter, lorsqu'il était en prison, l'omniprésence des lumières vives et crues lui avait semblé particulièrement pénible.

Il était sur le point de se détourner pour rentrer dans la maison lorsqu'il entendit quelqu'un se déplacer dans les marais. Instantanément, ses muscles se contractèrent, et il se prépara à se battre si nécessaire. Mais, à son grand soulagement, ce fut Gator qu'il vit émerger de la forêt quelques instants plus tard.

— Salut, Beau, lui dit le vieux baroudeur.

— Salut, Gator, tu veux entrer boire un café ? suggéra Beau.

Il ne tenait pas à déranger le sommeil de Peyton mais l'hospitalité qui avait cours au sein du bayou ne souffrait aucune exception. Et puis, il ne pouvait oublier que c'était Gator qui l'avait prévenu de ce qui était arrivé à la jeune femme, la veille.

— Je ne dis pas non, répondit son visiteur.

— Alors, entre. Mais ne parlons pas trop fort parce que Peyton se repose.

— Compris, acquiesça Gator. Alors ? Est-ce que c'est vrai, ce que l'on raconte ? Elle s'est vraiment fait tirer dessus ?

— Oui. Mais, Dieu merci, la balle n'a fait que lui effleurer l'épaule. C'est tout de même assez douloureux, et elle a été très secouée.

— Ça peut se comprendre. Tu as décidé de l'accueillir, le temps qu'elle se remette de ses émotions ?

— Oui. Et ça me permet aussi de veiller sur elle. Si ce salopard essaye de nouveau de s'en prendre à elle, il aura affaire à moi.

Tout en parlant, Beau avait commencé à préparer une cafetière. Lorsqu'il eut terminé, il remplit deux tasses et en apporta une à Gator qui avait pris place sur la chaise du salon. Beau s'installa en face de lui sur le canapé.

— Toujours aussi fameux, commenta le vieil homme après avoir avalé une gorgée du liquide brûlant.

Il jeta un coup d'œil par la fenêtre, observant pensivement le bayou.

— Tu crois qu'elle est toujours en danger ? demanda-t-il enfin.

— Pas tant qu'elle se trouve ici, déclara Beau avec assurance. Nous sommes convaincus que l'homme qui a tué Lacy était originaire de la ville – sans doute d'un milieu favorisé. Ce n'est probablement pas le genre à se balader dans le bayou.

— Je vois. Est-ce que tu penses que vous parviendrez à identifier rapidement cette ordure ?

— Je l'espère, soupira Beau. Parce que, connaissant Peyton, je ne me fais aucune illusion : dès qu'elle se sentira un peu mieux, elle risque de vouloir retourner travailler. Et elle sera de nouveau exposée. Identifier ce type est la seule chose qui garantira réellement sa sécurité. Tant qu'il ne sera pas derrière les barreaux, il risque de s'en prendre de nouveau à elle.

— Tu tiens beaucoup à elle, n'est-ce pas ? lui demanda Gator en le regardant droit dans les yeux.

— C'est une amie de longue date, éluda Beau qui ne tenait pas à s'étendre sur les détails de sa relation avec Peyton. Et c'est à cause de moi qu'elle s'est fait tirer dessus.

— Une amie de longue date, répéta Gator d'un ton ouvertement dubitatif. Rien de plus ?

Avant que Beau n'ait eu le temps de lui répondre, la porte de la chambre s'ouvrit, laissant apparaître la jeune femme.

— Désolée, s'excusa-t-elle en avisant la présence de Gator. Je ne savais pas que tu avais un invité.

— Ne t'en fais pas, Peyton. C'est quelqu'un de confiance. Peyton, je te présente Gator. Gator, voici Peyton LaCroix.

— Enchanté de faire votre connaissance, mademoiselle LaCroix, lui dit-il avec un large sourire. Et merci de ce que vous faites pour Beau. La vie n'a pas été tendre avec lui, et il mérite vraiment que quelqu'un prenne sa défense.

Il observa attentivement Peyton et hocha la tête d'un air entendu.

— Je comprends mieux en tout cas pourquoi il a des étoiles dans les yeux chaque fois qu'il parle de vous.

Peyton ne put s'empêcher de rougir.

— Merci, monsieur Gator...

— Juste Gator.

— Gator, se reprit-elle. Je suis ravie de faire votre connaissance.

— C'est Gator qui m'a appris que tu t'étais fait tirer dessus, expliqua Beau.

— Vraiment ? s'étonna Peyton. Comment l'avez-vous su ?

— Par le bouche à oreille du bayou, répondit-il. Rien de ce qui se passe en ville ne nous échappe, même si c'est loin d'être réciproque. Les gens d'ici sont invisibles aux yeux des citadins mais ils sont partout et ils n'ont pas les yeux dans leur poche.

— Eh bien, je vous remercie d'avoir averti Beau, lui dit Peyton. Je ne sais vraiment pas comment j'aurais fait sans lui.

Le sourire plein de tendresse qu'elle décocha alors à Beau lui transperça le cœur de part en part. Et, une fois de plus, il se prit à espérer que tous deux retrouveraient un jour la complicité qui avait autrefois été la leur.

Cela faisait à présent trois jours que Peyton séjournait chez Beau. Et pendant tout ce temps, il avait été aux petits soins pour elle. Il avait préparé chacun de ses repas, avait veillé à ce qu'elle prenne ses médicaments à intervalles réguliers et avait même changé ses pansements.

Pour l'aider à se distraire, il avait joué avec elle aux cartes et à divers jeux de société. Ils avaient aussi beaucoup discuté et elle n'avait pas tardé à comprendre que, en dépit des années qui s'étaient écoulées et des existences radicalement différentes qu'ils avaient vécues, tous deux avaient encore beaucoup de choses en commun.

Elle avait oublié à quel point Beau pouvait se montrer drôle. Il avait un grand sens de la repartie et était très observateur. Depuis qu'il était de retour à Black Bayou, il avait apparemment étudié avec attention les faits et gestes de ses concitoyens, et elle fut très surprise par la justesse de ses analyses.

Elle l'interrogea aussi sur ce qu'avait été sa vie en prison et il lui en parla sans fard, avec un mélange d'honnêteté et de détachement ironique. Elle ne fut cependant pas dupe, lisant entre les lignes les souffrances et les privations qu'il avait dû endurer.

Ils avaient également discuté de leurs jeunesses respectives, du sentiment d'abandon de Peyton, de l'alcoolisme du père de Beau et des mauvais traitements qu'il avait fait subir à son fils. Rétrospectivement, elle ne pouvait que s'émerveiller de la résilience dont il avait fait preuve au cours de cette existence impitoyable.

Loin de céder à la rancœur et à la haine, il avait trouvé la force de survivre et de se reconstruire. Elle savait pourtant que tous deux ne pourraient réellement tourner la page que lorsqu'ils seraient parvenus à faire arrêter l'homme qui avait assassiné Lacy et tenté de la tuer, que lorsque l'honneur de Beau serait définitivement lavé.

Après trois jours de repos complet, elle se sentait d'ailleurs pleinement d'attaque pour se remettre au travail. Et après le dîner, comme tous deux s'étaient installés au salon pour partager une infusion, elle fit part à Beau de cette décision.

— Nous devons commencer à interroger un par un tous les hommes qui figurent sur notre liste de suspects, déclara-t-elle.

— Rien ne presse, objecta-t-il. D'ailleurs, avec un peu de chance, Gravois parviendra à identifier celui qui t'a tiré dessus et nous n'aurons plus qu'à vérifier que ses initiales correspondent bien à celles qui figurent sur la liste de Lacy.

Peyton fronça les sourcils d'un air réprobateur.

— Tu comptes vraiment laisser Gravois se charger de cette enquête ? s'enquit-elle. Franchement, je ne te comprends pas, Beau. Il y a une semaine, tu étais bien décidé à identifier ce tueur. Et on dirait brusquement que ça ne t'intéresse plus. Nous n'avons pourtant jamais été aussi proches du but. Peux-tu m'expliquer ce qui a changé ?

Il demeura silencieux pendant plusieurs dizaines de secondes. Son regard était aussi sombre que les eaux du bayou au-dehors. Et, finalement, il laissa échapper un profond soupir.

— Je me suis juste rendu compte que laver mon honneur n'était peut-être pas le plus important, déclara-t-il. Cela ne changera rien au fait que j'ai perdu tout ce que j'espérais retrouver en sortant de prison.

— Que veux-tu dire ? lui demanda-t-elle en fronçant légèrement les sourcils.

— Je t'ai parlé de l'entreprise que j'avais fondée avec Jack ?

— Bien sûr, répondit-elle. Et j'ai cru comprendre qu'elle marchait plutôt bien. Je suis sûre que, dès que tu auras prouvé ton innocence, tu pourras y reprendre un rôle plus actif.

Beau secoua tristement la tête.

— Au mieux, j'y serai embauché comme simple ouvrier...

— Je ne comprends pas, objecta Peyton.

— Lorsque Jack a déposé les statuts de l'entreprise, il a omis de me faire figurer parmi les actionnaires. Je n'ai strictement aucun droit sur cette société.

— Tu plaisantes ? protesta-t-elle vivement. C'est toi qui en as eu l'idée. Tu as travaillé sans compter pour décrocher vos premiers contrats.

— Ce n'est visiblement pas ainsi que Jack voit les choses. Il m'a expliqué que, lorsque j'avais été arrêté, il avait décidé de couper les ponts avec moi pour le bien de la compagnie.

— Peut-être changera-t-il d'avis lorsque tu auras été innocenté, suggéra-t-elle.

— Je ne vois pas quel intérêt il aurait à le faire aujourd'hui. Au mieux, il m'offrira un poste salarié.

— Mais c'est injuste ! s'exclama Peyton, choquée.

Beau haussa les épaules d'un air résigné. Elle n'avait pourtant aucun mal à imaginer combien cette révélation avait dû être douloureuse pour lui. Jack avait été bien plus qu'un simple partenaire commercial. Beau l'avait toujours considéré comme son meilleur ami.

Elle se rappelait les heures que tous deux avaient passées à discuter de leur avenir, des modalités de fonctionnement de cette entreprise, de leurs plans de financement et de développement. Jack avait été le principal apporteur financier, bien sûr, mais Beau avait été le cerveau, le cœur et l'âme de cet ambitieux projet.

— Regarde-moi, lui dit-elle d'une voix très douce.

Lentement, presque à regret, il se tourna vers elle. La tristesse qu'elle lut alors dans son regard confirma son impression initiale : Beau avait été bien plus affecté qu'il ne voulait bien le laisser voir.

— Je suis désolée, lui dit-elle d'une voix émue.

Elle se leva et, couvrant la distance qui les séparait, elle se pencha vers lui et le prit maladroitement dans ses bras.

— Je suis vraiment désolée, répéta-t-elle. Ce n'est pas juste...

Tous deux demeurèrent ainsi enlacés durant quelques instants. Beau était assis sur la chaise et Peyton penchée sur lui, la joue posée contre le haut de sa tête. Il passa alors les bras autour de sa taille et la serra doucement contre lui.

Il y avait dans cette étreinte quelque chose de parfaitement naturel. L'odeur de Beau, le contact de ses bras, la douceur de ses cheveux... Elle avait l'impression que ces sensations étaient inscrites en elle, qu'elles faisaient partie d'elle.

Elle comprit alors qu'elle avait vainement recherché cette sensation précise entre les bras des hommes avec lesquels elle était sortie. Mais seul Beau pouvait lui apporter ce sentiment de complétude et de sérénité.

Elle finit par s'écarter légèrement de lui pour pouvoir le regarder. Et dès que leurs yeux se croisèrent, elle comprit ce qui était sur le point de se passer. Ils n'avaient pas besoin de mots pour exprimer l'envie qu'ils avaient l'un de l'autre. C'était bien plus que du désir physique, l'expression d'une évidence. Ils ne faisaient qu'un, et le simple fait qu'ils aient pu être séparés aussi longtemps paraissait à Peyton presque contre nature.

Lentement, elle abaissa son visage vers le sien et posa ses lèvres sur celles de Beau. Elle le sentit tressaillir violemment à ce contact mais il ne tarda pas à lui rendre son baiser avec une ardeur au moins égale à la sienne. Leurs langues se mêlèrent avec fièvre tandis qu'elle sentait exploser en elle une chaleur irrépressible.

Elle n'aurait su dire combien de temps dura ce merveilleux baiser. Mais lorsqu'ils se séparèrent enfin, la respiration de Peyton était haletante et son cœur battait à tout rompre. Les lèvres de Beau se posèrent alors sur sa joue et il descendit le long de la mâchoire qu'il constella d'une pluie de petits baisers avant de se poser sur sa gorge.

Chaque fois qu'il la touchait, elle sentait un frisson de désir se propager en elle et dévaler le long de sa colonne vertébrale. Jamais aucun homme ne l'avait fait se sentir aussi désirable, aussi sensuelle. Beau avait toujours eu le don de faire voler en éclats toutes ses inhibitions.

Et lorsque la bouche de Beau retrouva la sienne, leur baiser se fit plus fervent encore. Elle avait soudain l'impression d'avoir de nouveau dix-huit ans et retrouvait celui qui avait été à la fois son meilleur ami et son premier amant, celui qui avait à jamais marqué son existence.

Mais ce nouveau baiser fut de courte durée. Au bout de quelques instants, Beau s'écarta légèrement d'elle. Ses yeux sombres semblaient briller de mille feux, accrochant la lueur des lanternes tandis qu'il la considérait avec fièvre.

— Peyton, il vaudrait mieux que nous arrêtions maintenant, lui dit-il d'une voix étrangement rauque.

— Pourquoi ? articula-t-elle.

— Parce que, si nous continuons à nous embrasser de cette façon, je ne suis pas sûr de pouvoir contrôler l'envie que j'ai de toi.

Ces mots ne firent que renforcer le désir qu'elle-même éprouvait en cet instant.

— Je ne veux pas que tu la contrôles, lui dit-elle. Je veux que tu me fasses l'amour.

Les yeux de Beau s'écarquillèrent sous l'effet de la surprise et de l'excitation mêlées mais il s'éloigna encore un peu plus, rompant tout contact physique entre eux.

— Nous ne pouvons pas faire ça, objecta-t-il. Tu es toujours blessée. Et je ne suis même pas sûr que tu sois vraiment dans ton état normal.

— Tu te trompes, répondit-elle sans hésiter. Je suis convaincue que nous pouvons très bien faire l'amour sans que tu ne me fasses mal à l'épaule. Et je t'assure que je sais parfaitement ce que je veux. À vrai dire, je crois bien que j'ai envie de faire l'amour avec toi depuis le jour où tu es entré dans mon bureau pour la première fois. J'ai juste mis un peu de temps à me l'avouer à moi-même...

Beau la regarda longuement avant de se lever. Avec une facilité déconcertante, il la souleva entre ses bras et l'emporta en direction de sa chambre. Là, il la déposa précautionneusement sur son lit.

Pendant qu'il allumait la lampe-tempête sur la table de nuit, elle parvint à se défaire du débardeur qu'elle portait ce jour-là et se retrouva uniquement vêtue d'un short et de son soutien-gorge.

— Est-ce que tu es vraiment sûre que c'est ce que tu veux ? lui demanda-t-il d'une voix très douce.

Il la regarda gravement.

— Parce que, si tu changes d'avis, je peux m'en aller maintenant et nous ferons comme si rien ne s'était passé.

Elle secoua doucement la tête.

— Je n'ai jamais été aussi sûre de moi de toute ma vie, répondit-elle avec conviction. J'ai envie de toi.

Elle tendit les bras vers lui, l'invitant à la rejoindre.

— Cela fait quinze ans que j'ai envie de toi, ajouta-t-elle avec un pâle sourire.

Il ne fit pas mine de bouger, se contentant de l'observer attentivement.

— Qu'est-ce que tu fais ? lui demanda-t-elle avec un petit rire nerveux.

— Moi aussi, cela fait quinze ans que j'espère ce moment, lui avoua-t-il. Et je suis bien décidé à profiter de chaque instant.

Tandis qu'il continuait à la dévorer du regard, il sembla à Peyton que les yeux de Beau caressaient son corps, attisant encore le désir qu'elle avait de lui. Un irrésistible fourmillement courait sur sa peau. De longs frissons se réverbéraient en elle. Et une irrépressible sensation de chaleur montait au creux de son ventre, se répandant dans chacun de ses membres.

— Tu es si belle, Peyton, lui dit-il d'une voix légèrement tremblante. Si tu savais combien de fois j'ai rêvé de toi... Ce sont ces rêves qui m'ont permis de tenir le coup dans les moments les plus sombres.

Il se pencha enfin vers elle et posa ses lèvres sur les siennes. Avec une douceur exquise il l'embrassa. Mais ce n'était pas un simple baiser. C'était une caresse qui se réverbérait au plus profond d'elle-même. Puis les lèvres de Beau abandonnèrent les siennes pour aller taquiner le lobe de son oreille puis sa gorge frémissante.

Et, tandis que sa bouche la rendait folle, ses doigts détachèrent son soutien-gorge. Lorsqu'il s'en fut débarrassé, il lui ôta simultanément son short et sa culotte, et elle se retrouva entièrement nue, totalement exposée à ses regards.

Mais déjà, les lèvres de Beau se posaient sur sa peau brûlante, explorant son corps de façon méthodique. Elle ne tarda pas à perdre le contrôle, s'abandonnant pleinement à lui, tremblant de tous ses membres sous l'effet du besoin sans cesse croissant qu'elle avait de lui.

Lorsqu'il se défit enfin de ses propres vêtements et la rejoignit sur le lit, elle avait déjà l'impression de se consumer de l'intérieur. Jamais elle ne s'était sentie aussi vivante qu'en cet instant. Jamais elle n'avait désiré personne à ce point.

Pourtant, lorsqu'il fit mine de se placer au-dessus d'elle, elle fit non de la tête et le repoussa de façon qu'il se retrouve à son tour sur le dos.

Elle aussi voulait prendre le temps de redécouvrir ce corps qui lui avait tant manqué, d'éveiller son désir. Elle voulait l'entendre répéter son nom encore et encore. Elle voulait qu'il se rappelle à quel point tous deux étaient faits l'un pour l'autre.

Ses mains coururent sur le torse puissant de Beau, et elle sentit ses muscles se contracter au contact de ses doigts. Se penchant vers lui, elle posa les lèvres sur sa chair brûlante. Elle voulait se gorger de son odeur, se repaître du goût de sa peau, se perdre complètement dans ce flot de sensations qui menaçait à chaque instant de la submerger.

— Peyton..., articula-t-il d'une voix si rauque qu'elle en devenait méconnaissable.

Encouragée par cette réaction, elle se fit plus audacieuse, laissant ses lèvres, ses dents et ses doigts alimenter la fièvre qui montait en lui. Finalement, n'en pouvant plus, il la repoussa à son tour et sa main se posa au creux de ses cuisses.

Il effleura la partie la plus sensible de son anatomie, et elle se cambra pour venir à sa rencontre. La pression de ses doigts se fit plus insistante et le rythme de ses caresses de plus en plus rapide.

Peyton sentit naître au creux de son ventre une tension qui ne cessa d'enfler. C'était comme une vague de fond qui grandissait sans cesse, menaçant à chaque instant de la submerger. Sans même s'en rendre compte, elle se mit à scander le prénom de Beau comme un mantra tandis que le plaisir montait irrépressiblement en elle.

Juste avant que celui-ci ne parvienne à son apogée, Beau ôta sa main, la laissant pantelante et éperdue. Il se plaça alors entre ses cuisses et attendit quelques instants qu'elle reprenne un semblant de self-control avant d'entrer lentement en elle.

Peyton entoura de ses jambes la taille de Beau pour le sentir pénétrer plus loin encore. Elle s'aperçut alors que ses yeux s'emplissaient de larmes. C'étaient des larmes de joie, bien sûr, mais elles exprimaient simultanément un profond chagrin. Car Peyton prenait réellement la mesure des années qui s'étaient écoulées et de la séparation cruelle et injuste dont ils avaient tous deux souffert.

Puis Beau commença à bouger en elle. Ses mouvements étaient délibérément lents, et elle sentit enfler encore l'envie dévorante qu'elle avait de lui. Renonçant à conserver le contrôle de son corps et de ses émotions, elle s'abandonna pleinement à cette étreinte.

Il accéléra alors progressivement le rythme, l'entraînant de plus en plus loin. Ensemble, ils gravirent les degrés de la passion, retrouvant cette magie qui n'appartenait qu'à eux et que ni le temps ni l'éloignement n'étaient parvenus à effacer.

Puis, soudain, l'extase, infiniment plus intense que tout ce qu'elle avait pu connaître jusqu'alors, emporta Peyton. C'était un véritable maelström de sensations et de sentiments qui dépassaient en intensité tout ce qu'elle aurait cru possible. Se laissant aller à cette lame de fond, elle plaqua sa bouche contre l'épaule de Beau pour étouffer un cri de joie pure et parfaite.

Il la rejoignit alors, fauché à son tour par le plaisir. Et sur ses lèvres, le nom de Peyton faisait presque figure de supplique. Pressés l'un contre l'autre, ils retombèrent sur le matelas, le souffle court et le cœur battant à tout rompre.

Peyton n'aurait su dire combien de temps ils demeurèrent ainsi enlacés. Elle avait l'impression de ne plus faire qu'un

un repris de justice. Il n'avait pas d'emploi, et l'entreprise qu'il avait espéré créer appartenait aujourd'hui à un autre.

Ses chances de se faire accepter par la famille de Peyton se trouvaient désormais réduites à néant. Et même si elle acceptait de se passer de la bénédiction de ses parents, voudrait-elle réellement partager son existence avec quelqu'un de si différent d'elle, quelqu'un qui ne possédait rien et n'avait pas grand-chose à attendre de l'avenir ?

Beau ne se faisait guère d'illusions : l'amour qu'il lui vouait ne changeait rien au fait qu'un homme comme lui ne pouvait espérer unir sa destinée à celle d'une femme comme elle. C'était aussi simple que cela.

Il devait donc se concentrer sur ce qui était le plus important à l'heure actuelle : veiller sur elle, la protéger jusqu'à ce qu'elle ne coure plus aucun danger. Lorsqu'il serait convaincu qu'elle n'avait plus rien à craindre, il disparaîtrait de sa vie une fois pour toutes. Il était persuadé que c'était ce qu'il pouvait faire de mieux pour elle.

Et il l'aimait assez pour accepter de la laisser partir.

Beau finit par s'endormir et sombra dans un sommeil troublé. Dans ses rêves, il voyait Peyton fuir à travers le bayou, poursuivie par le monstre de Honey Island. Lui-même s'efforçait de les rattraper avant que la créature ne s'empare d'elle.

Les cris de Peyton déchiraient l'air, semblant se réverbérer à travers les bois et les marécages. Et Beau était en proie à une terreur indicible. Le bayou, qu'il avait pourtant toujours considéré comme un allié, avait l'air de vouloir entraver sa progression.

Les arbres étendaient leurs branches en travers de son chemin et d'épaisses lianes s'accrochaient à ses chevilles, le retardant et manquant à chaque instant de le faire trébucher. La mousse espagnole venait sans cesse se coller à son visage, l'empêchant de distinguer clairement les environs.

Les cris de Peyton paraissaient de plus en plus lointains et il se mit à hurler son nom, terrifié à l'idée qu'il était sur le point de la perdre.

Il se réveilla en sursaut, haletant, le corps couvert de transpiration et le cœur battant à tout rompre. L'espace de quelques instants, il se sentit complètement désorienté, ne reconnaissant plus l'intérieur de sa cellule.

Fort heureusement, la lampe à huile qui se trouvait sur sa table de nuit était toujours allumée, et il finit par se rappeler où il se trouvait et ce qui s'était passé cette nuit-là. Tournant la tête, il découvrit à ses côtés Peyton qui dormait toujours profondément.

Sa vue lui arracha un long soupir de soulagement. Dieu merci, cela n'avait été qu'un cauchemar...

Il se redressa en position assise et, durant quelques minutes, il contempla la jeune femme, s'émerveillant une fois de plus de l'impression de beauté et de sérénité qui émanait d'elle dans son sommeil.

Puis, précautionneusement, il sortit du lit et ramassa au passage le caleçon et le jean qu'il portait la veille. Sur la pointe des pieds, il quitta la chambre et se rhabilla dans le salon. Pour chasser les derniers vestiges du mauvais rêve qui se raccrochaient à son esprit, il sortit sur le porche de la maison.

Il faisait encore sombre mais Beau connaissait suffisamment le bayou pour savoir que le soleil ne tarderait pas à se lever. Déjà les oiseaux s'étaient mis à chanter. Et il flottait dans l'air des myriades d'odeurs familières annonciatrices de l'aube prochaine.

Si le bayou avait fait figure d'ennemi dans son rêve, Beau le considérait en réalité comme un ami, presque un membre de sa famille. C'était son élément naturel, tout comme la ville était celui de Peyton.

Elle finirait par retourner là-bas et lui resterait ici. Mais pas avant qu'ils n'aient retrouvé l'homme qui avait tué Lacy et tenté d'assassiner Peyton.

Réprimant un soupir, Beau se détourna et rentra dans la maison. Il faisait trop chaud ce matin-là pour allumer un feu. Pour le petit déjeuner, ils devraient donc se contenter de croissants, de jus de fruit et de petits pains roulés qu'il était allé acheter la veille à l'épicerie.

À terme, Beau avait bien l'intention de faire l'acquisition d'un four et d'un véritable réfrigérateur qui pourraient fonctionner grâce au groupe électrogène. Mais pour le moment, il ne pouvait pas se permettre de dilapider son maigre pécule. Il allait rapidement devoir trouver une source de revenus.

L'idée de retourner quémander un emploi auprès de Jack le rendait malade. Il ne s'y résoudrait qu'après avoir épuisé tous ses autres recours.

Il s'écoula un peu moins d'une heure avant que Peyton n'émerge à son tour de la chambre à coucher. Elle avait enfilé sa chemise de nuit et sa robe de chambre assortie. Le sourire qu'elle lui décocha était radieux, et elle s'avança vers lui d'un pas presque dansant avant de déposer un petit baiser sur sa joue.

— Bonjour, lui dit-elle joyeusement.

— Eh bien, tu as l'air d'être d'excellente humeur, ce matin, constata-t-il.

Il la suivit des yeux tandis qu'elle se dirigeait vers le canapé, admirant ses longues jambes bronzées et le délicieux balancement de ses hanches. Lorsqu'elle se fut assise, elle tourna vers lui un regard lumineux et plein de tendresse qui lui transperça le cœur.

— J'ai de bonnes raisons pour cela, déclara-t-elle. Mon épaule ne me fait presque plus souffrir. J'ai fait l'amour avec un type super sexy. Et j'ai dormi comme un bébé.

Beau détourna les yeux. Il ne tenait pas à doucher son enthousiasme en lui faisant part de ses réflexions matinales.

D'autant que, s'il lui en parlait, elle risquait de partir de chez lui pour rentrer chez elle, ce qui serait totalement contre-productif.

Il se détourna donc pour aller préparer le petit déjeuner qu'il rapporta sur un plateau et déposa sur la table basse du salon. Durant quelques minutes, tous deux mangèrent en silence. Insidieusement, l'atmosphère complice se mua en une sensation de malaise.

— Alors ? lui demanda enfin Peyton. Est-ce que tu comptes parler de ce qui s'est passé cette nuit ou est-ce que tu préfères faire comme si de rien n'était ?

Elle le regarda droit dans les yeux, et il perçut le mélange de tristesse et de détermination qui l'habitait.

— J'ai l'impression que tu as des regrets, lui dit-elle.

— Comment peux-tu avoir une idée pareille ? protesta-t-il vivement. S'il y a bien une chose que je ne regretterai jamais, c'est d'avoir fait l'amour avec toi – que ce soit autrefois ou hier. C'était magique. Ça l'a toujours été.

Cette réponse parut la rasséréner quelque peu, et il la vit se détendre.

— Je crois que je vais aller prendre une douche, lui dit-elle lorsqu'elle eut terminé son petit déjeuner.

— Pas de problème, acquiesça Beau, soulagé qu'elle ne se montre pas plus insistante. Je vais aller mettre la pompe en marche.

Il avait eu peur qu'elle ne l'interroge sur l'avenir de leur relation. Car il n'avait pas l'intention de lui mentir à ce sujet si elle lui posait la question de but en blanc. Il la respectait beaucoup trop pour cela.

La nuit qu'ils avaient passée ensemble avait été merveilleuse mais il valait sans doute mieux qu'ils évitent de réitérer l'expérience. Car cela ne rendrait que plus difficile leur inévitable séparation.

Il lui fallut pourtant faire preuve d'une volonté farouche

pour faire abstraction des images qui s'insinuaient dans son esprit tandis que Peyton prenait sa douche en chantonnant dans la pièce d'à-côté. La voir passer dans le couloir vêtue d'une simple serviette de bain ne lui facilita pas les choses.

Finalement, elle revint au salon habillée d'un short bleu marine et d'un débardeur rouge. Elle avait nettement meilleure mine que les jours précédents.

— Il est temps de nous remettre au travail, déclara-t-elle en prenant place à ses côtés sur le canapé. Je me sens nettement mieux et je suis plus décidée que jamais à retrouver l'homme qui a tué Lacy et m'a tiré dessus.

— Peyton, tu ne crois pas qu'il serait plus prudent de te tenir un peu à l'écart ?

— Il n'en est pas question, déclara-t-elle d'un ton qui n'admettait pas de réplique. En me tirant dessus, ce type en a fait pour moi une affaire personnelle. Lorsqu'il croupira en prison, je veux qu'il sache que c'est à cause de moi.

Beau aurait préféré que Peyton reste sur la touche. Mais il ne pouvait s'empêcher d'admirer le courage et la détermination dont elle faisait preuve.

— Sors la liste que nous avons établie. Il est temps que nous mettions au point une stratégie.

— Je crois vraiment que tu devrais éviter de t'impliquer dans cette enquête.

— Écoute, Beau, je suis touchée que tu t'inquiètes à mon sujet. Mais désormais, je suis impliquée, que tu le veuilles ou non. Alors autant collaborer pour résoudre cette affaire au plus vite.

Beau laissa échapper un soupir de résignation. Au fond, il savait qu'elle avait raison. Il alla donc chercher le dossier qui se trouvait dans le tiroir du petit bureau de sa chambre. De retour dans le salon, il le tendit à Peyton, qui sortit la liste de noms qu'ils avaient constituée et l'étala sur la table basse.

— Maintenant que j'ai eu quelques jours pour y réfléchir, je me rends bien compte que notre idée d'interroger tous ces gens est difficilement réalisable, déclara-t-elle. D'une part, cela nous prendrait une éternité. D'autre part, nous ne pouvons être sûrs de percer le tueur à jour lors de cet interrogatoire. Après tout, il a réussi à échapper à tout soupçon durant plus de quinze ans...

— Alors comment comptes-tu procéder ? s'enquit Beau qui avait pris place dans le fauteuil en face d'elle.

— Nous aurions plus de chances de débusquer le coupable si c'était Gravois qui conduisait ces interrogatoires, remarqua-t-elle, pensive. Cela ajouterait une réelle pression. Et Gravois a beaucoup plus l'habitude que nous de ce genre de choses. Il distinguerait peut-être des signes qui pourraient nous échapper...

— Très sincèrement, j'en doute. Mais la question ne se pose pas, de toute façon. Gravois nous a clairement fait comprendre qu'il ne lèverait pas le petit doigt pour nous aider.

Beau n'attendait strictement rien du chef de la police. Il espérait seulement que ce dernier se montrerait un peu plus efficace pour résoudre l'affaire du monstre de Honey Island.

Mais Peyton et lui allaient devoir mettre au point un nouveau plan pour attraper leur propre coupable. Et pour le moment, Beau n'avait aucune idée quant à la façon de procéder. Tous deux demeurèrent longuement silencieux, ruminant le problème qui se présentait à eux.

— Je crois que j'ai une idée, déclara Peyton en se redressant brusquement.

Ses yeux brillaient et un sourire triomphal se dessinait sur ses lèvres. Beau ne put s'empêcher de penser qu'elle était tout bonnement magnifique. Et, malgré lui, il sentit monter en lui un élan de tendresse et de désir mêlés.

— Je t'écoute, l'encouragea-t-il.

Très concentrée sur la liste qui se trouvait en face d'elle, elle fronça le nez, ce qui la lui rendit plus adorable encore.

— Et si nous envoyions une lettre à chacun de ces hommes ? suggéra-t-elle.

Beau la considéra avec étonnement, se demandant où elle voulait en venir.

— Cette lettre dirait quelque chose comme : « Je sais que vous avez tué Lacy Dupree et j'en ai la preuve. Si vous voulez que je garde le silence, apportez-moi dix mille dollars en petites coupures à tel endroit. »

Peyton lui décocha un sourire malicieux.

— Si tu recevais une telle lettre et que tu étais innocent, te rendrais-tu à un tel rendez-vous ?

— Certainement pas. Je me dirais sûrement que c'est un taré qui me l'a envoyée et je la jetterais. Au pire, je la montrerais à la police.

Peyton hocha la tête.

— Je suis d'accord. Et si tu étais le tueur ?

Cette fois, Beau réfléchit un peu plus longuement à la question avant de lui répondre.

— Je pense que j'irais au rendez-vous, que ce soit pour acheter le silence de cette personne ou pour la tuer. Probablement la seconde hypothèse, vu la façon dont le tueur s'est comporté à ton égard...

Il hocha pensivement la tête.

— Je crois que ça pourrait marcher, déclara-t-il.

— En tout cas, nous n'avons rien à perdre à essayer.

— Effectivement, concéda Beau. À condition de procéder avec la plus grande prudence au moment de ce fameux rendez-vous.

— Il va nous falloir repasser par mon bureau, déclara Peyton. Le registre des impôts contient toutes les adresses dont nous avons besoin pour envoyer ces courriers. Je vais appeler Kylie pour qu'elle vienne nous prêter main-forte. Si nous nous y mettons rapidement, nous pourrons poster toutes ces lettres d'ici ce soir. Ça va marcher, Beau, je le sens. Nous allons enfin savoir qui a tué Lacy !

Beau sentit les battements de son cœur s'accélérer dans sa poitrine. Il tenait peut-être enfin une véritable occasion de prouver son innocence. Et même si cela n'allait pas résoudre tous ses problèmes, loin de là, il pourrait de nouveau marcher la tête haute, sans se demander continuellement ce que les gens pouvaient bien dire à son sujet derrière son dos.

— C'est d'accord, s'exclama-t-il. Allons-y.

— Laisse-moi juste un petit quart d'heure pour appeler Kylie et me préparer.

Peyton se dirigea vers la chambre de Beau tandis que ce dernier débarrassait le couvert du petit déjeuner et faisait rapidement la vaisselle. Tandis qu'il s'activait de la sorte, il réfléchit au projet de Peyton.

Le tueur figurait-il vraiment sur la liste qu'ils avaient établie ? Se rendrait-il au rendez-vous qu'ils lui fixeraient ? Y avait-il un risque pour qu'un innocent se présente également ? Et dans ce cas, ne feraient-ils pas mieux d'échelonner les rendez-vous ?

Il se demandait surtout qui pouvait bien être cet homme. C'était une question qui le taraudait depuis des années – depuis le jour où il avait été arrêté pour ce crime qu'il n'avait pas commis.

Il voulait aussi savoir comment le coupable était entré en possession du collier qui avait fait de Beau le principal suspect dans cette affaire.

Moins de dix minutes plus tard, Peyton était prête à partir et, environ une heure après, ils arrivèrent au cabinet de la jeune femme.

Ils se mirent aussitôt au travail. En se fondant sur le registre d'imposition le plus récent, ils parvinrent à identifier toutes les adresses des hommes qui se trouvaient sur leur liste de suspects.

— Parfait, s'exclama alors Peyton. Maintenant, il est temps de composer cette fameuse lettre. Tout d'abord, où pourrions-nous fixer ce rendez-vous ?

Beau réfléchit quelques instants avant de lui répondre.

— Il faut que ce soit un endroit relativement isolé, déclara-t-il. Nous devons pouvoir nous cacher afin de surveiller les lieux. Et ceux-ci doivent être suffisamment éclairés pour que nous puissions identifier le coupable à coup sûr.

— Je suis d'accord, acquiesça Peyton. As-tu une idée ?

— Eh bien... Cela dépend aussi de l'heure à laquelle nous voulons fixer ce rendez-vous. Si nous voulions réellement faire chanter ce type, j'imagine que nous donnerions un rendez-vous de nuit pour limiter les chances que quelqu'un nous repère.

— Dans ce cas, disons à minuit, proposa Peyton.

— Classique mais efficace, acquiesça Beau en souriant. Pour ce qui est du lieu, que dirais-tu de l'épicerie de Vincent ? Le parking est éclairé vingt-quatre heures sur vingt-quatre. Et nous pourrions observer les lieux depuis le bayou tout proche.

— Ça me paraît parfait, déclara Peyton. Quel jour fixons-nous ? Les lettres parviendront à leurs destinataires après-demain au plus tard.

— Il faut aussi laisser le temps au coupable de retirer de l'argent s'il décide d'acheter notre silence. Pourquoi pas vendredi ? C'est dans quatre jours.

Beau avait déjà le sentiment que ces quatre jours compteraient parmi les plus interminables de son existence.

Avant que Peyton ait pu lui répondre, quelqu'un frappa à la porte du bureau, les faisant tous deux sursauter. L'instant d'après, Kylie entra dans la pièce et Beau se détendit.

— Je suis vraiment contente de te revoir ! s'exclama la jeune femme en adressant à Peyton l'un de ces sourires rayonnants dont elle avait le secret. J'ai eu si peur quand tu m'as appris ce qui s'était passé... Comment te sens-tu ?

— Beaucoup mieux, répondit Peyton.

— Tu as bonne mine, en tout cas. Beau a dû bien prendre soin de toi.

Peyton ne put s'empêcher de rougir, et Kylie jeta un regard malicieux en direction de Beau.

— Peyton a été une patiente modèle, déclara-t-il. Figurez-vous qu'elle a même accepté de ne pas travailler pendant trois jours d'affilée.

— Ça paraît difficile à croire, en effet, concéda Kylie en riant. En tout cas, je suis vraiment rassurée de voir que tu vas bien. Je n'arrive toujours pas à croire que quelqu'un ait pu te tirer dessus...

— Moi non plus, à vrai dire, répondit Peyton. Mais l'essentiel, c'est que nous avons peut-être trouvé un moyen d'identifier celui qui a fait ça.

— Vraiment ?

— Je l'espère.

Peyton exposa leur plan à Kylie qui l'écouta avec un mélange de stupeur et d'admiration.

— Excellente idée ! s'exclama-t-elle enfin. Que puis-je faire pour vous aider ?

— Imprimer les lettres et les enveloppes que nous allons envoyer, répondit Peyton. Nous avons déjà récupéré la liste des adresses de nos suspects et je vais t'envoyer le texte de la lettre d'ici quelques minutes. Il faudra que tu imprimes le tout sur du papier et des enveloppes sans laisser la moindre empreinte digitale. J'imagine qu'il y a peu de risques pour que notre homme ait la possibilité de les relever mais je ne veux courir absolument aucun risque. Mets des gants et n'utilise que des fournitures qui sont encore en carton.

— C'est comme si c'était fait, acquiesça Kylie. J'ai vraiment l'impression d'être un agent secret.

Sur ce, elle quitta le bureau pour aller chercher tout ce dont elle aurait besoin. Pendant ce temps, Peyton et Beau travaillèrent sur la lettre, la reformulant à plusieurs reprises jusqu'à ce que tous deux s'estiment satisfaits du résultat. Cela leur prit près d'une heure.

Entre-temps, Kylie avait déjà imprimé toutes les enveloppes. Elle lança immédiatement l'impression de la lettre.

Tous trois prirent le temps de déjeuner avant de se remettre au travail. Peyton et Beau enfilèrent à leur tour une paire de gants que Kylie était allée acheter, et ils entreprirent de plier les lettres, de les glisser dans les enveloppes et de timbrer celles-ci.

Cette tâche leur prit une bonne heure de plus. Ils disposèrent alors les courriers dans un carton.

— Il ne nous reste plus qu'à les envoyer, déclara Peyton. Le bureau de poste a dû rouvrir.

— Je pense que nous devrions plutôt les déposer dans une boîte aux lettres, suggéra Beau. Ce sera nettement moins suspect que de les envoyer toutes depuis la poste.

— Tu as sans doute raison. Nous pourrions même les répartir entre les quatre boîtes de la ville.

— Excellente idée, approuva Beau.

— Bien, conclut Peyton en se tournant vers Kylie, je ne pense pas que je reviendrai au bureau avant lundi prochain. D'ici là, avec un peu de chance, nous aurons peut-être réussi à résoudre l'affaire Lacy Dupree et à faire arrêter le coupable.

— Je l'espère, répondit Kylie.

— En attendant, est-ce que tu veux bien tenir le fort ? Je sais qu'il n'y a pas grand-chose à faire, en ce moment, mais ce serait bien qu'il y ait quelqu'un au cabinet pour accueillir d'éventuels nouveaux clients. Si qui que ce soit passe, récupère toutes les informations et transmets-les-moi.

— Bien sûr, répondit Kylie. Tu peux compter sur moi. Et quoi qu'il arrive vendredi, tenez-moi au courant, d'accord ? Je ne veux pas passer le week-end entier à me ronger les sangs.

— C'est promis, acquiesça Peyton.

Sur ce, ils prirent congé de la jeune femme et quittèrent le cabinet, emportant le carton rempli de lettres. Ils reprirent la camionnette de Beau et firent le tour des boîtes aux lettres pour les y déposer. À chaque fois, ils s'assurèrent que personne ne les observait.

Lorsqu'ils eurent enfin terminé, ils allèrent se garer sur le parking de l'épicerie où ils avaient donné rendez-vous au tueur puis s'enfoncèrent dans le bayou pour rentrer chez Beau. Lorsqu'ils arrivèrent enfin, Peyton se laissa tomber sur le canapé en poussant un profond soupir.

Beau s'assit à ses côtés et prit soudain conscience de l'énormité de ce qu'ils venaient de mettre en branle. D'ici quelques jours, un mystère vieux de quinze ans serait peut-être enfin dissipé.

— Comment te sens-tu ? demanda-t-il à Peyton.

— Nerveuse, répondit-elle. Anxieuse. Et un peu excitée aussi... Et toi ?

— Nerveux, anxieux et un peu excité, répondit-il avec un pâle sourire.

Peyton éclata de rire et posa doucement la tête sur son épaule.

— Beau, est-ce que tu te rends compte que, d'ici quatre jours, tout sera peut-être terminé ?

Elle se serra un peu plus contre lui, passant un bras autour de son torse. Beau ferma les yeux et inspira son odeur à la fois familière et troublante. Il ne put s'empêcher de repenser à la nuit qu'ils avaient passée ensemble, à leurs discussions et leurs éclats de rire complices au cours de ces derniers jours. Et il sentit sa gorge se serrer.

D'ici quatre jours, le meurtrier de Lacy serait peut-être identifié et arrêté. D'ici quatre jours, l'opprobre attaché à son propre nom serait peut-être dissipé. D'ici quatre jours, il pourrait peut-être envisager de retrouver enfin une vie normale.

Il aurait dû être aux anges. Il aurait dû brûler d'impatience. Mais en sentant Peyton se presser contre lui, tout ce à quoi il pensait, c'était que, d'ici quatre jours, le moment viendrait pour lui de renoncer définitivement à elle. D'ici quatre jours, il sortirait de la vie de la jeune femme pour ne plus jamais y revenir. Et cela lui fendait le cœur.

Peyton faisait nerveusement les cent pas dans le salon tandis que Beau, assis sur le canapé, l'observait en silence. Deux jours s'étaient écoulés depuis qu'ils avaient envoyé les lettres. À cette heure, le tueur avait probablement pris connaissance de leur courrier. Et dans moins de quarante-huit heures, ils se retrouveraient sans doute face à lui.

Cette idée emplissait Peyton d'un mélange d'exaltation et d'angoisse. Il fallait absolument que cela marche. Dans le cas contraire, elle n'avait aucune idée de la façon dont ils pourraient bien s'y prendre pour résoudre cette affaire...

À l'impatience qu'elle éprouvait se mêlait une pointe de frustration. Car si Beau avait dormi avec elle au cours des deux dernières nuits, ils n'avaient pas refait l'amour. Il n'avait pas pris l'initiative et elle n'avait pas osé le faire. Ce n'était pourtant pas faute d'en avoir envie.

Elle brûlait de sentir de nouveau ses mains et ses lèvres sur son corps, de le sentir entrer en elle et la posséder corps et âme comme il l'avait fait l'autre nuit. Elle voulait retrouver la magie de leurs étreintes, lorsque tous deux se mouvaient à l'unisson et ne semblaient plus faire qu'un seul être.

Ils venaient de dîner et ne tarderaient probablement pas à aller se coucher. Beau se montrerait-il plus entreprenant, ce soir-là ? Devait-elle faire le premier pas ? Elle ne savait pas dans quel état d'esprit il se trouvait.

Tous deux n'avaient pas parlé des sentiments qu'ils se vouaient l'un à l'autre. Elle ignorait ce qu'il pouvait bien éprouver pour elle. Et elle n'avait pas osé lui dire qu'elle l'aimait de peur de l'effrayer...

— Arrête de faire des allers-retours, lui dit-il alors. Ça me rend encore plus nerveux que je ne le suis déjà.

Elle le rejoignit sur le canapé et croisa les bras sur sa poitrine.

— À chaque heure qui passe, je me sens encore un peu plus tendue, lui avoua-t-elle.

— À qui le dis-tu ? Je savais que cette attente serait difficile mais c'est encore pire que je ne l'avais imaginé. Je n'arrête pas de retourner dans ma tête tout ce qui pourrait mal tourner.

— Ça ne va pas mal tourner, rétorqua-t-elle.

Elle regarda dans sa direction et ne put s'empêcher de remarquer à quel point il était sexy. Ses cheveux avaient commencé à repousser depuis sa sortie de prison, et il ressemblait déjà beaucoup plus à l'adolescent dont elle était tombée amoureuse, des années auparavant.

— Nous allons enfin savoir à cause de qui tu as passé quinze ans en prison.

— J'avoue que je suis vraiment curieux de le découvrir, acquiesça-t-il. Ce salopard m'a volé ma vie.

— Une partie, du moins, tempéra-t-elle en caressant doucement son avant-bras. Mais d'ici deux jours, il regrettera amèrement tout le mal qu'il a fait à Lacy comme à toi.

— Et à toi aussi, ajouta Beau en désignant son bras en attelle.

— Nous devrions prévoir quelque chose de spécial pour fêter ça, déclara Peyton.

— Je ne sais pas si je serai vraiment d'humeur à célébrer quoi que ce soit, soupira Beau.

Elle se pressa contre lui.

— Je suis sûre que je pourrai y remédier, lui dit-elle d'une voix suggestive. D'ailleurs, nous pourrions prendre un peu d'avance. Cela nous aiderait à nous détendre un peu...

À sa grande déception, Beau la repoussa doucement et se leva.

— Je vais aller allumer le groupe électrogène pour que nous puissions recharger nos téléphones, déclara-t-il.

Fronçant les sourcils, elle le suivit des yeux tandis qu'il se dirigeait vers la porte d'entrée. Lorsque celle-ci se fut refermée derrière lui, Peyton se leva à son tour et se remit à arpenter la pièce.

Tout ceci ne lui disait vraiment rien de bon.

Avait-il été déçu par la nuit qu'ils avaient passée ensemble ? Sur le moment, il avait pourtant semblé très enthousiaste. Et elle savait qu'il avait joui, tout comme elle.

Elle s'était dit qu'il craignait peut-être de se montrer trop pressant. Mais, cette fois-ci, c'était elle qui s'était jetée à son cou.

Avait-il peur qu'elle ne se méprenne sur la nature de ses sentiments ?

Elle réfléchit à cette éventualité. Jusqu'alors, elle avait vraiment eu l'impression que lui aussi était en train de retomber amoureux d'elle – à moins que cet amour n'ait jamais réellement disparu.

S'était-elle trompée ? Avait-il couché avec elle juste en souvenir du bon vieux temps ? Pour satisfaire sa curiosité ? Cette éventualité emplit Peyton d'un irrépressible mélange d'angoisse et de tristesse qui lui fit monter les larmes aux yeux.

Le doux ronronnement du groupe électrogène se fit alors entendre. Peyton alla aussitôt récupérer son téléphone et son chargeur qui se trouvaient dans la chambre. Elle alla le brancher dans la cuisine où se trouvaient les seules prises de la maison.

Quelques instants plus tard, Beau la rejoignit. Lui aussi mit son portable à charger avant de la rejoindre au salon. Il se garda de prendre place sur le canapé à côté d'elle et s'assit dans le fauteuil.

— Je suis bientôt à court de gasoil, déclara-t-il alors. Il va falloir que j'aille en racheter chez Vincent.

Ce n'était vraiment pas le genre de sujet dont elle aurait eu envie de parler. Mais il était évident que Beau ne tenait pas particulièrement à évoquer la suggestion qu'elle venait de lui faire.

Rétrospectivement, elle prit conscience du fait qu'au cours de ces derniers jours, il s'était bien gardé d'aborder des sujets personnels, préférant s'en tenir à des discussions d'ordre général. Elle s'était dit que c'était à cause de la nervosité qu'il éprouvait mais elle n'en était plus si sûre.

Peyton avait besoin d'en avoir le cœur net. Elle voulait savoir. Elle voulait aussi que Beau sache ce qu'elle-même éprouvait à son égard. Elle voulait enfin et surtout s'assurer qu'ils avaient réellement un avenir ensemble.

Car, ces derniers temps, elle se prenait à refaire les rêves qu'ils avaient tissés ensemble, des années auparavant : vivre et vieillir tous les deux et, qui sait, peut-être même avoir des enfants pendant qu'il en était encore temps...

Le destin leur avait accordé une nouvelle chance de réaliser tous ces rêves. Si seulement Beau ressentait les mêmes sentiments qu'elle...

— Beau, j'aimerais que nous discutions de quelque chose, lui dit-elle soudain.

Il leva vers elle un regard étonné dans lequel elle crut déceler une pointe de méfiance.

— Je t'écoute, lui dit-il. De quoi veux-tu parler ?

Peyton prit une profonde inspiration. Elle hésita un instant, se demandant comment formuler ce qu'elle avait sur le cœur. Puis elle décida que le plus simple était peut-être de lui faire savoir ce qu'elle éprouvait.

— Je voulais d'abord que tu saches que je suis éperdument amoureuse de toi, déclara-t-elle de but en blanc.

Il la considéra d'abord avec stupeur, ne s'étant probablement pas attendu à une déclaration aussi franche et directe. Peyton avisa alors dans ses yeux une lueur de bonheur, mais celle-ci ne tarda pas à s'effacer, remplacée par un mélange de tristesse et de résignation.

— Ces derniers jours ont été très intenses, lui dit-il enfin. Tu as bien failli te faire tuer. Je me suis occupé de toi... Nous sommes revenus ici, après toutes ces années. Et puis, nous avons fait l'amour... Il n'est pas étonnant que tu sois un peu à fleur de peau...

Peyton secoua la tête.

— Mes sentiments n'ont rien à voir avec tout ça, protesta-t-elle.

Elle se leva du canapé et vint s'agenouiller auprès du fauteuil sur lequel Beau était assis.

— Je t'aime depuis que je suis adolescente, lui dit-elle gravement. À vrai dire, il se peut même que je sois tombée amoureuse de toi alors que je n'étais encore qu'une enfant. La vie nous a séparés pendant des années. Mais, depuis que nous nous sommes retrouvés, j'ai pris conscience du fait que mes sentiments pour toi n'avaient pas changé. Je n'ai jamais cessé de t'aimer. Et je veux passer le reste de ma vie avec toi. Je veux vivre avec toi, avoir des enfants avec toi. Je veux ce futur dont nous avons si souvent discuté autrefois. Et, après vendredi, tout redeviendra possible. Nous pourrons enfin réaliser nos rêves.

Beau se mordilla nerveusement la lèvre avant de lui répondre.

— Ce futur est mort, Peyton, lui dit-il gravement. Il a volé en éclats, il y a quinze ans de cela.

— Pas forcément ! protesta-t-elle vivement. Il a peut-être seulement été repoussé... Mais nous pouvons encore le vivre.

Lorsque nous aurons identifié le tueur et lavé ton nom, tout redeviendra comme avant.

— Tu te trompes, lui dit-il en se levant si brusquement qu'elle manqua de tomber à la renverse.

Il s'écarta d'elle de quelques pas avant de se tourner de nouveau dans sa direction. Dans ses yeux, elle discernait un véritable maelström d'émotions qu'elle aurait été bien en peine d'interpréter.

— Quel genre de futur pourrions-nous bien avoir, toi et moi ? reprit-il d'une voix amère. Ne te rends-tu pas compte de ce que je suis ? Un rat du bayou. Même innocenté, je resterai un ex-détenu. L'entreprise que je croyais avoir fondée ne m'appartient pas. Je n'ai pas de travail et peu de chance d'en décrocher un alors que Jack détient probablement un quasi-monopole depuis plus de dix ans... Je ne suis personne, Peyton. Je ne vaux rien. Et tu mérites infiniment mieux que cela...

— Ne dis pas ça ! protesta-t-elle en se redressant à son tour. Tu es Beau Boudreau, l'homme que j'aime. Et je suis certaine que tu retrouveras rapidement du travail : tu es intelligent, habile de tes mains, débrouillard... Je ne doute pas un seul instant du fait que tu sauras rebondir.

Beau passa nerveusement la main dans ses cheveux.

— Ça ne marchera pas, Peyton, lui dit-il.

Elle s'avança de nouveau vers lui.

— Tant que nous nous aimons, nous trouverons toujours un chemin, déclara-t-elle avec conviction. Alors regarde-moi dans les yeux, Beau. Regarde-moi dans les yeux et dis-moi que tu ne m'aimes pas.

— Que je t'aime ou non ne fait aucune différence, objecta-t-il durement.

Il hésita un instant avant d'ajouter :

— Je ne suis pas sûr de pouvoir te pardonner.

— Me pardonner ? répéta-t-elle, déstabilisée. Me pardonner quoi ?

Il prit une profonde inspiration avant de lui répondre.

— Tu me connaissais mieux que n'importe qui, lui dit-il. Tu connaissais ma vie, mes ambitions, mes rêves, mes sentiments pour toi... Et pourtant, tu as vraiment cru que j'avais tué Lacy. Tu en étais même tellement convaincue que tu ne m'as pas laissé la moindre chance de m'expliquer. Tu n'es pas venue me voir en prison. Tu n'es pas venue assister au procès. Tu ne m'as jamais écrit alors que j'étais détenu.

Peyton se sentit blêmir. Les paroles de Beau la touchaient en plein cœur, la blessant d'autant plus profondément qu'elles étaient totalement exactes.

— Je suis désolée, Beau, murmura-t-elle. Mais j'étais jeune. Et je me suis sentie blessée à l'idée que tu fréquentais cette fille...

— Tu aurais dû savoir que ce n'était pas le cas. Je t'aimais, Peyton. Jamais je ne t'aurais trompée avec Lacy ou avec qui que ce soit d'autre.

— Je le sais, à présent, articula-t-elle au bord des larmes. Mais j'étais jeune et influençable. Mes parents ne cessaient de me répéter qu'ils m'avaient prévenue, que tu n'avais jamais été qu'un vaurien, que la police ne t'aurait jamais arrêté si elle n'avait pas des preuves irréfutables de ta culpabilité. Et le procès qui s'est ensuivi a semblé leur donner raison...

Elle s'avança vers lui, tendant la main, mais il recula aussitôt et secoua la tête.

— J'avais besoin de toi, Peyton. Je t'ai attendue, et tu n'es jamais venue. Tu m'as abandonné, comme tout le monde. Je veux bien croire que tes parents ont cherché à t'influencer. Ils ne m'ont jamais porté dans leur cœur et ne s'en sont jamais cachés. Mais en définitive, c'est toi qui as choisi de les croire, de croire que j'étais capable d'un tel acte...

Ses mots transperçaient le cœur de Peyton comme autant

d'aiguilles impitoyables. Et les larmes roulaient à présent le long de ses joues sans qu'elle cherche à les arrêter.

Elle ne pouvait croire que tout allait se terminer de cette façon – à cause d'elle, à cause de cette terrible erreur de jugement qu'elle avait faite quinze ans auparavant et dont elle ne pouvait hélas nier la réalité.

— Je suis désolée, articula-t-elle d'une voix entrecoupée de sanglots. Je suis tellement désolée... Je t'ai laissé tomber, c'est vrai. Je n'ai pas été là pour toi... Je comprends que tu m'en veuilles. Mais laisse-moi une chance de me faire pardonner. Laisse-moi une chance de te prouver combien je t'aime. Je sais que nous sommes faits l'un pour l'autre. Je l'ai toujours su. Et je n'aurais jamais dû l'oublier...

Elle s'interrompit, ne sachant que lui dire de plus. Elle ne pouvait que s'en remettre à sa mansuétude, espérer que ses sentiments pour elle lui donneraient la force de lui pardonner sa trahison.

En voyant les larmes qui brillaient dans les yeux de Beau, elle crut un instant qu'il avait entendu sa supplique et ses remords, qu'il existait encore une chance pour que tous deux surmontent ensemble cette épreuve.

Mais son expression se ferma brusquement et son regard se fit plus dur, plus lointain. Détournant les yeux, il secoua de nouveau la tête.

— Il est trop tard, Peyton, déclara-t-il. Rien de ce que nous pourrons dire ou faire ne changera ce qui s'est passé il y a quinze ans.

Sur ce, il se détourna, récupéra son portable et se dirigea vers la porte.

— Je vais chercher du gasoil, lui dit-il. Envoie-moi un SMS si tu veux que je prenne quoi que ce soit d'autre à l'épicerie.

11

Beau était sorti juste à temps pour ne pas se trahir. Le cœur lourd, la gorge serrée, les yeux au bord des larmes, il se dirigea vers la cahute qui abritait le groupe électrogène et récupéra les deux bidons à essence qui se trouvaient là. Après avoir vidé le peu de gasoil que contenait l'un d'eux dans le réservoir, il s'éloigna à travers le bayou en emportant les jerrycans.

Ce qu'il venait de faire était probablement l'une des choses les plus difficiles qu'il ait jamais accomplies. Et, bien qu'il soit absolument convaincu d'avoir bien agi, il savait déjà que cette conversation laisserait de profondes séquelles.

Mais en lui déclarant ses sentiments, Peyton ne lui avait pas vraiment laissé le choix. Il avait désespérément tenté de lui démontrer que tous deux n'étaient pas faits l'un pour l'autre, qu'elle méritait mieux que lui et que leur relation se terminerait inévitablement par un douloureux naufrage.

Mais elle n'avait rien voulu entendre. Connaissant l'entêtement dont elle pouvait parfois faire preuve, cela n'avait sans doute rien d'étonnant. Beau avait alors dû griller son ultime cartouche.

Cela avait été d'autant plus cruel – pour lui comme pour elle – que les reproches dont il l'avait accablée n'étaient pas entièrement dénués de fondements. À vrai dire, ce qu'il lui avait dit reflétait peu ou prou le cours de ses pensées au cours de ses premiers mois en prison.

Il lui en avait énormément voulu de l'avoir abandonné de cette façon, d'avoir douté de lui, de ne même pas lui avoir donné sa chance.

Mais, les mois et les années passant, cette rancœur avait commencé à se résorber face à l'évidence qui se faisait jour en lui : quels que puissent être ses griefs à l'égard de Peyton, il l'aimait toujours et ne cesserait probablement jamais de l'aimer.

La maturité et l'expérience lui avaient également permis de mieux comprendre l'attitude de la jeune femme. Peyton était issue d'une classe sociale très différente de la sienne et, qu'elle le veuille ou non, elle ne pouvait être imperméable aux préjugés que son milieu d'origine véhiculait. Il en allait de même pour Beau, d'ailleurs, qui avait eu longtemps des idées très arrêtées sur les gens de la ville.

Elle venait d'ailleurs de lui avouer le rôle qu'avaient joué ses parents dans cette histoire. Et il était prêt à parier qu'ils l'avaient poussée à accélérer son départ pour l'université.

Mais ce carcan social n'expliquait pas tout. Ce qui jouait plus encore, peut-être, c'était la jeunesse de Peyton. Il avait été sa première histoire d'amour, et elle manquait totalement de références en la matière.

Comment était-elle censée réagir en apprenant que l'homme qu'elle aimait fréquentait une prostituée ? Que la police le soupçonnait d'homicide ? Qu'un tribunal l'avait condamné pour cela ?

Fuir vers La Nouvelle-Orléans, tourner la page. Cela avait été pour elle une façon de se préserver. D'ailleurs, n'est-ce pas précisément ce qu'il lui aurait conseillé de faire si elle était venue le voir en prison ? Il ne pouvait lui demander de mettre sa vie entre parenthèses durant quinze ou vingt ans en attendant qu'il soit enfin libéré.

Évidemment, lorsqu'il avait fini par sortir, lorsqu'il avait découvert qu'elle était de retour à Black Bayou et qu'elle était toujours célibataire, il s'était pris à rêver à un possible avenir en commun.

Mais il croyait alors qu'il parviendrait à laver son nom. Il était persuadé qu'il se retrouverait à la tête d'une entreprise prospère qui lui permettrait de bien gagner sa vie. Or tous ces espoirs s'étaient révélés illusoires.

Il pensait vraiment ce qu'il lui avait dit : il n'était qu'un rat du bayou. Innocent ou non, il restait un ancien détenu, quelqu'un qui avait passé quinze ans en prison. Et les gens savaient qu'une telle expérience ne laissait personne indemne.

Il lui serait sans doute très difficile de retrouver du travail. Et s'il était condamné à aller quémander un emploi auprès de Jack, il ne pourrait plus se regarder en face.

Un sourire amer se dessina sur ses lèvres. Pour la première fois de sa vie, peut-être, il avait le sentiment de mieux comprendre son père : sa frustration, sa colère, sa violence, sa fuite dans l'alcool... Lui aussi avait dû comprendre qu'il n'avait aucune chance d'échapper au bayou, à la misère, à la médiocrité...

Tout cela, Beau se refusait à l'imposer à Peyton.

Bien sûr, elle lui avait assuré que cela n'avait pas d'importance, que seuls comptaient les sentiments qu'ils avaient l'un pour l'autre. Mais il n'était pas dupe. Il savait que, tôt ou tard, la différence de statut qui existait entre eux finirait tout gâcher.

Un jour ou l'autre, Peyton se demanderait si elle n'avait pas gâché sa vie en unissant son destin à quelqu'un comme lui. Et Beau serait rongé par la honte et la frustration de ne pas être à la hauteur de ce qu'elle était en droit d'attendre.

Leurs sentiments finiraient par s'écorner progressivement, par s'abîmer. Et c'était une idée qui lui était insupportable. Il préférait vivre avec le souvenir de ce merveilleux amour qu'ils avaient partagé plutôt que de le regarder se détériorer peu à peu.

— Salut, Beau !

Beau essuya furtivement ses yeux embués de larmes et se tourna vers Gator, qui venait d'apparaître au détour du sentier.

— Tu vas te ravitailler ? demanda le vieux baroudeur en désignant ses jerrycans.

— Oui. Tu veux que je te prenne quelque chose au passage ?

Gator secoua la tête.

— C'est gentil. J'ai tout ce qu'il me faut. Comment va ta petite amie ? Elle se remet de ses blessures ?

— Elle est quasiment guérie, acquiesça Beau.

Il fut tenté de préciser que Peyton n'était pas sa petite amie mais craignit que la discussion qui s'ensuivrait ne trahisse toute l'ambiguïté de ses sentiments à l'égard de la jeune femme. Et il n'était pas certain que Gator soit le plus qualifié pour lui prodiguer des conseils amoureux.

— Est-ce que Gravois a trouvé le salaud qui a fait ça ?

— Pas que je sache. Mais, entre nous, je ne compte pas trop là-dessus. J'espère juste qu'il sera plus efficace dans cette affaire de meurtres en série...

— Je n'ai pas l'impression qu'il avance beaucoup non plus à ce sujet, commenta Gator.

— Je suis surpris qu'il n'ait pas arrêté le premier rat du bayou venu pour lui faire porter le chapeau, ironisa Beau.

— Il doit savoir que ça ne réglerait pas le problème. Celui qui a tué ces filles n'en restera pas là. Surtout s'il a l'impression que la police n'est pas à la hauteur.

— Tu as une idée de qui ça pourrait être ? s'enquit Beau.

Gator était sans doute la personne la mieux informée de tout le bayou. Et il connaissait quasiment tous ses habitants.

— Je ne pense pas qu'il s'agisse de l'un des nôtres, déclara le vieux baroudeur en fronçant les sourcils.

— Tu crois que c'est quelqu'un de la ville ?

— C'est ce que me souffle mon instinct et, généralement, il ne se trompe pas. Bon, je vais te laisser.

— Tu vas quelque part en particulier ?

Gator secoua la tête.

— J'avais juste besoin de sortir. Tu me connais : si je reste trop longtemps enfermé, je deviens timbré. J'ai besoin d'être au grand air, dans la nature...

— Je comprends, acquiesça Beau. Eh bien, bonne balade à toi.

— À bientôt, le salua Gator avant de s'éloigner sur un petit sentier qui serpentait à travers le marécage.

Il ne tarda pas à disparaître et Beau se remit en marche. Cette rencontre avait eu le mérite de l'aider à se ressaisir. Il devait se montrer fort, au moins jusqu'à vendredi soir. Ensuite, il sortirait définitivement de la vie de Peyton.

Dès que la porte s'était refermée derrière Beau, Peyton avait fondu en larmes. Elle avait vraiment cru que tous deux avaient une chance de vivre ensemble, de connaître enfin cet avenir commun qu'ils avaient imaginé autrefois. Elle avait pensé qu'il l'aimait. Et peut-être était-ce le cas, d'ailleurs...

Mais il ne pouvait lui pardonner la trahison dont elle s'était rendue coupable.

Jamais elle n'avait imaginé qu'il puisse éprouver un tel ressentiment à son égard. Et elle ne savait vraiment pas comment résoudre cette situation. Comment était-elle censée réparer une erreur qu'elle avait commise quinze ans auparavant ?

Elle était si jeune, à cette époque, si influençable. Ses parents avaient condamné Beau avant même que le tribunal ne s'en soit chargé. Les amies de Peyton lui avaient clairement fait comprendre qu'elles s'attendaient depuis longtemps à ce que leur histoire finisse mal. Elles s'étaient toujours défiées de Beau, et les événements avaient semblé leur donner raison.

Quant à Peyton elle-même, elle avait été totalement déstabilisée par le fait que Beau s'était trouvé au motel, cette nuit-là, qu'il avait rendu visite à cette prostituée. Même lui n'avait pas cherché à le nier.

S'il lui avait menti à ce sujet, s'il avait fréquenté cette fille tout en lui assurant qu'elle était la seule qui comptait à ses yeux, quel crédit pouvait-elle bien accorder à ses paroles ? À quoi servirait-il de lui rendre visite ?

Elle ne pourrait accepter pour argent comptant ni ses explications ni ses justifications. Alors quel était l'intérêt de retourner le couteau dans la plaie ? Mieux valait en finir, tirer au plus vite un trait sur cette période de sa vie et espérer qu'elle finirait par l'oublier...

C'était ce qu'elle avait fait. Elle était partie pour La Nouvelle-Orléans, pour l'université. Et la condamnation de Beau avait achevé de dissiper ses doutes.

Bien sûr, à la lueur de ce qu'elle avait appris depuis lors, la situation lui apparaissait sous un jour entièrement différent. Elle n'osait imaginer ce que Beau, innocent du crime dont on l'accusait, avait pu ressentir lors de son arrestation, de sa condamnation et, par-dessus tout, de l'abandon de Peyton.

Comment aurait-elle réagi, à sa place ? Aurait-elle trouvé la force de pardonner une telle trahison ? Rien n'était moins sûr.

Malheureusement, comprendre la situation ne changeait rien à la souffrance déchirante qu'elle éprouvait. Le chagrin qui l'accablait était aussi intense que celui qu'elle avait ressenti, quinze ans auparavant, en apprenant l'infidélité de Beau et l'homicide qu'il avait commis.

Une fois de plus, elle venait de perdre l'homme qu'elle aimait, qu'elle n'avait jamais cessé d'aimer. De voir s'effondrer d'un seul coup l'avenir qu'elle avait cru pouvoir bâtir auprès de lui.

Elle n'aurait su dire combien de temps elle sanglota, incapable de retenir des larmes qui semblaient ne jamais devoir se tarir. Mais au bout d'un long moment, ses sanglots commencèrent à s'espacer et elle reprit peu à peu conscience de son environnement.

Se redressant sur le canapé, elle prit une profonde inspiration et s'essuya les yeux du revers de la main. Le chagrin était toujours là, tapi en elle comme une ombre prête à l'engloutir à tout moment. Mais il se doublait à présent d'une faible lueur d'espoir.

Lorsque Beau rentrerait de l'épicerie, elle était bien décidée à lui parler, à plaider sa cause – leur cause –, à tenter une dernière fois de le convaincre de saisir cette chance d'être heureux.

Elle finit par se lever et alla chercher une bouteille d'eau dans la glacière. Elle la pressa quelques instants contre son front pour tenter de soulager le mal de tête qui commençait à lui tarauder le crâne. Elle avala ensuite plusieurs gorgées.

Comme elle s'apprêtait à retourner s'asseoir sur le canapé, elle entendit un bruit de pas sur la passerelle qui permettait d'accéder à la maison. Le cœur battant à tout rompre, elle essuya ses dernières larmes, passa une main dans ses cheveux pour se recoiffer rapidement et se prépara à mener ce qui serait peut-être le plaidoyer le plus important de toute son existence.

Mais elle eut la surprise d'entendre quelqu'un frapper à la porte avant de l'ouvrir. Et ce ne fut pas Beau qui entra mais Jack Fontenot, l'ami d'enfance avec lequel Beau avait autrefois envisagé de fonder une entreprise.

— Bonjour, Peyton, la salua-t-il.

— Bonjour, Jack, répondit-elle, se remettant de sa surprise. J'imagine que tu cherches Beau. Il ne devrait pas tarder à revenir. Il est allé chercher du gasoil chez Vincent.

Jack secoua la tête.

— À vrai dire, ce n'est pas lui que je voulais voir, mais toi. J'aimerais te parler de quelque chose.

Cela ne fit qu'ajouter à l'étonnement de Peyton. Jack et elle n'avaient jamais été très proches, même lorsqu'ils étaient jeunes, et elle ne l'avait pas revu depuis qu'elle était de retour à Black Bayou.

— Que voulais-tu me dire ? s'enquit-elle, curieuse.

— C'est au sujet de votre enquête sur la mort de Lacy, expliqua-t-il.

Beau avait dû y faire allusion lorsqu'il était allé voir Jack pour discuter de ce qu'il pensait alors être leur entreprise commune.

— Je voulais savoir si Beau et toi étiez sur une piste.

— Oui, répondit-elle. À vrai dire, nous ne tarderons peut-être pas à identifier le véritable coupable.

— Est-ce que vous en avez discuté avec Gravois ?

— Il sait que nous enquêtons sur cette affaire, expliqua-t-elle. Mais, à ses yeux, c'est une perte de temps.

— Je vois, acquiesça Jack avec un étrange sourire.

Peyton se sentit soudain légèrement mal à l'aise. Elle ne comprenait pas très bien pourquoi il semblait tant s'intéresser à cette histoire. Ni pourquoi il avait tenu à en discuter avec elle spécifiquement. Ni, d'ailleurs, comment il avait su qu'elle se trouvait ici.

L'intuition de Peyton lui soufflait que quelque chose n'allait pas.

— Tu devrais peut-être parler de tout cela avec Beau, lui dit-elle.

— Je t'ai dit que c'était à toi que je voulais parler, répliqua-t-il durement.

— Jack, je crois que tu ferais mieux de partir, déclara Peyton, de plus en plus troublée par son attitude.

— Je ne partirai pas avant de m'être confessé, répondit-il.

— Qu'est-ce que tu racontes ? murmura-t-elle, le cœur battant à tout rompre.

— J'ai tenté de te convaincre de renoncer à cette enquête, lui dit-il. Mais tu n'as rien voulu entendre...

Une sensation de froid glacial se répandit en elle.

Jack Fontenot.

J. F.

Ces initiales figuraient sur la liste que leur avait confiée Angel Marchant.

— Je vois que tu as enfin compris, lui dit alors Jack, qui arborait à présent un rictus inquiétant.

— Pourquoi ? murmura Peyton d'une voix blanche.

Jack ne figurait pas sur leur liste de suspects, et pour cause. Il était très jeune, à l'époque, et ne comptait pas encore parmi les riches propriétaires que Beau et elle avaient identifiés.

— Cette petite garce me menaçait de révéler à tout le monde ce que nous faisions ensemble, ce que je lui faisais faire... Elle menaçait de ruiner ma réputation alors que j'étais sur le point de monter mon entreprise. Elle savait que mes parents m'avaient légué une importante somme d'argent pour la financer et me demandait lui en donner une partie en échange de son silence.

— Et tu l'as tuée ? souffla Peyton.

— Je n'allais tout de même pas céder à ce chantage. Qu'est-ce qui l'aurait empêchée de recommencer chaque fois qu'elle aurait besoin d'argent ?

— C'est toi qui as laissé le collier de Beau dans la chambre de Lacy ?

Il haussa les épaules.

— Je ne tenais pas à ce que la police s'intéresse de trop près aux clients de Lacy. Alors je me suis dit qu'il serait plus simple de leur offrir sur un plateau le coupable idéal. Beau était un rat du bayou, comme elle, et il la connaissait. Je n'ai eu qu'à prendre sa croix en or qu'il laissait dans son casier lorsqu'il allait travailler...

— Mais c'était ton meilleur ami, s'exclama Peyton, horrifiée par la froideur calculatrice dont il avait fait preuve.

— Il est plus facile de retrouver des amis qu'une réputation perdue, déclara-t-il posément. Et puis je me suis dit que, de cette façon, je n'aurais pas à partager les bénéfices de l'entreprise avec qui que ce soit...

— Tu es un monstre !

Jack éclata d'un rire malsain.

— C'est aussi ce que disait Lacy, répondit-il. Ça ne l'empêchait pas de se faire payer grassement pour satisfaire mes petits fantasmes...

Peyton n'osait imaginer ce à quoi il faisait allusion.

— Bien, conclut Jack sur le ton de la conversation. Maintenant que tu sais tout, j'imagine que je n'ai plus le choix. Tu vas devoir y passer, cette fois. Tu aurais mieux fait de jeter l'éponge lorsque je t'ai tiré dans l'épaule, Peyton. Mais l'avantage, c'est que ta mort devrait mettre Beau à genoux. Après cela, il n'aura probablement plus le cœur à poursuivre son enquête. Et qui sait ? C'est peut-être lui que Gravois accusera de t'avoir égorgée...

Ce dernier mot éveilla un nouveau frisson glacé qui dévala le long de la colonne vertébrale de Peyton. Mais, avant même qu'elle ait pu réagir, Jack sortit de sa poche un rasoir de barbier dont il dégagea la lame.

La vue de cette arme arracha enfin Peyton à l'horreur qui la paralysait et elle se mit à courir en direction de la porte. Jack poussa un juron et s'élança à sa poursuite. Le cœur battant à tout rompre, Peyton ouvrit la porte et la claqua de toutes ses forces derrière elle au moment précis où Jack arrivait. Il la prit en plein visage et jura de plus belle.

— Je vais te tuer, sale garce ! Et je prendrai tout mon temps !

Peyton dévala la passerelle qui conduisait à la terre ferme. Juste derrière elle, elle entendit les bruits de pas de Jack résonner lourdement sous le porche. La nuit était tombée, à présent, et elle espérait profiter de l'obscurité pour semer son poursuivant.

Elle savait cependant que Jack avait passé beaucoup de

temps dans le bayou, lorsqu'il était jeune. C'était même ce qui était à l'origine de son amitié avec Beau.

Beau... Où était-il ? Combien de temps mettrait-il à rentrer de l'épicerie ? Et comment réagirait-il s'il ne la trouvait pas à la maison ? Se mettrait-il immédiatement à sa recherche ou penserait-il qu'elle était rentrée chez elle après son départ ?

Toutes ces questions se mélangeaient dans son esprit tandis qu'elle courait de toutes ses forces, sachant que c'était sa seule chance de sauver sa vie. Mais elle ne tarda pas à prendre conscience du fait que le sentier sur lequel elle s'était engagée un peu au hasard lui était inconnu.

Il ne devait pas être utilisé très souvent, car le sol était encombré de branches mortes, de racines et de mauvaises herbes qui menaçaient à chaque instant de la faire trébucher. À plusieurs reprises, elle traversa des rideaux de mousse espagnole qui l'aveuglaient et s'accrochaient à ses cheveux comme pour la retenir.

Malheureusement, elle n'était pas parvenue à se défaire de Jack qu'elle entendait courir derrière elle. Le bruit qu'il faisait en piétinant lourdement la végétation l'emplissait d'une incoercible terreur. Elle ne se faisait strictement aucune illusion sur le sort qui l'attendait s'il parvenait à la rattraper.

À un moment, elle sentit son pied droit s'enfoncer avec un bruit de succion répugnant dans une mare boueuse qu'elle n'avait pas remarquée dans l'obscurité. Paniquée, elle lutta pour se libérer, douloureusement consciente de perdre de précieuses secondes.

Elle se remit à courir de toutes ses forces. Mais sa respiration s'était faite haletante, entrecoupée de sanglots d'angoisse, et elle sentait une douleur lancinante à son côté. Derrière elle, le bruit des pas de Jack se rapprochait toujours plus. Insensiblement, il gagnait du terrain.

Elle essaya d'accélérer encore mais en fut incapable. Son

point de côté lui arrachait à présent de petits jappements douloureux. Elle avait bien conscience du fait qu'elle ne tiendrait plus très longtemps.

D'ici quelques minutes, Jack la rattraperait. Et elle savait qu'elle n'avait strictement aucune chance de se défendre contre lui, qui était plus grand et nettement plus massif qu'elle. Sans parler du fait qu'il était armé.

D'ici quelques heures, quelques jours, peut-être, on retrouverait son corps égorgé au cœur du bayou. Et Gravois en conclurait probablement qu'elle aussi avait été victime du tueur que l'on surnommait désormais le monstre de Honey Island.

Mais ce qui l'attristait peut-être plus encore que de connaître une telle fin, c'était qu'elle ne reverrait plus jamais Beau, qu'elle n'aurait pas l'occasion de le convaincre de donner une chance à leur amour.

Lorsque Beau atteignit enfin l'épicerie, il pénétra dans le petit magasin. En dépit de sa taille relativement modeste, on y trouvait un petit rayon boucherie, des cageots de fruits et légumes frais, de nombreuses conserves en tous genres et quelques objets du quotidien.

Comme toujours, c'était Vincent lui-même qui se trouvait derrière la caisse enregistreuse. Beau l'avait toujours connu et n'avait aucune idée de l'âge qu'il pouvait bien avoir. Il savait en revanche qu'il était veuf et vivait désormais dans un petit appartement attenant à sa boutique.

Vincent n'était considéré ni comme un rat du bayou, ni comme quelqu'un de la ville. C'était un être hybride, qui se mouvait librement entre ces deux mondes. Il était cependant très respecté par les habitants des marais qui appréciaient la proximité et la grande disponibilité de son commerce.

— Bonjour, Vince.

— Salut, Beau. Comment ça va ?

— On fait aller. Et toi ?

— Mon arthrite me cause des misères, ces temps-ci. Mais à part ça, je n'ai pas à me plaindre. Qu'est-ce que je peux faire pour toi, aujourd'hui ?

— J'aurais besoin de quarante litres de gasoil, répondit Beau en sortant son portefeuille.

— Je t'ouvre la pompe, lui dit Vincent après avoir encaissé.

Beau le remercia et quitta la boutique pour se diriger vers les deux pompes à essence qui se trouvaient sur le côté du bâtiment. Tandis qu'il remplissait ses deux jerrycans de gasoil, il se prit de nouveau à penser à Peyton.

Les deux jours qu'ils allaient devoir passer ensemble en attendant le rendez-vous de vendredi risquaient d'être un peu tendus.

Peut-être aurait-il mieux fait de temporiser, de repousser à plus tard la discussion qu'il venait d'avoir avec elle le temps que l'assassin de Lacy soit identifié. Il ne tenait pas en effet à ce que Peyton décide de rentrer chez elle, s'exposant à une nouvelle attaque de son agresseur.

Hélas, il était trop tard pour revenir en arrière. Il ne pouvait qu'espérer qu'elle comprendrait les risques et que tous deux parviendraient à trouver un modus vivendi, le temps que toute cette histoire soit enfin réglée.

Après avoir rempli ses bidons de gasoil, Beau décida de profiter de son passage à l'épicerie pour faire quelques emplettes. Puis il reprit la direction de sa maison. Le poids des jerrycans le ralentissait considérablement, et il progressait assez lentement le long du sentier qui devait le ramener chez lui.

Il était presque arrivé lorsqu'il entendit au loin une sorte de cri aigu qui résonna brièvement à travers le bayou. Il s'arrêta aussitôt et fronça les sourcils. Ce son ne lui était pas familier, et il se demanda avec une pointe d'inquiétude s'il n'émanait pas d'un être humain plus que d'un animal.

Le hurlement retentit de nouveau et, cette fois, cela ne faisait plus aucun doute : c'était bien la voix d'un être humain – de Peyton, même. Terrifié, il déposa ses jerrycans et son sac de provisions et se mit à courir dans la direction d'où le son semblait provenir.

Un flot d'adrénaline déferla en lui et son cœur battait à tout rompre tandis qu'il se précipitait tout droit à travers les broussailles. Que s'était-il passé ? Pourquoi criait-elle de la sorte ? Avait-elle décidé de quitter la maison ? S'était-elle perdue ? Était-elle tombée dans l'une des nombreuses mares qui constellaient le bayou ?

Une chose était sûre : elle se trouvait en danger, et il devait la secourir au plus vite.

— Peyton ! appela-t-il. Où es-tu ?

— Beau !

Son cri provenait de la droite, à présent, et il obliqua en conséquence. Il ne tarda pas à rejoindre un sentier qu'elle avait dû emprunter pour une raison qu'il ne s'expliquait pas. Ce qu'il était en train de vivre ressemblait de plus en plus au cauchemar qu'il avait fait et dans lequel Peyton était poursuivie par le monstre des marais de Honey Island.

Mais ce n'était pas un rêve dont il finirait par se réveiller pour la trouver tranquillement allongée à ses côtés. Il devait la retrouver. Il pressa encore l'allure. Son cœur battait à tout rompre dans sa poitrine sous l'effet combiné de l'effort et de la terreur qui l'habitait.

Peyton hurla de nouveau, et il comprit qu'elle ne devait plus se trouver très loin de lui. En revanche, ce nouveau cri ne trahissait pas seulement de l'angoisse mais aussi de la douleur. Que se passait-il donc ?

La canopée se fit soudain moins touffue, laissant filtrer le clair de lune qui illumina les environs immédiats. C'est alors qu'il l'aperçut enfin. Peyton était allongée par terre, sur le dos, et levait un bras pour tenter de se défendre. Debout au-dessus d'elle se tenait Jack qui brandissait un couteau.

Durant quelques instants, Beau s'efforça vainement de comprendre ce qui était en train de se dérouler sous ses yeux. Que se passait-il exactement ? Pourquoi Jack s'en prenait-il à Peyton ?

Il décida que cela n'avait aucune importance. Il ne laisserait pas son ami lui faire du mal. Sans réfléchir, il se précipita donc vers Jack qui lui tournait le dos et, avant que ce dernier n'ait eu le temps de comprendre ce qui lui arrivait, il le percuta de plein fouet et le plaqua au sol.

Peyton s'écarta précipitamment d'eux en sanglotant. Jetant un coup d'œil dans sa direction, Beau s'aperçut que son bras et sa jambe étaient entaillés et saignaient abondamment.

— Mais qu'est-ce que tu as fait ? s'exclama-t-il en décochant à Jack un violent coup de poing en plein visage.

Il recula précipitamment lorsque Jack fit mine de le taillader à l'aide du rasoir qu'il tenait à la main. Ayant réussi à esquiver la lame, Beau le frappa de nouveau au visage, lui ouvrant la lèvre.

Jack cracha du sang et éclata d'un rire malsain. Le rasoir fendit de nouveau l'air et, cette fois, déchira le T-shirt de Beau, lui infligeant une douloureuse coupure en travers de la poitrine.

Jack tenta d'en profiter pour prendre l'ascendant sur Beau et se retrouver au-dessus de lui. Ce dernier résista et parvint à immobiliser le bras armé de son adversaire. Ils échangèrent coup pour coup.

Jack était plus puissant et massif que Beau, ce qui lui donnait un net avantage dans ce genre de situation. Mais Beau se battait avec l'énergie du désespoir. Car il savait que, s'il ne l'emportait pas, Jack se retournerait ensuite contre Peyton.

— Tu aurais mieux fait de ne jamais revenir, gronda Jack.

Et surtout de ne pas remuer le passé. À cause de toi, je vais être obligé de vous tuer tous les deux. Et pourquoi ? Découvrir qui a tué cette garce ne te rendra pas les années que tu as perdues...

Beau comprit enfin les raisons de l'inexplicable attitude de Jack. C'était lui qui avait tué Lacy, quinze ans auparavant. Lui qui avait fait accuser Beau. Lui encore qui avait attaqué Peyton avant de lui tirer dessus.

— Bon sang, Jack ! Je croyais que nous étions amis ! Comment as-tu pu faire une chose pareille ?

— Amis ? répéta Jack avec un rire mauvais. Nous n'avons jamais été amis, Beau. Tu n'as jamais été qu'un rat du bayou.

Il essaya de nouveau de dégager son poignet que Beau retenait fermement. Malheureusement, ils se neutralisaient mutuellement sans qu'aucun d'eux ne parvienne réellement à prendre l'avantage. Et, à ce petit jeu d'usure, c'était probablement Jack qui finirait par l'emporter.

Beau décida donc de passer à l'action, quitte à devoir prendre des risques. Maintenant toujours le bras armé de son adversaire, il lui décocha un coup de tête au visage. Sa position n'était pas idéale mais il parvint néanmoins à l'atteindre, et l'arête du nez de Jack fit entendre un craquement sinistre.

Ce dernier poussa un hululement de douleur et de rage mêlées. Mais la souffrance parut soudain décupler ses forces, et il parvint à repousser violemment Beau en arrière et à se dégager.

Les deux hommes se redressèrent précipitamment. Le visage de Jack était couvert de sang mais ses yeux brillaient d'une joie malsaine et il tenait toujours sa lame de rasoir à la main.

— Tu vas crever, annonça-t-il à Beau avant de se jeter sur lui.

Mais à mi-chemin, il s'effondra soudain sur lui-même, lâchant son arme et se tenant la jambe en hurlant de douleur. Stupéfait, Beau constata qu'une lance artisanale composée d'un bâton de marche et d'un couteau de chasse venait de se ficher profondément dans sa cuisse, le mettant hors de combat.

À quelques pas de là, Beau découvrit Gator qui arborait un sourire satisfait.

— On dirait que j'ai attrapé un gros gibier, cette fois, commenta le vieux baroudeur avec sa truculence habituelle.

12

Les minutes qui suivirent firent à Peyton l'effet d'un kaléidoscope dont elle ne conserva par la suite que quelques images fragmentaires.

Elle revoyait Jack allongé sur le sol, la lance de Gator plantée dans la cuisse. Beau qui appelait Gravois pour l'informer de la situation et lui demander d'envoyer une ambulance au plus vite chez Vincent.

Finalement, Beau chargea Gator de surveiller Jack tandis que lui-même évacuerait Peyton.

— N'hésite pas à le larder de coups autant de fois qu'il faudra s'il fait mine de bouger. Ce salopard n'aura que ce qu'il mérite. Il a assassiné Lacy et a essayé de nous tuer. Tâche de le garder en vie, en revanche. Je tiens à ce qu'il pourrisse en prison.

— Tu peux compter sur moi, acquiesça Gator qui avait récupéré sa lance artisanale.

— Dès que Peyton sera dans l'ambulance, je reviens avec les flics, ajouta Beau.

Sur ce, il rejoignit Peyton et inspecta ses blessures. Lorsque Jack l'avait attaquée, elle avait levé un bras pour tenter de se défendre et il lui avait infligé une première entaille.

Lorsqu'il s'était rapproché d'elle pour tenter de l'égorger, elle lui avait décoché un violent coup de genou à l'entrejambe. Il s'était plié en deux sous l'effet de la douleur et elle avait alors cru pouvoir lui échapper. Mais lorsqu'elle avait fait mine de s'éloigner, sa jambe s'était dérobée sous elle.

Ce n'est qu'alors qu'elle avait pris conscience du fait qu'il l'avait blessée à la cuisse, bien plus profondément, cette fois. La coupure saignait toujours abondamment, et Beau ôta son T-shirt qu'il déchira de façon à obtenir un garrot de fortune.

Il l'attacha solidement au-dessus de la blessure de Peyton puis, sans attendre, la souleva entre ses bras. Au bord de l'évanouissement, elle passa les bras autour de son cou et posa la tête au creux de son épaule.

— Tiens bon, lui souffla-t-il en s'efforçant visiblement de dominer l'inquiétude qui l'habitait. Je vais te sortir de là.

Sur ce, il se mit en marche aussi vite qu'il le pouvait en direction de l'épicerie. Il lui fallut près de vingt minutes pour y parvenir et, à sa propre surprise, Peyton avait réussi à demeurer consciente.

La police était déjà sur place, de même qu'une ambulance. Deux urgentistes la prirent aussitôt en charge.

— Bon sang, mais qu'est-ce qui vous est arrivé ? s'exclama Gravois en les observant tour à tour.

— C'est Jack, articula Peyton. Jack Fontenot. Il a assassiné Lacy et a fait accuser Beau. Et il a essayé de me tuer...

— Je vais vous conduire à lui, déclara Beau.

Il se pencha vers le brancard sur lequel Peyton était allongée et déposa un petit baiser sur son front.

— Je te rejoins dès que possible, lui dit-il.

Peyton fut transférée dans l'ambulance qui la transporta en urgence jusqu'à l'hôpital. Là, elle fut conduite aux urgences où un médecin arrêta le saignement et désinfecta ses plaies avant de les recoudre. Celle que Jack lui avait infligée à la cuisse nécessita pas moins de vingt-deux points de suture.

Après s'être fait administrer une piqûre antitétanique, un cocktail d'antibiotiques et un antalgique, Peyton fut installée dans une chambre d'hôpital.

Là, elle ravala les larmes qui lui montaient de nouveau aux yeux. Elle ne pouvait se permettre de s'y abandonner et se força à réfléchir posément à ce qui s'était passé ce soir-là.

Elle avait toujours du mal à croire que Jack ait pu tuer Lacy – et peut-être plus encore à admettre qu'il ait pu faire porter le chapeau à son ami d'enfance. Elle avait toujours pensé que tous deux étaient très proches. Et elle était convaincue que Beau l'avait toujours considéré comme son meilleur ami.

La perfidie de Jack et le mépris qu'il avait affiché à l'égard de Beau avaient dû le blesser profondément. Elle ne put s'empêcher de repenser à la conversation qu'ils avaient eue juste avant et sentit son cœur se serrer. Cette nouvelle trahison ne contribuerait sans doute guère à lui redonner foi en l'avenir.

Elle espérait pourtant qu'il viendrait rapidement la rejoindre comme il le lui avait promis. Elle avait besoin de le voir, de s'assurer qu'il allait bien. Car lui aussi avait essuyé quelques blessures au cours de sa confrontation avec Jack.

Elle voulait aussi croire que, maintenant que le meurtrier de Lacy avait été arrêté, Beau ne déciderait pas de tirer définitivement un trait sur le passé. Elle était toujours déterminée à plaider une dernière fois leur cause, à tenter de le convaincre qu'ils avaient bel et bien un avenir en commun.

Elle lutta donc aussi longtemps que possible pour rester éveillée. Mais, malgré tous ses efforts, elle finit par sombrer dans un profond sommeil.

Peyton fut réveillée par la lumière du jour qui filtrait à travers les rideaux de la fenêtre de sa chambre d'hôpital. Elle fit mine de s'étirer et ne put réprimer un gémissement douloureux. Sa jambe la faisait toujours souffrir, peut-être plus encore que la veille ; elle avait la désagréable impression d'être passée sous un camion.

Tous les muscles de son corps étaient étrangement engourdis, probablement à cause de sa course folle à travers le bayou. Elle ne put s'empêcher de repenser à ce qu'elle avait éprouvé alors, à cette terrible sensation de panique et d'impuissance mêlées, et ne put réprimer un violent frisson.

Elle se demanda alors si Beau avait fini par venir la voir à l'hôpital. Lui avait-on dit qu'elle dormait déjà ? Lui avait-on refusé l'accès à sa chambre au motif qu'il ne faisait pas partie de sa famille proche ? Ou avait-il préféré rentrer chez lui ?

Maintenant qu'ils étaient parvenus à identifier l'assassin de Lacy et à le faire arrêter, il avait peut-être décidé que le moment était venu de couper définitivement les ponts avec elle. Après tout, c'était ce qu'il avait laissé entendre la veille.

Bien sûr, il était également possible que Beau se trouve alité dans une autre chambre. Peyton savait qu'il avait été touché à plusieurs reprises lors de sa confrontation avec Jack et ignorait la gravité de ses blessures. Bien décidée à interroger le personnel de l'hôpital à ce sujet, elle chercha le bouton d'appel qui devait se trouver à portée de main.

Mais au même instant, une jeune femme aux cheveux blonds vêtue d'une blouse couleur lavande entra dans sa chambre. Elle se présenta sous le nom de Mandy, lui posa quelques questions sur ce qu'elle ressentait et lui administra un léger antalgique. Elle ne put répondre aux questions de Peyton concernant Beau mais lui promit de se renseigner.

Quelque temps après le départ de Mandy, on vint apporter à Peyton son petit déjeuner. Elle avala une tasse de café et mangea avec appétit. Elle reçut ensuite la visite du Dr Richards.

— Après une blessure par balle, deux blessures par arme

blanche ! s'exclama-t-il. Est-ce que par hasard vous voudriez prendre un abonnement aux urgences ?

Peyton ne put s'empêcher de sourire.

— Je ne préférerais pas, lui assura-t-elle.

— Comment vous sentez-vous ?

— Un peu cabossée, à vrai dire.

— C'est assez compréhensible. D'après ce que j'ai cru comprendre, vous avez traversé une sacrée épreuve. Mais la bonne nouvelle, c'est que, en dehors d'une légère cicatrice, vous ne devriez garder aucune séquelle de cette mésaventure.

— Tant mieux, soupira Peyton. Savez-vous quand je pourrai sortir de l'hôpital ?

— Je préférerais vous garder en observation au moins jusqu'à l'heure du déjeuner. Nous verrons si l'antalgique que l'on vous a donné est suffisant ou si nous devons augmenter légèrement les doses. Si tout va bien, vous devriez pouvoir rentrer chez vous dès cet après-midi.

— Merci beaucoup, docteur. Mais j'avais encore une question à vous poser.

— Je vous écoute.

— Est-ce que Beau Boudreau a été hospitalisé, lui aussi ?

— Pas que je sache, répondit le Dr Richards. En tout cas, il ne figure pas sur la liste de nos patients, ce matin.

Cette nouvelle rassura grandement Peyton : elle signifiait que les blessures dont il avait souffert n'étaient que superficielles.

— Je vais vous laisser vous reposer, lui dit alors le Dr Richards. Je repasserai vers midi pour prendre de vos nouvelles.

Sur ce, il sortit de sa chambre et Peyton se retrouva de nouveau seule. Elle baissa les paupières et ne tarda pas à sombrer dans un demi-sommeil.

Lorsqu'elle rouvrit les yeux, elle eut la surprise de découvrir Beau qui était assis dans le fauteuil, à côté de son lit. Il arborait un magnifique œil au beurre noir et sa joue droite était tuméfiée. En l'apercevant, Peyton sentit les battements de son cœur s'accélérer dans sa poitrine.

— Beau..., murmura-t-elle.

— Salut, lui dit-il. Comment te sens-tu ?

— Mieux que toi, on dirait.

Il lui décocha un large sourire.

— L'important, c'est que nous nous en sommes nettement mieux tirés que ce salopard de Jack, déclara-t-il.

— Est-ce que Gravois l'a mis en prison ?

— Pas encore. Pour le moment, il est à l'hôpital, sous bonne garde. Il faut dire que Gator n'y est pas allé de main morte.

— Heureusement qu'il était là !

— Je ne te le fais pas dire...

— Que s'est-il passé après que j'ai été emmenée à l'hôpital ? demanda-t-elle.

— Jack a tenté de convaincre Gravois que nous nous trompions à son sujet et qu'il n'avait rien à voir avec le meurtre de Lacy. Mais même Gravois s'est rendu compte que son histoire ne tenait pas debout. Il a commencé à lui mettre la pression, et Jack a rapidement fini par craquer. Il a tout avoué. Cette fois, tout est terminé, Peyton. Je serai bientôt innocenté et toi, tu pourras reprendre une vie normale.

Elle l'observa attentivement, cherchant à deviner les sentiments qu'il éprouvait à son égard. Mais en cet instant, le visage de Beau trahissait seulement un mélange de soulagement et de lassitude.

— Beau, il faut que tu me pardonnes les erreurs que j'ai commises, il y a quinze ans, lui dit-elle, les larmes aux yeux. Je suis vraiment désolée de ne pas avoir été là pour toi lorsque tu avais besoin de moi. Mais tu dois me croire lorsque je te dis que je t'aimais, alors. Et que je t'aime encore aujourd'hui.

— Je te crois, Peyton, soupira-t-il tristement. Et moi aussi, je t'aime. Mais cela ne change rien.

— Que veux-tu dire ? lui demanda-t-elle, passablement désarçonnée.

— Qu'une fois que tu seras rétablie, tu pourras reprendre le cours normal de ta vie.

— Mais ce n'est pas ce que je veux ! protesta-t-elle vivement. Je veux que nous réalisions ensemble les rêves que nous faisions autrefois. Je veux vivre avec toi, faire des projets avec toi et peut-être avoir un jour des enfants avec toi. Plus rien ne nous en empêche, désormais.

— Tu te trompes, Peyton, objecta-t-il. Que tu le veuilles ou non, je suis un rat du bayou et toi une fille de la ville. Nous n'appartenons pas au même monde.

— Et alors ? C'était tout aussi vrai, il y a quinze ans.

— Mais nous n'étions que des enfants, à l'époque, lui dit-il en se levant de son fauteuil. Nous ne connaissions rien des réalités de la vie.

Sur ce, il se dirigea vers la porte de la chambre.

— Beau ! l'interpella-t-elle, paniquée. J'ai besoin de toi. Je n'ai jamais aimé quelqu'un comme je t'aime, toi.

— Cela finira par arriver, lui promit-il. Un jour ou l'autre, tu trouveras la bonne personne. En attendant, tâche de m'oublier, Peyton.

Il ne lui laissa pas le temps de protester et quitta la pièce. La porte se referma doucement derrière lui, et Peyton la contempla longuement d'un air interdit. Elle avait du mal à comprendre ce qui venait de se passer : Beau lui avait avoué qu'il l'aimait avant de tirer un trait sur leur relation.

Les yeux de Peyton se brouillèrent de larmes mais elle serra les dents, refusant de se laisser aller au chagrin qui lui étreignait le cœur.

Croyait-il réellement pouvoir s'en tirer aussi facilement ? Croyait-il qu'elle le laisserait partir sans se battre, maintenant qu'il lui avait avoué ses sentiments pour elle ? Si tel était le cas, il avait encore beaucoup à apprendre sur son compte.

Peyton n'était pas le genre de personne à se laisser décourager à la première difficulté. En tant qu'avocate, elle avait appris à se battre jusqu'au bout pour obtenir gain de cause. Et cette fois-ci, les enjeux étaient plus déterminants que jamais !

Elle fut tirée de ses pensées par des coups frappés à sa porte.

— Entrez ! appela-t-elle, espérant contre toute attente que Beau ait changé d'avis.

Mais ce fut Gravois qui pénétra dans sa chambre.

— Peyton ? Est-ce que vous vous sentez suffisamment en forme pour faire votre déposition et répondre à quelques questions ? lui demanda-t-il.

— Oui, bien sûr, répondit-elle, ravie de cette diversion.

Il alla prendre place dans le fauteuil que Beau venait de quitter, et sortit un calepin et un stylo de sa poche tandis que Peyton redressait la tête de son lit pour se retrouver en position assise.

— Pouvez-vous commencer par me raconter aussi précisément que possible ce qui s'est passé hier soir ? l'interrogea-t-il gravement.

Peyton s'exécuta, commençant au moment où Beau était parti pour l'épicerie et où Jack avait frappé à sa porte. Elle lui relata la conversation qu'ils avaient eue, les aveux que Jack lui avait faits, sa tentative de meurtre, la course-poursuite qui s'était ensuivie à travers le bayou et l'intervention in extremis de Beau puis de Gator.

— Si Beau n'était pas arrivé à temps, Jack m'aurait tuée. Je n'ai absolument aucun doute à ce sujet. Il comptait m'égorger pour vous faire croire que j'étais une nouvelle victime du monstre de Honey Island.

— Franchement, Peyton, je suis vraiment désolé, soupira Gravois en la considérant avec un mélange de tristesse et d'humilité qui ne lui ressemblait pas. J'ai commis une grave erreur au cours de mon enquête concernant la mort de Lacy. Ce faisant, je n'ai pas seulement fait du tort à Beau mais aussi à toute notre communauté. Cela dit, je n'aurais jamais pensé que Jack Fontenot puisse commettre un acte pareil...

— Ce n'est pas à moi que vous devriez faire des excuses, vous savez, répondit Peyton. Beau a perdu quinze ans de sa vie à cause de ce drame...

— Je sais, soupira Gravois. Je compte d'ailleurs m'entretenir avec les membres du conseil municipal et leur demander de lui verser un dédommagement financier. Je sais que cela ne remplacera pas tout ce temps perdu mais cela l'aidera au moins à se remettre en selle...

Ils discutèrent encore quelque temps puis Gravois prit congé de Peyton. Celle-ci n'eut pas très longtemps à attendre avant qu'on ne vienne lui servir son déjeuner. À peine avait-elle terminé son repas que Mandy et le Dr Richards repassèrent la voir.

— Comment vous sentez-vous ? s'enquit de nouveau le médecin.

— Prête à partir, répondit-elle.

— Je vous reconnais bien là. Avant cela, nous allons tout de même jeter un coup d'œil aux points de suture et changer vos pansements...

Moins d'une demi-heure plus tard, le Dr Richards l'avait autorisée à sortir après lui avoir donné une ordonnance. Mandy changea son pansement et l'aida à se rhabiller avant d'aller chercher à l'infirmerie les médicaments dont elle aurait besoin. Pendant ce temps, Peyton appela son meilleur ami pour qu'il vienne la chercher à l'hôpital.

Jackson arriva moins de vingt minutes après et vint directement la rejoindre dans sa chambre. Une fois de plus, elle dut raconter par le menu ce qui lui était arrivé la veille.

— Incroyable ! s'exclama-t-il lorsqu'elle eut terminé son récit. Ainsi, Beau disait la vérité depuis le début...

Peyton hocha tristement la tête, regrettant une fois de plus de ne pas l'avoir immédiatement compris.

— Est-ce que tu es prête à y aller ? lui demanda Jackson.

— Impatiente, même.

Elle le suivit jusqu'à sa voiture qui était garée dans le parking et constata avec un certain soulagement que, grâce aux antalgiques, sa blessure ne la faisait plus vraiment souffrir. Elle éprouvait juste une légère sensation de gêne.

— Je te ramène directement chez toi ? lui demanda Jackson.

Elle secoua la tête.

— J'aimerais que tu me conduises jusque chez Vincent. Tu sais ? La petite épicerie au bord du bayou...

— Qu'est-ce que tu veux faire là-bas ? s'étonna Jackson avant de froncer brusquement les sourcils. Tu ne comptes quand même pas aller à pied chez Beau ! s'exclama-t-il d'un air réprobateur.

— Il faut que je lui parle, déclara-t-elle.

— Mais tu as je ne sais combien de points de suture ! protesta-t-il. Ça peut sûrement attendre un peu !

Elle secoua la tête d'un air déterminé.

— Non, répondit-elle. Il faut que je lui parle. Je l'aime, Jackson. Et il m'a dit qu'il m'aimait. Mais il s'est mis en tête que je serais plus heureuse sans lui.

Jackson lui lança un regard étonné et elle lui relata la conversation que Beau et elle avaient eue le matin même.

— Il n'a peut-être pas complètement tort, tu sais, murmura-t-il lorsqu'elle eut terminé. Vous venez de deux mondes différents. Vos vies sont différentes...

— Mais il est le seul homme qui ait su me rendre vraiment heureuse, expliqua-t-elle. En l'espace de quinze ans, je n'ai rencontré personne pour qui j'éprouve de tels sentiments.

Nous finirons peut-être par nous lasser l'un de l'autre ou par nous disputer. Aucune relation n'est garantie. Mais si nous ne nous donnons pas une chance de la vivre, si je ne me bats pas pour ça, je passerai le reste de ma vie à le regretter.

Jackson la considéra très longuement avant de hocher la tête.

— D'accord, lui dit-il. Tu sais que je ne veux que ton bonheur. Et si tu es sûre que c'est auprès de Beau que tu le trouveras, ce n'est certainement pas moi qui m'y opposerai.

— Merci, Jackson. Je suis sûre que, si vous prenez le temps de mieux vous connaître, tous les deux, vous vous apprécierez beaucoup.

Quelques minutes plus tard, Jackson se gara sur le parking de l'épicerie de Vincent.

— Tu es sûre que tu trouveras ton chemin jusque chez Beau ? lui demanda-t-il.

— Certaine.

— Tu ne veux pas que je t'accompagne ?

— Ce n'est pas la peine, je t'assure. Et puis, je ne tiens pas à ce que tu tiennes la chandelle pendant que je ferai ma déclaration à Beau ni à ce que tu te perdes dans le bayou en tentant de rentrer tout seul...

Jackson éclata de rire.

— Tu as peut-être raison, acquiesça-t-il. Bonne chance, Peyton.

Elle hocha la tête.

— Si je ne t'appelle pas tout de suite, c'est probablement que j'aurai gagné mon pari, lui dit-elle. Sinon, j'aurai vraiment besoin d'une épaule sur laquelle pleurer.

— Dans un cas comme dans l'autre, tu peux compter sur moi. Toujours.

Peyton descendit de voiture et lui adressa un petit adieu de la main. Puis, prenant une profonde inspiration, elle se dirigea vers le sentier qui s'enfonçait au cœur du bayou.

Beau ôta les draps de son lit et les enfourna dans le sac de linge sale destiné à la laverie. Ils étaient imprégnés de l'odeur de Peyton, et il n'était pas suffisamment masochiste pour dormir dedans un jour de plus. Il serait déjà bien assez difficile de surmonter cette nouvelle rupture sans que rien ne vienne lui rappeler le douloureux souvenir de la jeune femme.

Il avait déjà mis dans un sac toutes les affaires qu'elle avait apportées lorsqu'elle était venue s'installer chez lui pour se remettre de sa blessure par balle. D'ici un jour ou deux, il trouverait le courage de passer chez elle pour les déposer. Mais il regrettait de ne pas y avoir pensé plus tôt, lorsqu'il s'était rendu à l'hôpital.

Cette visite avait sans doute été l'une des choses les plus difficiles qu'il lui ait jamais été donné d'accomplir. En sortant de la chambre de Peyton, il s'était senti émotionnellement laminé. Pourtant, il était toujours convaincu qu'il avait pris la bonne décision – la seule décision raisonnable, à vrai dire...

Il lui avait déjà causé suffisamment de problèmes comme cela quinze ans auparavant tout comme au cours de ces derniers jours. Le souvenir de la scène qui s'était déroulée dans le bayou l'emplissait d'un sentiment glaçant de terreur rétrospective.

Il ne parvenait d'ailleurs toujours pas à comprendre comment Jack avait pu en arriver à de telles extrémités. Cela ne correspondait en rien à l'idée qu'il se faisait de celui qu'il avait toujours considéré comme son meilleur ami.

Comment concilier les souvenirs de leurs longues promenades à travers le marais, de leurs discussions passionnées, de leurs plans d'avenir avec l'assassinat froid et délibéré de Lacy, la trahison, et la tentative de meurtre sur Peyton ?

S'était-il trompé dès le début au sujet de Jack ? Ou bien ce dernier avait-il progressivement perdu tout repère moral pour succomber à la part de ténèbres qui l'habitait ? Beau ne le saurait sans doute jamais.

Après avoir refait le lit, il quitta la chambre pour gagner le salon et se laissa tomber dans le fauteuil. Il se sentait exténué. Après avoir conduit Gravois jusqu'à Jack, la veille, il avait dû répondre aux nombreuses questions du policier. Puis il était passé à l'hôpital pour se faire soigner et prendre des nouvelles de Peyton. Apprenant qu'elle dormait déjà profondément, il s'était rendu au poste de police pour faire sa déposition.

Il faisait presque jour lorsqu'il était arrivé chez lui, et il avait tenté de dormir quelques heures. Mais il avait été réveillé en sursaut à plusieurs reprises par de terribles cauchemars. À présent, la fatigue qu'il avait accumulée se faisait sentir plus cruellement que jamais, et il finit par y succomber, sombrant dans un profond sommeil.

— Beau ?

Il ouvrit les yeux et mit quelques instants à se rappeler où il se trouvait et pourquoi il s'était endormi dans le salon. Il aurait été incapable de dire combien de temps s'était écoulé depuis qu'il avait fermé les yeux. Mais il se souvenait d'avoir rêvé de Peyton et que, dans son rêve, elle l'appelait.

— Beau ?

Il sursauta violemment et se tourna vers la porte, près de laquelle se tenait Peyton. Sa jambe était bandée et son visage légèrement crispé par la douleur qu'elle semblait éprouver.

— Peyton, articula-t-il d'une voix interdite, qu'est-ce que tu fais ici ?

— J'ai de nouveau besoin d'un endroit où je puisse me remettre de mes blessures, lui dit-elle.

Beau se leva pour se porter à sa rencontre et il la guida jusqu'au canapé sur lequel il la fit asseoir. Il ne parvenait pas à croire qu'elle ait traversé le bayou toute seule sur sa jambe blessée.

— Je t'en prie, Beau, lui dit-elle d'une voix suppliante. Ne me mets pas dehors. J'ai besoin d'être ici. Avec toi.

Il ne sut que lui répondre. Il pensait pourtant s'être montré suffisamment explicite lorsqu'il était venu la voir à l'hôpital, ce matin-là. Et il ne comprenait pas ce qu'elle était venue faire ici.

— Peyton, tu as l'air de souffrir, lui dit-il pour gagner un peu de temps. Est-ce que les médecins t'ont donné quelque chose pour la douleur ?

Elle fouilla dans son sac à main et en sortit deux tubes de médicaments.

— Il y a un antalgique et un antibiotique, précisa-t-elle. Je dois prendre les deux.

Beau alla remplir un verre d'eau fraîche qu'il lui rapporta. Elle sortit deux pilules qu'elle avala tandis qu'il la contemplait d'un air incertain.

— Pourquoi es-tu venue, Peyton ? lui demanda-t-il enfin. Je croyais avoir été clair, tout à l'heure.

Elle secoua la tête et, dans son regard, il perçut une lueur de défi.

— Tu as pris cette décision, lui dit-elle. Pas moi. Or ce n'est pas à toi de décider de ce qui est bien pour moi ou non.

— C'est ce qu'il y a de mieux à faire pour toi comme pour moi, soupira-t-il.

— Au contraire, répliqua-t-elle. C'est la décision la plus lâche et la plus stupide que nous puissions prendre. Nous nous aimons, Beau. Nous nous sommes probablement toujours aimés depuis ce jour où tu m'as découverte en pleurs au fond du bayou.

Une larme coula le long de la joue de Peyton, et il sentit son cœur se serrer. Il devait être fort. Résister à la tentation presque insoutenable de la prendre dans ses bras et de lui dire qu'il l'aimait.

— Tu ne fais que rendre les choses plus difficiles, murmura-t-il. Tâche de te reposer un moment et puis, je te ramènerai chez toi.

— Tu ne comprends pas, Beau, objecta-t-elle. C'est ici, chez moi. Ce sera toujours là où tu te trouves. Peu importe que ce soit dans le bayou ou en ville. Ça ne change rien, pour moi. Ça n'a jamais rien changé. Je me moque d'où nous vivrons, d'où nous venons. Tout ce qui importe, c'est qui nous sommes, ce que nous sommes. Tu es l'homme que j'aime, que j'ai toujours aimé et que je ne cesserai jamais d'aimer. Et ma place est à tes côtés.

Plus encore que ses mots, la fougue et la passion dont elle faisait preuve le touchaient en plein cœur, et il sentait vaciller sa propre résolution.

— Laisse-nous une chance, lui dit-elle. Une chance d'être ensemble, une chance d'être heureux. Sais-tu combien de gens rêveraient de ressentir des sentiments tels que ceux que nous éprouvons l'un pour l'autre ? Et tu serais prêt à tout gâcher juste parce que tu as peur ? Peur de quoi, d'ailleurs ? De t'engager ? De souffrir ?

— Peur de te faire du mal, répondit-il d'une voix tremblante.

— Tu m'en feras beaucoup plus en me brisant le cœur, objecta-t-elle.

— Peyton... Je ne suis personne. Je n'ai rien.

— Même si c'était le cas, cela n'aurait aucune importance. Tu es l'homme que j'ai choisi, l'homme que j'aime. Et c'est la seule chose qui compte. Mais tu vaux infiniment mieux que ce que tu sembles croire : tu es quelqu'un de droit, d'honnête, de courageux. Quelqu'un qui a su rester lui-même malgré les graves injustices auxquelles il a dû faire face. Quelqu'un qui n'est pas devenu amer alors qu'il a été abandonné de tous et qu'il a passé quinze ans de sa vie en prison.

— Justement, soupira Beau. Innocent ou non, je suis un ancien détenu. Que veux-tu que je fasse de ma vie ?

— Au cas où cela t'aurait échappé, la principale entreprise de construction de la région vient de perdre son P-DG, remarqua Peyton avec un pâle sourire.

Beau haussa les épaules.

— Mais je n'ai pas les moyens d'en monter une, objecta-t-il.

— Moi, je les ai. Et je suis prête à investir dans une telle aventure. Après tout, il suffit de voir la façon dont tu as rénové mon cabinet pour savoir qu'un tel investissement se révélera rapidement très fructueux.

— Je ne peux pas te demander une chose pareille.

— Tu ne me le demandes pas, répliqua-t-elle. C'est moi qui te le propose. Et je te jure que je ferai un meilleur partenaire que Jack. D'ailleurs, si cela se trouve, tu n'auras même pas besoin de ma mise de fonds. Gravois m'a dit qu'il comptait plaider ta cause face au conseil municipal. Il estime que tu as droit à un dédommagement pour le préjudice que tu as subi.

Beau la considéra avec stupeur. Gravois était pourtant la dernière personne au monde de la part de qui il aurait espéré une semblable faveur.

— Même si je monte une telle entreprise, les gens me considéreront toujours comme un rat du bayou. Tes parents, tes amis, tes clients... Je ne veux pas que tu aies continuellement à choisir entre eux et moi.

— Que les choses soient claires, déclara-t-elle avec une farouche assurance, si cela devait se produire, ce serait toi que je choisirais. À chaque fois. Ni mes proches ni mes clients n'ont à me dire qui je dois aimer. Et s'ils s'avisent de reprocher à mon mari d'être originaire du bayou, c'est qu'ils n'ont rien à faire dans ma vie !

— Ton mari ? répéta Beau en la considérant avec un mélange de stupeur et d'amusement.

— Je compte bien t'épouser, Beau Boudreau. Nous avons déjà suffisamment perdu de temps comme cela.

— D'accord.

Ce fut au tour de Peyton de le contempler d'un air ébahi.

— Tu es sérieux ? s'exclama-t-elle.

— Si tu l'es, je le suis. Je t'aime, Peyton. Et je ne peux pas continuer à me battre contre toi et contre moi-même alors que je n'ai qu'une envie : passer le reste de mon existence à tes côtés. Et tant pis si c'est une erreur. Au moins, nous la commettrons ensemble.

Un large sourire s'épanouit alors sur le visage de Peyton, et Beau se prit à penser que, après toutes ces années de séparation et de mise à l'épreuve, c'était peut-être le destin qui les avait enfin réunis. Et tandis qu'il se penchait vers elle pour l'embrasser avec une tendresse infinie, il sut qu'il était prêt à tout pour que jamais plus ils ne s'éloignent l'un de l'autre.

Vous avez aimé ce roman ?
Découvrez la suite de votre série
« Les enquêtes du marais » dès le mois de mars
dans votre collection Black Rose !

B.J. DANIELS

Troublante conspiration

Traduction française de
KAREN DEGRAVE

BLACK ROSE

HARLEQUIN

Titre original :
BIG SKY DECEPTION

1

Clay Wheaton tressaillit en entendant des pas lourds dans l'escalier de secours du vieil hôtel de Fortune Creek. Son visiteur avançait lentement, avec détermination, au point que sa progression ressemblait à une marche funèbre.

Son assassin approchait.

Clay ne savait pas en face de qui il se retrouverait quand il ouvrirait la porte dans quelques minutes, mais ce moment se préparait depuis longtemps. Bien sûr, ce n'était pas un événement qu'on attendait avec impatience, même à son âge avancé.

Il jeta un coup d'œil au corps inerte de Rowdy sur le lit, là où il l'avait déposé un peu plus tôt. Regarder le compagnon de sa vie entière faillit lui briser le cœur. Il se leva et s'approcha de lui. Sa main se glissa presque malgré lui sous le costume de cow-boy de Rowdy.

Celui-ci s'anima aussitôt. Ses paupières mécaniques se soulevèrent et il balaya la pièce du regard, la bouche ouverte.

— On pourrait filer, dit Rowdy de sa voix de cow-boy qui avait demandé des années d'entraînement. Ce ne serait pas la première fois qu'on décamperait. Tu cours, je chante.

La marionnette entonna un vieux classique country et s'arrêta vite.

— Ou pas, reprit-il alors que les pas atteignaient le haut de l'escalier et que la porte de la sortie de secours grinçait.

— Désolé, mon vieil ami, dit Clay de sa propre voix. Il faut que tu ailles dans ton étui. Tu ne veux pas voir ça.

— Non ! s'écria Rowdy. On tombera ensemble, comme un cavalier et son vieux cheval qui ne peut pas atteindre la maison dans le blizzard. Ça ne peut pas être le bout du chemin !

Les pas s'arrêtèrent devant la porte de sa chambre et on frappa un seul coup.

— Désolé, murmura Clay d'une voix brisée.

Il retira sa main, plia la marionnette en deux et la rangea délicatement dans son étui, sur lequel son nom et son logo étaient gravés.

Rowdy le cow-boy de rodéo. Ensemble, ils avaient fait le tour du monde, chanté et plaisanté, pendant de très nombreuses années. Après avoir brûlé bien trop de ponts, Clay avait trouvé en Rowdy son meilleur ami. La marionnette était devenue son univers entier.

— Désolé, mon vieil ami, murmura-t-il, incapable de regarder le visage en bois de Rowdy, dont la peinture s'écaillait, mais qui avait encore des yeux brillants et pleins de vie.

Il ferma l'étui d'une main tremblante.

On frappa plus fort, puis on secoua la porte. Il avait passé des années à fuir, et il était temps qu'il rende des comptes. Il glissa l'étui sous le lit, ajusta la couverture pour le cacher et alla ouvrir.

Il aurait pu jurer qu'il venait d'entendre Rowdy bouger dans son étui, comme s'il essayait d'en sortir pour le sauver. Les bruits des vieux hôtels ou le fruit de son imagination ?

Comme il était trop tard pour avoir des regrets, il ouvrit à son assassin.

— Molly Lockhart ?

La voix à l'autre bout du fil était masculine et chargée d'autorité.

— Oui ? répondit-elle distraitement.

Machinalement, elle rapprocha son clavier pour l'aligner sur le bord du bureau avant de se remettre à pianoter. Elle avait un rapport à terminer avant la réunion d'aujourd'hui chez Henson et Powers, l'institution financière pour laquelle elle travaillait en tant qu'analyste. Elle aurait préféré ne pas prendre cet appel, mais son assistante lui avait dit que c'était un policier au sujet d'un problème urgent, et elle les avait mis en communication sans attendre sa réponse.

— Je suis le shérif Brandt Parker, de Fortune Creek, dans le Montana. J'ai trouvé votre nom comme personne à contacter. Connaissez-vous Clay Wheaton ?

Les doigts de Molly se figèrent au-dessus du clavier.

— Pardon ? Qu'avez-vous dit ? Juste la dernière partie, s'il vous plaît.

Elle n'avait vraiment pas le temps de s'occuper de ça, quel que soit le problème.

— J'ai trouvé votre nom dans sa chambre d'hôtel, comme personne à contacter.

— Personne à contacter à quel sujet ?

Le shérif s'éclaircit la voix.

— Connaissez-vous Clay Wheaton ?

— Oui, répondit-elle avec juste assez d'agacement pour faire tousser le policier. C'est mon... père.

— Oh ! je suis désolé. J'ai bien peur d'avoir une mauvaise nouvelle à vous annoncer. M. Wheaton est mort.

Après une pause, il ajouta :

— Il a été assassiné.

— *Assassiné* ? répéta-t-elle.

Elle savait qu'on l'informerait de sa mort un jour. Vu l'âge de son père, c'était inévitable. Mais assassiné ? Elle ne voyait pas comment quelqu'un pouvait avoir voulu le tuer... sauf s'il avait vu l'un de ses spectacles.

— Je suis navré de vous annoncer cette nouvelle par téléphone, reprit le shérif. Y a-t-il quelqu'un auprès de vous ?

— Je vais bien, shérif, répondit-elle tout en s'apercevant que c'était vrai.

Son père avait fait son choix bien des années plus tôt, quand il les avait quittées, sa mère et elle, pour voyager avec – au sens propre – une poupée. Une seule chose intéressait Molly.

— Où est Rowdy ?

Cette question désarçonna le shérif, apparemment.

— Pardon ?

— La marionnette de mon père. Vous savez que Clay Wheaton est... était ventriloque, n'est-ce pas ?

— Bien sûr, sa marionnette. Elle n'a pas été trouvée dans sa chambre d'hôtel. Je crains qu'elle n'ait disparu.

— *Disparu* ?

Elle soupira profondément avant de demander :

— Vous vous appelez comment, déjà ?

— Je suis le shérif Brandt Parker.

— Et vous êtes où ?

— À Fortune Creek, dans le Montana. J'aurais besoin de savoir qui d'autre je dois prévenir.

— Il n'y a personne d'autre. Contentez-vous de trouver Rowdy. J'arrive.

Brandt raccrocha et tourna la tête vers la standardiste. Helen Graves, qui avait la soixantaine, le regardait, un sourcil levé.

— C'est la réaction la plus bizarre que j'aie pu provoquer en annonçant à quelqu'un que son père avait été assassiné, lui dit-il.

— Elle est peut-être en état de choc.

— Je ne crois pas. Elle veut que je trouve la marionnette. Pas le tueur, la marionnette.

— Pourquoi ?

— Je n'en ai aucune idée, mais elle arrive. Je vais appeler l'autre numéro que Clay Wheaton nous a fourni.

Le mort avait laissé un mot sur le bureau de sa chambre, sur du papier à en-tête de l'hôtel. Il avait écrit « À contacter en cas d'urgence » au-dessus de deux noms et numéros de téléphone. Brandt composa le second numéro et tomba sur une compagnie d'assurances.

— Bonjour, je cherche à joindre Georgia Eden.

— Je vous passe le service des réclamations, lui répondit-on.

— Georgia Eden, que puis-je faire pour vous ? demanda quelques secondes plus tard une jeune femme enjouée qui avait un léger accent du Sud.

Brandt se présenta.

— Je vous appelle à propos de Clay Wheaton.

— Que veut-il encore ? s'enquit-elle avec impatience.

— Êtes-vous une parente ?

— Non, Dieu merci ! C'est mon client. De quoi s'agit-il ? Vous êtes shérif, vous avez dit ? A-t-il des ennuis ?

— Il a été assassiné.

Il entendit la chaise de Georgia Eden grincer.

— *Assassiné* ? répéta-t-elle, subitement inquiète. Où est Rowdy ?

Mais qu'ont-elles toutes avec cette marionnette ?

— Je... ne sais pas.

— Rowdy était avec lui. Clay ne le quittait jamais des yeux. Il l'emportait partout. Je suis sûre qu'il n'allait même pas aux toilettes sans lui. Êtes-vous en train de me dire que Rowdy a disparu ?

Brandt se passa la main sur le visage et ne put s'empêcher de demander :

— Qu'a-t-elle donc de si spécial, cette marionnette ?

— Je vous demande pardon ?

— Je m'attendais à ce que le meurtre de votre client vous intéresse davantage que... sa poupée.

— Cette *poupée*, comme vous l'appelez, est assurée pour une très grosse somme, répondit-elle sèchement.

— Vous plaisantez.

— Je ne plaisanterais certainement pas sur une police d'assurance que j'ai rédigée moi-même. D'où m'appelez-vous ?

Il le lui dit.

— Je perdrai mon emploi et peut-être davantage si on ne retrouve pas Rowdy. Je prendrai le prochain avion.

— Nous n'avons pas d'aéroport, s'empressa-t-il de répondre. Le plus proche est à Kalispell. Vous devrez louer une voiture là-bas.

— Génial.

— Si je peux faire quoi que ce soit...

— Trouvez cette marionnette.

— Cette poupée, vous voulez dire.

— C'est ça, répondit-elle sur un ton sarcastique. Trouvez Rowdy, s'il vous plaît. Sinon... je suis morte.

Brandt raccrocha, se leva en secouant la tête et ramassa son stetson.

— Helen, si quelqu'un me cherche, je pars à l'hôtel pour essayer de mettre la main sur la marionnette du ventriloque.

Helen fronça les sourcils.

— C'est tout ce qui intéresse les gens, apparemment, expliqua-t-il. Pour ma part, j'ai une affaire de meurtre à résoudre.

Il se mit en route, perturbé par les réactions que la mort de Clay Wheaton avait provoquées. Il songea au mot, avec seulement deux numéros, que le mort avait laissé.

Se doutait-il qu'il se ferait tuer ? Ou laissait-il toujours un mot semblable dans ses chambres d'hôtel parce qu'il voyageait seul ? Après tout, à soixante-deux ans, il n'était plus tout jeune, comme aurait dit sa grand-mère.

Quoi que la victime ait pu avoir en tête, comment se faisait-il que les deux femmes se soucient plus de la marionnette que de l'homme qui la manipulait ?

Et elles allaient débarquer à Fortune Creek, ce qui était peut-être le pire dans toute cette situation.

2

Le shérif s'approcha de l'hôtel historique de Fortune Creek. C'était une belle journée de fin mars, pour le Montana, mais cela changerait vite et il se remettrait sans doute bientôt à neiger. Il observa l'édifice en bois, construit dans les années 1930 par un homme cossu de la côte Est qui voulait un pavillon de chasse susceptible de loger ses nombreux amis. C'était un bâtiment haut et mince, de trois niveaux et avec seulement quatre chambres par niveau. Brandt monta les marches du porche qui longeait toute sa façade.

Après avoir changé de propriétaire plusieurs fois et être resté inoccupé quelques années, l'hôtel avait été racheté par un gars du coin, qui avait entrepris de le rénover en commençant par le deuxième étage. Ash Hammond tenait à rester ouvert toute l'année – ce qui n'était pas facile dans une ville aussi petite que Fortune Creek.

— Bonjour, Ash, dit Brandt en poussant la porte.

L'ancienne star du football lui fit un signe de tête depuis la réception.

— Désolé pour les complications, ajouta Brandt.

Ash, qui avait trente-quatre ans, comme lui-même, pouffa.

— C'est une journée comme une autre dans une petite ville du Montana, répondit-il.

Ash, un cow-boy brun à belle gueule, était parti après le

lycée pour être quarterback à l'université du Montana. Il était entré dans la NLF et avait fait une carrière de quelques années avant de revenir en ville et d'acheter l'hôtel. Cela avait surpris Brandt, qui avait lui-même fait du rodéo à l'université du Montana avant d'entrer dans les forces de l'ordre.

Il avait été flic dans plusieurs grandes villes et s'était vite lassé de la course folle permanente. Comme le calme de Fortune Creek lui manquait, il était revenu. Ash devait avoir ressenti la même chose. Partir était logique, à un moment. Rentrer l'était encore plus. Brandt était revenu pour s'éloigner de beaucoup de choses, mais il n'avait pas réussi à échapper aux meurtres, apparemment.

— Tu as une idée de qui a fait ça ? demanda Ash en chuchotant, même si le hall était désert.

Brandt secoua la tête. Dans le coin, les meurtres étaient aussi rares que les poules qui avaient des dents – une autre expression qu'affectionnait sa grand-mère.

— Tu peux me dire quelque chose sur M. Wheaton ?

Ash haussa les épaules.

— Il est arrivé il y a trois jours. Il a payé en liquide pour une semaine. Tout ce qu'il avait de remarquable, c'était la poupée posée sur son bras. Elle parlait plus que lui.

— Alors, tu as rencontré Rowdy.

— C'est comme ça qu'elle s'appelle ? Kitty m'a dit qu'elle avait entendu deux voix en montant pour faire sa chambre, mais qu'il n'y avait personne d'autre dans la pièce quand Wheaton lui avait ouvert. Je l'ai cherché sur Internet ce matin. On dirait qu'il a été assez célèbre. Il s'est produit à Las Vegas.

— Alors, que faisait-il à Fortune Creek ?

Ash haussa les épaules une nouvelle fois.

Brandt songea aux deux femmes qu'il avait informées de la mort du ventriloque.

— Tu sais ce qu'il a fait pendant les trois jours qu'il a passés ici ?

Brandt avait entendu tout le monde parler de l'homme et de sa marionnette, mais il ne l'avait pas vu vivant.

— Il n'est pas beaucoup sorti, répondit Ash. Il n'a pas voulu que Kitty fasse le ménage et je ne l'ai pas vu souvent, mais il avait toujours sa marionnette avec lui. Alice m'a dit qu'il était allé au café une fois ou deux. Il s'est fait livrer presque tous ses repas. Elle m'a dit que c'était la marionnette qui avait passé les commandes et qu'elle avait fini par penser qu'il n'était pas capable de parler normalement.

— Mais la marionnette n'était pas dans le coin quand tu as trouvé le corps, n'est-ce pas ?

Ash secoua la tête.

— Je suppose. Je ne suis entré que pour vérifier qu'il était mort et je t'ai appelé tout de suite. J'ai verrouillé la porte de la chambre et je suis resté dans le couloir jusqu'à ce que tu arrives, alors je suis sûr que personne n'a pu prendre la marionnette à ce moment-là. Tu crois que le tueur l'a emportée ?

— On dirait. Est-ce que quelqu'un lui a rendu visite ?

— Pas à ma connaissance. En tout cas, personne qui serait passé par le hall. Mais il est possible d'atteindre le deuxième étage par l'escalier de secours.

— La porte n'est pas verrouillée ?

— On ne peut l'ouvrir que pour sortir, mais quand je suis monté, j'ai vu que quelqu'un l'avait maintenue entrebâillée avec un livre.

— Un livre ? répéta Brandt, surpris.

— Une vieille édition d'*À l'est d'Eden*. On a lu ça au lycée, tu te souviens ?

Brandt répondit par une autre question.

— As-tu retiré le livre ?

Ash secoua la tête.

— Quand je suis sorti de la chambre de Wheaton après t'avoir appelé, j'ai trouvé la porte fermée et le livre avait disparu.

— Il est donc possible que le tueur ait encore été dans l'hôtel à ton arrivée et soit parti pendant que tu étais occupé dans la chambre.

Le tueur avait-il apporté le livre pour bloquer la porte ? Brandt songea aux ouvrages entreposés dans le salon qui se trouvait en face de la chambre de Clay Wheaton.

— Le livre pouvait-il provenir de la bibliothèque du deuxième étage ? demanda-t-il à Ash.

— Peut-être. J'encourage les clients à prendre un livre et à en laisser un autre, alors je ne sais jamais ce qu'il y a là-haut.

Brandt fronça les sourcils. Le tueur avait-il un complice qui avait bloqué la porte pour lui ?

— Qui sont tes autres clients ?

Il avait remarqué une berline garée devant l'hôtel. Rien ne passait inaperçu à Fortune Creek.

— Un vieux couple, Toby et Irene Thompson, qui vivent en Caroline du Nord.

Brandt se promit de les interroger sur le livre, avant de revenir au problème de la marionnette.

— Le tueur a peut-être emporté la poupée, ou il peut l'avoir cachée dans l'hôtel pour revenir la chercher plus tard. À quelle heure Kitty vient-elle pour faire les chambres ?

— Elle ne devrait pas tarder. Tu veux qu'elle t'aide à chercher ?

Brandt acquiesça.

— La marionnette et le livre. Dis-lui de ne pas y toucher si elle les trouve.

— Elle n'a que la 402 à faire tant que la 401 est bouclée pour ton enquête. Je lui demanderai de chercher.

C'était surtout en été qu'il y avait des touristes à Fortune Creek. Le reste de l'année, c'était le calme plat, sauf quand les employés des ranchs venaient se détendre en ville. En général, ils dormaient à l'hôtel et attendaient d'avoir dessoûlé pour repartir. Malheureusement, ce qui se passait à Fortune Creek restait rarement à Fortune Creek.

Brandt remercia son ami et monta au deuxième étage. Il trouva son adjoint en train d'interroger les seuls autres clients de l'hôtel, le vieux couple qui occupait la chambre voisine de celle de Clay Wheaton.

— Voici le shérif, dit Jaden Montgomery en leur montrant Brandt. Ces gens ont des informations à te communiquer, Brandt. Ils occupent la chambre la plus proche de la sortie de secours.

— Si on s'installait dans le salon ? suggéra Brandt.

Il les entraîna dans la petite alcôve qui se trouvait en face de la chambre de Wheaton. Quand ils furent tous bien assis dans des fauteuils confortables, Brandt sortit son carnet et nota les noms des clients.

Toby et Irene Thompson formaient un couple adorable. Ils avaient tous les deux les joues bien roses, les yeux brillants, et ils débordaient d'énergie. Ils portaient des T-shirts assortis. Il y avait écrit « Père-fect » sur celui de Toby et « Mère-veilleuse » sur celui d'Irene.

— Vous avez vu quelque chose hier soir ? demanda Brandt en espérant qu'ils avaient effectivement des informations utiles à lui fournir.

— Pas vu, répondit Toby. *Entendu*.

Irene hocha la tête, les yeux écarquillés.

Toby poursuivit son récit entrecoupé par des remarques d'Irene, ce qui donna à Brandt l'impression qu'ils avaient pris l'habitude de finir les phrases de l'autre.

— On a entendu un bruit sourd.

— Comme un corps qui tombe.

— Puis plus rien.

— On s'est couchés.

— Je me suis vite endormi, comme toujours.

— Je lisais et j'étais en train de piquer du nez quand j'ai entendu chanter, dit Irene, ce qui la fit frissonner et se frotter les bras.

— Irene m'a réveillé.

— C'était si triste que ça faisait froid dans le dos.

— Mélancolique.

— Et puis ce matin, on a appris qu'il était... ventriloque, dit Irene en chuchotant le dernier mot.

— On a enfin compris pourquoi on avait l'impression qu'il y avait deux personnes dans la chambre.

— On trouvait ça bizarre, parce qu'on savait qu'il n'y avait qu'un vieux monsieur.

Brandt se retint de pouffer en entendant les Thompson qualifier Wheaton de « vieux monsieur » alors qu'ils devaient avoir le même âge que lui.

Se voit-on jamais tel qu'on est ? se demanda-t-il.

— On l'a aperçu une fois ou deux, dit Toby.

— Seulement quand la femme de ménage a frappé à sa porte.

— Avez-vous vu quelqu'un d'autre que la femme de ménage entrer dans sa chambre ? demanda Brandt.

— Il ne l'a jamais laissée entrer, répondit Irene. Il prenait les serviettes qu'elle lui apportait et la remerciait. Il avait l'air gentil.

— Avez-vous entendu quelqu'un emprunter l'escalier de secours hier soir ?

Toby secoua la tête.

— Il dort avec un appareil de ventilation, alors il ne pouvait rien distinguer, expliqua Irene. Moi j'ai entendu des pas dans l'escalier et quelqu'un frapper à la porte du ventriloque. Il a ouvert. Mais, avant que vous me le demandiez, je n'ai vu aucun des hommes qui sont montés par l'escalier de secours.

— Il y en avait plus d'un ? Deux ?

Elle acquiesça, l'air hésitant.

— Ou peut-être bien trois.

Brandt se massa la nuque en se demandant s'il devait prendre ce témoignage au sérieux.

— Vous avez pu déterminer au bruit de leurs pas que c'étaient des hommes ? Vous êtes sûre qu'aucun n'était une femme ?

Irene parut encore plus hésitante.

— Une première personne est montée. Une deuxième l'a suivie, mais pas immédiatement. La deuxième... C'était peut-être un homme qui essayait d'être discret. Pareil quand il est reparti, bien après la première personne. Soit il est revenu, soit c'était quelqu'un d'autre, mais tout aussi discret. La porte de la sortie de secours grince un peu quand on l'ouvre.

— Une minute. Que je vous comprenne bien. Vous êtes sûre d'avoir entendu deux personnes ? L'une peu après l'autre ? Comme si elles étaient ensemble ? Mais peut-être aussi une troisième ?

Elle acquiesça. Brandt songea au livre qui bloquait encore la porte quand Ash était monté dans la chambre.

— Avez-vous entendu la porte se fermer les deux fois ?

Irene secoua la tête.

— La deuxième fois que vous avez entendu quelqu'un sortir par l'escalier de secours, c'était avant que le propriétaire de l'hôtel aille dans la chambre de M. Wheaton ou après ?

— Après, répondit Irene avec une expression pleine de compassion.

Cela pouvait expliquer pourquoi le livre avait disparu pendant qu'Ash était dans la chambre de Clay Wheaton.

— Avez-vous utilisé l'escalier de secours ?

Les Thompson secouèrent la tête en même temps.

— Avez-vous vu un livre qui bloquait la porte pour l'empêcher de se fermer ?

Une autre réponse négative.

— Il est possible qu'Irene n'ait pas entendu la porte se fermer la dernière fois parce que la marionnette chantait, suggéra Toby.

Irene secoua la tête.

— Elle a chanté bien après le choc qu'on a entendu et le départ de la première personne. J'ai entendu la deuxième partir, puis quelqu'un monter par l'escalier de secours. C'est à ce moment-là que la marionnette s'est mise à chanter. Je ne suis pas sûre d'avoir entendu la troisième personne partir.

À force d'essayer de comprendre ce que cette dame avait – peut-être – entendu, Brandt sentit une migraine le gagner. Il arrivait souvent que des témoins se trompent.

Irene avait entendu quelqu'un monter, puis quelqu'un d'autre, plus discrètement. Ces deux personnes étaient reparties par le même chemin, la deuxième plus tard que la première. Était-ce l'une d'elles qui était revenue ? Pourquoi ? Et qui avait bloqué la porte pour que le tueur puisse entrer ?

Brandt avait trop de questions et trop peu de réponses, à ce stade. Il devait établir une chronologie plus précise, dans la mesure du possible.

— Bon, à quelle heure avez-vous entendu le bruit sourd ?

— À 21 h 22.

Brandt leva les yeux de son carnet.

— Comment pouvez-vous être aussi précis, monsieur Thompson ?

— Appelez-moi donc Toby. J'étais en train de régler mon réveil.

— C'est un homme très méticuleux, commenta Irene.

— J'étais ingénieur.

— Comme il construisait des ponts, il devait être précis. Moi aussi, je dois l'être, parce que je fais du patchwork.

— D'accord. À quelle heure la marionnette s'est-elle mise

à chanter ? poursuivit Brandt en ayant du mal à garder son sérieux.

— Bien plus tard, répondit Irene.

— À 21 h 52, dit Toby. J'ai regardé ma montre.

Brandt se tourna vers Irene.

— Les deux personnes étaient déjà reparties par l'escalier de secours, c'est bien ça ?

Elle hocha la tête.

— C'était un chant… lugubre. Chanté par une voix presque enfantine.

— On savait que ça nous empêcherait de dormir.

— Alors, c'est à ce moment-là que vous avez appelé la réception ? Vous en êtes sûr, Toby ?

Et c'était la raison pour laquelle Ash était monté dans la chambre de Clay Wheaton et l'avait trouvé mort.

Ils acquiescèrent vigoureusement tous les deux.

— Avez-vous entendu quelqu'un entrer dans la chambre de M. Wheaton entre votre appel à la réception et l'arrivée de M. Hammond ?

— Non, et on pensait que M. Wheaton allait bien, puisque la marionnette chantait, répondit Toby.

— Vous n'êtes pas entrés dans la chambre ?

Ils secouèrent la tête.

— Avez-vous vu la marionnette de M. Wheaton ?

Ils secouèrent de nouveau résolument la tête.

Après cela, Ash avait monté la garde à la porte de la chambre jusqu'à l'arrivée de Brandt avec le médecin légiste.

— Je vous remercie pour votre temps et pour votre aide, dit Brandt, même s'il ne savait absolument pas quoi penser de ce que les deux témoins venaient de lui raconter. Ils semblaient dignes de foi. Alors, comment expliquer ce qu'ils croyaient avoir entendu ?

— Connaissez-vous l'heure de sa mort ? demanda Toby.

— Pas encore.

Mais Clay Wheaton portait une montre connectée. Quand il s'était effondré, à 21 h 21, la montre lui avait demandé s'il était tombé. Il n'avait pas répondu. La montre, qui était programmée pour appeler les secours, l'avait fait après avoir demandé une deuxième fois s'il allait bien sans obtenir de réponse. La standardiste des urgences avait appelé Brandt à 21 h 25 pour le prévenir.

Celui-ci avait passé un coup de fil à l'hôtel et parlé à Ash, qui avait appelé la chambre de Clay à 21 h 30. Un homme lui avait répondu. Ash lui avait demandé s'il allait bien et l'homme avait répondu oui. Ash avait dit à Brandt qu'il avait eu l'impression d'avoir réveillé le vieil homme, parce que sa voix était un peu différente de d'habitude. Ce n'était qu'après avoir reçu l'appel de Toby Thompson se plaignant que le chant de la marionnette les empêchait de dormir qu'Ash était monté et avait découvert le corps.

La chronologie était cohérente. Alors, comment était-il possible que le couple ait entendu la marionnette se mettre à chanter à 21 h 52, c'est-à-dire vingt-deux minutes après la mort du ventriloque ? Quelqu'un avait répondu au téléphone dans la chambre de Clay Wheaton à 21 h 30, mais cela ne pouvait pas être lui. La marionnette s'était mise à chanter à 21 h 52. Brandt ne pouvait pas expliquer cet élément.

— Je suis allé sur Internet ce matin, dit Toby alors que Brandt s'apprêtait à fermer son carnet.

— Quand on a appris que ce monsieur était ventriloque, compléta Irene.

— On a regardé un de ses spectacles.

Ils se turent tous les deux pendant quelques secondes, puis Irene murmura en se frottant les bras :

— C'est bien la poupée qu'on a entendue chanter.

— Sans le moindre doute, ajouta Toby.

— Après sa mort, sa marionnette a chanté comme si... elle le pleurait, dit Irene, les larmes aux yeux.

— Je suis sûr qu'il y a une explication logique, répondit Brandt.

Comme les Thompson semblaient attendre avec impatience qu'il la leur fournisse, il ferma son carnet et ajouta :

— L'enquête sur sa mort ne fait que commencer.

— Son meurtre, le corrigea Irene.

— Oui, admit-il en jetant un coup d'œil à son adjoint, qui prit un air honteux.

Les rumeurs iraient forcément bon train. Non seulement il y avait eu un meurtre, mais la profession de la victime rendait cela encore plus intéressant. Et avec ce que ces deux-là prétendaient avoir entendu...

— Merci pour votre temps, conclut-il. J'espère que ça n'a pas gâché votre séjour à Fortune Creek.

En passant devant la chambre des Thompson, il remarqua que leurs valises étaient faites. Avaient-ils écourté leur séjour à cause du meurtre ? Il espéra que ce n'était pas le cas. Ash avait besoin de tous les clients qu'il pouvait avoir pour garder l'hôtel ouvert.

L'adjoint Jaden Montgomery regarda le shérif s'approcher de lui en se demandant ce qu'il pensait de l'histoire du vieux couple. Elle lui avait donné la chair de poule. À vrai dire, tout, dans ce vieil hôtel, lui provoquait des frissons – ce qu'il n'avait pas l'intention d'avouer à Brandt.

Mais cette affaire... Elle le fascinait. Les meurtres étaient si rares, dans le coin, qu'il pensait qu'il n'aurait jamais l'occasion de participer à une enquête de ce genre. Et en ajoutant un ventriloque et une marionnette disparue... Il n'aurait pas pu être plus intrigué.

Ils passèrent sous le ruban qui condamnait la scène de

crime, entrèrent dans la chambre 401 et fermèrent la porte derrière eux.

— Toujours aucune trace de la marionnette ? demanda le shérif en balayant la pièce du regard.

Jaden secoua la tête.

— J'ai fouillé la chambre après le passage des techniciens de Kalispell.

La veille au soir, le shérif avait requis l'intervention de la police scientifique, qui était arrivée avant le lever du jour.

— La marionnette n'est pas là, assura-t-il à Brandt. Je pensais qu'elle pouvait être dans la valise de la victime, mais je n'y ai trouvé que des vêtements.

Il y avait une grosse tache sur la moquette, à côté du lit, et une vieille valise près de la porte. Cela mis à part, la chambre semblait inoccupée. Jaden regarda le shérif mettre des gants pour inspecter le placard et les tiroirs du bureau. Ils étaient vides, comme il l'avait constaté lui-même. Soit Clay Wheaton avait fait ses bagages pour partir le lendemain matin, soit il ne les avait jamais défaits.

Le shérif grommela un juron.

— Soit le tueur a pris le temps de cacher la marionnette dans l'hôtel..., dit-il.

Vu le témoignage des Thompson, cela semblait improbable. Ils auraient sans doute entendu quelqu'un marcher dans le couloir. Et si l'assassin avait pris l'ascenseur, le raffut n'aurait pas pu leur échapper. Le plus probable était qu'il avait emporté la marionnette quand il était sorti par l'escalier de secours.

— Ça pouvait être une femme, dit Jaden. Vu l'angle du coup, on ne peut pas l'exclure. Et l'arme devait être équipée d'un silencieux, puisque les Thompson n'ont pas entendu de détonation. On n'en trouve pas facilement.

Le shérif lui sourit.

— Tu y as bien réfléchi, on dirait. Est-ce que quelque chose te paraît curieux ?

— Tu as mis sous scellés le mot que la victime avait laissé avec les deux numéros de téléphone, mais le stylo dont il s'est servi et le reste du bloc-notes de l'hôtel ont disparu. Je n'ai pas non plus trouvé les clés de la camionnette de Wheaton, qui est garée devant. Et il y a le mystère de la marionnette manquante, bien sûr.

— Tu es sûr que les techniciens n'ont pas emporté ces objets ?

— Ils ont trouvé leur absence bizarre, eux aussi.

Le téléphone du shérif sonna. Jaden s'écarta par politesse, mais il entendit l'essentiel de la conversation, jusqu'au juron qui échappa à Brandt au moment où il raccrocha. Les nouvelles ne devaient pas être bonnes.

— On a l'heure de la mort, annonça le shérif.

Jaden était arrivé sur les lieux juste après Brandt et il avait vu le corps. Il n'avait pas besoin de médecin légiste pour savoir que la victime était morte brutalement et sans doute rapidement. C'était l'effet que produisait une balle dans la tête, en général.

— À 21 h 21, poursuivit le shérif. Il n'a pas réagi aux questions de sa montre à cette heure-là et le médecin légiste conclut de l'angle du tir qu'il est mort sur le coup. Pourtant, quelqu'un a répondu au téléphone à 21 h 30. Ce n'était donc pas Clay Wheaton.

— Ce devait être le tueur, proposa Jaden. Mais pourquoi est-il resté si longtemps dans la chambre ? Il a peut-être cherché la marionnette jusqu'à ce qu'elle se mette à chanter, et puis il n'a pas su comment la faire taire...

Le regard réprobateur du shérif ne lui échappa pas.

— C'était Clay Wheaton qui faisait parler la marionnette, lui rappela Brandt.

Jaden ne put s'empêcher de sourire.

— Alors comment les Thompson ont-ils pu l'entendre chanter après la mort de Clay ?

— Ne t'embarque pas sur cette voie ! grommela Brandt.

— Si le tueur était aussi ventriloque, il devait savoir comment faire parler la marionnette, concéda Jaden, mais les Thompson sont sûrs d'avoir entendu la voix de Rowdy.

— La marionnette n'a pas chanté après la mort de Wheaton, répondit le shérif sur un ton qui signifiait qu'il ne voulait plus entendre le contraire.

Jaden hocha la tête.

— Elle n'a pas chanté.

— Je ne veux pas que cette théorie délirante se mette à circuler en ville, dit Brandt avec un regard menaçant.

— Je suis la discrétion incarnée.

— Ah oui ? Alors, comment se fait-il que les Thompson sachent qu'il s'agit d'un meurtre ?

— Ils ne sont pas idiots, se défendit Jaden. Un ruban devant la porte, la police scientifique... Ils ont dû le deviner.

Le shérif prit un air navré.

— Désolé. Tu as raison. J'aurais juste aimé que ça reste confidentiel le plus longtemps possible.

— As-tu oublié où on vit ? Dans cette partie du Montana où il ne se passe jamais rien d'intéressant, même la naissance d'un veau est une grande nouvelle.

Fortune Creek était une ville plaisante, mais si petite que rien n'y passait inaperçu. Tout le monde savait tout sur tout le monde.

— C'est parce qu'il devait chercher la marionnette que le tueur est resté si longtemps dans la chambre, conclut Brandt. Point final.

Jaden n'osa pas reparler du chant – même pas regarder le shérif.

— Du coup, théoriquement, si on trouve Rowdy, on trouve l'assassin, répondit-il.

— Peut-être. Cherche aussi un vieil exemplaire d'*À l'est d'Eden* qui pourrait se trouver dans l'hôtel. Il a servi à maintenir la porte de la sortie de secours ouverte. Mets-le sous scellés si tu le trouves. On y cherchera des empreintes. Par ailleurs, deux femmes qui s'intéressent beaucoup à Rowdy vont débarquer à Fortune Creek. Cette affaire va devenir un vrai rodéo si on ne trouve pas la marionnette avant leur arrivée.

Jaden lut le texto qu'il venait de recevoir et annonça :

— Kitty arrive.

— Très bien. Qu'elle t'aide à fouiller l'hôtel. Et si tu tombes sur ce vieux bouquin...

— Je sais. Je n'y touche pas. Je le mets sous scellés.

— Je vais jeter un coup d'œil à la camionnette de Wheaton, dit Brandt. C'est curieux que les clés aient aussi disparu... Le médecin légiste m'a dit que les poches du mort ne contenaient rien.

Le tueur les avait-il prises pour fuir à bord de la camionnette avant de changer d'avis ? Voulait-il récupérer quelque chose dans le véhicule ? Ou y laisser un objet ?

— Si on a de la chance, Rowdy se trouve dans la camionnette, répondit Jaden. Tu veux que je te l'ouvre ? J'ai ce qu'il faut dans ma voiture.

— Non. J'arriverai bien à l'ouvrir. Tu restes ici et tu cherches Rowdy avec Kitty.

3

Molly n'en revenait pas qu'il faille autant de temps pour louer une voiture – et elle était déjà stupéfaite par le nombre d'heures qu'elle avait passées dans des transports depuis qu'elle avait appris la mort de son père. Elle avait pris le premier vol au départ de New York et, après deux correspondances, avait passé la nuit dans un hôtel de l'aéroport de Kalispell. Au réveil, elle avait découvert la distance qu'il lui restait encore à parcourir et avait pris un Uber jusqu'à l'agence de location. Il ne lui restait plus qu'à mettre la main sur une voiture et à rouler jusqu'à Fortune Creek, où que ce trou paumé puisse se trouver.

Elle commençait à songer qu'il aurait été plus simple d'acheter une voiture quand l'employée de l'agence trouva enfin celle que Molly avait réservée en ligne.

— Combien de temps voulez-vous la garder ? demanda-t-elle.

— Je ne sais pas encore. Disons une semaine. Puis-je prolonger la location, si j'en ai besoin plus longtemps ?

— Oui, mais vous payerez le tarif de réservation de dernière minute.

Molly soupira et essaya de se convaincre que cela ne durerait pas plus d'une semaine.

— Très bien, une semaine, répondit-elle.

Une femme brune attendait son tour. Molly remarqua qu'elle devait avoir à peu près le même âge qu'elle, qu'elle portait un tailleur et des escarpins, comme elle, et qu'elle semblait aussi impatiente qu'elle.

— Je vous recommande de prendre un véhicule plus grand, dit l'employée. C'est le Montana... Notre climat est imprévisible et il peut neiger, en cette saison.

— Vous voulez rire ? s'écria Molly. C'est le printemps !

L'employée pouffa.

— Dans certains endroits, mais pas dans le Montana.

— Très bien.

— Où allez-vous ?

— À Fortune Creek.

L'employée haussa les sourcils.

— Si vous allez aussi loin vers le nord, il vous faut vraiment un meilleur véhicule. C'est presque à la frontière canadienne.

Génial. Molly soupira, jeta un nouveau coup d'œil à la femme qui attendait et aperçut son regard teinté d'intérêt.

— Excusez-moi, dit celle-ci en s'approchant. Vous avez dit Fortune Creek ?

Molly hésita. Cette femme ne ressemblait pas à une journaliste, mais cela ne voulait rien dire.

— Oui, finit-elle par répondre.

— C'est aussi là que je me rends.

— Il y avait une chance sur mille que vous alliez toutes les deux à Fortune Creek ! s'écria joyeusement l'employée.

Effectivement, songea Molly.

— Êtes-vous journaliste ?

La jolie brune éclata de rire.

— Non, je suis agent d'assurances, répondit-elle avec une pointe d'accent du Sud. Je m'appelle Georgia Eden.

— Molly Lockhart, analyste financière. Pourquoi allez-vous à Fortune Creek, si je peux me permettre ?

— L'un de mes clients vient de mourir.

— C'est vrai ?

Combien de personnes étaient mortes à Fortune Creek récemment ? Sans doute très peu. Son client pouvait-il être Clay Wheaton ? Molly ne voyait vraiment pas son père prendre une assurance pour lui-même. Elle tressaillit lorsqu'elle songea qu'il était tout à fait capable d'en souscrire une pour quelqu'un d'autre, et son cœur s'affola.

— Laissez-moi deviner, dit-elle. Votre client est Clay Wheaton.

Georgia parut surprise.

— Comment…

— Et ce n'est pas lui-même qu'il a assuré, mais Rowdy le cow-boy de rodéo.

La surprise de la femme se mua en stupeur.

— Je suis désolée, mais comment…

— Je suis la fille de Clay Wheaton.

— Oh ! Toutes mes condoléances.

— Merci, mais je n'avais aucune relation avec mon père.

— Voulez-vous l'assurance supplémentaire ? les interrompit l'employée. Je vous la recommande, puisque la vôtre…

— D'accord, peu importe, la coupa Molly avant de signer le document que l'employée lui présenta.

— Ça explique sans doute pourquoi nous allons toutes les deux à Fortune Creek, dit Georgia. J'ignorais que Clay avait une fille.

— Il avait Rowdy, répondit Molly. Ça lui suffisait.

— Oui, il était très attaché à cette marionnette.

Sa propre plaisanterie fit rire Georgia jusqu'à ce qu'elle se ressaisisse brusquement, comprenant sans doute qu'il était déplacé de plaisanter.

Molly rit à son tour, mais avec amertume.

— Rowdy était comme un fils pour lui.

Georgia acquiesça.

— Je ne l'ai jamais vu sans Rowdy. Est-ce vrai que celui-ci a disparu ?

Molly hocha la tête, puis signa d'autres documents.

— J'ai cru comprendre que votre père avait été assassiné, dit Georgia quand Molly reçut enfin les clés d'un véhicule.

— J'ai un alibi, répondit celle-ci d'une voix neutre. J'étais dans un autre État.

Georgia parut surprise, puis pouffa lorsqu'elle comprit que c'était une plaisanterie.

— Clay était un sacré personnage. Pas un très bon père, j'imagine ?

— Sauf pour les marionnettes.

Molly se fit expliquer où se trouvait la voiture, puis sortit de l'agence en traînant sa valise tandis que Georgia prenait sa place au comptoir.

Molly ne fit que quelques pas avant de retourner dans l'agence sur un coup de tête.

— Je viens de louer une voiture pour une semaine, dit-elle à Georgia. Je ne sais pas combien de temps je resterai à Fortune Creek, mais puisqu'on va au même endroit pour la même raison...

Georgia écarquilla les yeux.

— J'apprécie votre proposition et j'ai envie de l'accepter, mais vous aurez sans doute vite mis les affaires de votre père en ordre. Je risque de devoir rester plus d'une semaine. Je ne pourrai pas repartir avant que Rowdy n'ait été retrouvé. Le fait qu'on ait des raisons différentes d'aller à Fortune Creek peut compliquer les choses.

— Sauf qu'on va *bien* à Fortune Creek pour la même raison.

— Oui, mais...

— J'aurais pu... mettre les affaires de mon père en ordre par téléphone. C'est pour Rowdy que j'ai fait tout ce chemin.

— Bien sûr. Je peux comprendre qu'il ait une valeur sentimentale pour vous...

Molly éclata sincèrement de rire pour la première fois depuis que le shérif lui avait appris que son père s'était fait tuer.

— *Sentimentale* ? À mes yeux, cette vieille marionnette n'est qu'un morceau de bois déguisé en cow-boy.

Georgia ouvrit et ferma la bouche à la manière de Rowdy.

— La vieille marionnette dont vous parlez est couverte par une très grosse police d'assurance.

Molly cligna des yeux.

— Je sais que mon père pensait qu'il n'avait pas de prix, mais... une grosse police d'assurance ? Vous plaisantez ?

Georgia secoua la tête.

— C'est pour ça que je suis ici. Il faut absolument qu'on retrouve Rowdy. Quand ce sera fait, il sera vendu à un musée. Alors, si c'est l'argent qui...

— Je me fiche de la valeur de cette marionnette, la coupa Molly. J'ai l'intention d'en faire du petit-bois. Alors, je vous emmène à Fortune Creek ?

Le shérif utilisa une fine tige en métal pour ouvrir la vieille camionnette. Il était plus difficile de forcer les modèles plus récents, comportant davantage de technologie intégrée. Les techniciens de la police scientifique étaient allés prendre le petit déjeuner et Brandt n'avait pas envie de les attendre. Si la marionnette se trouvait dans le véhicule, cela lui épargnerait bien des soucis – en particulier avec les deux personnes qui allaient débarquer à Fortune Creek d'un instant à l'autre.

Après avoir déverrouillé, il mit des gants, puis ouvrit la portière grinçante et perçut une odeur de myrtilles.

Celle-ci se dissipa vite et il se demanda, les sourcils froncés, si cela avait été le fruit de son imagination. Une fouille rapide du véhicule ne le rapprocha pas de son but. La marionnette n'était pas là. Et il n'y avait rien d'intéressant dans la boîte à gants, sous les sièges, ni à l'arrière.

Il ne trouva qu'un carton d'emballage fourré dans le vide-poches, du côté passager. Il le prit en photo avant de le récupérer en se demandant qui l'avait mis là. Quelqu'un que Clay avait emmené quelque part ? Il le fourra dans un sac, avec la cuillère en plastique qu'il contenait, en espérant qu'on y trouverait des empreintes. Il sentit de nouveau une odeur de myrtilles et remarqua une tache sombre au fond de la boîte.

Brandt sourit. Si cette boîte avait contenu une part de tarte aux myrtilles, il tenait sa première piste. Alice Weatherbee, la patronne du café, faisait la meilleure du comté. Mais qui l'avait mangée ? Il espéra que les techniciens réussiraient à prélever de l'ADN sur la cuillère.

Comme la camionnette ne contenait rien d'autre d'intéressant, il ferma la portière. Quand la police scientifique l'aurait inspecté à son tour, le véhicule serait conservé à Kalispell jusqu'à la fin de l'enquête. Il commencerait par leur donner la boîte à analyser. Il avait l'impression de progresser. Si seulement il avait pu trouver cette fichue marionnette...

Depuis les bois, sur le flanc de la montagne qui dominait la ville, il serra plus fort les jumelles qu'il braquait sur le jeune shérif, occupé à fouiller la camionnette du ventriloque. Clay Wheaton était mort. Toute la ville le savait déjà. Les meurtres ne restaient jamais longtemps secrets. Le problème, c'étaient les répercussions.

Le jeune shérif s'éloigna du véhicule du ventriloque, son téléphone à l'oreille. Le plus ennuyeux, c'était le sac qu'il tenait quelques instants plus tôt. Avait-il trouvé quelque chose dans la camionnette ?

Le juron qu'il poussa fit s'envoler un aigle et crier furieusement un écureuil au-dessus de sa tête.

Il baissa ses jumelles. Une erreur stupide avait été commise mais, avec un peu de chance, elle n'aurait pas de conséquences. Il savait que c'étaient les détails qui envoyaient les gens derrière les barreaux.

Mais pas cette fois. Le seul qui devait payer était Clay Wheaton. Et il l'avait fait.

Le shérif était à son bureau, en début d'après-midi, quand une voiture de location se gara devant. Par la fenêtre, Brandt vit une femme blonde et mince en sortir. Elle portait un tailleur bleu marine, un chemisier blanc et des escarpins. Dans cette tenue qui semblait lui servir d'armure, elle fonça vers la porte avec un air décidé.

Une autre femme, également en tailleur, sortit de la voiture du côté passager. Elle tira une valise du coffre, puis traversa la rue en direction de l'hôtel.

Un air printanier, qui sentait le sapin et l'herbe fraîche, entra dans les locaux avec la jeune femme blonde. Brandt comprit qu'elle était la fille du mort bien avant qu'elle ne se soit assez approchée pour qu'il lise toute sa détermination dans son regard.

— Je suis Molly Lockhart, dit-elle à Helen.

— Je suis le shérif Brandt Parker, répondit-il derrière elle.

Elle se retourna aussitôt.

— Avez-vous trouvé la marionnette de mon père ?

— Si vous veniez dans mon bureau, mademoiselle Lockhart ?

— C'est un non, je suppose, répondit-elle sans bouger. Shérif, je ne vois pas de quoi on pourrait parler tant que vous n'avez pas Rowdy.

— Nous pouvons parler d'un meurtre. Venez dans mon bureau, s'il vous plaît.

Elle soupira et entra dans la pièce, mais elle ne s'assit pas.

Il suivit la jeune femme, ferma la porte derrière lui et s'installa à son bureau tout en l'observant. Elle n'avait sans doute pas versé une larme pour son père.

— Asseyez-vous, mademoiselle Lockhart. Je suis au milieu

d'une enquête sur un meurtre. J'ai quelques questions à vous poser, si vous pouvez m'accorder un peu de temps.

Le ton méprisant du shérif n'échappa pas à Molly. Elle avait déjà senti son dédain alors qu'elle observait son petit bureau, du stetson accroché près de la porte à la photo de lui sur le dos d'un taureau posée sur une étagère. Le cow-boy ne l'aimait pas, et elle n'aimait pas se faire juger par ce shérif de province. Elle n'avait pas de temps à perdre avec ces bêtises et elle commençait presque à regretter de ne pas avoir réglé tout cela par téléphone.

Sauf qu'il y avait Rowdy. Elle s'était juré que cette marionnette serait un jour à sa merci. Elle tira la chaise en plastique qui se trouvait en face du bureau, s'y assit avec raideur et posa son sac sur ses genoux. À sa contrariété d'avoir été forcée de venir ici et de se faire juger se mêlait de la honte.

Ce shérif pensait qu'elle se fichait éperdument qu'on ait tué son père. Il n'imaginait pas pendant combien d'années elle avait espéré que Clay Wheaton soit un père pour elle un jour. Mais elle avait toujours été déçue et blessée. Le ressentiment et l'amertume s'étaient cristallisés autour de son cœur, et il faudrait plus que la réprobation condescendante de ce cow-boy pour briser cette gangue.

Des larmes de colère lui vinrent quand elle songea que c'était à cause de son père qu'elle s'était autant endurcie. Elle s'empressa de les refouler.

— Vous avez des questions à me poser, vous dites ?

— J'essaye de trouver l'assassin de votre père, dit le shérif d'un ton un peu plus doux. Avez-vous une idée de ce qu'il faisait à Fortune Creek ?

Elle secoua la tête.

— Mon père et moi n'avions plus aucun contact depuis des années.

Cela parut le surprendre.

— Puis-je vous demander pourquoi ?

— C'est à lui qu'il faudrait le demander. Il nous a abandonnées, ma mère et moi, quand j'avais neuf ans. Il n'a emporté que Rowdy. Rowdy était toute sa vie, le fils qu'il n'a jamais eu. Une fille ne l'intéressait pas.

Manifestement pris de court, le shérif recula sur sa chaise.

— Je suis désolé.

— Moi aussi. Je ne suis ici que pour organiser la crémation de mon père et récupérer Rowdy, shérif.

— Vous devrez attendre la fin de l'enquête pour les deux, et je ne peux pas vous promettre qu'on trouvera Rowdy.

Il leva les mains pour l'empêcher de répondre.

— Nous pensons que le tueur l'a emporté, poursuivit-il. Plus vite on trouvera l'assassin, plus vite vous aurez une chance de récupérer la marionnette – si votre père vous l'a léguée. Savez-vous s'il a rédigé un testament ?

Elle secoua la tête alors que l'inquiétude la gagnait. Elle n'avait jamais songé que son père pouvait avoir légué Rowdy à quelqu'un d'autre.

— S'il n'y a pas de testament, toutes les possessions de mon père, y compris Rowdy, reviendront à son plus proche parent, non ?

— Je suppose, répondit le shérif, de nouveau agacé, sans doute parce que Rowdy était le cadet de ses soucis. Alors ? M'aiderez-vous à trouver son assassin, oui ou non ?

Elle se redressa sur sa chaise inconfortable alors qu'un silence pesant s'installait dans la petite pièce. Combien d'affaires de meurtre ce shérif avait-il résolues ? Il semblait avoir à peu près le même âge qu'elle ou être un peu plus vieux. Il était sûr de lui et ne mâchait pas ses mots. Dans d'autres circonstances, c'étaient des traits de caractère qu'elle aurait admirés. Il n'était pas vilain. Au contraire, même, si on aimait les cow-boys bourrus, ce qui n'était pas le cas de Molly.

Il l'observait aussi et il avait visiblement l'intention d'user sa patience. Comme elle n'aimait pas penser à ce qu'il voyait en elle, l'observation silencieuse du shérif la força à parler.

— Comme je vous l'ai dit, je ne sais absolument pas ce que Clay faisait ici.

Ce n'était même pas vraiment une ville, juste quelques bâtiments sur une route de montagne qui n'allait pas plus loin. Elle ne comprenait pas comment des gens pouvaient vivre ici, et encore moins pourquoi son père était venu. Mais elle voyait bien que le shérif n'allait pas se contenter de cette réponse.

— Avait-il prévu de faire un spectacle ?

— Pas à ma connaissance.

— Avez-vous trouvé l'étui de Rowdy ?

— Non. Pouvez-vous me le décrire ?

Il prit des notes tandis qu'elle lui expliquait que c'était une boîte en métal de la taille d'une valise d'enfant avec « Rowdy le cow-boy de rodéo » et son logo imprimés sur les côtés.

— La marionnette a son propre logo ? demanda-t-il. À quoi ressemble-t-il ?

Elle se demanda quelle importance cela pouvait avoir, mais elle répondit :

— Il est imprimé sous son nom, sur les côtés de l'étui. Je pourrais vous le décrire, mais il serait plus simple que je le dessine.

Il lui tendit une feuille de papier et un crayon. Elle remarqua que le bureau était en ordre. Il ne devait pas avoir beaucoup de crimes à résoudre. Elle vit aussi que ses mains étaient bronzées et couvertes de petites cicatrices – des mains de travailleur manuel. Depuis combien de temps était-il shérif ?

Elle se mit à dessiner. Elle n'était pas une artiste, mais elle finit par estimer que son croquis était assez ressemblant, et elle rendit la feuille et le crayon au shérif.

— Un *C* à l'envers avec un petit *r* à l'intérieur, constata le shérif.

— Le tout a l'air d'être dans un fauteuil à bascule, si vous voyez ce que je veux dire.

L'expression du shérif changea.

— Qu'y a-t-il ? demanda-t-elle.

— C'est le logo d'un ranch du coin. Vous savez pourquoi votre père l'a choisi ?

Elle secoua la tête.

— Au moins, c'est une piste.

Cela semblait lui faire plaisir. Il alla même jusqu'à sourire, ce qui permit à Molly d'apercevoir le cow-boy de rodéo, qui lui plaisait plus que le shérif agaçant. De plus, une piste signifiait que son séjour ne serait pas trop long. Elle en fut soulagée. Quand elle se serait occupée de Rowdy, elle reprendrait le fil de sa vie à New York.

Alors, son père et sa fichue marionnette appartiendraient pour de bon à son passé.

4

En regardant par une fenêtre de l'hôtel, Ash Hammond vit une jeune blonde entrer dans le bureau du shérif tandis qu'une brune tout aussi jeune traversait la rue en direction de l'hôtel. Les meurtres étaient rares, à Fortune Creek, mais la visite de deux femmes comme celles-ci l'était encore plus.

Située au bout d'une route de montagne, Fortune Creek ne voyait des touristes que pendant l'été. Si quelqu'un se pointait avec des plaques d'un autre État à une autre saison, c'était qu'il était perdu, en général.

Comme ces femmes ne semblaient pas s'être égarées, ce devait être celles dont le shérif avait parlé. Elles venaient à cause du meurtre. Il essaya de se rappeler la dernière fois qu'il avait vu une femme en tailleur et en escarpins à Fortune Creek. Dans le coin, seul le croque-mort d'Eureka, la ville la plus proche, portait un costume.

Ash s'empressa de regagner son poste à la réception avant que la brune ne pousse la porte. Elle s'arrêta un instant après l'avoir fait, sans doute pour s'habituer à la pénombre du hall. Il la vit observer le décor western – d'origine, pour l'essentiel – avant de se diriger vers la réception.

Il se redressa, bien conscient qu'il portait un jean et un T-shirt, et que ses bottes étaient usées. Tous ses autres clients – il n'en avait eu que trois, récemment – étaient partis, soit parce qu'ils avaient mis fin à leur séjour soit parce qu'ils étaient morts.

La femme jeta un coup d'œil au panneau qui se trouvait derrière lui, sur lequel étaient accrochées des clés assorties de porte-clés en ronce de noyer si volumineux que les clients les mettaient rarement dans leur poche et n'oubliaient jamais de les lui rendre.

— Bonjour, que puis-je faire pour vous ?

— J'ai besoin d'une chambre.

Bien sûr, comme elle traînait une valise à roulettes, ce n'était pas une surprise.

— Pour combien de temps ?

— Peut-être une semaine. Puis-je payer à la nuit ?

— Comme vous voudrez, répondit-il en s'approchant de l'ordinateur.

Elle eut un regard en direction de l'escalier.

— C'est ici que Clay Wheaton s'était installé, n'est-ce pas ?

— Il n'y a pas d'autre hôtel en ville. Il me faudrait une pièce d'identité et une carte de crédit.

Était-ce une parente de Wheaton ? Elle n'avait pas l'air en deuil. Elle devait donc être... journaliste. Cela faisait longtemps qu'on ne lui avait pas fourré un micro sous le nez. Cela ne lui manquait pas et il n'avait pas hâte que cela recommence.

Elle fouilla dans son sac à main et en sortit deux cartes, qu'elle lui tendit. Georgia Eden, qui vivait à Chicago. Il l'observa à la dérobée. Avait-il rêvé en décelant une pointe d'accent du Sud ? La carte de crédit était au même nom.

Rien n'indiquait ce qu'elle faisait dans la vie ni pourquoi elle s'intéressait à Clay Wheaton et à sa marionnette. Cela faisait des années qu'il ne s'était rien passé à Fortune Creek qui mérite quelques lignes dans le journal, et encore moins un reportage télévisé, mais ce meurtre pouvait attirer les médias à cause de la marionnette disparue. Et cette femme avait une allure de présentatrice, avec sa silhouette élégante et son maquillage déjà prêt pour un gros plan. Il se pouvait même qu'elle soit célèbre.

Néanmoins, il avait du mal à croire que la mort de Wheaton puisse susciter un grand intérêt. D'après ce qu'il avait vu sur Internet, le ventriloque et sa marionnette avaient été célèbres, mais cela remontait à des années. D'un autre côté, Clay Wheaton avait été assassiné. Ce genre de mort rendait n'importe qui plus intéressant.

— Vous faites un reportage sur lui ?

— Non. Avez-vous fouillé l'hôtel à la recherche de Rowdy ?

Il lui fallut un moment pour comprendre.

— La *marionnette* ? demanda-t-il, surpris.

— Oui, la marionnette.

— L'adjoint du shérif est en train de fouiller l'hôtel, mais ça m'étonnerait qu'il la trouve, puisque toutes les chambres étaient fermées le soir du meurtre.

Il entendit des pas dans l'escalier.

— Ah ! Il doit avoir terminé, ajouta Ash. Je l'entends descendre.

Quand Jaden Montgomery apparut, la femme le regarda intensément et il s'arrêta net. Ils se fixèrent si longtemps qu'Ash eut presque l'impression d'assister à un coup de foudre.

Puis Georgia Eden brisa le sortilège, s'il y en avait eu un.

— Alors ? lança-t-elle à Jaden.

L'adjoint du shérif cligna des yeux et descendit les dernières marches.

— Pardon, mademoiselle ?

— Dites-moi que vous avez trouvé Rowdy.

— La poupée ?

— Oui, la poupée, répondit-elle en commençant visiblement à s'impatienter.

Jaden leva les mains comme pour la calmer. Il domptait

des chevaux sauvages, et les gens disaient qu'il avait un talent stupéfiant pour les apaiser.

Georgia Eden n'y était pas sensible, apparemment.

— Savez-vous à quel point il est difficile d'atteindre Fortune Creek à partir d'à peu près n'importe où dans le pays ? s'écria-t-elle. En partant de Chicago, j'ai attendu presque cinq heures ma correspondance à Denver ! Sans parler du trajet interminable entre Kalispell et cette... *ville*.

— Oui, j'en ai bien conscience, répondit Jaden. C'est pour ça que je reste ici. Ça règle le problème.

Alors qu'elle le regardait comme s'il était un extraterrestre, il lui sourit et se présenta.

— Je suis l'adjoint du shérif, Jaden Montgomery. Bienvenue dans notre petite ville. Maintenant que vous êtes ici, j'espère que vous apprécierez votre séjour. C'est un endroit paisible où vous pourrez trouver le repos dont vous avez manifestement besoin.

Il la salua en touchant le bord de son stetson, fit un signe de tête à Ash et quitta l'hôtel.

La femme en resta bouche bée, et Ash dut réprimer un sourire lorsqu'il lui rendit sa carte et son permis de conduire avant de lui tendre la clé de la chambre 403.

— Comme c'est au dernier étage, vous feriez bien de prendre l'ascenseur, lui conseilla-t-il.

— Vous ne pouvez pas me donner une chambre à un autre étage ?

— Désolé, l'hôtel est en cours de rénovation. J'ai commencé par le deuxième étage parce que ce sont les chambres qui ont la plus belle vue.

— La vue sur *quoi* ?

— Le paysage. Vous savez, les montagnes, les arbres, notre fameux ciel[1]...

Elle secoua la tête, prit la clé, puis fonça vers l'ascenseur en traînant sa valise. Ash la suivait des yeux quand il entendit la porte d'entrée s'ouvrir.

— Qu'est-ce qui te fait sourire ? demanda-t-il à Jaden, qui était de retour.

Jaden éclata de rire.

— Qui est-elle ?

— Elle cherche la marionnette du ventriloque, apparemment. Mais ne te fie pas aux apparences ! Tu ferais mieux de ne pas trop t'en approcher.

— Je ne sais pas, répondit Jaden en se massant la nuque. J'aime les défis.

Ash secoua la tête.

— Tu aurais vraiment besoin de sortir de Fortune Creek plus souvent.

Brandt vit que Molly était surprise que le logo puisse être utile. Pas impressionnée qu'il l'ait reconnu, mais surprise que ce soit une piste. Manifestement, elle n'avait pas une grande foi en lui.

Et elle ne semblait pas mesurer l'importance des logos dans le Montana. Ils étaient enregistrés. Il arrivait que les gens conservent les droits qu'ils avaient sur eux pendant des années après avoir vendu leur ranch. Lui-même possédait encore les droits des logos de plusieurs des fers à marquer qu'il avait hérités de son grand-père.

Quand il lui eut expliqué tout cela, elle répondit :

— Ça m'étonnerait que le logo ait le moindre sens.

1. Le Montana est surnommé « *The Big Sky Country* », « Le pays du grand ciel ». (NdE)

— Votre père a-t-il vécu dans un ranch du Montana ?

— Non. Il m'a dit qu'il avait grandi à Boston.

— Pourtant, le costume qu'il portait sur scène et celui de sa marionnette sont de style western. Et ses chansons et ses histoires parlaient de la vie des ranchs, si j'ai bien compris.

— Mon père était bidon. Tout, chez lui, était faux.

Il sentit de nouveau son amertume, qu'il pouvait comprendre, dans une certaine mesure. Pourtant, il lui avait semblé percevoir d'autres émotions quand elle s'était assise. Même si Clay Wheaton l'avait abandonnée et blessée, elle devait avoir conservé un peu d'affection pour lui. Brandt songea à son propre père. Il aurait tant aimé qu'il soit encore en vie...

— Lockhart... Vous êtes mariée ? demanda-t-il.

— Je m'appelais Wheaton, autrefois. J'ai décidé de prendre le nom de ma mère à ma majorité.

Par ailleurs, elle ne serait pas aussi amère aujourd'hui si elle ne s'était pas sentie proche de son père à un moment.

— Pouvez-vous me dire autre chose ?

Elle secoua la tête.

— Je ne sais rien sur lui.

— Êtes-vous allée voir l'un de ses spectacles ? ne put-il s'empêcher de demander.

Elle baissa les yeux.

— La première fois qu'il a fait parler Rowdy devant nous, c'était nul. On a ri, ma mère et moi. Je suis sûre qu'on l'a vexé. Je ne sais vraiment pas pourquoi il voulait être ventriloque.

Elle n'avait pas répondu à sa question, mais il choisit de ne pas insister.

— Je me suis moi-même posé la question, dit-il. Pas particulièrement en ce qui concerne votre père, mais je me suis demandé pourquoi certaines personnes avaient envie de devenir ventriloques. Mon adjoint pense que c'est une manière pour elles de parler de choses qu'elles ne savent pas comment exprimer ou qu'elles ont peur de dire.

Cela la fit pouffer.

— La belle excuse !

Il hocha la tête. Il était assez d'accord.

— Je suppose que vous allez prendre une chambre à l'hôtel ?

Par-dessus l'épaule de Molly, il vit la femme avec laquelle elle était arrivée traverser la rue.

— Ça semble être la seule option.

— Vous savez que c'est là qu'il s'est fait tuer... Ça ne vous pose pas de problème ?

— Aucun problème, répondit-elle en se levant.

— J'ai vu que vous étiez venue avec quelqu'un.

— Georgia Eden. Elle est là pour la même raison que moi, mais vous la rencontrerez sans doute bientôt. S'il vous plaît, prévenez-moi dès que...

— ... j'aurai trouvé Rowdy, acheva-t-il à sa place, ce qui la fit sourire.

Elle avait un joli sourire.

— J'aurai aussi besoin de savoir quand mon père pourra être incinéré.

Il acquiesça.

— Il faut que je vous pose une dernière question. Où étiez-vous avant-hier soir vers 21 heures ?

Elle prit un air incrédule.

— Chez moi, à New York. J'ai travaillé tard, comme mes collègues pourront en témoigner. Et j'étais déjà à mon bureau quand vous m'avez appelée hier matin. Je suis sûre que vous savez combien de correspondances il faut prendre pour atteindre un aéroport dans cet État. Est-ce un alibi suffisant ?

Elle tourna les talons sans attendre sa réponse.

— Ça ne vous intéresse vraiment pas de découvrir qui l'a tué ? lui lança-t-il.

Elle s'arrêta net sur le pas de la porte et se retourna lentement.

— Seulement si ça concerne Rowdy. Je suis sûre que celui qui a tué mon père avait ses raisons.

Sur ces mots, Molly Lockhart sortit et Georgia Eden entra. Brandt remarqua qu'elles ne se saluèrent que d'un petit signe de tête.

Après la visite de l'agent d'assurances, Brandt vit Helen apparaître à la porte de son bureau.

— Ça ne va pas vous plaire, lui dit-elle.

Il n'avait pas eu un moment pour souffler depuis l'appel qui lui avait signalé que quelqu'un ne réagissait pas, à l'hôtel, après ce qui semblait être une chute.

Il était encore abasourdi par la conversation qu'il venait d'avoir avec Georgia Eden.

— Quoi donc ?

Helen fit le tour de son bureau et lança une vidéo sur son ordinateur. Il reconnut tout de suite Toby et Irene Thompson, qu'il avait interrogés la veille.

— Oh ! non, murmura-t-il, sachant parfaitement ce qu'il s'apprêtait à voir.

— Attendez-vous au pire, lui recommanda Helen avant de quitter son bureau.

Brandt regarda l'interview les mâchoires crispées. Les Thompson avaient sans doute raconté ce qui leur était arrivé à Fortune Creek à tous ceux qu'ils avaient croisés depuis leur départ. Dans l'interview, ils parlaient du meurtre, mais aussi de ce qu'ils appelaient « la chose la plus bizarre qu'ils aient jamais entendue » : le fait que la marionnette se soit mise à chanter une bonne demi-heure après la mort du ventriloque. Après le passage d'une courte vidéo de Clay Wheaton dans laquelle Rowdy chantait « Home on the ranch », le journaliste demanda :

— Mais l'hôtel de Fortune Creek n'était-il pas déjà hanté ? J'ai entendu parler de phénomènes étranges.

Les Thompson pâlirent et répondirent qu'ils n'en savaient rien.

Ash allait adorer cela, songea Brandt en coupant la vidéo. Quand cette rumeur avait circulé, des tas de gens bizarres avaient débarqué pour voir les fantômes – puis s'étaient énervés parce qu'ils n'avaient rien vu.

Il se passa la main sur le visage et se souvint du moment où Georgia Eden l'avait informé que Rowdy était assuré pour un million de dollars.

— Une *poupée* ? s'était-il écrié.

— Une marionnette de ventriloque, l'avait-elle corrigé. Vous n'avez visiblement aucune idée de leur valeur. La plus célèbre d'entre elles, Charlie McCarthy, est au Smithsonian. Au *Smithsonian*. Elles fascinent les gens.

— C'est vrai ? Elles me font froid dans le dos.

D'après la réaction de Georgia, il avait fait une gaffe.

— Je fais tout mon possible pour trouver Rowdy et l'assassin de Clay Wheaton, lui avait-il assuré en espérant qu'elle comprenait que résoudre l'affaire de meurtre était plus important à ses yeux. Si vous saviez ce que M. Wheaton faisait à Fortune Creek, ça m'aiderait.

Elle ne le savait pas, mais elle avait ajouté :

— J'ai peut-être une information intéressante, néanmoins. Le patron de l'hôtel…

— Ash Hammond ?

Elle avait haussé les épaules.

— Je l'ai entendu dire que Clay avait demandé la chambre 401. Il était déjà venu, apparemment.

— C'est intéressant, effectivement. Passons à ses potentiels ennemis… Quelqu'un était-il jaloux de lui ? Un autre ventriloque, peut-être ? Ou s'était-il moqué d'une personne dans l'un de ses spectacles ? Quelqu'un lui en voulait-il ?

Elle n'avait trouvé personne à lui suggérer.

— J'ai vraiment besoin de Rowdy, shérif, avait-elle dit. Un musée est disposé à l'acheter.

— Le Smithsonian ?

— Non, avait-elle admis. Mais ce musée considérerait comme un honneur le fait de l'exposer et il est prêt à payer une coquette somme.

— Si on ne retrouve pas Rowdy, devrez-vous verser un million de dollars ?

— Pas moi, personnellement, mais ma compagnie d'assurances, oui.

Cela lui coûterait sans doute son emploi, ce qui expliquait son insistance.

— À qui ?

— Au bénéficiaire, avait-elle répondu après une brève hésitation. Sa fille.

Cela avait éveillé l'intérêt de Brandt.

— À Molly Lockhart ?

Georgia avait acquiescé, l'air mal à l'aise.

— Le sait-elle ? avait-il demandé.

— Je l'ignore. Peut-être, peut-être pas.

— Si elle le sait, il serait logique qu'elle ne veuille pas qu'on retrouve Rowdy.

— Elle m'a dit qu'elle avait des raisons qui n'ont rien à voir avec l'argent de vouloir le retrouver.

— N'est-ce pas ce qu'elle dirait même si elle voulait toucher l'assurance ? J'ai vu que vous étiez arrivées ensemble. Vous connaissiez-vous déjà ?

— Non, on s'est rencontrées à l'agence de location. On a fait le trajet ensemble parce que c'était plus pratique.

— Parce que vous voulez toutes les deux la même chose :

Rowdy. Mlle Lockhart vous a-t-elle dit pourquoi elle tenait à le récupérer ?

— Elle a dit qu'elle voulait le détruire.

Cela avait surpris Brandt.

— Mais s'il vaut autant d'argent…

— Elle a des comptes à régler avec cette marionnette et avec son père, apparemment, l'avait coupé Georgia en se levant. Trouvez Rowdy, s'il vous plaît. Prévenez-moi dès que ce sera fait. J'ai pris une chambre à l'hôtel.

Alors, elle était partie, tandis qu'il se demandait qui avait le plus à gagner – ou à perdre – dans la mort de Clay Wheaton et la disparition de Rowdy le cow-boy de rodéo.

5

Dans l'après-midi, Molly ouvrit quand on frappa à sa porte et ne fut pas surprise de voir Georgia. Elle avait entendu les claquements de ses talons, un peu plus tôt, et en avait déduit que l'agent d'assurances occupait la chambre voisine.

— La journée a déjà été longue, j'ai besoin d'un verre, dit Georgia, ce qui fit sourire Molly.

Georgia avait troqué son tailleur contre un jean, un pull et des bottes.

— J'ai vu qu'il y avait un bar au bout de la rue, dit Molly. Entrez, le temps que je me change.

Elle prit des vêtements dans sa valise et alla dans la salle de bains en laissant la porte entrouverte pour qu'elles puissent se parler.

— On m'a dit que vous vous étiez promenée dans l'hôtel, cet après-midi. Vous avez trouvé quelque chose d'intéressant ? demanda Molly.

— Rowdy, par exemple ? Non, je ne l'ai pas trouvé. C'est donc ça, leur « vue » ? Il n'y a que des montagnes et des arbres. Il y a vraiment des gens qui viennent jusqu'ici pour voir ça ? J'ai voulu visiter la chambre de Clay, mais la porte était verrouillée.

Molly sortit de la salle de bains en jean et en T-shirt. Après avoir trouvé des chaussettes et sa paire de baskets dans sa valise, elle s'assit au bord du lit pour les enfiler.

— Il occupait la chambre 401, au bout du couloir, près de l'escalier de secours, dit Georgia, qui regardait toujours par la fenêtre. Il a spécifiquement demandé cette chambre, ce qui veut dire qu'il était déjà venu. Savez-vous pourquoi ?

— Pour pouvoir filer en douce ? suggéra Molly en ne plaisantant qu'à moitié.

Était-il possible que son père, à court d'argent, ait projeté de ne pas payer sa note ?

Après avoir pouffé, Georgia précisa :

— Pourquoi il est venu dans cette ville, je voulais dire.

— Pour la vue ? Je n'en sais pas plus que vous, mais je trouve bizarre qu'il soit déjà venu. L'avez-vous dit au shérif ?

— Cette information a paru l'intéresser.

Molly songea au logo que le shérif avait reconnu. Il en avait sans doute déjà déduit que ce n'était pas la première visite de Clay.

— Vous êtes un vrai Sherlock Holmes, dit-elle en ramassant son manteau.

— J'aime collecter des informations, c'est utile dans mon métier, répondit Georgia alors qu'elles sortaient de la chambre. Par exemple, les ventriloques sont assez rares. Il y a moins de quatre cents professionnels dans le monde.

Cela surprit Molly.

— La technique est assez facile à apprendre, apparemment, poursuivit Georgia. Il suffit de quelques semaines. Le truc, c'est de n'utiliser que sa langue pour parler.

Tandis qu'elles avançaient dans le couloir obscur, Molly essaya d'imaginer son père seul dans cet hôtel. Seul avec Rowdy. Que faisait-il là ?

— Ça vous ennuie si on prend l'escalier ? demanda Georgia. Cet ascenseur me donne la chair de poule.

— Tout, dans cet hôtel, me donne la chair de poule, répondit Molly.

— Ce n'est pas très étonnant, puisqu'il y a eu un meurtre au bout du couloir. Oh ! désolée ! Je n'arrête pas d'oublier qu'il s'agit de votre père.

— Vous n'êtes pas la seule.

Quand elles atteignirent l'escalier, Molly se retourna pour jeter un coup d'œil à la porte de la chambre 401. Que faisait son père dans cet hôtel et pourquoi avait-il exigé cette chambre ? Comme Georgia, elle avait envie d'y entrer, même si elle savait que Rowdy ne s'y trouvait pas.

Qui était son père ? Bien sûr, elle ne s'attendait pas à trouver une réponse à cette question, pas plus qu'à celle qui la hantait : pourquoi les avait-il abandonnées, sa mère et elle ? Elle trouvait aussi très étrange qu'il ait laissé son numéro pour qu'elle soit contactée s'il lui arrivait quelque chose.

Lorsqu'elles sortirent de l'hôtel, Molly inspira une grande bouffée d'air frais. Elles atteignirent le bar en deux minutes. La porte avait été si déformée par les intempéries qu'elles durent s'y mettre à deux pour l'ouvrir.

Il fallut un moment à Molly pour que ses yeux s'adaptent à la pénombre. Le bar, long et étroit comme la plupart des bâtiments de la ville, semblait avoir conservé sa décoration d'origine, y compris les plaques de métal qui couvraient le plafond et qui avaient été peintes en rouge dans un passé lointain.

À la grande surprise de Molly, Georgia sembla parfaitement à l'aise dans cet environnement. En la suivant jusqu'à deux tabourets libres, au bout du bar, Molly remarqua les tables égratignées, les banquettes au cuir craquelé et le parquet irrégulier couvert de taches. « Rustique » était le seul adjectif poli qui pouvait qualifier ce décor.

Après s'être hissée sur un tabouret qui avait été réparé avec tant de morceaux de scotch qu'on n'en distinguait plus la couleur, Molly eut le réflexe de poser son sac sur le comptoir, puis se ravisa. À l'autre bout du bar, deux hommes discutaient avec la barmaid quinquagénaire.

— T'as bien raison, Betty ! lança l'un des deux alors que la barmaid les quittait pour s'approcher de Georgia et Molly.

Cette dernière fut frappée par l'idée que les femmes d'un certain âge avaient tendance à se teindre en roux. Sa mère et sa grand-mère l'avaient fait, et elle songea qu'elle finirait peut-être par s'y prêter aussi, même si la raison qui pouvait motiver ce geste lui échappait.

— Qu'est-ce que je vous sers ? leur demanda Betty d'une voix rauque.

— Je prendrai un cosmopolitan, dit Molly.

— Ça m'étonnerait.

— Une margarita ?

La barmaid pouffa et se tourna vers Georgia.

— On va prendre deux bourbons avec glace, dit celle-ci.

Betty lui sourit.

— Je t'aime bien, dit-elle à Georgia avant de se retourner pour les servir.

— Mais qu'est-ce que c'est que cet endroit ? chuchota Molly.

Georgia haussa les épaules et posa ses coudes sur le comptoir à la propreté douteuse.

— Le bout du monde ?

— Je suis désolée, mais comment se fait-il que vous ayez l'air d'être dans votre élément ?

— J'ai grandi dans une ville comme celle-ci et fréquenté des bars comme celui-ci. Ça me rappelle chez moi.

— Chez vous ?

— Dans l'ouest du Texas.

— Vous n'avez presque pas d'accent.

— Je le reprendrais tout de suite si je remettais les pieds là-bas.

Alors que Betty posait des verres devant elles, Molly se

rendit compte qu'elle ne savait rien sur la femme qui l'avait accompagnée. Elle prit une gorgée. Ce n'était pas imbuvable.

Georgia, qui l'observait, éclata de rire.

— Réjouissez-vous que je n'aie pas commandé un tanglefoot.

— J'ai peur de demander ce que c'est.

— Ne le faites pas.

Molly prit une autre gorgée et sentit que l'alcool allait vite lui monter à la tête, comme elle ne buvait presque jamais.

— Comment êtes-vous devenue agent d'assurances ? demanda-t-elle.

Georgia haussa les épaules.

— Après deux ans de fac, on m'a proposé un emploi dans cette branche. C'est aussi simple que ça. J'ai gravi les échelons jusqu'à obtenir un poste à Chicago. Je croyais avoir réussi ma carrière. Maintenant, il va peut-être falloir que je recommence de zéro.

— Que vous arrivera-t-il si on ne trouve pas Rowdy ?

Georgia se passa un doigt en travers de la gorge en grimaçant.

— Vous ne savez vraiment pas ce qui est arrivé à Rowdy ?

Molly secoua la tête, surprise par la question.

— Ça fait des années que je n'ai pas vu mon père ni sa marionnette.

— Vous ne le détruiriez quand même pas, dites ?

— Si, répondit Molly en fixant son verre. J'en ai voulu à Rowdy presque toute ma vie. C'est dur d'admettre que son père a préféré une marionnette à sa propre fille, mais c'est ce que le mien a fait.

— Je suis sûre que ce n'est pas entièrement vrai, dit Georgia d'un ton hésitant. Vous ne savez vraiment pas, alors ?

Molly leva les yeux vers elle.

— Quoi donc ?

— Que vous êtes la bénéficiaire de la police d'assurance de Rowdy.

— S'il s'était vraiment soucié de moi, il aurait souscrit une assurance vie.

Georgia secoua la tête.

— Il n'a assuré que Rowdy.

— Évidemment. Ce qui prouve qu'il se fichait éperdument de ma mère et de moi.

— Votre mère est-elle encore...

— Non, elle est morte il y a presque dix ans.

— Votre père...

— Le savait-il ? Ça m'étonnerait. Il n'a pas gardé le contact, en dehors de quelques coups de fil qu'il nous a passés quand j'étais petite.

— Il ne vous a pas oubliée pour autant, répliqua Georgia. Et si je vous disais que vous récupérerez un million de dollars si on ne retrouve pas Rowdy ?

Molly écarquilla les yeux, puis éclata de rire.

— Il pensait que Rowdy valait un million de dollars ? Ça ne m'étonne pas, en fait.

— C'était le maximum que ma compagnie était prête à verser, expliqua Georgia. Mais ce qui est important, là-dedans, c'est qu'il pensait à vous, puisque vous êtes la bénéficiaire.

— Ça n'a aucun sens ! s'écria Molly, qui commençait à sentir les effets de l'alcool. Pourquoi n'a-t-il pas souscrit une assurance vie ?

— Il ne valait pas un million de dollars.

— Mais Rowdy, si ?

— Votre père ne pouvait pas savoir qu'il serait assassiné et que son meurtrier emporterait Rowdy. À moins que...

— Une minute... Vous ne croyez quand même pas qu'il avait tout planifié ? C'est du délire !

— Ou l'acte d'un homme désespéré qui voulait se racheter par un grand sacrifice, suggéra Georgia. Il a pu engager quelqu'un pour le tuer et voler Rowdy, de manière que ma compagnie vous paye.

Molly vida son verre. Elle n'en revenait pas. Bien sûr qu'il avait assuré Rowdy, mais... pour un million de dollars ? Elle leur en voulut encore plus, à Rowdy et à lui.

— Ce n'est qu'une marionnette, grommela-t-elle.

Alors qu'elle levait la main pour commander un autre verre, Georgia intervint.

— Prenons plutôt une tequila.

Son grand sourire fit pouffer Molly.

— D'accord. Bonne idée.

Elles burent leur verre cul sec avec du sel et une tranche de citron. Molly toussa pendant quelques secondes avant de dire à sa nouvelle amie :

— Tu as peut-être raison. Je ne vois vraiment pas pourquoi quelqu'un aurait voulu le tuer. Tu pourras garder ton boulot si tu arrives à prouver que c'est un coup monté ?

— Peut-être. J'espère juste que tu n'es pas complice.

— Tu veux rire ? s'écria Molly.

Voilà que Georgia la suspectait alors qu'elle commençait à croire qu'elle s'était fait une amie et qu'il ne serait pas si désagréable, finalement, de séjourner dans cette ville jusqu'à ce qu'on retrouve Rowdy.

— Je n'ai pas besoin de cet argent et je n'en veux pas, assura-t-elle à Georgia. Je n'ai eu aucun contact avec mon père depuis des années et je... Pourquoi est-ce que je me défends, d'abord ?

Elle chercha son porte-monnaie dans son sac, puis en sortit un billet de vingt dollars qu'elle posa sur le comptoir.

— Je comprends que tu tiennes à garder ton boulot, mais je n'ai rien à voir avec ça, conclut-elle avant de sortir à grands pas, dynamisée par l'alcool.

Tout lui avait semblé si simple quand elle avait appris la mort de son père. Quelqu'un l'avait tué et avait volé Rowdy.

Le shérif allait trouver son assassin et récupérer Rowdy. Elle n'avait même pas songé à ce qu'elle ferait des cendres de son père. Elle n'avait pensé qu'à détruire cette maudite marionnette.

Elle avait bien vu que son manque d'intérêt pour l'enquête consternait le shérif. Elle ne se souciait que de Rowdy, mais le shérif ne pouvait pas comprendre pourquoi elle détestait autant un objet inanimé. Il n'avait pas grandi dans son ombre.

À présent, Georgia se demandait si Clay avait planifié son propre meurtre et la disparition de Rowdy pour léguer à Molly un million de dollars. Qui faisait une chose pareille ? Et son père avait-il vraiment cru que cela compenserait quoi que ce soit ? Cela n'avait aucun sens.

Arrivée devant l'hôtel, elle avait réussi à se convaincre que Clay Wheaton s'était fait tuer sans raison et que son meurtrier avait pris Rowdy parce qu'il espérait en tirer quelque chose ou simplement sur un coup de tête. Rowdy pouvait très bien se trouver dans une décharge, à présent.

Alors qu'elle s'apprêtait à ouvrir la porte, le shérif Brandt Parker sortit de l'hôtel.

— Je vous cherchais, justement, lui dit-il. On va faire un tour ?

Il ne parut pas s'apercevoir qu'elle vacillait un peu ni se douter que faire un tour était bien la dernière chose dont elle avait envie après son long trajet en voiture pour venir dans cette ville. Mais c'était le shérif et il cherchait Rowdy – ainsi que l'assassin de son père.

— Laissez-moi une minute pour me rafraîchir, et je vous rejoins.

Elle entra dans l'hôtel et se dirigea vers l'ascenseur, bien consciente qu'elle n'était pas en état de prendre l'escalier.

6

Le ranch des Crandell se trouvait à quelques kilomètres de Fortune Creek, près de la frontière canadienne. Des nuages passaient dans le ciel bleu qui contrastait vivement avec le vert de la forêt. L'air était frais. Dans le Montana, il pouvait neiger à tout moment. Brandt se souvenait d'une bataille de boules de neige un 4 juillet, quelques années plus tôt.

Il jeta un coup d'œil à la femme qui l'accompagnait. Elle lui avait dit clairement qu'aller au ranch des Crandell pour suivre la piste du logo lui semblait être une perte de temps.

— Ça m'étonnerait beaucoup que le logo de Rowdy ait un rapport avec ce ranch, lui avait-elle dit. Il n'y avait rien d'authentique chez Clay Wheaton. Il avait tout inventé. Il n'était pas l'homme pour lequel vous semblez le prendre.

Elle avait peut-être raison, sauf que cette histoire de logo tracassait Brandt. Wheaton pouvait l'avoir inventé, mais il était aussi possible qu'il ait eu une bonne raison de choisir celui des Crandell et de venir à Fortune Creek. Le fait que Clay se soit fait tuer ici et qu'il ait déjà séjourné à l'hôtel incitait Brandt à penser qu'il devait avoir un lien avec cette région. Ce lien pouvait être le ranch des Crandell.

Tout en conduisant, Brandt montra différents pics à Molly et lui raconta des anecdotes, comme la fois où presque tous les habitants de Fortune Creek s'étaient rassemblés pour aider un élan à sortir du torrent dans lequel il était tombé. Elle lui répondit poliment, mais il sentait bien qu'elle avait l'esprit ailleurs.

— Vous voulez me dire ce qui vous tracasse ? finit-il par demander.

Elle le regarda d'un air surpris, comme si elle avait oublié qu'il était là. Il n'en fut pas vexé. À vrai dire, il était plutôt soulagé qu'elle ne soit pas sensible au mythe du cow-boy, que son père avait gâché à ses yeux.

Il se demanda si elle pensait qu'il ne faisait que jouer au shérif, comme dans les films, où même les hors-la-loi recevaient un insigne quand la ville était attaquée.

En réalité, cette femme de New York ne devait pas penser à lui du tout, sauf pour se demander s'il était capable de trouver l'assassin et Rowdy – mais pas dans cet ordre.

— Qu'est-ce qui vous fait froncer les sourcils comme ça ?

— Mon père s'est fait tuer.

Il secoua la tête.

— On sait tous les deux que ce n'est pas ça qui vous tracasse.

Allait-elle mal prendre sa franchise ?

— Georgia m'a dit que j'étais la bénéficiaire de la police d'assurance de Rowdy.

— Vous l'ignoriez ?

— Comment aurais-je pu le savoir ? Je n'avais plus de contact avec mon père depuis des années. Je sais que Georgia a peur de perdre son emploi si sa compagnie doit payer, mais...

— Mais ?

— Elle m'a presque accusée d'avoir orchestré le meurtre avec la complicité de mon père lui-même.

Il y avait songé dès qu'il avait entendu parler du million de dollars. Les gens commettaient des meurtres pour moins que ça.

— Et ce n'est pas le cas ?

— Non ! s'écria-t-elle. Pourquoi serais-je venue ici vous

demander de trouver Rowdy si je ne voulais pas qu'on le retrouve ?

— Pour paraître innocente, en sachant parfaitement qu'on ne le trouverait pas ? Ou pour vous assurer qu'on ne mette pas la main dessus ?

Comme elle le fusillait du regard, il se défendit :

— Je ne fais qu'émettre des hypothèses. C'est vous qui avez posé la question.

Elle croisa les bras et poussa un soupir agacé.

Comme ils approchaient de l'embranchement qui menait au ranch, Brandt ralentit. Il avait entendu parler des Crandell et il lui semblait avoir croisé le père pendant un rodéo à Eureka. Il savait qu'ils ne fréquentaient personne. Il avait entendu dire qu'un de leurs fils était mort dans un accident. Était-ce pour cela qu'ils s'étaient coupés du reste de la communauté ? En tout cas, ce n'était pas difficile, dans une région où les ranchs étaient aussi éloignés les uns des autres.

Il avait décidé d'emmener Molly sur un coup de tête. Il espérait qu'elle s'ouvrirait un peu à lui sur le trajet. Il y avait aussi une chance que quelque chose, au ranch, réveille un souvenir de son père. Tout indice qui pourrait le rapprocher de la résolution de cette enquête serait le bienvenu.

Mais l'accueil qu'ils allaient recevoir commença à l'inquiéter dès qu'il entra dans la propriété. Ce ne serait pas la première fois qu'il se retrouverait en face d'hommes armés, même en étant en uniforme et au volant d'une voiture de patrouille.

Et cela allait être l'une de ces fois, songea-t-il quand un homme sortit de la maison armé d'un fusil à pompe.

Molly était déjà parvenue à la conclusion qu'elle n'aurait pas dû venir avant que ce vieil homme ne braque un fusil sur eux. Le shérif lui avait fait croire qu'ils partaient en promenade, mais il l'avait piégée. Il avait une idée derrière la tête depuis le début. Il voulait l'interroger sur le million de dollars.

Les yeux braqués sur le vieil homme, elle espéra que ce shérif savait au moins ce qu'il faisait.

Il se gara.

— Restez dans la voiture, lui ordonna-t-il avant d'en sortir.

Elle ne demandait qu'à obéir.

— Bonjour ! entendit-elle le shérif lancer au vieil homme.

— C'est une propriété privée, répondit celui-ci d'une voix rauque.

Il devait avoir dans les quatre-vingt-dix ans et c'était un homme imposant. Il l'avait sûrement été encore plus dans sa jeunesse, mais il semblait être en forme pour son âge.

— À moins que vous ayez un mandat...

— Ce n'est pas ce genre de visite, le coupa le shérif. Je veux juste savoir si l'un d'entre vous a entendu parler d'un certain Clay Wheaton.

Pas de réponse.

Tout cela ne les mènerait nulle part, songea Molly. Elle balaya le ranch du regard. Il y avait quelques maisons plus petites que celle d'où l'homme était sorti, des granges, du matériel agricole et un grand arbre près d'un ruisseau.

Elle tressaillit en découvrant le pneu suspendu à l'une des plus grosses branches par une corde. L'arbre était énorme et, même de là où elle était, elle devinait que quelque chose avait été gravé sur son tronc.

Elle ouvrit sa portière et s'approcha de l'arbre comme une somnambule. Elle entendit des voix derrière elle, dont celle du shérif qui lui ordonnait de remonter dans la voiture, mais elle continua à avancer. Elle devait voir ce qui était gravé sur cet arbre.

La part logique de son cerveau lui assurait qu'elle ne trouverait pas le nom de son père. Ce n'était que l'une des histoires bidon que Rowdy racontait sur son enfance dans un ranch. Les théories du shérif sur le logo de Rowdy n'étaient que cela, des théories. Elle aurait de la chance si elle ne recevait pas une balle dans le dos – sinon ce serait la faute du shérif, puisque c'était lui qui l'avait amenée là.

Elle s'arrêta à quelques pas de la balançoire. Il y avait bien des noms gravés sur le tronc de l'arbre : Jo, Pat, Gage, Cliff, Seth, Wyatt, Ty... Il y en avait encore d'autres, mais pas celui qu'elle s'attendait à voir. Pas de Clay. Quelqu'un saisit son bras.

— Vous voulez qu'on se fasse tuer ? chuchota le shérif. Il faut qu'on s'en aille.

Elle sentit qu'il était très inquiet, mais elle resta figée. Il aurait dû y avoir Clay... Elle connaissait l'histoire de cet arbre et des noms. Elle était sûre qu'elle allait lire...

— Il faut qu'on parte *maintenant*.

Elle se rendit subitement compte qu'elle était stupide. Le nom de son père n'était pas là parce qu'il avait inventé cette histoire. Ce n'était même pas une histoire originale : une balançoire fabriquée avec un pneu, un vieil arbre, un canif, une journée d'été où l'on n'avait rien de mieux à faire que de graver son nom... Tous les enfants qui n'avaient pas grandi dans un appartement avaient sans doute joué à ça.

Elle laissa le shérif l'entraîner vers la voiture et s'aperçut qu'il y avait maintenant d'autres hommes sur les porches des autres maisons. Ils étaient tous armés et avaient tous l'air furieux.

— Désolée ! leur lança-t-elle.

Ils se contentèrent de la fusiller du regard.

La gorge sèche, elle déglutit péniblement. Comment avait-elle pu être aussi stupide ? Le shérif avait raison. Ils auraient pu se faire tuer à cause d'elle. Et pour quoi ? Pour une histoire racontée par une marionnette ?

Le shérif la poussa à l'intérieur de la voiture, claqua sa portière et s'empressa de se mettre au volant. Il jeta des coups d'œil dans le rétroviseur jusqu'à ce qu'ils aient quitté la propriété des Crandell et regagné la route.

— Qu'est-ce qui vous a pris ? s'écria-t-il.

L'embarras la gagna. Que pouvait-elle lui dire après lui avoir assuré que Clay Wheaton avait tout inventé et qu'elle ne se souciait pas assez de son père pour avoir vu l'un de ses spectacles ? Pourtant, elle y avait cru quand elle avait vu l'arbre avec sa balançoire près du ruisseau. Il était exactement comme Rowdy l'avait décrit – comme *son père* l'avait décrit, se corrigea-t-elle en soupirant.

— Vous étiez si sûr que le logo de Rowdy avait un sens...

— J'avais tort, mais ça n'explique pas pourquoi vous êtes sortie de la voiture alors que je vous avais interdit de le faire. Ces hommes ne plaisantaient pas. Vous auriez pu vous faire tuer. Pénétrer sur la propriété de quelqu'un sans permission – ni mandat – est une offense sérieuse dans cet État. Alors ?

Elle comprit qu'il ne lâcherait pas l'affaire et qu'elle devait lui fournir une explication, quel que soit son embarras.

— Ce pneu suspendu à cet arbre m'a rappelé une histoire de Rowdy. Je ne me souviens même pas de la chute, juste qu'il avait gravé son nom sur un vieil arbre avec une balançoire pendant son enfance dans un ranch.

Elle jeta un coup d'œil au shérif.

— Et vous avez vu son nom ? demanda-t-il.

Elle secoua la tête.

— C'est juste une histoire idiote et inventée, comme toutes les autres. Je n'en reviens pas d'y avoir cru, même un instant. Mais si le logo avait vraiment eu un sens...

Au lieu de lui reprocher de les avoir bêtement mis en danger, le shérif resta silencieux pendant plusieurs minutes.

— Quand êtes-vous allée voir l'un de ses spectacles ? finit-il par lui demander.

Elle avait gaffé, bien sûr. En lui disant que sa mère et elle s'étaient moquées de son père quand il avait fait parler Rowdy devant elles, elle avait laissé croire au shérif qu'elle n'avait jamais rien vu d'autre.

Sa gorge se serra. Elle détestait qu'on la surprenne à mentir. Mais le shérif méritait qu'elle lui réponde honnêtement après l'avoir mis en danger.

— Quand j'étais à la fac. Je suis allée voir l'un de ses spectacles avec quelques amis. Je ne lui ai pas parlé.

Mais il l'avait vue. Leurs regards s'étaient croisés. Il lui avait fait parvenir un mot disant qu'il voulait lui parler. Elle l'avait jeté dans une poubelle en sortant de la salle.

Le shérif conduisit sans dire un mot pendant plusieurs kilomètres.

— Je suis désolé de vous avoir embarquée sur une fausse piste, finit-il par grommeler. Les hommes à qui j'ai parlé m'ont juré qu'ils ne savaient rien sur Clay Wheaton. Si on allait dîner à Eureka avant la fermeture des restaurants ?

Brandt était tour à tour furieux et désolé pour Molly. Quand il entendit l'estomac de la jeune femme gargouiller en réponse à sa question, il se sentit un peu plus proche d'elle.

— À quand remonte la dernière fois que vous avez mangé quelque chose ?

— Hier, dans l'avion... répondit-elle après quelques secondes de réflexion.

— Alors, on doit y remédier, et vite ! Le Saloon des trappeurs ferme à 20 heures.

— À 20 heures ? répéta-t-elle comme si elle ne pouvait pas imaginer dîner avant 21 heures.

Il pouffa.

— On est hors saison et vous n'êtes pas à New York.

— Je m'en étais aperçue, ironisa-t-elle.

Il faisait déjà nuit quand ils arrivèrent à Eureka.

— Je me suis toujours demandé pourquoi mon père avait décidé de faire de Rowdy un cow-boy, dit Molly. Ça me semblait si faux, le cow-boy héroïque, fort, courageux... Mais je ne vois que des gens habillés en cow-boys depuis mon arrivée.

Il éclata de rire.

— Les cow-boys existent bel et bien, c'est juste qu'ils ne sont pas aussi glamours que les gens l'imaginent. Pour beaucoup, ici, c'est un mode de vie – fatal, parfois, parce que ce n'est pas toujours lucratif.

— Pourquoi les gens restent-ils à Fortune Creek ? demanda-t-elle une fois qu'ils furent installés au Saloon des trappeurs.

Cela s'était joué à peu. Le restaurant allait bientôt fermer et il était déjà presque désert.

— Parce qu'ils s'y sentent chez eux, pour la plupart. Certains, comme Ash, y sont revenus après une carrière réussie. Quelque chose vous tente ?

Elle se plongea dans le menu.

— Le sushi du Montana ? Une fine tranche d'aloyau, servie bleue ou saignante, sur un lit de laitue avec une sauce aux myrtilles... Aux myrtilles ?

— Elles sont délicieuses, lui assura-t-il. On les cueille dans les bois pendant l'été. Vous devriez essayer. Ça ou le hamburger d'élan.

— D'élan ? Je me contenterai du poulet. C'est bien du poulet, n'est-ce pas ?

— Ce n'est pas du gibier, je vous le jure.

Il prit le hamburger et elle opta finalement pour le pavé de saumon servi avec des légumes.

— Vous n'aimez pas prendre de risques, hein ? plaisanta-t-il.

Elle secoua la tête.

— Parlez-moi de vous, l'encouragea-t-il. Que fait une analyste financière ?

— Je suis sûre que vous trouverez ça ennuyeux, comme la

plupart des gens, mais je travaille pour une société de courtage. J'examine des données financières pour aider nos clients à choisir dans quelles entreprises investir.

— Ah oui ?

— Je vous avais dit que c'était ennuyeux.

— Ça ne doit pas l'être pour vous.

— Effectivement. C'est quelque chose de solide, à mes yeux. Les chiffres ne mentent pas.

Même s'il n'était pas psychologue, il se douta que le métier de son père avait quelque chose à voir avec celui qu'elle avait choisi.

Quand leurs plats arrivèrent, il lui fit goûter son hamburger.

— C'est délicieux, admit-elle.

Elle accepta sa proposition de partager leurs deux plats et parut se détendre au fil du repas.

— Vous devez me croire insensible, dit-elle quand ils repartirent vers Fortune Creek. Ça me navre que mon père se soit fait tuer. C'est juste que je lui en veux terriblement.

— Je comprends. Les parents nous déçoivent souvent, certains plus que d'autres.

— Peu décident de devenir ventriloques.

— Je vous l'accorde.

Elle soupira.

— Mais je n'arrive vraiment pas à comprendre pourquoi l'assassin a emporté Rowdy.

— Par jalousie professionnelle ? suggéra-t-il.

— Ça m'étonnerait. Je crois que mon père ne se produisait plus depuis quelques années. Il a eu du succès à Las Vegas, à un moment de sa carrière, puis il a brusquement disparu.

Elle s'était donc renseignée sur lui, même si elle ne l'admettait pas.

— Vous comptez vraiment détruire Rowdy ?

— Je ne sais pas. C'est mesquin d'être jaloux d'une marionnette, hein ?

— Mon père avait un chien qu'il aimait plus que moi alors que cette bestiole le mordait tout le temps.

Elle lui jeta un regard incrédule.

— C'est vrai, lui assura-t-il.

Elle n'eut pas l'air de le croire davantage, mais elle esquissa un sourire.

Elle se tut pendant presque tout le reste du trajet. Il la laissa à ses pensées en se contentant d'apprécier sa présence. Molly le déroutait, mais il se réjouissait que la première impression qu'elle lui avait faite ne se soit pas confirmée.

— Merci pour cette soirée, dit-elle quand les lumières de Fortune Creek apparurent au détour d'un virage. J'ai adoré ce restaurant. Je prendrai le hamburger, la prochaine fois.

La prochaine fois ? songea-t-il en souriant.

— Vous devez goûter la tarte aux myrtilles d'Alice Weatherbee, au café de Fortune Creek. Il n'y en a pas de meilleure. Vous ne la connaissez pas encore, n'est-ce pas ?

Elle secoua la tête.

Il avait tenté sa chance, à tout hasard. Il songeait à la boîte qu'il avait trouvée dans la camionnette de Clay et se demandait qui avait pu monter dans le véhicule.

Molly était-elle venue une première fois avant de repartir à New York en veillant à ce que personne ne la repère ? Comme elle commençait à lui plaire, il espéra sincèrement qu'elle n'avait rien à voir avec le meurtre de son père.

7

Le lendemain matin, alors qu'il prenait le café dans son bureau, Brandt vit une camionnette tirant une caravane se garer dans la rue. Des plaques de l'Arkansas ? C'était inédit à Fortune Creek.

Une jeune femme sortit de la camionnette. Avec sa longue natte noire, sa robe à fleurs et ses bottes militaires, elle semblait tout droit sortie des années 1960. La caravane était couverte d'autocollants engagés.

— Bon sang ! grommela Brandt.

Il imaginait déjà comment certains vieux cow-boys conservateurs allaient réagir à cette arrivée. Helen, qui s'était plantée devant la fenêtre, était bouche bée.

— Je m'occupe de celle-là, lui dit Brandt en sortant de son bureau pour accueillir la visiteuse.

La jeune femme entra dans le hall.

— Bonjour, lui dit-il. Je suis le shérif Brandt Parker. Puis-je vous aider ?

Elle lui décocha un grand sourire.

— Bien le bonjour, shérif ! C'est vous que je voulais voir. Je suis ici à cause du meurtre de Clay Wheaton.

Cela le surprit, mais un instant seulement. Combien de gens allaient débarquer à cause du meurtre ? Il avait presque hâte de savoir pourquoi le ventriloque avait attiré là cette femme. Ou bien s'intéressait-elle à Rowdy, comme les deux autres ?

— Si vous veniez dans mon bureau ?

— Ça vous ennuie que j'aille d'abord chercher ma chienne ? demanda-t-elle avant de se tourner vers Helen. Pourriez-vous lui trouver un bol d'eau ?

— Non, répondit Helen.

Mais la jeune femme ne l'entendit pas - ou l'ignora - et sortit. Brandt, qui s'attendait à un gros chien, fut amusé, deux minutes plus tard, quand il vit réapparaître la jeune femme avec une petite boule de fourrure blanche.

— Elle s'appelle Fantôme, dit-elle en tendant la bête à Helen, qui la prit par réflexe alors qu'elle n'aimait pas les chiens. Juste un peu d'eau, ce sera parfait.

Sur ces mots, la jeune femme fonça dans le bureau de Brandt. Celui-ci l'invita à s'asseoir. Quand il prit place derrière son bureau, Helen fixait toujours la boule de fourrure avec un air abasourdi.

— Que puis-je faire pour vous, mademoiselle...

— Jessica Woods, dit-elle avant de se retourner pour regarder l'hôtel, de l'autre côté de la rue. C'est là que Clay s'est fait tuer, n'est-ce pas ?

— Vous le connaissiez ?

— Non. J'ai entendu parler de lui alors que je travaillais sur une autre affaire juste à côté, dans l'Idaho. Je me suis dit que ça valait un détour.

— Affaire ? Êtes-vous...

Vu son allure, elle pouvait être un agent des stups infiltré.

— Je suis une enquêtrice paranormale.

Comme il écarquillait les yeux, elle ajouta :

— J'ai un doctorat en parapsychologie et je me suis spécialisée dans le folklore. Je suis venue enquêter sur les allégations selon lesquelles la marionnette du ventriloque se serait mise à chanter une demi-heure après la mort de celui-ci. J'aimerais examiner Rowdy le cow-boy de rodéo.

Il hocha la tête et s'adossa au dossier de sa chaise.

— Je crains que vous ne puissiez pas voir la marionnette de M. Wheaton. À ce stade de l'enquête, nous pensons que l'assassin l'a emportée.

— C'est vrai ? Vous ne l'avez pas ? s'écria-t-elle, l'air catastrophé.

— Non, répondit-il en s'abstenant de mentionner qu'elle n'était pas la seule à s'intéresser à Rowdy.

— C'est décevant, mais vous récupérerez la marionnette quand vous aurez trouvé l'assassin.

Elle se leva comme si le problème était résolu et se tourna une nouvelle fois vers l'hôtel.

— Fantôme et moi allons visiter l'hôtel. J'ai entendu dire que ce n'était pas le premier phénomène paranormal qui y était constaté. Prévenez-moi quand vous aurez trouvé Rowdy. Je vais installer ma caravane près du ruisseau, comme hier soir.

Il la regarda sortir de son bureau et récupérer sa chienne. À son grand étonnement, Helen, qui semblait s'être attachée à la bête, la rendit à la jeune femme à contrecœur.

Le portable de Brandt sonna.

— Shérif Parker.

Il regarda Helen dire au revoir à Fantôme comme si la chienne était devenue sa meilleure amie.

— ... pensé que ça vous intéresserait.

Il s'aperçut subitement qu'il n'avait pas écouté le médecin légiste.

— Désolé, JP, vous pouvez répéter ?

— L'ADN de votre mort se trouve dans la base de données parce qu'il a été dans l'armée. Et ce n'est pas tout. Vous êtes assis ?

Molly avait mal dormi. Même la douche chaude qu'elle venait de prendre ne l'aidait pas à se sentir mieux. À un moment, elle s'était réveillée brutalement, certaine d'avoir entendu Rowdy chanter l'une de ses chansons.

Cela lui avait donné la chair de poule et elle avait eu un mal fou à se rendormir.

Elle était en train d'envisager de se recoucher quand le shérif l'appela.

— Pouvez-vous passer à mon bureau, s'il vous plaît ?

Il semblait bien plus tendu que la veille au soir. Cela devait être important. Elle s'habilla rapidement et fonça vers son bureau.

La veille, après le dîner, elle était allée se promener et elle était entrée dans la station-service, qui était sur le point de fermer et où elle avait découvert le plus petit bureau de poste qu'elle ait jamais vu.

— Vous êtes la dame de New York ? lui avait demandé la vieille femme qui tenait la station-service.

— Oui, avait répondu Molly. Vous y êtes déjà allée ?

Cela avait fait pouffer la vieille dame.

— Vous n'avez pas besoin d'essence, j'espère ? J'ai éteint les pompes.

Molly avait secoué la tête.

— Si vous en voulez, vous pouvez revenir dès 6 heures demain matin, pour faire le plein avant de partir.

— Je m'en souviendrai, merci, mais je ne vais pas m'en aller tout de suite.

La vieille dame avait essuyé sa main droite sur son pantalon avant de la lui tendre.

— Dans ce cas, je m'appelle Cora. Cora Green.

Cora avait des cheveux gris mi-longs, des yeux verts, et elle avait dû séduire pas mal de cow-boys dans sa jeunesse. Elle en séduisait sans doute encore.

— Molly Lockhart.

Cora avait froncé les sourcils.

— Lockhart ? Je pensais que vous vous appeliez Wheaton. Vous êtes mariée ?

— Non, j'ai juste changé de nom. C'est une longue histoire.

— Comment toutes les histoires tristes, non ? Bonne nuit, mademoiselle.

Sur ces mots, Cora l'avait mise dehors et avait fini de fermer sa station-service.

Molly était allée jusqu'au bout de la ville, qui n'était pas bien loin. Celle-ci se terminait abruptement au bord d'un ruisseau. Comment pouvait-on vivre dans une ville de la taille d'un pâté de maisons qui se terminait en cul-de-sac ? On ne pouvait quitter Fortune Creek que par le chemin qu'on avait pris pour y arriver.

Cet endroit était bien différent de New York et ses habitants bien différents des New Yorkais. Il était presque ridicule de dire qu'ils menaient une vie plus simple.

Quand elle avait atteint le ruisseau, elle avait vu une caravane au bord de l'eau et sentit l'odeur d'un feu de camp. Elle avait frissonné comme si cela lui avait fait prendre conscience de la fraîcheur soudaine.

Elle avait fait demi-tour et était repartie vers ce qui ressemblait à une ville fantôme. Se rappelant subitement qu'il y avait un tueur en liberté, elle avait eu hâte de regagner l'hôtel.

Plus tôt, elle avait été soulagée de ne pas recroiser Georgia mais, sur le chemin du retour, elle avait regretté de n'avoir personne à qui parler. Tous ses amis de la côte Est étaient forcément déjà couchés. Il n'y avait pas d'homme dans sa vie. Sa dernière relation avait pris fin plusieurs mois plus tôt. Elle ne s'était jamais sentie aussi seule.

— Vous avez fait une bonne promenade ? lui avait lancé le propriétaire de l'hôtel quand elle était rentrée.

— Oui, merci. Vous avez vécu là toute votre vie ? lui avait-elle demandé.

— Quasiment, avait répondu Ash Hammond. J'ai quitté Fortune Creek pour faire mes études et une carrière dans la NLF, mais j'y suis revenu dès que j'ai pu et j'ai acheté cet hôtel. Et avant que vous ne me posiez la question, non, je ne m'attends pas à avoir beaucoup de clients.

Elle avait pouffé.

— Désolée. C'est juste que cette ville est si loin de tout...

— On a des touristes pendant l'été et il arrive que quelqu'un passe la nuit ici parce qu'il s'est perdu. Grâce à votre père, on aura plus de visiteurs ces prochains temps.

Elle avait froncé les sourcils.

— Parce qu'il a été assassiné dans votre hôtel ?

— Non, désolé, avait-il répondu en secouant la tête. À cause de la marionnette. Les personnes âgées qui occupaient la chambre voisine ont dit à tout le monde qu'elles avaient entendu Rowdy chanter après... vous savez.

— C'est impossible. Vous êtes au courant que la marionnette ne parle pas sans son ventriloque, n'est-ce pas ? Puisque Clay était mort, Rowdy n'a pas chanté.

Ash avait haussé les épaules.

— Je vous rapporte juste ce que ces gens ont dit. Puisqu'ils en ont parlé à des journalistes, ce sera sûrement comme la dernière fois.

— La dernière fois ?

— La rumeur que l'hôtel était hanté s'est répandue et ça m'a attiré des chasseurs de fantômes. Je vois bien que vous êtes sceptique. Je le suis aussi. Ça fait plus d'un an que j'ai acheté cet hôtel et je n'ai pas encore croisé un seul fantôme.

— C'est... réconfortant, avait-elle répondu. Mais ce que ce couple a dit est intéressant. Ça pourrait signifier que le tueur est resté dans la chambre et a manipulé la marionnette.

— Le tueur serait un autre ventriloque ? C'est improbable.

— Aussi improbable qu'une marionnette qui pleure la mort de son maître ?

— Vous marquez un point, lui avait-il accordé en souriant.

Il avait un beau sourire et il était plutôt séduisant, pour qui aimait les hommes robustes. Personnellement, elle préférait les hommes plus minces, comme le shérif. Quand cette pensée lui était venue, elle avait pris conscience qu'elle était épuisée.

Elle avait souhaité bonne nuit à Ash et elle était montée se coucher. Elle s'était endormie en quelques secondes pour être réveillée un peu plus tard par ce maudit rêve qui la hantait encore alors que le soleil brillait.

Le parfum de Molly rappela celui du printemps au shérif lorsqu'il la fit entrer dans son bureau. Elle avait relevé ses longs cheveux blonds en un chignon désordonné qui mettait son cou délicat en valeur. Soit c'était la mode actuelle, soit elle s'était dépêchée de se préparer après sa douche, parce que ses cheveux semblaient encore humides. Il se demanda s'il l'avait réveillée, ce qui l'incita à s'interroger sur l'heure à laquelle elle s'était couchée la veille. Depuis son appartement, au-dessus de son bureau, il l'avait vue se diriger vers la station-service dans la soirée.

— Asseyez-vous, lui dit-il.

En prenant place derrière son bureau, il songea à la conversation qu'il avait eue avec JP Brown, le médecin légiste. Il y avait des tas d'éléments bizarres dans cette affaire.

— Certains détails sont curieux, lui avait dit le médecin légiste. L'encre, par exemple. Il y en avait plein sur les doigts de la main droite.

— Et en quoi est-ce important ? avait demandé Brandt.

— Il a écrit quelque chose avec un stylo qui fuyait avant de mourir.

Brandt avait pouffé.

— Il avait laissé un mot avec les numéros des personnes à contacter en cas d'urgence, sur lequel il y a des taches d'encre.

— Comme s'il savait qu'il allait se faire assassiner ?

— Ou bien il le faisait systématiquement parce qu'il voyageait seul et qu'il n'était plus tout jeune.

Un détail lui était revenu à l'esprit.

— On n'a trouvé ni le stylo qui fuit ni le bloc-notes de l'hôtel dans sa chambre, avait-il dit à JP.

— Pourquoi le tueur aurait-il emporté un stylo qui fuit ? Juste parce qu'il était gratuit ?

— Peut-être. Et pourquoi le tueur a-t-il laissé le mot de Clay ? Parce qu'il voulait que ces personnes soient prévenues ? Parce qu'il s'en fichait ?

— Intéressant, avait répondu le médecin légiste. Ne m'avez-vous pas dit que la fille de la victime était en ville ?

Cette question avait ébranlé Brandt. Si le tueur voulait que Molly vienne à Fortune Creek, elle pouvait être en danger.

— Mais l'ADN vous intéresse sans doute davantage, avait dit JP avant de lui livrer l'information qui était vraiment explosive.

Brandt plongea son regard dans celui de Molly. Ce matin, la couleur de ses yeux lui rappelait celle des mers tropicales.

— Vous aviez raison à propos de votre père.

Ne lui avait-elle pas dit que Clay était bidon ? Elle haussa un sourcil.

— Clay Wheaton n'était pas son vrai nom, poursuivit-il. Son ADN nous a fourni son dossier militaire. Saviez-vous que votre père avait fait l'armée ?

D'après son expression, elle n'en savait rien.

— Il s'est engagé à dix-sept ans sous son véritable nom, Seth Crandell, déclara-t-il. Son dossier contient les noms de ses parents, Irma et Cecil Crandell, ainsi qu'une adresse près d'Eureka.

— Les Crandell ? Ceux du ranch où on est allés hier ?

Il hocha la tête.

— Je pense que le vieil homme qui nous a menacés avec un fusil à pompe est Cecil, son père. Avez-vous vu le prénom « Seth » sur le tronc de l'arbre ?

Elle écarquilla les yeux.

— Oui, balbutia-t-elle. L'histoire de l'arbre et du canif qu'il faisait raconter à Rowdy n'était pas inventée, alors...

Elle se frotta les bras comme si elle avait froid.

— Dans ce cas, ses autres histoires sont peut-être vraies aussi, ajouta-t-elle.

Tandis qu'elle le fixait, il admira son visage en forme de cœur et sa peau de porcelaine. Comment pouvait-il ne remarquer que maintenant à quel point elle était belle ?

Comprenant subitement qu'elle lui avait posé une question qui lui avait échappé, il cligna des yeux.

— Pardon ?

— Si ces gens sont sa famille, ça peut expliquer ce qu'il faisait là, non ?

Il était bien d'accord.

— Par conséquent, ces gens sont aussi votre famille, lui fit-il remarquer – et il comprit à son expression qu'elle n'avait pas encore fait le lien. Et ce n'est pas tout. Je suis navré, mais... votre père avait un cancer en phase terminale. S'il ne s'était pas fait tuer, il serait mort dans quelques semaines.

Molly reçut la nouvelle comme un coup de poing dans la figure. Maintenant, elle savait pourquoi son père était allé à Fortune Creek.

— Il est venu pour revoir sa famille avant de mourir, dit-elle.

L'amertume qu'elle connaissait bien la gagna. Son père était allé voir son *autre* famille, pas *elle*. Il était allé voir les Crandell, ces gens terrifiants qu'elle avait découverts la veille.

Cette idée semblait étonner le shérif autant qu'elle.

— Il avait peut-être des choses à régler avant de...

Elle secoua la tête.

— Avant de me dire adieu ? s'écria-t-elle en bondissant sur ses pieds.

Elle était folle de rage. Cela faisait trop de choses à encaisser. Elle s'était convaincue que venir à Fortune Creek et détruire Rowdy était son seul moyen de tourner la page, mais plus elle en apprenait sur son père, moins elle avait envie d'être là et moins elle se souciait de ce qui leur était arrivé, à sa marionnette et à lui.

— Ce qu'on sait, c'est qu'il a changé de nom et qu'il est devenu ventriloque, dit le shérif. Il y avait peut-être quelque chose qu'il avait besoin de cacher derrière Rowdy – et de vous cacher, à vous.

— Ses histoires idiotes de cow-boy étaient peut-être vraies, mais sa vie tout entière était un mensonge, répondit-elle. Alors, quoi ? Il fuyait quelque chose ? En tout cas, il est revenu pour...

Alors qu'elle le regardait pour qu'il lui fournisse une suggestion, ce que Georgia lui avait dit lui revint à l'esprit.

— Il était déjà venu, dit-elle.

— Peut-être, concéda le shérif. Il a demandé la chambre 401, près de la sortie de secours, mais d'après ce qu'on sait...

— Quelqu'un pourrait lui avoir dit de le faire, acheva-t-elle à sa place.

— C'est possible. Votre père pouvait attendre de la visite. Le tueur a sans doute emprunté l'escalier de secours pour entrer dans l'hôtel et en sortir. Il n'y a pas d'alarme, mais cette porte ne peut s'ouvrir que de l'intérieur. Ce soir-là, quelqu'un l'a maintenue ouverte avec un livre. Et votre père a laissé un mot avec votre numéro de téléphone et celui de son agent d'assurances.

— Il savait qu'il allait se faire tuer. En gros, vous pensez qu'il s'est suicidé par meurtre interposé ?

Le shérif secoua la tête.

— Ce n'est qu'une hypothèse. Rien ne le prouve.

— Il a changé de nom. Ça incite à penser qu'il avait quelque chose à cacher, non ? Quelque chose à craindre en restant Seth Crandell. Dans ce cas, il devait savoir qu'il serait dangereux de revenir. Vous croyez que l'un des Crandell l'a tué ? Quelqu'un de sa propre famille ?

— Pas nécessairement. Mais ils peuvent savoir qui lui voulait du mal.

— Dire que je ne me suis doutée de rien ! grommela-t-elle. Alors que j'avais tous les indices sous le nez... Je n'ai jamais pensé que ce logo ridicule et ces costumes de cow-boy avaient quoi que ce soit d'authentique.

Quelques instants plus tôt, elle regrettait d'être venue. À présent, elle savait qu'elle ne pourrait pas partir avant d'avoir découvert la vérité. Elle le dit au shérif et vit son expression changer.

— Je ne suis pas sûr que ce soit une bonne idée, répondit-il d'un ton hésitant. Le tueur a emporté le stylo dont votre père s'est servi et le bloc-notes de l'hôtel, mais il a laissé le mot avec votre numéro et celui de Georgia Eden. Il voulait peut-être que vous veniez à Fortune Creek.

Elle fronça les sourcils.

— Pourquoi ?

— Ça, je l'ignore. Mais vous pourriez être en danger.

Elle le fixa un long moment avant de secouer la tête.

— Je ne partirai pas avant de savoir qui a tué mon père et pourquoi. Alors, je vais devoir retourner au ranch des Crandell, je suppose.

— C'est bien trop dangereux ! s'écria le shérif. L'un d'eux pourrait être l'assassin de votre père.

— Vous comptez y retourner, non ?

— Officiellement, cette fois.

— Laissez-moi vous accompagner.

— C'est une mauvaise idée.

— Alors, j'irai seule.

— C'est une encore plus mauvaise idée. Vous n'avez pas senti la tension, hier ? Vous pourriez vous faire tuer parce que vous êtes entrée sur leur propriété. Ça arrive, dans le Montana.

— Si vous essayez de me dire que les choses ne se passent pas comme à New York, je l'ai bien compris, répondit-elle avec impatience. Mais ils ont peut-être des informations, alors je dois leur parler. Seth était leur fils, ce qui fait de moi leur petite-fille.

— S'ils l'ont tué, le fait que vous soyez sa fille ne pèsera sans doute pas bien lourd.

— Je vais y aller, d'une façon ou d'une autre, insista-t-elle.

Il marmonna un juron.

— Promettez-moi de ne pas y aller seule. Je vous laisserai m'accompagner. Mais vous devrez faire exactement ce que je vous dirai. Les Crandell sont dangereux.

— Il faut que je découvre pourquoi mon père a changé de nom, pourquoi il est parti et pourquoi il a gardé ce secret jusqu'à sa mort. Ces gens le savent.

— Sans doute, admit-il, manifestement à contrecœur. Mais ça ne signifie pas qu'ils nous le diront. Gardez à l'esprit que ce sont peut-être des meurtriers.

— Et des ravisseurs. N'oublions pas Rowdy.

Il soupira avant de répondre :

— Non, n'oublions pas Rowdy.

8

Comme le shérif ne pouvait pas aller au ranch des Crandell immédiatement, il suggéra à Molly d'aller prendre son petit déjeuner.

— Vous ne comptez pas partir sans moi ? demanda-t-elle.

— Non, je ne me le permettrais pas, répondit-il, visiblement contrarié.

Elle hocha la tête et se rendit au café. En chemin, elle passa devant un immeuble en pierre inoccupé qu'elle avait déjà repéré la veille. Cela semblait être une ancienne banque. C'était un petit bâtiment qui avait de grandes fenêtres sur la façade.

Elle regarda par une fenêtre et fut enchantée par le plafond en étain, le parquet et les étagères en chêne qui occupaient tout un mur. Apparemment, cet endroit avait été une sorte de magasin après la fermeture de la banque.

C'était le lieu parfait pour vendre des objets artisanaux. Elle imaginait bien les gens venir jusqu'à Fortune Creek rien que pour les acheter. Peut-être. Sinon, il y avait toujours la vente en ligne. Elle décida d'en parler à quelques investisseurs que cela pouvait intéresser. Elle ferait une analyse des coûts en rentrant, songea-t-elle avec enthousiasme. Il fallait qu'elle demande au shérif qui possédait ce bâtiment et à quel prix il serait disposé à le vendre.

Elle se ressaisit. Elle devait se dépêcher de prendre son petit déjeuner pour être prête quand le shérif le serait. Mais elle savait que cette boutique potentielle continuerait à lui trotter dans la tête, maintenant que l'idée lui était venue.

Quand elle poussa la porte de l'établissement, des odeurs de bacon et de café l'assaillirent. Elle remarqua aussitôt Georgia, à une table près de la devanture, en compagnie d'une jeune femme qui avait une longue natte noire.

Molly baissa la tête et se dirigea vers une table du fond en faisant semblant de ne pas les avoir vues.

— Molly ! lui lança Georgia. Approche ! Je voudrais te présenter quelqu'un.

Molly fit semblant d'être surprise et obliqua vers la table de Georgia, le sourire aux lèvres, comme si elles ne s'étaient pas disputées la veille.

— Je te présente Jessica Woods, dit Georgia quand Molly fut assise. Elle campe près du ruisseau.

Molly avait vu sa caravane la veille, mais elle ne comprenait pas pourquoi Georgia voulait lui présenter cette hippie qui avait un minuscule chien blanc dans un panier au pied de sa chaise.

— Et voici Fantôme, dit Jessica en montrant le chien. Elle m'aide dans mes recherches.

— Vos recherches ? répéta Molly.

— Je suis parapsychologue – une chasseuse de fantômes – et Fantôme est mon assistante.

— Devine ce qui l'a attirée à Fortune Creek, intervint Georgia. Rowdy !

Molly regarda Georgia, puis la femme, qui devait être un peu plus jeune que Georgia et elle.

— En quoi Rowdy vous intéresse-t-il ?

— À cause du chant, répondit Georgia. Elle veut savoir si Clay l'a contacté depuis l'au-delà ou si Rowdy a toujours catalysé des phénomènes paranormaux.

Bouche bée, Molly fixa les deux femmes tour à tour. Elle

croyait avoir entendu Rowdy chanter pendant la nuit. Elle en avait un souvenir parfaitement clair. Mais son père était mort, alors ce n'était forcément qu'un rêve.

— Je doute...

Mais Georgia lui coupa la parole pour demander à Jessica quels étaient les pouvoirs du chien. Heureusement, une brune très enrobée sortit de la cuisine avec une cafetière. Elle remplit la tasse de Molly et prit sa commande.

— Je vais prendre une omelette avec...

— Elle va prendre du bacon et tes délicieuses crêpes, Alice, la coupa encore Georgia.

— Tu es sûre de ne pas en vouloir une ou deux de plus, Georgia ? demanda la patronne.

Georgia éclata de rire.

— Je les adore, mais je suis repue.

Quand Alice se fut éloignée, Jessica annonça qu'elle avait rendez-vous avec Ash Hammond, le propriétaire de l'hôtel, et partit avec son chien.

— À quoi ça rime ? demanda Molly, un peu contrariée que Georgia se fasse des amis partout, parce qu'elle n'avait pas ce talent elle-même. Une chasseuse de fantômes ? Des crêpes et du bacon ?

— Tu vas adorer les crêpes. C'est la spécialité de la maison. C'est pour ça qu'elles ne sont pas sur le menu, répondit Georgia avant de se pencher vers elle et de se mettre à chuchoter. C'est fou, non ? Que Jessica cherche Rowdy aussi. Qui d'autre va débarquer pour le voir ?

— C'est *ça* que tu as du mal à croire ?

Elles éclatèrent de rire toutes les deux.

Molly trouvait cette femme stupéfiante. Elle semblait être chez elle partout, même dans cette petite ville étrange.

— C'est peut-être un phénomène paranormal, dit Georgia.

Comment expliquer que la marionnette se soit mise à chanter après la mort de ton père ?

Molly secoua la tête. Elle ne l'expliquait pas, voilà tout. Elle venait juste d'apprendre que Clay Wheaton s'appelait en réalité Seth Crandell, qu'il était le fils de l'homme qui avait failli lui tirer dessus la veille, et cela la déstabilisait suffisamment. Comprendre pourquoi les personnes âgées qui se trouvaient dans la chambre voisine croyaient avoir entendu Rowdy chanter après la mort de son père n'était pas une priorité. Elles devaient se tromper sur l'heure.

— Comment s'est passée ta promenade avec le shérif, hier ? demanda Georgia après qu'Alice eut apporté le petit déjeuner de Molly, rempli leurs tasses et complimenté Georgia sur son chemisier.

La veille, Molly avait perçu Georgia comme une adversaire. À la réflexion, c'était idiot. Elles voulaient toutes les deux la même chose. Plus ou moins. Et pouvait-elle reprocher à Georgia d'être suspicieuse alors qu'il y avait un million de dollars en jeu ?

Surtout, elle avait besoin de quelqu'un à qui se confier. Georgia pouvait l'aider à y voir plus clair dans tout ce bazar.

— Clay Wheaton n'était pas son vrai nom, dit-elle.

Georgia écarquilla les yeux.

— Comment ça ?

— Apparemment, il a changé de nom après un passage dans l'armée et avant de rencontrer ma mère. Il appartient à une famille du coin.

— Ça explique ce qu'il faisait là, dit Georgia. Un problème avec sa famille.

— C'est possible, puisqu'il s'est fait tuer. Mais il devait aussi connaître d'autres personnes.

— J'ai regardé une carte et la ville la plus proche est Eureka.

— On y est allés hier soir. Je te recommande le Saloon des trappeurs et n'importe quel plat dans lequel il y a des myrtilles.

— Tu as dîné avec le shérif ?

— Ce n'est pas ce que tu crois, se défendit Molly en se sentant rougir.

— Ah oui ? Il est canon. Oseras-tu me dire que tu ne l'as pas remarqué ?

Elle avait en effet remarqué beaucoup de choses chez le shérif. Sa force, quand il lui avait saisi le bras, sa gentillesse, quand il avait partagé son plat, et son inquiétude pour elle quand elle était sortie de la voiture, au ranch des Crandell, alors qu'il le lui avait interdit.

Elle s'empressa de changer de sujet.

— N'hésite pas à prendre la voiture, si tu veux aller à Eureka. On va retourner au ranch, avec le shérif, pour voir si les Crandell admettent que mon père était leur fils. Oh ! Et Clay était mourant. Il avait un cancer.

— Je ne me doutais pas qu'il avait des secrets, commenta Georgia. Il semblait juste... triste.

Triste... Molly, qui en voulait toujours à son père pour l'avoir abandonnée sans explication, ne s'attarda pas sur cette idée.

— Le shérif m'a dit que quelqu'un lui avait peut-être suggéré de prendre la chambre 401 parce qu'elle est à côté de la sortie de secours. Mon père peut même avoir bloqué la porte lui-même pour permettre à son assassin d'entrer.

— Comme s'il savait que quelqu'un viendrait le tuer ?

— Ça m'a fait prendre conscience que je ne savais presque rien sur mon père, dit honnêtement Molly. Même ma mère semblait ne pas connaître grand-chose sur sa jeunesse, mais je regrette de ne pas pouvoir l'interroger. Il n'y a plus que les Crandell, maintenant... Et ils ne sont peut-être pas disposés à me parler.

— Je suis désolée, dit Georgia. Apprendre ça a dû être un

choc. Mais, comme tu l'as dit, il y a peut-être d'autres personnes qui l'ont connu, s'il était d'ici. Il est entré dans l'armée sous son vrai nom, n'est-ce pas ?

— Oui, à dix-sept ans.

— Ça veut dire que ses parents ont dû signer pour lui, ce qui n'est pas anodin. Mais s'il a vécu dix-sept ans ici, il a dû aller à l'école et avoir des amis.

Molly hocha la tête.

— Toutes les réponses semblent être ici. Je vais rester jusqu'à ce que je les trouve.

— Et je ne partirai pas avant qu'on ait mis la main sur Rowdy, grommela Georgia. Si ça continue comme ça, je passerai le reste de ma vie à Fortune Creek.

— Il réapparaîtra sans doute quand le shérif aura trouvé l'assassin...

Mais Molly elle-même n'avait plus grand espoir.

— Je commence à avoir peur que le tueur ait déjà vendu Rowdy, dit Georgia. Je surveille les ventes sur Internet et je commence à songer à proposer une récompense.

Molly n'avait pas pensé que l'assassin pouvait essayer de vendre la marionnette. Sans trop savoir pourquoi, elle s'était imaginé qu'il l'avait emportée pour une raison personnelle, comme son propre désir de le détruire.

— Ce serait imprudent de la part du meurtrier d'essayer de le vendre, non ?

— Tuer quelqu'un est assez imprudent, quand on y songe.

Elle ne pouvait pas le contester. Elle s'attaqua à son petit déjeuner. Georgia avait raison : les crêpes et le bacon étaient délicieux. Elle avait peut-être aussi raison pour la récompense... Si le meurtrier était imprudent, pourquoi ne pas tenter le coup ?

— Je pense qu'une récompense est une bonne idée, dit-elle.

Elles se mirent d'accord sur mille dollars. Georgia voulut

prendre la récompense à sa charge, puisque c'était elle qui avait le plus à perdre, mais Molly insista pour participer.

— Très bien, je m'en occupe, conclut Georgia.

Molly mangea comme si elle mourait de faim, sans doute à cause de l'air frais de la montagne. Quand Alice revint, Molly lui demanda si Clay Wheaton était venu manger chez elle.

— L'homme avec la poupée ?

Alice éclata de rire avant de dire :

— C'était quelque chose ! Il lui parlait comme à une personne. Je me suis dit qu'il n'avait pas toute sa tête, mais il n'avait pas l'air méchant.

La tristesse gagna Molly. Son père devait se sentir très seul. Était-il venu ici pour mourir ? Pour faire la paix avec son passé ? Sans doute pas pour se faire assassiner... Mais il savait que cela pouvait se produire, apparemment – et cela avait été le cas. Elle songea que Rowdy et lui avaient été inséparables pendant de nombreuses années.

Bien sûr que Rowdy n'avait pas chanté après sa mort... mais, s'il avait pu, il l'aurait fait. Un frisson la parcourut à cette idée.

9

Quand Molly regagna l'hôtel après une courte promenade digestive, elle trouva Georgia engagée dans une conversation qui semblait sérieuse avec Jessica, la jeune femme qu'elle venait de lui présenter. Molly ne put s'empêcher de se demander si elles étaient en train de passer un accord dans son dos.

— Molly ! l'appela Georgia. Jessica veut participer.

— À quoi ? demanda Molly.

— À la récompense, répondit Jessica. À parts égales.

— Ah oui ?

Cela la surprit, mais pourquoi avait-elle imaginé que Jessica risquait d'avoir besoin d'emprunter de l'argent pour faire le plein avant de quitter Fortune Creek ? Parce qu'elle n'avait rien commandé au café ? Parce qu'elle dormait dans une caravane près du ruisseau ?

— D'accord, dit-elle.

Elles décidèrent de ne pas proposer plus de mille dollars pour le moment. En partant avec son chien, Jessica s'arrêta pour échanger quelques mots avec Ash. Ash secoua la tête plusieurs fois et Molly eut l'impression que leur discussion était tendue. Jessica finit par s'en aller avec un air contrarié.

— C'était ton idée ? demanda Molly à Georgia, qui haussa les épaules.

— J'ai pensé que ça pourrait l'intéresser. Elle veut mettre

la main sur Rowdy autant que nous. J'ai déjà parlé de la récompense à Cora Green, à la station-service. Bavarde comme elle est, tout le monde sera vite au courant. Je vais aussi mettre une annonce dans le journal d'Eureka, le *Tobacco Valley News*.

— Bonne idée, répondit distraitement Molly, qui pensait encore à Jessica. Y a-t-il un problème entre Jessica et Ash ?

— Elle veut faire des expériences dans l'hôtel pour déceler des phénomènes paranormaux. Ash n'est vraiment pas emballé, mais elle a l'air très déterminée.

Quand l'adjoint du shérif Jaden Montgomery entra dans l'hôtel, Molly vit Georgia esquisser un sourire.

— Je vais enquêter de mon côté avec l'aide de ce bel adjoint, dit Georgia. Souhaite-moi bonne chance. Monsieur l'adjoint ? Auriez-vous un moment, s'il vous plaît ?

Alors que Molly s'approchait de l'ascenseur, son téléphone sonna. C'était le shérif.

Brandt comprit que le meurtre aurait forcément été au centre de toutes les conversations même si l'histoire du chant de la marionnette n'était pas devenue virale. Ce n'était pas tous les jours qu'on tuait un ventriloque et dérobait sa marionnette à Fortune Creek.

Il s'apprêtait à partir après avoir appelé Molly quand Helen entra dans son bureau avec son expression qui annonçait de mauvaises nouvelles.

— Qu'y a-t-il encore ? lui demanda-t-il.

— Une récompense de mille dollars a été offerte pour la marionnette.

— Molly ?

Helen acquiesça.

— Georgia ?

Helen acquiesça de nouveau, puis haussa un sourcil.

— Si tu me dis Jessica Woods...

Elle acquiesça une dernière fois avant de partir en fermant la porte pour le laisser jurer en paix.

Jessica Woods ? songea-t-il.

Elle avait une bonne raison de vouloir trouver Rowdy, mais elle ne semblait pas rouler sur l'or.

Pourquoi ne l'avaient-elles pas consulté d'abord ? Maintenant, le tueur savait que la marionnette avait de la valeur. Il secoua la tête. Décidément, il avait affaire à trois jeunes femmes déterminées.

Quand il vit Molly entrer dans le bâtiment, il réprima sa colère et sa frustration. Il comprenait pourquoi Georgia tenait à trouver Rowdy, et même ce qui motivait Jessica. Mais Molly ? Était-elle vraiment disposée à payer pour pouvoir détruire la marionnette ? Sans compter qu'elle y perdrait un million de dollars.

Des pensées déplaisantes lui vinrent. Elle avait peut-être une bonne raison de faire semblant de chercher Rowdy et de vouloir le détruire. Elle pouvait avoir monté le coup avec son père et savoir qu'on ne mettrait jamais la main sur Rowdy.

Il secoua la tête. Molly avait un alibi solide. Elle était à l'autre bout du pays, le soir du meurtre. Il était impossible de prouver le contraire. Mais elle pouvait avoir eu un complice à Fortune Creek. Si c'était le cas, ce dernier était-il le tueur ?

Il grommela un juron. Il n'aimait pas devoir suspecter tout le monde parce qu'il n'avait toujours pas trouvé l'assassin du ventriloque.

Il se leva, mit son stetson et contourna son bureau en s'interrogeant. Pourquoi tenait-il à suspecter Molly ? Pour la tenir à distance ? C'était possible, vu qu'une fille de la ville lui avait brisé le cœur il n'y avait pas si longtemps. S'il se rapprochait trop de Molly Lockhart, son pauvre cœur, encore meurtri, risquait de voler en éclats une nouvelle fois.

Que Molly soit séduisante ou non, il ne pouvait rien se passer entre eux parce que Molly vivait à New York et lui, à Fortune Creek. Et le shérif d'une petite ville n'intéressait sans doute pas Molly – à part peut-être pour une brève aventure avec un cow-boy. Cette idée lui fit secouer la tête d'exaspération. Il fallait vraiment qu'il trouve l'assassin de Clay et cette fichue marionnette avant de faire quelque chose qu'il regretterait.

Molly discutait avec Helen quand il sortit de son bureau. Helen ne se trompait pas sur les gens, en général, et elle semblait aimer Molly... mais elle paraissait aussi s'être attachée à Fantôme.

— Prête ? lança-t-il sèchement à Molly, ce qui eut l'air de surprendre les deux femmes. Tu sais comment me joindre, Helen.

Celle-ci hocha la tête, ce qui fit rebondir ses boucles grises.

— Helen m'a dit que vous aviez des épines sous votre selle, dit Molly après quelques minutes de trajet. Pouvez-vous traduire ?

— J'aurais aimé que vous me consultiez avant de proposer cette récompense, grommela-t-il sans la regarder.

— Je croyais que l'idée, c'était de trouver le tueur.

Il lui jeta un coup d'œil.

— Ah oui ?

Ils roulèrent en silence pendant un long moment. Manifestement, le shérif était en colère. À cause de la récompense ? Molly avait l'impression que ce n'était pas tout.

Elle le laissa mariner dans son jus pendant un moment avant de dire :

— C'est une idée de Georgia. Elle l'aurait fait même si je n'avais pas participé. C'est elle qui a le plus à perdre.

— Et vous ? répliqua-t-il. Vous semblez plutôt avoir tout à gagner au fait que Rowdy *ne soit pas* retrouvé.

— C'est ce qui vous tracasse ?

Elle pouffa et se mit à regarder les pins qui défilaient. De petits nuages blancs flottaient dans le ciel bleu.

— C'est beau, ici, dit-elle.

Elle entendit elle-même de la surprise dans sa voix. Le shérif ralentit et la regarda de nouveau.

— Vous venez juste de le remarquer ?

Depuis qu'il l'avait informée que son père était mort, elle n'avait ressenti que de la colère et de la contrariété. Vu le temps qu'il lui avait fallu pour s'apercevoir que le shérif était beau... il n'était pas surprenant qu'elle n'ait pas vraiment apprécié le paysage.

Elle observa le shérif à la dérobée. Avec ses yeux d'un bleu profond, ses épaules larges et ses longues jambes, il avait de quoi attirer l'attention. Les yeux de Molly se posèrent sur ses mains bronzées, qui tenaient le volant. Des mains de travailleur manuel. Qu'avait-il fait avant de devenir shérif ?

Il ne ressemblait pas du tout aux hommes avec qui elle était sortie à New York. Il était fort et dégourdi – dans une partie du pays où cela pouvait vous sauver la vie. Il était déterminé, aussi. Cela faisait de lui l'homme le plus séduisant qu'elle ait jamais rencontré.

— Quoi ? demanda-t-il, encore de mauvaise humeur, en s'engageant sur le chemin qui menait au ranch des Crandell.

Elle secoua la tête et inspira profondément. La voiture lui semblait bien trop petite, tout à coup, et la situation trop intime. Pourquoi avait-elle tant envie de connaître ce cow-boy et ses secrets ?

Un cahot l'aida à se ressaisir. Elle devait se préparer à faire face à la famille de son père. Celle-ci ne s'était pas montrée accueillante, la dernière fois, et cela pouvait être encore pire aujourd'hui.

Elle jeta encore un coup d'œil au shérif et vit que ses épaules étaient crispées. Lui aussi redoutait l'accueil qu'on leur réservait. Alors que les maisons et l'arbre sur lequel le nom de son père était gravé apparaissaient devant eux, elle essaya de se convaincre que les Crandell n'oseraient pas tirer sur un shérif.

Brandt se gara dans la cour des Crandell en se préparant au pire. Il s'attendait à les voir encore plus hostiles que la fois précédente. Ce n'était un secret pour personne qu'ils n'aimaient pas recevoir de la visite – et qu'ils n'appréciaient *vraiment* pas les représentants de la loi.

Mais Brandt était à peu près sûr que Cecil avait menti en lui disant qu'il ne savait pas qui était Clay Wheaton. Bien sûr, il y avait peu de chances qu'il en apprenne beaucoup plus en les interrogeant sur le meurtre de Seth Crandell. Savaient-ils que Seth avait eu une fille ? S'en souciaient-ils ? Cela dépendait sûrement de ce qu'ils ressentaient pour leur fils.

— Je tiens à ce que vous restiez dans la voiture, cette fois, dit-il à Molly en coupant le contact. Je ne sais pas ce que ça va donner. Si ça se passe vraiment mal, verrouillez les portières et appelez des renforts. Il vous suffit d'appuyer sur ce bouton.

Elle écarquilla les yeux.

— Surtout, ne sortez pas, répéta-t-il.

Alors qu'il ouvrait sa portière, elle posa la main sur son bras. Il se tourna vers elle et ne put s'empêcher de sourire en voyant à quel point elle s'inquiétait pour lui. Il essaya de ne pas y accorder d'importance. Il n'avait déjà que trop songé à l'effet que Molly avait sur lui pendant le trajet.

— Ça va aller. Les gens tirent rarement sur les shérifs, dit-il pour la rassurer.

Elle ôta la main de son bras, même si elle ne semblait pas convaincue. À vrai dire, il ne l'était pas tout à fait lui-même.

Il sortit de la voiture et ferma la portière. Il n'avait fait que quelques pas lorsque la porte de la maison s'ouvrit.

Le vieil homme qu'ils avaient déjà vu apparut avec le même fusil à pompe dans les mains et un air encore plus furieux que la fois précédente.

— Je croyais vous avoir dit...

— Cecil Crandell ? lui lança Brandt. Il n'y a aucune raison de s'énerver. Je veux juste vous parler de votre fils Seth.

— Je n'ai jamais entendu ce nom. Si vous n'avez pas de mandat, dégagez !

— Posez votre arme, Cecil. J'enquête sur le meurtre de Seth. Je veux seulement vous poser quelques questions. On peut faire ça ici ou dans mon bureau, si vous préférez.

— Je ne sais rien, répondit le vieil homme en baissant à peine son fusil. Maintenant, sortez de ma propriété !

Brandt réprima un juron quand il entendit une portière de la voiture s'ouvrir derrière lui. Il eut envie d'étrangler Molly. Il aurait dû se douter qu'elle ne lui obéirait pas.

— Vous n'êtes pas le père de Seth ? lança-t-elle à Cecil. Son ADN dit le contraire. Si vous vous fichez qu'il soit mort, ça ne doit pas vous intéresser non plus que je sois sa fille. *Votre petite-fille.*

Cecil Crandell plissa les yeux.

— Je me fiche de qui vous êtes. Vous n'êtes pas la bienvenue.

Alors que Brandt s'apprêtait à retenir Molly pour qu'elle ne s'approche pas de la maison plus que lui, la porte s'ouvrit derrière Cecil et une vieille femme apparut.

— Vous êtes qui, vous avez dit ? demanda-t-elle en s'essuyant les mains sur son tablier.

— Rentre, Irma, je m'en occupe, grommela Cecil.

La vieille femme l'ignora et invita sa petite-fille à approcher. Malgré son appréhension, Brandt laissa Molly faire quelques pas de plus en direction de la maison.

— Vous lui ressemblez, dit la vieille femme d'une voix chevrotante. Comment vous vous appelez ?

— Molly.

— Irma, ne me force pas…

— Tais-toi, vieil idiot ! aboya Irma sans quitter Molly des yeux. Entrez, mademoiselle. Vous, le shérif, vous restez où vous êtes. Cecil, va t'occuper de ton tracteur. Je veux lui parler seule à seule.

Brandt retint son souffle. Il n'aimait pas l'idée que Molly entre dans cette maison toute seule, mais il avait bien compris qu'il n'était pas invité.

Comme Cecil semblait encore plus contrarié que lui, Brandt essaya de désamorcer la situation.

— Je vais attendre près de ma voiture, à condition que vous me juriez que cette jeune femme est en sécurité.

Irma pouffa comme si l'idée que Molly puisse être en danger chez elle était ridicule.

Elle se retourna, fit signe à sa petite-fille de la suivre et lança à son mari par-dessus son épaule :

— Et pose ce fusil, Cecil !

Brandt retourna près de la voiture et Cecil posa son fusil, mais, au lieu d'aller s'occuper de son tracteur, il s'assit dans un vieux fauteuil à bascule sur le perron, l'arme à portée de main.

Brandt n'aimait pas du tout cela, mais il ne pouvait pas faire grand-chose, dans ces circonstances. Il n'avait aucune chance d'obtenir un mandat tant qu'il ne pourrait pas prouver que ces gens avaient quelque chose à voir avec la mort de Clay Wheaton. Et il n'avait manifestement aucune influence sur Molly Lockhart.

10

Molly avait surveillé Cecil du coin de l'œil comme elle aurait surveillé un serpent. Il avait posé le fusil contre le mur, mais elle avait bien vu que ses doigts tremblaient de fureur.

Elle avait presque été soulagée de le dépasser pour entrer dans la maison froide et obscure qui ne ressemblait pas vraiment à un refuge. Le cœur affolé, elle suivit Irma Crandell à travers le salon, puis dans un long couloir, jusqu'à la cuisine immense du ranch. Elle avait pris un risque – et le shérif devait être fou de rage, mais il fallait qu'elle en sache plus sur son père.

Si les informations du shérif étaient exactes, cette femme dure et sèche avait donné naissance à son père. Irma Crandell devait avoir dans les quatre-vingts ans, mais elle semblait bien plus vieille, sans doute parce que la vie du ranch l'avait usée. En traversant la maison, Molly avait essayé d'imaginer son père enfant, dans un endroit pareil, avec Cecil et Irma comme parents.

Irma l'invita à s'asseoir à la table de la cuisine et s'approcha d'un vieux fourneau, sur lequel quelque chose qui sentait le chou était en train de cuire.

— Parlez-moi de Seth, dit-elle.

Mince. Molly était venue là pour apprendre quelque chose sur son père, pas pour raconter les cinquante dernières années à sa grand-mère.

— Je ne savais pas qu'il était Seth Crandell.

Comme cela ne provoqua aucune réaction de la part d'Irma, elle poursuivit :

— Il a changé de nom. Il est devenu Clay Wheaton et il a fait une carrière de ventriloque.

La vieille femme se raidit et se retourna.

— Ces gens qui font parler des poupées ? demanda-t-elle, visiblement surprise.

Molly hocha la tête.

— Après l'armée, il a changé de nom et épousé ma mère. Il a été garagiste pendant quelques années avant de devenir ventriloque. Il est parti quand j'avais neuf ans. Je ne savais rien sur son passé.

— Alors, comment nous avez-vous trouvés ? demanda Irma.

— Mon père est venu à Fortune Creek et il a été assassiné à l'hôtel. Grâce à un test ADN, le shérif a découvert son vrai nom. On s'est dit qu'il était peut-être venu pour vous voir...

Toujours aucune réaction.

— J'espérais que vous pourriez me parler de lui, puisque je ne sais rien sur les dix-sept premières années de sa vie, ajouta Molly.

Irma touilla le contenu de sa marmite, posa la cuillère et vacilla. Molly faillit se lever pour la soutenir, mais Irma se ressaisit vite. Elle se retourna en essuyant une fois de plus ses mains sur son tablier.

— C'était un bon garçon, très doux, très gentil, dit-elle, les larmes aux yeux. La vie du ranch n'était pas faite pour lui. Cecil avait déjà du mal à le supporter avant...

Elle s'interrompit, déglutit et baissa les yeux.

— Avant les problèmes en ville et le départ de Seth, acheva-t-elle.

— Quels problèmes en ville ? demanda Molly en chuchotant presque.

— Cette fille.

Irma agita la main comme pour s'imposer le silence et demanda :

— Où vivait mon fils ?

— Je ne sais pas. J'ai perdu sa trace. Je suis née à New York et j'y vis toujours. Je suis analyste financière.

Molly vit que cela n'intéressait absolument pas la vieille femme et essaya de ne pas en être blessée. À quoi s'attendait-elle ? À être accueillie à bras ouverts par cette famille ?

Le peu d'intérêt que son père lui avait témoigné l'avait suffisamment blessée. Mais elle comprenait mieux, à présent. C'étaient cette femme et l'homme qui se trouvait sur le perron qui l'avaient élevé. Le shérif avait peut-être raison. Il était possible que son père ne soit capable de communiquer qu'à travers une marionnette après avoir grandi dans cette maison.

— Quelle fille ? demanda Molly.

Irma secoua la tête.

— Il ne faut pas déterrer les vieilles histoires, grommela-t-elle. New York, hein ? Vous devriez partir, maintenant. Et vous feriez bien de ne pas revenir.

Molly se leva et observa pendant quelques instants sa grand-mère, cette vieille femme endurcie par la vie, avant de quitter la cuisine. Sur le perron, elle passa à côté de son grand-père en le surveillant du coin de l'œil et en essayant de ne pas montrer sa peur. La tête haute, elle se dirigea vers la voiture près de laquelle le shérif l'attendait. Il n'était pas question qu'elle se laisse intimider par ces gens.

— La prochaine fois, j'aurai un mandat, Cecil ! lança le shérif avant qu'ils montent en voiture.

Le shérif démarra. Alors qu'ils quittaient la propriété des Crandell, Molly se rappela ce que sa mère lui disait quand elle l'interrogeait sur son père.

« Parfois, il vaut mieux ne pas connaître la vérité. »

Brandt n'avait pas la moindre idée de ce qui s'était passé dans cette maison. Il s'en voulait d'avoir laissé Molly y entrer seule, même s'il savait qu'il n'avait pas eu le choix. Non, Cecil ne l'aurait jamais laissé passer sans mandat. Comme cette famille avait sans doute déjà eu des ennuis avec la police, Brandt se promit de faire des recherches.

Il jeta un coup d'œil à Molly et essaya de contrôler sa colère. Il savait bien qu'il n'était furieux que parce qu'il s'était inquiété pour elle. Avant tout, elle lui inspirait de la sympathie. Ce qui s'était passé dans cette maison avait dû l'ébranler. Son père, qui l'avait abandonnée quand elle était petite, avait été assassiné, et voilà qu'elle découvrait qu'elle était la petite fille de ces gens, qui s'en fichaient sans doute complètement.

Il essaya de deviner ce qu'elle ressentait. Elle venait de rencontrer ses grands-parents et elle n'avait sûrement pas reçu l'accueil de ses rêves. Évidemment, vu la réaction de Cecil la première fois, elle n'avait pas dû espérer grand-chose. Brandt avait plus de mal à déchiffrer Irma, mais il était presque sûr que Molly ne serait pas invitée à dîner de sitôt. Il lui laissa le temps d'encaisser le coup en s'interdisant de l'interroger et de lui reprocher de ne pas lui avoir obéi.

— C'était bizarre, dit-elle quand ils regagnèrent la route.

— Ça va ? s'inquiéta-t-il, craignant que la vieille Irma lui ait dit des choses horribles.

Elle tourna la tête vers lui.

— Vous n'allez pas m'engueuler parce que je suis sortie de la voiture, shérif ?

— Ça servirait à quelque chose ?

— Non.

— Alors, je vais m'abstenir. Vous avez appris des choses intéressantes ?

— Elle m'a juste dit que la vie du ranch n'était pas faite pour Seth et qu'il décevait déjà Cecil avant d'avoir des ennuis avec une fille en ville. Je suppose qu'elle parlait d'Eureka. C'est la ville la plus proche d'ici, non ?

Il acquiesça.

— Quel genre d'ennuis ?

— Elle m'a dit : « Il ne faut pas déterrer les vieilles histoires. » Et puis elle m'a mise à la porte en me disant de ne pas revenir. Si elle était déçue par son fils avant, elle doit l'être encore plus. Elle m'a donné l'impression de ne pas aimer beaucoup New York ni les ventriloques.

Brandt pouffa, soulagé qu'elle le prenne bien, au moins en apparence. Il aurait aimé pouvoir l'aider, mais il y avait des choses dont il ne pouvait pas la protéger – comme elle-même.

— Si c'est un membre de la famille qui a tué Clay, Irma ne doit pas le savoir, reprit Molly. J'ai eu l'impression qu'elle n'était même pas au courant qu'il était dans les environs. Mais je crois aussi qu'elle risque de faire du mal à celui qui a tué son fils si elle découvre qui c'est. J'ai cru comprendre qu'elle aimait mon père et qu'elle en voulait à Cecil pour son départ.

Elle inspira profondément avant de conclure, pleine de détermination :

— Je veux déterrer cette vieille histoire et comprendre pourquoi mon père est parti d'ici.

Cecil posa doucement son fusil près de la porte, à sa place habituelle, et alla dans la cuisine. Irma mettait la table.

— Tu veux que j'appelle tout le monde pour le déjeuner ? demanda-t-il.

Après toutes ces années, il connaissait cette femme mieux que lui-même. Il comprit à la crispation de ses épaules voûtées qu'elle était furieuse.

Elle sortit un grand couteau à viande du tiroir avant de demander :

— Tu l'as vu ?

Cette question résonna un long moment entre eux. Elle serrait le couteau si fort que ses articulations déformées par l'arthrose étaient toutes blanches.

— Seth ? finit-il par demander.

Elle se retourna, le couteau en main, et le regarda assez intensément pour lui faire peur. Seth avait toujours été son chouchou. Elle l'avait choyé, et ils s'étaient disputés à ce sujet jusqu'au départ du gamin. Même après ce qui s'était passé, elle avait essayé de l'empêcher de signer les papiers pour qu'il s'engage, en disant qu'il était trop jeune, trop doux. Lui espérait que l'armée l'endurcirait, qu'elle en ferait un homme.

Ce qu'Irma n'avait pas compris, c'était que Seth devait partir – et pas seulement parce que lui-même ne supportait pas de poser les yeux sur son fils aîné. Le cœur d'Irma s'était endurci dès l'instant où il avait signé les papiers. Après ça, il avait regardé Seth partir en espérant qu'il ne le reverrait jamais.

— Il s'est fait tuer à l'hôtel de Fortune Creek, dit calmement Irma.

Trop calmement.

Il secoua la tête. Le souvenir de son fils, un adulte, avec cette poupée ridicule, l'aida à mentir de façon crédible. Seth avait fait parler et chanter la poupée pour qu'elle se moque de son père et de son mode de vie.

— Tuer ?

Il s'assit et posa un bras sur ses yeux fatigués. Il sentait qu'elle l'observait et il crut presque percevoir la pointe du couteau sur sa peau avant le coup fatal. Il voyait bien qu'elle en mourait d'envie. Il espérait juste qu'elle viserait le cœur et le laisserait se vider rapidement de son sang dans cette maison, dans ce ranch qui était toute sa vie.

Ce fut comme si le temps s'arrêtait. Il n'osait pas soutenir son regard, de peur qu'elle lise la vérité dans ses yeux et que plus rien ne l'empêche d'accomplir ce qu'elle avait envie de faire depuis des années.

— Appelle les garçons, dit-elle en rangeant le couteau dans le tiroir.

11

Cecil sortit en sentant le poids de la fureur d'Irma sur ses épaules. Il s'en voulait de l'avoir laissée pourrir le garçon. Il aurait dû intervenir tout de suite, quand il s'était aperçu qu'elle le choyait. Quand il avait essayé de prendre le gamin en main, il était déjà trop tard.

Il frissonna en songeant à l'homme que Seth était devenu. Il n'en revenait toujours pas d'avoir vu cette poupée sur son bras ni de ce qu'elle avait dit. Comme s'il ne comprenait pas que c'était son fils qui disait toutes ces choses blessantes, et pas la marionnette !

Il se souvint de sa rage et serra les poings. Il avait eu envie de détruire cette poupée ridicule et d'étrangler son fils. Pourquoi avait-il accepté de voir Seth après toutes ces années ? Il le regretterait jusqu'à la fin de ses jours. Si Irma le découvrait...

Et voilà que la fille de Seth était en ville, à poser des tas de questions et à gratter les vieilles plaies.

Son fils Gage sortit de sa maison avant qu'il ne l'appelle. Les fils de Gage, Cliff et Wyatt, le rejoignirent aussitôt. Il était évident qu'ils avaient observé la scène.

— C'était quoi, ce bordel ? lui lança Gage. Je croyais que t'avais chassé ce shérif.

Cecil eut envie de lui dire de se mêler de ses affaires.

Gage était le deuxième des trois fils que Cecil et Irma avaient eus. Il se réjouissait de sa présence, vu que Seth l'avait déçu et que Ty... Il n'aimait pas penser à Ty, qui était enterré sur la colline, derrière la maison.

Sans Gage et ses deux fils, ils n'auraient sans doute pas réussi à survivre et à garder le ranch.

— T'as pas à t'inquiéter. Je gère ça.

Cecil leur fit signe de s'éloigner de leur maison et de leurs femmes trop curieuses.

— Discutons en chemin, dit-il.

Chaque jour, Irma préparait le déjeuner pour les garçons, ce qui leur permettait de se remettre vite au travail sans s'être fait soûler par les bavardages de leur femme.

Qu'avaient-ils vu du passage du shérif et de la jeune femme ? Peu importait. Il valait mieux qu'ils aient sa version que celle d'un imbécile à la quincaillerie. L'arrivée de la fille de Seth dans le coin allait forcément alimenter les ragots. Mais cela le rendait fou de rage... Il n'aimait pas qu'on se mêle de ses affaires, surtout au sein de sa famille.

— C'était à propos du meurtre à Fortune Creek.

— Pourquoi le shérif voulait te poser des questions là-dessus ? demanda Gage avec méfiance ou avec inquiétude.

Cecil jura et s'arrêta à mi-chemin entre les deux maisons pour régler cette affaire. Il ne fallait pas que les garçons en parlent devant Irma.

— Le gars s'appelait Clay Wheaton, dit-il.

Wyatt hocha la tête et répondit :

— C'était un ventriloque. Il avait une poupée qui s'appelait Rowdy et qui chantait. Mon pote Huck m'a montré ça sur YouTube. J'avais jamais rien vu de pareil ! Les lèvres du gars bougeaient pas du tout.

— Si je peux en placer une, il s'appelait pas vraiment Clay Wheaton, grommela Cecil. C'était un mensonge. Il s'appelait... Seth. Seth Crandell.

Les deux fils de Gage eurent l'air perdus jusqu'à ce que leur père dise :

— C'était mon frère aîné.

— Il était pas mort à la guerre ? demanda Cliff.

Personne n'avait prononcé le nom de Seth dans ce ranch depuis presque un demi-siècle. Il n'y avait aucune photo de lui dans la maison. Seul son prénom gravé sur le tronc du vieil arbre prouvait qu'il avait existé.

— Et la fille ? demanda Wyatt. Celle qui est entrée dans la maison ?

— C'est la fille de Seth. Il faut qu'elle retourne d'où elle vient avant de créer plus de problèmes. Je ne veux pas entendre un mot à ce sujet devant Irma. Elle est assez contrariée comme ça. Si vous dites quelque chose...

— Compris, dit Gage alors que Cecil fusillait ses petits-fils du regard. Mais tu pourras pas faire taire tout le monde.

Cecil grogna. C'était bien dommage. Il sentit que Gage l'observait comme s'il savait que ce n'était pas tout et qu'au moment où le reste se saurait...

Il savait très bien ce qui se passerait si Irma découvrait la vérité – ou même la moitié.

Le problème le plus urgent, c'était Molly Lockhart. Comment pouvait-il se débarrasser d'elle comme il s'était débarrassé de son père autrefois ? Quoi qu'il décide, il devait agir seul – et s'arranger pour qu'Irma n'en sache rien.

Ce que Molly avait dit concernant des ennuis qu'aurait eus Seth avec une fille de la ville trottait dans la tête de Brandt. C'était peut-être la raison pour laquelle il avait quitté le ranch. Ce n'était sans doute pas le motif de son retour à Fortune Creek.

Mais il pouvait s'être fait tuer à cause de cela. Quoi qu'il en soit, cela valait la peine de fouiller dans le passé de Seth. Par chance, Molly voulait aussi des réponses.

— On pourrait aller poser des questions sur votre père au lycée d'Eureka, suggéra-t-il.

En temps normal, il n'aurait pas entraîné une simple citoyenne dans son enquête, mais le fait qu'il s'agissait du père de Molly pouvait leur ouvrir certaines portes mieux que son insigne. De plus, il éprouvait le besoin de la garder à l'œil. Elle était capable de tout.

— Quelqu'un, au lycée, se souvient peut-être d'un incident entre Seth et une fille qui remonte à quarante ans, insista-t-il parce qu'elle ne répondait pas. Je sais que les chances sont minces, mais on pourra aller manger un hamburger au Saloon des trappeurs après ça.

Elle hocha la tête. À l'intersection, il prit la direction de la petite ville touristique d'Eureka au lieu de repartir vers Fortune Creek. Son téléphone sonna. C'était JP.

— Il faut que je réponde, annonça-t-il.

Il se gara au bord de la route, sortit de la voiture et s'en éloigna de plusieurs pas avant de décrocher. Il ne voulait pas que Molly entende ce que JP avait à dire.

— Je viens de finir l'autopsie, déclara le médecin légiste. Vous voulez attendre de lire mon rapport ?

— Non. Qu'est-ce que ça donne ?

— Ça ressemble à une exécution. Il a reçu une seule balle à l'arrière de la tête, à bout portant. Il a dû mourir sur le coup.

— Les témoins de l'hôtel ont dit avoir entendu un bruit sourd quand il est tombé, mais pas de détonation.

— Il a été tué avec un pistolet de calibre .22, pas assez puissant pour que la balle ressorte. Beaucoup sont équipés d'un silencieux. C'est une exécution propre.

— Un calibre .22 ? répéta Brandt, surpris.

— Quelque chose comme un Ruger Mark IV, l'arme de *Hitman*, dit JP. Ils font moins de bruit qu'un tapotement de crayon.

Le médecin légiste était déjà fasciné par les armes à feu alors qu'il commençait tout juste sa carrière.

— Équipé d'un silencieux, dites-vous ?

— C'est le plus probable.

— Dans ce cas, le tueur a dû demander un permis. Ça devrait nous aider. Et il faut des mois pour en obtenir un... Clay Wheaton n'était pas là depuis longtemps. À moins que le tueur ait su des mois à l'avance que le ventriloque viendrait dans le Montana...

— Il y a des moyens d'accélérer les choses, je ne devrais pas avoir à vous le dire, répondit JP. Mais le tueur pouvait avoir déjà cette arme en sa possession.

— Par ailleurs, Clay Wheaton n'était pas un gringalet. Il a été tué à bout portant, vous dites ? Comment l'assassin s'y est-il pris ?

— Il était déjà à genoux, apparemment. Il n'y a aucune blessure défensive, mais il a le nez fracturé. Il se l'est sans doute cassé en tombant.

— Il connaissait donc probablement son assassin.

— Peut-être, pas forcément, répondit JP. Si j'ouvrais la porte à quelqu'un qui me menace avec une arme, je ferais tout ce qu'il me dit, même me mettre à genoux. Sinon, qu'est-ce que c'est que cette histoire de marionnette qui aurait chanté après la mort du ventriloque ?

— Des fadaises.

Molly avait observé le shérif dans le rétroviseur. Elle était sûre que cette conversation concernait le meurtre de son père. Elle avait vu le shérif se masser la nuque, donner un coup de pied dans un caillou et secouer la tête comme s'il avait du mal à croire ce qu'on lui disait.

Elle détourna les yeux du rétroviseur quand il rangea son téléphone et se rapprocha de la voiture, les sourcils froncés.

— Désolé que ça ait été long, dit le shérif en se remettant au volant.

— Du nouveau sur le meurtre de mon père ?

Elle le sentit hésiter.

— C'était le médecin légiste. Je crois que votre père et son assassin se connaissaient. Votre père ne s'est pas défendu, soit parce que le tueur le menaçait, soit parce qu'il s'attendait à se faire tuer.

Elle fut certaine qu'il ne lui disait pas tout.

— Je pourrai lire le rapport du médecin légiste à un moment, n'est-ce pas ?

— Quand l'enquête sera terminée. En attendant, si ça peut vous réconforter, il est mort sur le coup.

Elle hocha la tête. Il démarra et ajouta :

— Si vous voulez rentrer à l'hôtel...

— Non, s'empressa-t-elle de répondre. Trouvons qui l'a tué et a pris Rowdy.

— Oui, Rowdy... Vous n'avez pas eu de nouvelles de Georgia à propos de la récompense ?

Elle secoua la tête et se demanda pourquoi elle s'impliquait autant. Pour mettre la main sur Rowdy ? Pour savoir qui avait tué son père ? Elle sentait que c'était plus compliqué que cela. Elle voulait connaître son père, mais elle avait peur de le regretter, maintenant qu'elle avait rencontré sa famille – *leur* famille, se corrigea-t-elle alors qu'ils quittaient la forêt pour descendre dans la vallée.

De jour, Eureka lui parut être une métropole à côté de Fortune Creek. La veille, ils y étaient allés de nuit et elle n'avait pas bien perçu la taille de la ville. Elle ne s'était pas non plus rendu compte que le Canada était tout proche. Elle vit un panneau qui annonçait que la frontière se trouvait à quinze kilomètres. Molly n'était jamais montée aussi haut dans le

Nord et cela lui donna le sentiment étrange d'être coupée du monde qu'elle connaissait.

— C'est ici que vous êtes allé au lycée ? demanda-t-elle.

— Oui, dans ce bon vieux lycée Lincoln, répondit le shérif en se garant devant l'établissement. Je suggère qu'on pose des questions sur Seth Crandell. Peu de gens doivent savoir qu'il s'agit de Clay Wheaton, puisqu'on vient de le découvrir. On obtiendra peut-être plus de réponses si on ne parle pas de meurtre.

Elle hocha la tête et répliqua :

— Mais le tueur sait qu'il est mort.

— Oui.

Ils entrèrent dans le lycée. Il y flottait la même odeur que dans celui que Molly avait fréquenté. Elle essaya d'imaginer le shérif adolescent dans ces couloirs. Quand ils passèrent devant une vitrine chargée de trophées, elle s'arrêta pour lire les noms.

— Vous étiez sportif, dit-elle, étonnée que cela la surprenne. Le rodéo ?

— On est dans le Montana, répondit le shérif avant de lui indiquer un couloir. C'est par ici.

— Je parie que les filles se bousculaient à vos rodéos, dit-elle, amusée, en lui emboîtant le pas.

— Ne commencez pas, répondit-il, l'air embarrassé. J'étais jeune.

Il s'arrêta devant une porte sur laquelle on pouvait lire « Administration ».

— Je vois que vous n'avez pas oublié où se trouvait le bureau du proviseur, commenta-t-elle. Vous y étiez convoqué souvent ?

Il lui répondit par un grand sourire. Quand il ouvrit la porte, une femme âgée assise à un bureau écarquilla les yeux et s'écria.

— Brandt ! Je croyais que tu avais eu ta dose.

Le shérif éclata de rire et prit la femme dans ses bras.

— C'est bon de vous revoir, Elsie.

— Vous n'étiez pas un si vilain garçon, finalement, chuchota Molly alors qu'Elsie allait voir si le proviseur pouvait les recevoir.

— Tout est relatif, mais cet endroit ne me manque pas. J'ai des amis qui seraient prêts à recommencer, ce n'est pas mon cas. Et vous ?

Elle grimaça.

— Une fois m'a suffi. Quand on a un père ventriloque, beaucoup de gens trouvent ça drôle et les adolescents peuvent être cruels.

— Je suis désolé.

— Je crois avoir entendu toutes les blagues qui existent sur les ventriloques, dont quelques-unes qui m'ont impressionnée.

— Ça a dû être dur.

— Il est évident que j'ai des problèmes à régler avec mon père et Rowdy, répondit-elle en souriant. Mais j'y travaille.

Elsie revint les informer que le proviseur était disponible. Quand ils entrèrent dans son bureau, le shérif posa les doigts sur la hanche de Molly. Elle en frissonna de plaisir et regretta que le shérif retire sa main pour serrer celle que le proviseur lui tendait.

Le proviseur Hugh Griffith était un homme robuste et chauve au visage rond. Il y avait un grand stetson sur son bureau et il portait des bottes. Molly se souvint qu'elle avait lu son nom sur un trophée de rodéo dans la vitrine.

Il les accueillit avec un sourire sincère.

— Brandt ! C'est comme si c'était hier !

— C'est un plaisir de vous revoir, Hugh. Je vous présente Molly Lockhart, qui séjourne à Fortune Creek.

— Ravi de vous rencontrer, lui dit le proviseur. Et elle voulait visiter ton ancien lycée ?

— Pas exactement. Elle a découvert que son père était de la région et elle espérait apprendre quelque chose sur Seth Crandell.

— Seth, tu dis ? C'était avant mon époque. Quand a-t-il eu son bac ?

— Il ne l'a peut-être pas eu. Il est entré dans l'armée à dix-sept ans.

— À quand ça remonte, approximativement ? demanda Hugh en se tournant vers son ordinateur.

Brandt réfléchit quelques instants et répondit :

— Ça devait être il y a quarante-cinq ans.

— Je l'ai trouvé, mais je ne peux pas te dire grand-chose à part qu'il était inscrit, dit Hugh quelques instants plus tard. Il ne participait à aucune activité extrascolaire. Tu sais qui pourrait se souvenir de lui ? Walter Franks, au journal. Il a peut-être même quelque chose dans ses archives.

Irma Crandell n'arrêtait pas de penser au petit bout de femme qui était venu se renseigner sur son père. Molly. Elle avait un métier prétentieux à New York. Cecil devait la trouver méprisante. C'était ce qu'il pensait déjà de son père.

C'était pour cela qu'Irma lui avait dit de ne pas revenir. Elle devait empêcher Cecil de s'approcher d'elle. Elle n'allait pas le laisser détruire aussi la fille de Seth.

Seth. Pendant des années, elle avait essayé de ne pas penser à lui. C'était trop douloureux. Elle avait simplement mis un pied devant l'autre, préparé des repas, fait ce qu'elle devait faire. Elle n'aurait pas réussi si elle l'avait laissé occuper ses pensées. Il avait été bien assez dur de dormir à côté de Cecil toutes les nuits et de le laisser la toucher.

Mais maintenant qu'elle savait que Seth était revenu, que Cecil l'avait vu et qu'il lui avait menti... Sa fureur n'avait plus de limite. Par-dessus tout, elle avait peur que Cecil ait tué son fils.

Si c'était le cas, elle pourrait seulement faire ce qu'elle regrettait de ne pas avoir accompli autrefois. Maintenant, elle devait déterrer ces vieilles histoires et affronter la vérité.

Elle n'avait plus peur du passé. À son âge, c'était le présent qui la terrifiait. Elle songea à la fille de Seth, sa petite-fille. Elle ne devait pas laisser ses émotions la faire douter.

Rien ni personne ne pouvait l'arrêter quand elle avait pris une décision – et sa décision était prise.

Brandt n'avait pas grand espoir de découvrir ce qui s'était passé quand Seth Crandell avait dix-sept ans. C'était comme s'ils traquaient un fantôme qui n'avait laissé aucune trace de sa vie dans la région.

Les locaux du journal étaient un étroit bâtiment en brique, à la limite de la ville, qui semblait avoir au moins un siècle. Walter Franks, qui devait avoir l'âge que le père de Brandt aurait eu s'il avait été encore en vie, leur dit que ses deux employés étaient sortis déjeuner, mais qu'il serait ravi de les aider.

Il retira des piles de journaux de deux chaises pour leur permettre de s'asseoir.

— Bien sûr que je me souviens de Seth, répondit-il à leur question. Les classes étaient petites, à l'époque. Il était discret. Mais je me souviens qu'il avait un ami : Bud Harper.

— Bud est encore dans le coin ? demanda Brandt.

Walter secoua la tête.

— Il est mort il y a quelques années. Mais sa sœur vit encore ici. Lucy Gunther. Elle pourra peut-être vous en dire plus. Désolé de ne pas vous être plus utile. Qu'est-il arrivé à Seth ?

— Il est mort, répondit Molly. Je me suis rendu compte que je savais très peu de choses sur lui.

Walter dut s'occuper d'un visiteur, mais il les emmena dans une pièce où ils purent consulter les archives sur microfiches. Ils commencèrent par l'année d'avant l'engagement de Seth dans l'armée.

— Ça aiderait, si on savait ce qu'on cherche, grommela

Molly. Je n'ai trouvé son nom nulle part. Apparemment, il ne faisait pas de sport ni rien de ce genre.

Brandt en était au même point.

— Certains fermiers ne laissent pas leurs fils faire du sport parce qu'ils ont besoin d'eux au ranch, répondit-il. C'était peut-être le cas de Seth.

— Connaissez-vous Ruby Sherman ? demanda Molly.

La question le surprit.

— C'est une histoire qu'on raconte pour inciter les gens à la prudence, répondit-il distraitement.

— Il y a un article très long sur son accident. Je me demande si mon père la connaissait. Ils avaient à peu près le même âge. Oh ! J'ai quelque chose. Ty Crandell, fils de Cecil et Irma Crandell, est mort d'une blessure par balle. L'article ne dit rien d'autre, mais il date... de quarante-cinq ans – c'est-à-dire de l'année où mon père s'est engagé dans l'armée.

Brandt jeta un coup d'œil à l'article.

— Vous avez raison. Mon père était shérif, à cette époque. On a peut-être un dossier. Je vérifierai.

Il soupira.

— Voulez-vous qu'on essaye de rencontrer Lucy Gunther, puisqu'on est là ? proposa-t-il. On devrait peut-être déjeuner d'abord.

— Je n'ai pas très faim.

Le téléphone de Brandt sonna. Il s'excusa et prit l'appel.

— Vous avez quelque chose pour moi, JP ? D'accord, j'arrive.

Il raccrocha et annonça :

— Il faut que je retourne à Fortune Creek.

— Ça me va, répondit Molly. J'aimerais savoir si notre récompense a provoqué des réactions et je n'arrive pas à joindre Georgia.

Il s'aperçut que Molly était fatiguée. Plus ils progressaient, plus il semblait que Seth Crandell n'avait existé d'une façon mémorable pour personne.

— Très bien, conclut-il. Tenez-moi au courant si ça donne quelque chose.

Molly acquiesça en se demandant comment Georgia et elle géreraient l'échange si quelqu'un se manifestait, sachant qu'il pouvait très bien s'agir du tueur.

Subitement épuisée, elle ferma les yeux pendant le trajet du retour. Le matin même, elle avait rencontré ses grands-parents. Il était difficile de ne pas se sentir insultée par leur indifférence. Irma semblait avoir aimé Seth, qui était peut-être même son fils préféré, mais elle n'avait témoigné aucune affection à sa petite-fille.

Les chiens ne font pas des chats, se rappela-t-elle. Son père n'avait eu aucun mal à l'abandonner pour passer tout son temps avec Rowdy. Elle se demanda si elle découvrirait jamais qui était Seth Crandell – et si elle y tenait.

L'instant d'après, elle voulut bondir sur ses pieds, sans doute à cause d'un cauchemar, et en fut empêchée par sa ceinture de sécurité. Elle jeta des regards affolés autour d'elle. Le shérif venait de se garer devant son bureau. C'était sans doute ce qui l'avait réveillée.

— Ça va ? s'inquiéta-t-il.

Elle acquiesça, même si elle était encore en partie piégée dans son cauchemar, dans la cuisine des Crandell, où Cecil disait qu'il fallait éliminer un mauvais gène. Elle frissonna.

La bouche sèche, elle sortit de la voiture. Elle avait besoin de respirer de l'air frais et de faire quelques pas pour se convaincre qu'elle n'était pas sur le point de mourir.

— Merci de m'avoir laissée vous accompagner, dit-elle au shérif quand il sortit de la voiture à son tour, l'air toujours inquiet. J'apprécie ce que vous faites pour moi.

— Je cherche aussi le tueur, lui rappela-t-il. Mais je suis ravi de pouvoir vous aider.

Elle se sentit bête. Bien sûr, il faisait son travail avant tout. Leurs objectifs étaient juste assez proches pour qu'ils s'entraident, même s'ils ne voulaient pas exactement la même chose. Le feu aux joues, elle fila en direction de l'hôtel.

Comme elle n'était pas d'humeur à bavarder, elle fut soulagée de ne voir personne à la réception.

Elle prit l'ascenseur, puis frappa à la porte de la chambre de Georgia sans obtenir de réponse. Elle frappa encore, à tout hasard, avant d'aller dans sa propre chambre, où elle découvrit une feuille pliée en deux qui devait avoir été glissée sous sa porte.

Était-ce Georgia ? Quelqu'un l'avait-il contactée à propos de Rowdy ? Elle posa son sac sur le lit et déplia la feuille.

Il lui fallut un moment pour déchiffrer le mot, rédigé d'une écriture enfantine sur une feuille de bloc-notes de l'hôtel. Les nombreuses taches d'encre lui rendaient l'exercice encore plus difficile.

Son cœur manqua un battement quand elle comprit enfin de quoi il s'agissait.

C'était une demande de rançon.

12

Brandt venait juste de s'installer à son bureau lorsqu'il reçut l'appel. Il fonça à l'hôtel après avoir dit à Molly de ne pas toucher le mot plus qu'elle ne l'avait déjà fait et de rester où elle était.

Il prit l'escalier pour ne pas perdre de temps dans le vieil ascenseur et atteignit le deuxième étage à bout de souffle. Molly ouvrit dès qu'il frappa.

— Ça va ? s'inquiéta-t-elle.

— Je suis venu en courant, répondit-il alors qu'il essayait de reprendre son souffle. Où est le mot ?

Elle lui montra le lit, où elle l'avait posé. Il enfila une paire de gants, sortit un sac en plastique de sa poche et s'approcha du lit. Comme Molly le lui avait dit, le mot avait été rédigé sur une feuille de bloc-notes de l'hôtel.

En revanche, elle ne lui avait pas parlé des taches d'encre. Il devrait comparer ce mot avec celui de Clay Wheaton pour vérifier, mais il était sûr que le même stylo qui fuyait avait été utilisé dans les deux cas.

Le mot était difficile à lire. Celui qui l'avait rédigé s'était donné beaucoup de mal pour altérer son écriture. Cela signifiait-il que Brandt aurait pu la reconnaître ?

L'usage du stylo qui fuyait indiquait que l'auteur du mot était venu dans la chambre de Clay Wheaton – ou connaissait quelqu'un qui s'y était trouvé.

Était-ce le tueur ? C'était possible, mais cela aurait été une démarche extrêmement risquée. Brandt avait plutôt l'impression qu'il s'agissait de quelqu'un qui était proche du tueur, et qui était maintenant en possession du bloc-notes et du stylo. Mais cette personne avait-elle aussi Rowdy ?

— Il veut cinq mille dollars, dit Molly en s'approchant de lui.

— Je vois ça.

L'auteur du mot avait-il déduit cette somme de l'offre de récompense ? Une chose était sûre : il ne connaissait pas la véritable valeur de la marionnette.

— Je payerai, dit Molly avec détermination.

— Rien ne prouve que cette personne ait Rowdy, lui fit-il remarquer. Vous tenez tant que ça à le récupérer ?

— Je tiens tant que ça à démasquer le tueur, répondit-elle. Je veux des réponses, mais je veux aussi que justice soit rendue.

Il se retint de lui dire que la justice était souvent difficile à obtenir, et insatisfaisante. Si Seth Crandell avait été obligé de fuir et de changer de nom, il était possible qu'il ait fait quelque chose de grave, et la justice avait peut-être été déjà rendue par le tueur. Dans le Montana, on n'avait jamais tout à fait renoncé à se faire justice soi-même.

— Cette personne veut qu'on apporte l'argent dans les bois demain soir, dit-il. Même si vous êtes disposée à payer, vous ne pourrez jamais rassembler cette somme en si peu de temps.

— Je peux au moins essayer.

Il plongea son regard dans celui de Molly.

— Vous avez conscience que cette personne n'a peut-être pas Rowdy ? Il peut s'agir d'une simple extorsion.

— Ou il peut s'agir du tueur, répliqua-t-elle.

Brandt soupira.

— Avant tout, il faudrait savoir qui a écrit ce mot. J'espère qu'on y trouvera des empreintes.

L'auteur du message était entré dans l'hôtel, en sachant quelle était la chambre de Molly, et avait réussi à glisser le mot sous la porte sans que personne ne le voie ? Il s'empressa d'appeler la réception. Ash répondit à la quatrième sonnerie, essoufflé.

Brandt se souvint qu'il n'avait pas vu Ash en traversant le hall.

— Où étais-tu ? lui demanda-t-il.

— J'étais allé chercher quelque chose à grignoter au café. J'ai besoin de manger, tu sais ?

— Désolé. Combien de temps t'es-tu absenté ?

— Dans les vingt, vingt-cinq minutes. Mais je voyais l'hôtel de là où j'étais. J'aurais pu me dépêcher de revenir si un client était entré.

— C'est la seule fois où tu t'es absenté, aujourd'hui ?

— À part pour aller aux toilettes. Pourquoi tu me demandes ça ?

— Rien d'important, mentit Brandt.

Il raccrocha et se tourna vers Molly.

— Ash n'était pas là. N'importe qui aurait pu entrer discrètement et glisser le mot sous votre porte – à condition de savoir dans quelle chambre vous êtes.

— Le mot n'était peut-être pas pour moi, lui fit-elle remarquer. Ce n'est pas moi qui ai proposé la récompense.

Il hocha la tête, puis appela Helen, qui répondit immédiatement.

— À tout hasard, aurais-tu vu quelqu'un entrer dans l'hôtel aujourd'hui, particulièrement dans la dernière demi-heure ?

— Désolée, mais je déjeunais, répondit-elle.

Il raccrocha en songeant que tous ceux qui connaissaient les habitudes de cette ville savaient à quel moment entrer dans l'hôtel sans risquer d'être vus.

— Espérons qu'on trouvera une empreinte sur ce mot avant d'être recontactés, dit-il.

— Avant que *je* sois recontactée, vous voulez dire ?

— Ne vous avisez pas de garder ça pour vous ! grommela-t-il.

— Pourquoi serait-on recontactés, d'abord ? demanda-t-elle. L'auteur du mot nous a donné rendez-vous dans les bois demain soir.

— Sauf qu'on n'ira pas au rendez-vous, ce qui obligera cette personne à se rapprocher de nous.

— Il ne s'agit pas de *nous*. Le mot précise bien que je ne dois pas impliquer la police.

Brandt sentit qu'elle commençait à regretter de l'avoir fait.

— Ne soyez pas têtue, je vous en prie, dit Brandt avec douceur. Je veux juste vous protéger.

Malgré toute sa détermination, Molly était pâle et vulnérable. Il mourait d'envie de la prendre dans ses bras en sachant parfaitement que c'était pour de mauvaises raisons. Il contempla ses lèvres. Il avait tant envie de l'embrasser qu'il n'osait plus bouger.

Quand il replongea son regard dans le sien, il n'y lut pas que de la détermination. Elle était sensible au courant qui passait entre eux. Elle entrouvrit les lèvres, comme malgré elle, et il sentit qu'il ne pourrait plus résister à la tentation bien longtemps. Pourquoi fallait-il qu'il y ait un lit à deux pas d'eux ?

Tu crois avoir eu le cœur brisé la dernière fois ? Attends de voir ce que cette femme lui fera avant de quitter la ville sans jeter un regard en arrière.

Molly cligna des yeux et recula d'un pas. Le désir qui les consumait semblait l'avoir effrayée, et elle avait sans doute le réflexe de se protéger. Il était logique qu'elle ne veuille pas s'engager dans une relation avec le shérif d'une petite ville en sachant pertinemment comment cela finirait.

Il déglutit péniblement, bien conscient qu'il avait failli commettre une énorme erreur. Il mit le mot dans le sac en plastique et se dirigea vers la porte.

— Appelez-moi quand vous recevrez le prochain, lui dit-il.

Comme il s'y attendait, elle ne répondit rien. Elle croyait

pouvoir gérer cela toute seule. Il sortit en réprimant un juron et manqua de bousculer Georgia dans le couloir.

Molly savait qu'elle l'avait échappé belle. Les nerfs à fleur de peau, elle sursauta quand on frappa à sa porte. Elle craignit, si c'était le shérif qui revenait, de ne pas réussir à empêcher une deuxième fois ce qui avait bien failli se passer. Elle n'avait jamais autant désiré quelqu'un, et son cœur battait encore la chamade.

— Georgia, dit-elle après avoir ouvert, soulagée – et déçue – que ce ne soit pas le shérif.

— Ça te dirait de sortir déjeuner ? demanda Georgia. Ça va ? Tu as l'air bizarre. Ça a un rapport avec la visite du shérif ?

— Oui, allons déjeuner, répondit Molly, ignorant les autres questions.

Elle avait besoin de prendre l'air pour se remettre de ses émotions. À cet instant, elle était prête à suivre Georgia n'importe où. Elle récupéra son sac et suivit l'agent d'assurances en direction de l'escalier.

— Tu as vraiment l'air d'avoir vu un fantôme, insista celle-ci avant d'écarquiller les yeux. Tu n'as pas vu de fantôme, dis-moi ?

Molly secoua la tête.

— J'ai juste besoin de respirer un peu.

Comme le shérif ne voulait sans doute pas qu'elle parle de la demande de rançon, elle ne pouvait pas s'en servir pour expliquer sa tension.

— J'ai rencontré mes grands-parents ce matin et j'y ai survécu, dit-elle. De justesse.

Une fois sorties de l'hôtel, elles prirent la direction du café.

— C'est vrai ? Tu as parlé à tes grands-parents ? demanda Georgia, qui avait du mal à suivre son allure.

— Ça a été bizarre et déconcertant. Mon grand-père a gardé son fusil à portée de main et ma grand-mère...

Elle secoua la tête.

— Je crois qu'elle aimait mon père, confia-t-elle à Georgia. Je crois aussi qu'elle ne savait pas qu'il était à Fortune Creek et qu'il s'est fait tuer.

— Tu penses que l'un d'eux l'a assassiné ?

— Je ne sais pas et je ne suis pas sûre d'avoir envie de le savoir.

Malgré elle, elle pensait encore au shérif. S'engager dans une relation avec lui était bien la dernière chose dont elle avait besoin alors qu'elle était loin de tout ce qui lui était familier et qu'elle cherchait l'assassin de son père.

Sa libido lui suggéra une brève aventure, mais ce n'était pas son genre, et elle avait l'impression que ce n'était pas non plus celui du shérif.

Quand elles entrèrent dans le café, Molly s'aperçut qu'elle n'avait rien écouté de ce que Georgia avait dit pendant le reste du trajet.

— Bonjour, mesdames ! leur lança Alice. Il faut que je sorte cinq minutes. Je vais apporter du bouillon de poule à May Greenly, qui ne se sent pas bien. Installez-vous. Je reviens tout de suite.

— Quelque chose t'a fait peur, et je ne crois pas que ce soient tes grands-parents, déclara Georgia alors qu'elles s'asseyaient à une table.

Molly essaya de se ressaisir.

— Désolée. Je pense à mon père. Maintenant que je connais sa véritable identité, je me dis qu'il devait y avoir beaucoup de choses authentiques dans ses spectacles. Ça me fait... bizarre d'être ici, là où il a grandi. Il devait connaître beaucoup de monde dans le coin.

Georgia semblait attendre qu'elle poursuive. Molly jeta un coup d'œil à la porte de derrière, par laquelle Alice venait de sortir.

— Ce nom… May Greenly. Il me dit quelque chose. Je crois avoir entendu Rowdy en parler dans leur spectacle.

Elle fronça les sourcils et essaya de se rappeler ce qu'il en disait.

— Je comprends que tout ça te perturbe, dit Georgia. Je ne voudrais pas te donner de nouvelles raisons de stresser, mais j'ai reçu cinq réponses à l'offre de récompense. Qu'est-ce qu'on fait ?

Molly écarquilla les yeux. Cinq personnes prétendaient détenir Rowdy ? Quel cauchemar ! Elle songea à la demande de rançon. Était-ce l'une de ces cinq personnes qui l'avait rédigée en espérant se faire payer deux fois ? Qui mentait parmi ces gens ? Peut-être tous – y compris celui qui avait glissé le mot sous sa porte.

Elle soupira.

— Le shérif avait raison, dit-elle. C'était une erreur. Comment va-t-on gérer ça ?

— Il faut les rencontrer tous les cinq, j'imagine. Ils ont laissé des prénoms et des numéros de téléphone.

— On doit en parler au shérif. Ne me regarde pas comme ça ! Ça pourrait être dangereux.

— Ils ont tous dit : « Pas de police. »

— Évidemment. Et c'est bien pour ça qu'on doit en parler au shérif. L'un d'eux pourrait être le tueur.

— Pas de shérif, insista Georgia. Qu'est-ce qui te fait croire que tu peux lui faire confiance, d'abord ? Ses beaux yeux bleus ? Son joli postérieur moulé dans son jean ?

Molly fut contrariée que Georgia ait remarqué les atouts du shérif.

— Très drôle. Sérieusement, je pense qu'il sait ce qu'il fait. J'ai… confiance en lui.

Elle fut surprise de s'apercevoir en le disant que c'était vrai.

— Si tu veux récupérer Rowdy, tu dois lui parler des gens

qui t'ont contactée pour la récompense. C'est plus compliqué que tu ne le crois.

— Entre le shérif et toi ?

— L'enquête, répliqua Molly. Allons lui en parler après le déjeuner, s'il te plaît. Sinon, on risque de faire une bêtise et de ne pas récupérer Rowdy.

Georgia finit par accepter à contrecœur.

— J'ai hâte qu'on mette la main sur Rowdy, dit-elle. Ça nous permettra de retrouver une vie normale.

— Exactement.

En disant cela, Molly se rendit compte que ce n'était plus son seul objectif. Elle voulait savoir pourquoi on avait tué son père. Elle commençait à suspecter que cela expliquerait aussi pourquoi il les avait abandonnées, sa mère et elle.

Brandt venait de raccrocher quand il vit les deux femmes s'approcher de son bureau. Il laissa échapper un juron. Il n'était pas d'humeur à les recevoir après sa conversation avec l'un des techniciens de la police scientifique qui avaient inspecté la camionnette de Clay Wheaton.

— On a des empreintes et des traces d'ADN, avait dit le policier avant de lui annoncer qu'elles appartenaient à Gage Crandell et à son père Cecil.

Brandt avait été surpris que les empreintes trouvées sur la boîte de la part de tarte soient celles de Cecil.

— Ça prouve juste que Cecil et Gage sont montés dans cette camionnette, avait dit Brandt, réfléchissant à voix haute. Mais Cecil ne devait pas être d'humeur à commettre un meurtre, s'il y a mangé de la tarte aux myrtilles. Où avez-vous trouvé leurs empreintes ?

— Celles de Cecil, sur la boîte et la portière du passager, celles de Gage, sur les poignées des deux portières, le volant et le levier de vitesse.

— Gage a conduit ce véhicule ? Comment s'est-il retrouvé à faire ça ?

— Bonne question.

Il devrait interroger Gage, même s'il était à peu près sûr de n'en tirer aucune réponse.

Après le moment de tension dans la chambre de Molly, Brandt s'était plongé dans le travail à corps perdu. Il avait fouillé les vieux dossiers de son père et trouvé des informations sur la mort de Ty Crandell.

Il ne savait pas quel était le lien entre le suicide de Ty et le départ de Seth, mais il pressentait qu'il y en avait un. Ty s'était tué peu de temps après le départ de son frère.

Il songeait à aller en parler à Molly quand il la vit approcher avec Georgia. Il dit à Helen de les faire entrer dans son bureau.

— L'offre de récompense a marché, dit Molly avant même de s'asseoir.

— Quelqu'un prétend détenir Rowdy ?

Ils avaient déjà une demande de rançon… Pouvait-il s'agir de la même personne ?

— On a eu cinq réponses, annonça Georgia.

Brandt serra les dents. C'était bien ce qu'il craignait. Un tas de fausses pistes qui ne mèneraient à rien parce que des gens espéraient gagner de l'argent facilement.

— Quelles informations ces personnes vous ont-elles données ?

Molly jeta un coup d'œil à Georgia avant de répondre :

— C'est Georgia qui a les noms et les numéros de téléphone. Voyez ça avec elle.

Brandt sentit l'agacement le gagner.

— Vous ne devez pas gérer ça toutes seules, grommela-t-il. C'est dangereux. Il y a un meurtrier en liberté. Il pourrait vouloir cet argent pour quitter la ville. Vous croyez qu'il vous laissera en vie pour que vous me le décriviez ?

— J'ai des prénoms et des numéros de téléphone, mais ces cinq personnes m'ont interdit de vous en parler, dit Georgia.

— Bien sûr.

De toute évidence, Georgia voulait garder cela pour elle, ce qui signifiait que c'était Molly qui l'avait convaincue de venir en parler à Brandt. Il fut soulagé qu'au moins l'une des deux ait conscience du danger.

Mais Molly avait-elle mentionné la demande de rançon à Georgia ? Il scruta son visage, devina qu'elle n'avait rien dit et lui offrit un petit sourire avant de demander les numéros de téléphone à Georgia.

— On n'est pas stupides, dit Georgia. On allait les rencontrer séparément et dans des endroits publics.

— Le problème, si l'un d'eux a Rowdy, c'est qu'on n'a pas encore l'argent, intervint Molly.

— Ils doivent d'abord prouver qu'ils ont bien la marionnette, leur rappela le shérif.

— En nous montrant l'un de ses vêtements, par exemple ? demanda Molly.

Georgia se tourna vers elle.

— Tu reconnaîtrais l'un de ses vêtements, toi ? Parce que moi non.

— C'était une mauvaise idée, désolée, admit Molly.

— Je vous suggère d'exiger une photo de Rowdy à côté du journal d'Eureka de cette semaine, dit Brandt.

Molly acquiesça.

— Et je vais essayer de me faire envoyer l'argent.

— J'aimerais commencer par chercher à quoi correspondent ces numéros de téléphone, si ça ne vous ennuie pas, reprit Brandt.

Georgia lui tendit la liste de mauvaise grâce. Il fit vite le tour des numéros. Un certain Monte avait appelé depuis le standard du lycée, celui qui se faisait appeler Wild Bill, depuis un bar d'Eureka, et Hank depuis les locaux du journal d'Eureka. Le quatrième s'était servi d'un téléphone jetable. Seul le cinquième avait utilisé son téléphone personnel. C'était quelqu'un que Brandt avait arrêté pour toutes sortes d'infractions au fil des ans.

Brandt soupira et regarda les deux femmes qui lui faisaient face.

— Voilà ce que je vous suggère...

Irma Crandell attendit que son mari, Gage et Cliff soient partis dans la grange pour réparer le tracteur. Elle trouva son petit-fils Wyatt dans le cellier, en train d'aiguiser un couteau pour découper un cochon.

Wyatt parut surpris de la voir. Dans cette famille, les femmes n'accomplissaient que des tâches domestiques et n'avaient aucune raison de sortir de leur maison.

— Il faut que je te parle, dit Irma avant de verrouiller la porte derrière elle. Tu vas me dire la vérité, n'est-ce pas, mon garçon ?

Les yeux exorbités, Wyatt hocha la tête. Elle lui prit son couteau, qu'elle trouva parfaitement aiguisé.

— Ça reste entre nous, compris ?

Il hocha encore la tête.

— Dis-moi tout ce que tu sais sur Seth. *Tout*.

Elle écouta Wyatt lui raconter tout ce qu'il savait. Pas un instant il ne quitta des yeux le couteau qu'elle tenait.

— Qui a tué Seth ? demanda-t-elle quand il eut terminé.

— Je ne sais pas. Je te jure que je ne sais pas.

S'il avait plus peur d'elle que de son grand-père, il disait la vérité. Elle l'observa un long moment avant de poser le couteau et de prendre son visage entre ses mains. C'était celui qui ressemblait le plus à Seth – ce que son mari essayerait de tuer en lui.

Cette pensée la remplit d'un chagrin familier. Quand elle ouvrit la porte, elle tomba sur Cecil.

— Irma ? Qu'est-ce que tu fais là ? demanda-t-il avant de regarder Wyatt derrière elle.

— J'expliquais juste au garçon comment je voulais qu'il découpe mes côtelettes.

Elle passa devant Cecil. Alors qu'elle s'éloignait, elle tourna brièvement la tête pour lancer un regard menaçant à son petit-fils.

13

— On doit commencer par éliminer de la liste ceux qui n'ont pas Rowdy, dit Brandt.

Georgia appela chaque numéro, demanda la personne qui le lui avait donné et exigea qu'on lui envoie une photo de la marionnette à côté du journal de cette semaine.

Molly semblait distraite.

— Il y a un problème ? lui demanda Brandt.

— Connaissez-vous May Greenly ?

— C'était mon institutrice de CE2, répondit-il. Pourquoi ?

Molly secoua la tête comme si cela n'avait pas d'importance.

Georgia raccrocha et rangea son téléphone.

— Maintenant, on attend, dit-elle. J'ai fait passer le message à tout le monde.

Brandt soupira.

— Si l'un d'eux vous envoie effectivement une photo de Rowdy avec le journal, on organisera une rencontre, dit-il. Mais je serai le seul à y aller.

— Je n'aime pas ça, grommela Georgia. Ça pourrait inciter cette personne à se débarrasser de Rowdy.

— D'abord, ça m'étonnerait beaucoup que vous receviez une photo, répondit-il. Si d'autres personnes vous contactent, procédez de la même façon. Ensuite, je vous demande avec insistance de ne rencontrer personne de votre côté. C'est dangereux. Il pourrait s'agir du tueur.

Il ne le croyait pas vraiment. Il pensait qu'ils devaient surtout se soucier de l'auteur de la demande de rançon, mais il ne voulait pas que Molly et Georgia prennent des risques, au cas où il se tromperait.

Georgia se leva, les mâchoires crispées, et s'en alla.

— Ça va ? demanda-t-il à Molly quand ils furent seuls.

— Oui, ça va, répondit-elle avec un sourire forcé.

C'était un mensonge, mais il n'insista pas.

— Merci de ne pas avoir parlé de la demande de rançon à Georgia, dit-il. On la gérera de la même manière quand son auteur nous recontactera.

Molly hocha la tête. Elle avait encore l'air perdue dans ses pensées. Ce n'était sans doute pas étonnant. Elle avait eu beaucoup de choses perturbantes à gérer depuis son arrivée à Fortune Creek.

Quand elle se leva, il répéta :

— Prévenez-moi dès que vous recevrez un autre mot.

— Je n'y toucherai pas et je vous appellerai tout de suite, répondit-elle avec agacement. Mais il n'est pas question que vous me mettiez sur la touche. Vous avez besoin de moi. On dirait qu'il va falloir qu'on se fasse confiance.

Il se leva et contourna son bureau en soutenant le regard de Molly. C'était elle qui était aux commandes, et ils le savaient tous les deux.

— Vous avez ma parole, dit-il en lui tendant la main.

Quand elle la serra, il crut revivre ce qu'ils avaient vécu dans sa chambre d'hôtel et le désir le submergea.

Helen le ramena à la réalité en s'éclaircissant la voix. Elle était dans l'embrasure de la porte, derrière Molly – sans doute depuis un certain temps.

— Vous avez deux appels, shérif, annonça-t-elle.

Il lâcha la main de Molly.

— À bientôt, lui dit-il.

Il entendit lui-même que sa voix trahissait son désir et il vit Helen plisser les yeux.

— Je vais prendre le premier appel, Helen.

Il savait qu'elle n'était contrariée que parce qu'elle se souciait de lui et ne voulait pas qu'il souffre comme la fois précédente.

Après le départ de Molly, Brandt se rassit et prit quelques instants pour se ressaisir avant de décrocher.

— Shérif Parker.

— Nous n'avons trouvé aucune empreinte sur la demande de rançon, l'informa un technicien de la police scientifique.

Brandt le remercia, raccrocha et demanda à Helen de lui transmettre le second appel.

— Bonjour, shérif, c'est Lucy Gunther. Vous vouliez que je vous appelle.

Il avait oublié qu'il avait laissé un message à la sœur de Bud Harper.

— Oui, c'est à propos de Seth Crandell. J'ai cru comprendre que c'était un ami de votre frère.

— Je n'ai pas entendu ce nom depuis bien longtemps ! Oui, Bud et lui étaient amis au collège, peut-être aussi au lycée. Seth n'a-t-il pas abandonné ses études pour entrer dans l'armée ?

— À dix-sept ans, confirma Brandt. Que pouvez-vous me dire sur Seth ? Avait-il une petite amie ?

— Je regrette que Bud ne soit plus là. Il s'en serait sans doute mieux souvenu que moi. Mais j'ai son album de photos. Il en prenait beaucoup. Je vais le feuilleter et je vous rappelle.

— Bonne idée. Je vous remercie.

— Je suppose que vous ne me direz pas pourquoi il vous intéresse.

— Pas pour le moment.

Elle pouffa.

— Vous m'intriguez. Je m'y mets tout de suite.

Brandt la remercia encore et raccrocha en espérant qu'il y avait des photos de Seth dans cet album. Il semblait avoir laissé si peu de traces... Quels pouvaient donc être ces ennuis avec une fille de la ville qu'Irma Crandell avait mentionnés ?

Irma réfléchit à ce que son petit-fils lui avait appris. Rien ne la surprenait là-dedans. Un soir, Cecil et Gage étaient allés voir Seth à son hôtel. Wyatt ne savait pas comment ils avaient découvert qu'il était là. Irma supposait que Seth avait contacté son père.

Comment avait-il pu avoir l'imprudence d'appeler l'homme qui l'avait toujours haï ? Le fait que Gage ait accompagné Cecil permettait à Irma d'espérer que son mari n'avait pas tué Seth – pas ce soir-là, du moins.

Wyatt ne savait pas ce qui s'était passé à l'hôtel. Gage et Cecil étaient rentrés tard et s'étaient séparés immédiatement.

Elle avait juste obtenu la preuve que son mari était un menteur, mais elle le croyait tout à fait capable de tuer.

Quand elle avait entendu parler de la récompense offerte en échange de la poupée de Seth, elle avait été surprise, puis intriguée. Si son mari avait tué Seth, comme elle le craignait, il avait peut-être apporté ce truc à la maison, même si elle ne voyait pas pourquoi il aurait fait cela.

Elle devait chercher cette poupée. Si elle la trouvait, elle aurait la preuve que Cecil haïssait assez son fils pour le tuer.

May Greenly vivait derrière le café, dans une petite maison qui rappela les maisons en pain d'épice des contes de fées à Molly. Il y avait des jardinières pleines de fleurs sur le perron et des rideaux en dentelle aux fenêtres.

Molly s'arrêta devant la porte turquoise en ayant l'impression qu'elle allait ouvrir la boîte de Pandore. Elle était presque sûre d'avoir entendu le nom de cette femme dans l'une des histoires de Rowdy.

Mais avait-elle vraiment envie de découvrir les secrets de son père ? Elle ne s'était jamais doutée qu'il en avait autant. Il ressemblait à un homme qui n'avait pas vécu grand-chose. Était-ce pour cela qu'il était devenu ventriloque ? Pour se cacher derrière Rowdy ? Elle frappa et attendit.

C'était une belle journée. Le ciel était d'un bleu éblouissant et l'air était le plus pur que Molly ait jamais respiré. Elle se souvint que May était malade, d'après ce qu'avait dit Alice. Elle allait partir, songeant que ce n'était sans doute pas un bon moment, quand elle entendit du bruit à l'intérieur.

Quelques secondes plus tard, la porte s'ouvrit et Molly se retrouva en face d'une petite femme aux cheveux gris en fauteuil roulant. Elle ignorait que May ne pouvait pas marcher. Elle songea qu'elle aurait dû appeler d'abord ou venir à un autre moment, et elle le dit à May.

— Ne soyez pas idiote, répondit celle-ci avec un grand sourire qui la rajeunit. Vous tombez à merveille.

Le fait qu'une inconnue frappe à sa porte ne semblait pas l'inquiéter le moins du monde.

— Je m'appelle Molly Lockhart. J'espérais que vous pourriez me parler de mon père.

— Votre père ?

— Seth Crandell.

En voyant l'expression de May changer, Molly comprit qu'elle avait bien fait de venir. May avait un visage doux et innocent. Elle devait avoir dans les soixante ans, à peu près le même âge que son père.

— Vous le connaissiez, n'est-ce pas ?

May s'écarta.

— Entrez, je vous en prie. Voulez-vous du thé ? Du café ?

Molly la suivit dans la cuisine. Des étagères, sur les murs, étaient chargées de souvenirs de différents endroits du pays et du monde entier.

— Vous avez beaucoup voyagé, on dirait, commenta Molly.

May éclata de rire.

— Oh non, ma chère ! Je n'ai jamais quitté Fortune Creek. J'ai vécu par procuration grâce aux merveilleux cadeaux de votre père.

— C'est mon père qui vous a envoyé tout ça ?

— Ça a l'air de vous surprendre. Vous devez savoir qu'il voyageait beaucoup pour ses spectacles.

Molly s'assit en secouant la tête.

— Je ne sais pas grand-chose sur lui. Il nous a quittées, ma mère et moi, quand j'avais neuf ans.

— J'en suis navrée. Ça a dû être très dur pour votre mère et vous.

— Comment avez-vous rencontré mon père ? demanda Molly.

Dans le spectacle qu'elle avait vu, Rowdy disait que May était sa chère et tendre.

— On a grandi ensemble. Je l'aimais beaucoup.

— Il vous aimait beaucoup aussi, répondit Molly. Dans l'un de ses spectacles, Rowdy dit que vous lui avez brisé le cœur. Savez-vous qu'il est mort récemment ?

Les yeux de May s'emplirent de larmes.

— Oui, je l'ai appris. Toutes mes condoléances.

— Avez-vous vu mon père avant sa mort ?

— Oui, il est venu me rendre visite, comme au bon vieux temps, répondit May avec un grand sourire.

— Vous a-t-il dit ce qu'il faisait à Fortune Creek ?

— Il m'a expliqué qu'il avait des affaires à régler. Il était venu faire ses adieux.

— Il vous a dit qu'il était malade ?

— Oui. Ça m'a rendue très triste. C'était horrible de le voir souffrir autant, physiquement et mentalement, après tout ce qu'il avait déjà traversé.

— Tout ce qu'il avait déjà traversé ? répéta Molly.

May pinça les lèvres et essuya un coin de la table avec sa manche.

— J'adore cette pièce parce qu'elle est très ensoleillée, mais le moindre grain de poussière saute aux yeux, dit-elle.

Elle esquivait la question.

— Je vous en prie, insista Molly. Je sais si peu de choses sur mon père... J'apprécierais vraiment que vous m'aidiez à le connaître.

— Il vous aimait et il était fier de vous. Il me répétait que vous étiez une femme accomplie et très belle. Je vois qu'il n'exagérait pas.

C'était gentil de la part de May, mais elle n'avait toujours pas répondu.

— Qu'est-ce qui l'a incité à partir à dix-sept ans ? Dans l'un de ses spectacles, il dit que May Greenly était son premier amour. Enfin... C'est Rowdy qui le dit, bien sûr.

May éclata de rire.

— Évidemment. Rowdy et lui étaient très proches.

— Rowdy est une marionnette, pas une vraie personne, lui rappela Molly.

— En êtes-vous sûre ? Rowdy était bien réel pour votre père.

— Alors, vous avez vu Rowdy quand mon père vous a rendu visite.

— Bien sûr. Votre père ne serait pas venu sans lui. Je les aimais tous les deux et j'adorais les histoires de Rowdy.

— Vous savez qu'il a disparu ?

— Oui, j'ai été navrée de l'apprendre. Rowdy était son meilleur ami, tout ce qui lui restait, à la fin.

— Il avait une fille qu'il a choisi de ne pas contacter, rappela Molly à May sans pouvoir cacher son amertume.

— Je comprends que vous voyiez les choses comme ça, mais votre père ne voulait pas vous infliger ses démons, les fantômes de son passé.

— Quels démons ?

May baissa les yeux.

— J'aimerais pouvoir vous dire pourquoi il est parti. Je ne garde pas ses secrets, je vous l'assure. Je ne le sais vraiment pas. Je me suis reproché son départ pendant de nombreuses années. On était amoureux, mais on était trop jeunes. Même si nos familles avaient accepté qu'on se marie, ça n'aurait pas été raisonnable. J'adorais votre père, mais... ce n'était pas ce que le destin nous réservait.

— Vous êtes-vous mariée ?

— Oh non, ma chère ! Je n'ai rencontré personne d'autre comme lui. Je sais que ça paraît idiot, mais il a été l'amour de ma vie. Je n'ai pas voulu épouser quelqu'un d'autre.

— Comment était mon père quand il était jeune ?

Le visage de May s'illumina.

— Charmant, doux, attentionné et généreux. Il ne s'est jamais soucié de mon handicap. Il connaissait mon cœur.

— Votre handicap ?

— J'ai eu la polio quand j'étais petite. Je n'ai jamais pu marcher.

— Je suis désolée, balbutia Molly. Je l'ignorais.

— Ne soyez pas désolée pour moi. J'ai eu une vie merveilleuse à Fortune Creek. J'ai de très bons amis. C'est une communauté soudée. Je n'ai jamais manqué d'amour.

— Il avait forcément une bonne raison de partir, de changer de nom... Vous êtes sûre que ce n'est pas parce que vous ne vous êtes pas mariés ?

— Ça nous a brisé le cœur à tous les deux, mais il m'a promis qu'il serait toujours là pour moi si j'avais besoin de lui.

— Il a promis la même chose à ma mère. Il n'était pas très doué pour tenir ses promesses, apparemment.

Molly se souvint qu'il était parti soudainement, sans explication. Avait-il fait la même chose à May ? Ou s'était-il passé quelque chose qui l'avait forcé à fuir et à changer de nom ?

— Lui avez-vous demandé pourquoi il avait trahi sa promesse ?

— Ce n'était pas nécessaire. Je savais que votre père ne serait pas parti s'il n'y avait pas été forcé. J'ai supposé que ma famille l'avait menacé.

— Vos parents sont-ils encore en vie ?

May secoua la tête.

— Je suis navrée que vous n'ayez pas connu votre père, dit-elle. C'était un homme bon, même si ses démons le hantaient. Je me réjouis qu'il ait trouvé la paix et je le rejoindrai un jour. Je sais qu'il m'attend.

Molly l'espéra, mais elle n'aurait pas compté dessus, à la place de May.

Cecil Crandell n'était pas détective, mais il ne lui fallut pas longtemps pour découvrir que Molly Lockhart s'était installée dans le même hôtel que son père, au même étage.

La femme de Cliff le leur dit en revenant de la ville, où elle allait bien trop souvent. Elle leur parla aussi de la récompense et elle avait rapporté le journal pour prouver qu'elle disait vrai.

— Quelqu'un offre une récompense pour récupérer cette poupée ? demanda-t-il.

— *Mille dollars*. Shirley m'a dit que tout le monde cherchait cette marionnette.

Gage regarda son père comme s'il espérait qu'il l'avait.

— C'est le truc le plus idiot que j'aie jamais entendu, répondit Cecil avant de retourner travailler.

Mais cela lui trotta dans la tête. Mille dollars ? Cette poupée ne valait rien. Cela devait être un piège. Le shérif espérait que celui qui avait tué Seth essayerait de toucher la récompense pour pouvoir l'arrêter.

Le seul fait de penser à son fils avec cette marionnette l'énerva tellement qu'il ne put rien manger au dîner. Il quitta la table, monta dans sa camionnette et partit.

L'expression d'Irma quand il s'était levé ne lui avait pas échappé. Elle l'observait, ces derniers temps, après avoir évité de le regarder pendant des années. Il devait trouver une solution avant que la situation devienne incontrôlable.

14

Molly se réveilla en sursaut, le cœur affolé. Il faisait nuit.

Elle jeta un coup d'œil du côté de la porte et vit à la lumière de la lune qu'il n'y avait pas de mot par terre. Qu'est-ce qui l'avait réveillée ? Un cauchemar ? Sa conversation avec May Greenly pouvait l'avoir hantée dans son sommeil. Seth Crandell devait l'avoir beaucoup aimée pour lui avoir envoyé toutes ces choses au fil des ans… Ses spectacles contenaient-ils d'autres bribes de la vérité ? Elle alluma la lampe de chevet et prit son téléphone. Elle pouvait peut-être encore faire la connaissance de son père.

Plusieurs des spectacles de Clay Wheaton avaient été enregistrés. Elle commença à en regarder un en espérant que c'était celui qui mentionnait May.

— Que sais-tu sur l'amour ? demanda Clay.

Rowdy tourna la tête vers lui.

— Je peux te dire que j'ai été amoureux. J'avais une chérie qui s'appelait May Greenly.

— Ça s'est mal fini ?

— On était trop jeunes, mais elle sera toujours dans mon cœur.

Molly coupa le son quand Rowdy se mit à chanter.

Tout ce que son père disait était-il vrai ? Dans ce cas, la raison de son départ se trouvait peut-être dans l'un de ses spectacles… mais elle était trop fatiguée pour les regarder ce soir.

Molly éteignit son téléphone et la lampe. Alors qu'elle essayait de se rendormir, elle entendit le plancher du couloir craquer. Elle retint son souffle.

À la lumière de la lune, elle vit la poignée de la porte bouger.

Elle n'avait jamais pensé qu'elle était du genre à hurler jusqu'à ce qu'elle entende un craquement plus fort, comme si la personne qui se trouvait dans le couloir s'apprêtait à défoncer la porte.

15

Éblouie par la lumière du plafonnier, Molly cligna des yeux. Ash avait répondu à ses cris, puis Georgia, puis le shérif. Ash et le shérif la laissèrent avec Georgia pour fouiller l'hôtel.

— Vous l'avez trouvé ? demanda Molly quand ils revinrent.

Le shérif secoua la tête.

— Il a dû partir par l'escalier de secours. Il est possible qu'il soit aussi arrivé par là, mais il aurait fallu que quelqu'un lui ouvre ou qu'il bloque la porte plus tôt.

L'idée qu'une personne, dans l'hôtel, avait pu aider cet homme à entrer la fit frissonner.

— N'avez-vous pas dit que quelqu'un avait coincé un livre dans la porte pour permettre à l'assassin d'entrer, le soir où mon père s'est fait tuer ? demanda-t-elle.

— Si cet homme a un complice à l'intérieur, il pourrait revenir à tout moment, fit remarquer Georgia.

— Pas cette nuit, répondit le shérif. L'adjoint Montgomery montera la garde dans le couloir. Vous ne risquez plus rien, Molly.

— L'adjoint ? répéta Georgia en cachant mal un sourire. Je retourne me coucher.

— Je resterai aussi à l'hôtel par précaution, ajouta Brandt.

Après le départ de Georgia, le shérif demanda à Molly :

— Dites-moi ce que vous avez entendu, dans les moindres détails.

Elle lui raconta la scène en se sentant un peu bête.

— J'ai peut-être paniqué pour rien, admit-elle. Il a essayé d'ouvrir, et puis j'ai cru qu'il allait défoncer la porte.

— Vous n'avez pas paniqué pour rien, lui assura Brandt. Qu'est-ce qui vous fait penser que c'était un homme ?

— Le bruit de ses pas. J'ai eu l'impression qu'il était assez lourd.

— En tout cas, il savait dans quelle chambre vous étiez.

— Comme la personne qui a laissé la demande de rançon. C'est peut-être le même homme... Mais comment sait-il quelle est ma chambre ?

— Je vais enquêter là-dessus. En attendant, vous devriez peut-être changer de chambre.

Elle secoua la tête.

— Non. On attend que celui qui a laissé la demande de rançon se manifeste.

— Il peut glisser un mot dans cette chambre sans que vous l'occupiez, lui fit remarquer le shérif. On en parlera demain matin. Essayez de dormir un peu.

— Vous plaisantez ? Vous croyez que je vais réussir à dormir après ça ?

— Essayez, au moins, répondit-il en souriant. Je serai dans la chambre du bout du couloir, si vous avez besoin de moi.

— Comme si ça pouvait m'aider à dormir, grommela-t-elle après son départ.

Elle se glissa sous la couverture et frissonna de nouveau – pour une raison qui n'avait rien à voir avec la tentative d'intrusion.

Brandt se réveilla désorienté. Il lui fallut un moment pour comprendre où il était. Après s'être assuré que l'intrus n'était plus dans l'hôtel, il était resté dans le salon du deuxième étage par précaution et avait fini par s'y endormir. Il était allé dans la chambre qu'Ash lui avait donnée quand il s'était réveillé une heure plus tard avec un torticolis.

Mais une fois dans la chambre, il n'avait plus cessé de songer à Molly, les cheveux détachés et l'air effrayé, telle qu'il l'avait trouvée en arrivant, et cela l'avait tenu éveillé pendant des heures.

Il sursauta quand son téléphone sonna.

— Shérif Parker.

— Je suis désolée. Je vous ai réveillé ?

En général, il avait déjà bu sa première tasse de café à cette heure.

— Bonjour, Lucy. La soirée a été longue, mais je suis réveillé.

— J'ai trouvé quelques photos de Seth, annonça Lucy. Je vous envoie la première.

Le téléphone de Brandt tinta quelques secondes plus tard et il ouvrit la pièce jointe.

— Qu'est-ce que je suis censé voir ? demanda-t-il en fixant la photo d'un groupe d'adolescents dans un jardin.

— Regardez les deux personnes qui discutent en haut à gauche, dit Lucy. Le jeune homme est Seth Crandell. On ne voit pas vraiment la jeune femme, qui est hors du cadre, mais on voit une partie de sa robe rouge. Je vous envoie une autre photo.

Le téléphone de Brandt sonna une nouvelle fois. Sur cette photo, Seth était de dos, en face de la jeune femme en robe rouge. D'après l'expression de celle-ci, ils étaient en train de se disputer.

— Je vous en envoie une autre, annonça Lucy.

Sur cette troisième photo, Seth tenait le bras de la jeune femme, qui était presque entièrement sortie du cadre. Brandt eut un mauvais pressentiment. Cela ne prouvait rien, mais c'était suspect.

— Qui est cette personne ? demanda-t-il.

— Ruby Sherman, répondit Lucy.

La jeune femme qui était morte dans un accident de voiture en terminale.

— Seth sortait avec elle ? demanda-t-il, surpris.

— Ça me paraît très improbable, mais ils se connaissaient, d'après ces photos, répondit Lucy. Celle où il lui tient le bras m'a surprise. Seth était toujours si timide et si gentil… On aurait cru qu'il essayait de se rendre invisible. C'est déjà étonnant qu'il soit allé à cette fête. Mais sortir avec Ruby Sherman, la fille la plus populaire du lycée… Je n'arrive pas à le croire. En tout cas, je peux vous dire que cette fête a eu lieu le jour de l'accident. Elle est morte en rentrant chez elle. Elle roulait bien trop vite, d'après ce qu'on dit.

Brandt songea aux « vieilles histoires » d'Irma Crandell, celles qu'il ne fallait pas déterrer.

— Y avait-il de l'alcool à cette fête ? demanda-t-il.

— En théorie, non, répondit Lucy. C'était dans notre jardin. Mais vous connaissez les adolescents… Quelqu'un a pu en apporter.

— Vous êtes sûre que c'est le jour de la mort de Ruby ?

— Il n'y a pas de date sur la photo, mais je m'en souviens très bien. Des policiers sont venus nous poser des questions le lendemain matin. Les frères de Ruby étaient sûrs qu'elle n'aurait jamais conduit aussi vite si elle n'avait pas été poursuivie. Ils pensent toujours que sa mort n'était pas un accident. Mon frère le croyait aussi.

— Vous pensez que Seth la poursuivait ?

Elle hésita avant de répondre :

— Il a toujours été très gentil avec moi. Je crois qu'il n'aurait pas fait de mal à une mouche.

— Merci beaucoup, Lucy. Gardez bien ces photos.

— Ce n'est pas tout. Bud et Seth se sont disputés avant le

départ de Seth. Je n'ai jamais su pourquoi, mais c'était peu de temps après la mort de Ruby. Ensuite, Seth est parti et son frère Ty s'est suicidé. Je n'avais jamais rapproché ces événements, mais il y a peut-être un lien. Ty Crandell était à cette fête. J'ai trouvé une photo sur laquelle on le voit observer les gens depuis la cabane que Bud et Seth avaient construite dans l'arbre. Ty devait avoir quatorze ans, à l'époque.

Brandt raccrocha en ne sachant pas quoi penser de tout cela. Il appela le journal d'Eureka et demanda à se faire envoyer l'article concernant l'accident. Ruby était morte fin octobre. Elle conduisait trop vite, avait raté un virage et s'était écrasée en contrebas. Le médecin légiste avait dit qu'elle était morte sur le coup et qu'il n'avait pas trouvé d'alcool dans son sang.

Ruby était la fille unique de Barnard et Nancy Sherman, qui possédaient une mine de saphirs et de nombreux commerces, ce qui faisait d'eux les plus gros employeurs de la vallée. L'enterrement de Ruby avait été un événement majeur.

Comme tout le monde, Brandt avait entendu parler de cet accident. Les parents le racontaient à leurs enfants pour les inciter à conduire prudemment. Il y avait aussi des gens qui prétendaient avoir vu le fantôme de Ruby sur la route.

Il ne voyait pas quel rapport cela pouvait avoir avec Clay Wheaton, mais il avait le pressentiment que c'était important pour son enquête. Y avait-il la moindre chance que cette piste le mène au meurtrier de Clay ?

16

Quand elle ouvrit la porte, Molly vit tout de suite que le shérif était préoccupé.

— Vous avez faim ? lui demanda-t-il.

— Je meurs de faim.

— Allons prendre le petit déjeuner au café.

Elle emporta sa veste et son sac.

— Ça vous ennuie si on prend l'escalier ? s'enquit-elle. Je n'aime pas cet ascenseur.

Dès qu'ils furent dans la rue, elle lui demanda :

— Que se passe-t-il ?

— Je veux juste prendre le petit déjeuner avec vous, répondit-il, sur la défensive.

Elle n'en croyait rien.

— Je ne changerai pas de chambre, annonça-t-elle.

— Très bien.

— Je ne quitterai pas non plus la ville, dit-elle en ayant du mal à suivre son rythme.

— Comme vous voudrez, rétorqua-t-il sans la regarder.

— Je resterai ici jusqu'à ce que vous ayez trouvé l'assassin de mon père.

Il s'arrêta et se retourna si brusquement qu'elle faillit lui rentrer dedans.

— Il ne s'agit plus de Rowdy, alors ? Je croyais que c'était tout ce qui vous intéressait.

Elle planta les poings sur ses hanches et déclara :

— Vous avez trouvé quelque chose dont vous ne voulez pas me parler.

Ils se fixèrent quelques instants, tous deux surpris qu'elle le connaisse aussi bien.

— Dites-le-moi tout de suite au lieu de gâcher mon petit déjeuner en étant de mauvaise humeur, reprit-elle.

— Vous a-t-on déjà dit que vous étiez exaspérante ?

— Ça a pu se produire. Quel est votre problème ?

Il se passa la main sur le visage et soupira.

— Je n'aime pas que vous soyez aussi impliquée dans cette enquête, dit-il. Ça vous met en danger. Plus j'en apprends, plus j'aimerais que vous mettiez vos jolies fesses dans un avion et que vous repartiez à New York.

Elle lui décocha un grand sourire et demanda :

— Vous trouvez que j'ai de jolies fesses ?

— C'est tout ce que vous avez retenu ? s'écria-t-il.

— Non. J'ai aussi compris que j'avais raison. Vous avez découvert quelque chose dont vous ne voulez pas me parler.

Comment pouvait-elle le connaître aussi bien alors qu'elle n'était là que depuis quelques jours ?

Il secoua la tête.

— Le petit déjeuner d'abord, décréta-t-il.

Il se remit en route, en marchant plus lentement pour qu'elle n'ait pas à lui courir après et en l'observant du coin de l'œil. Dès que l'enquête serait terminée, elle mettrait ses jolies fesses dans un avion et il ne la reverrait jamais. Cette pensée n'améliora pas l'humeur de Brandt.

Comme c'était une belle journée, il proposa à Molly de s'installer en terrasse.

— Vous n'aurez pas froid ? lui demanda-t-il.

Elle secoua la tête et choisit une table.

Il songea à lui présenter ses excuses pour ce qu'il venait de dire, mais elle avait probablement entendu pire. C'était une femme de caractère, que les hommes devaient avoir envie de dompter, même si ce n'était pas le cas de Brandt.

— J'ai parlé avec Lucy Gunther, dit-il quand Alice eut pris leur commande.

— La sœur de l'ami de mon père, c'est ça ?

Il hocha la tête.

— Elle se souvenait de Seth comme d'un gentil garçon timide. Elle a feuilleté l'album photos de son frère et elle a trouvé des photos de Seth avec une fille, sur lesquelles ils ont l'air de se disputer.

— C'est tout ? demanda Molly. Vous pensez que c'est la fille avec qui il a eu des ennuis ?

— Peut-être. Ce qui est troublant, c'est qu'il s'agit de Ruby Sherman, la fille qui est morte dans un accident de voiture. Les photos que Lucy m'a montrées ont été prises quelques heures avant que Ruby ne se tue.

— Qu'est-ce qui m'échappe là-dedans ?

— Ses parents sont morts depuis, mais elle avait deux frères, Tom et Alex. Ils sont convaincus que l'accident a été provoqué par un autre véhicule qui la pourchassait. Ça n'a jamais été prouvé. Mais elle est devenue une sorte de personnage légendaire, dans le coin. Des gens prétendent avoir vu son fantôme. D'après une légende locale, elle ne trouvera pas le repos...

— ... tant que justice ne sera pas rendue, acheva Molly à sa place. Vous croyez que mon père l'a pourchassée ce soir-là ?

Il haussa les épaules.

— Honnêtement, je ne sais pas quoi en penser. Quand votre grand-mère a parlé d'ennuis avec une fille, j'ai cru qu'il en avait mis une enceinte ou quelque chose comme ça. Je n'ai pas imaginé un instant que ça pouvait avoir un rapport avec la mort de Ruby Sherman.

Alice apporta leurs assiettes.

— S'il l'a pourchassée, il est responsable de sa mort et il ne l'a jamais assumé, dit Molly quand ils furent de nouveau seuls. Pourquoi ?

— Et s'il a été obligé de s'engager dans l'armée...

— C'est que son père a découvert ce qu'il avait fait, conclut Molly.

17

— Il peut l'avoir suivie sans se douter qu'il allait provoquer une tragédie, dit Molly entre deux bouchées. S'il était aussi sensible que Lucy le dit, ça a dû le traumatiser. Pourquoi ne pas se dénoncer aussitôt ? N'avez-vous pas l'impression qu'il nous manque des éléments ?

Le shérif acquiesça.

— Je me demande à quel propos ils se sont disputés à la fête, poursuivit-elle, réfléchissant à voix haute. On ne pourchasse pas quelqu'un qu'on connaît à peine – s'il l'a pourchassée. Ça ne ressemble vraiment pas à mon père tel que tout le monde le décrit.

— Son frère Ty était aussi à la fête, dit le shérif. Je ne sais pas s'il y a le moindre rapport entre ces événements, mais Ty s'est suicidé après le départ de Seth.

— Peut-être parce qu'ils étaient proches et...

Elle s'interrompit et scruta le visage du shérif.

— Vous pensez que ça a un rapport avec Ruby, n'est-ce pas ? demanda-t-elle. Admettons... Comment Ty est-il allé à cette fête ? Et comment est-il rentré chez lui, si Seth a pourchassé Ruby ? Il ne devait pas conduire à... Quel âge avait-il ?

— Quatorze ans.

Elle repoussa son assiette et s'aperçut que le shérif l'observait.

— Qu'y a-t-il ? s'enquit-elle.

— Puisque vous avez l'air de bien me connaître, à présent, vous pourriez peut-être m'appeler Brandt.

Elle lui sourit, mais elle n'était pas sûre que ce soit une bonne idée. Son titre dressait une sorte de barrière invisible entre eux. Elle se souvenait très bien du moment où ils s'étaient fixés dans sa chambre. Il aurait suffi que l'un d'eux cligne des yeux pour qu'ils se retrouvent enlacés. Et avec le lit juste à côté...

— Brandt, murmura-t-elle pour voir quel effet cela lui faisait. Je crois que je vais continuer à vous appeler « shérif ».

Brandt réprima un juron quand Alice le regarda bizarrement en venant débarrasser. Malheureusement, toute la ville – tout le comté, sans doute – était au courant de sa dernière histoire d'amour désastreuse.

Comme Helen, Alice semblait craindre qu'il commette une nouvelle erreur de jugement. Embarrassé, il tourna la tête de l'autre côté et fut surpris de voir Ash Hammond marcher dans la rue avec Tom Sherman, qui n'avait pas mis les pieds à Fortune Creek depuis une éternité.

Les deux hommes, qui avaient une discussion animée, s'arrêtèrent près d'une voiture sombre.

— Qu'y a-t-il ? demanda Molly en suivant son regard.

— Ash et Tom... J'avais oublié qu'ils étaient cousins. Ils étaient proches, au lycée. Ils jouaient au foot ensemble. Je n'avais pas vu Tom à Fortune Creek depuis très longtemps.

— C'est moi qui délire ou tous les habitants du coin ont des liens familiaux ?

Il pouffa.

— Je comprends que ça donne cette impression. C'est vrai dans une assez large mesure, même si l'État est très grand. Alice et May Greenly sont cousines germaines. Si je ne me trompe pas, Cora est une cousine éloignée des Crandell – et de la moitié des habitants du comté, puisqu'elle vient d'une vieille famille du coin.

— Mais pas vous ?

— On s'est installés ici quand mon père est devenu shérif. J'ai de la famille dans tout le pays. J'ai toujours envié mes amis, qui tombaient sur des cousins à tous les coins de rue.

Molly se mit à observer Tom et Ash. Ils discutèrent encore un moment, puis Tom monta dans la voiture et partit.

— Tom et Ash sont cousins germains ? demanda Molly.

— La mère de Tom était une Hammond, mais ils ne sont peut-être cousins qu'au deuxième ou troisième degré. Il est difficile de se souvenir de tout.

Elle fronça les sourcils.

— Et tous ces cousins peuvent se promener en ville sans que personne ne trouve ça bizarre, n'est-ce pas ? Si Tom croit que Seth est responsable de l'accident de sa sœur et s'il a découvert que Clay Wheaton...

— Je vois très bien où vous voulez en venir, la coupa Brandt. Je pense la même chose. Tom pouvait facilement entrer dans l'hôtel. On y va ?

Il posa sa serviette et ramassa son stetson en se demandant déjà ce qu'il dirait à Ash. Il devrait se montrer diplomate... Mais il lui fallait aussi enquêter sur un meurtre.

18

Le shérif avait les traits tendus quand ils se mirent en route. Avant cet instant, Molly n'avait pas mesuré la difficulté de son travail dans une ville aussi petite. Il avait grandi au milieu de ces gens. Que ressentirait-il en arrêtant le meurtrier, si c'était quelqu'un qu'il connaissait ?

Elle eut envie de lui effleurer l'épaule pour lui offrir sa sympathie, mais elle savait que ce n'était pas ce dont il avait besoin, alors elle se contenta de marcher à ses côtés sans rien dire.

Le shérif lui ouvrit la porte de l'hôtel.

Pendant qu'elle se dirigeait vers l'escalier, elle l'entendit dire d'une voix autoritaire :

— J'ai quelques questions à te poser, Ash.

Alors qu'elle se demandait comment cette discussion se passerait, Molly se rendit compte qu'elle n'avait pas vu Georgia, ce matin.

Elle monta lentement au deuxième étage et frappa à la porte de l'agent d'assurances. Georgia ne répondit pas, ce que Molly trouva étrange. Il n'y avait pas beaucoup d'endroits où aller à Fortune Creek. Elle était peut-être sortie faire un tour avec l'adjoint, pour qui elle semblait avoir un faible. Molly l'envia. Il devait être bon d'oser vivre ce qu'on voulait sans se poser de questions.

Sa propre réaction l'abasourdit. Comment pouvait-elle avoir

une idée pareille, surtout associée à l'image de Brandt dans son lit ? se demanda-t-elle en cherchant la clé de sa chambre dans son sac. À cause de ce maudit porte-clés en bois, elle tombait toujours au fond.

Quand elle ouvrit la porte, elle ne trouva pas de shérif à moitié nu sur son lit, mais elle y repéra immédiatement une feuille pliée en deux. Son cœur manqua un battement.

Elle ferma la porte derrière elle et prit son téléphone.

19

— Qu'est-ce que tu sous-entends ? s'écria Ash. Tu ne crois quand même pas que Tom a quelque chose à voir avec ça ?

— Ne rends pas les choses plus difficiles, grommela Brandt. L'as-tu vu le jour où Clay Wheaton s'est fait tuer, oui ou non ?

— Non, répondit Ash en secouant vigoureusement la tête avant de froncer les sourcils. Je... Peut-être que si, en fait.

— Il est passé à l'hôtel ? À quelle heure ?

— Dans l'après-midi. Mais il n'a aucune raison de tuer qui que ce soit, surtout un vieux ventriloque.

— Il pourrait en avoir une, répondit Brandt. Est-il monté ?

Ash soupira et acquiesça.

— Il m'a dit qu'il voulait voir où en étaient les travaux de rénovation. Comme il y avait quelqu'un à la réception, je lui ai dit d'y aller sans moi.

— Lui as-tu parlé de nouveau quand il est redescendu ?

Ash secoua la tête.

— J'étais occupé, et il avait l'air pressé. Il m'a juste salué en passant.

— Avait-il l'air énervé ?

— Je ne sais pas. Je...

Le téléphone de Brandt sonna. C'était Molly. Il s'excusa auprès d'Ash et décrocha. Comme il commençait à craindre que le ravisseur présumé ne se manifeste plus, il fut content d'apprendre que Molly avait reçu un autre mot.

— J'arrive. Ne...

— Je sais, le coupa-t-elle. Je vous attends dans le couloir.

Il raccrocha et se tourna vers Ash.

— Ne dis rien à Tom, s'il te plaît.

— Je ne comprends pas pourquoi tu penses...

— Je ne peux pas te l'expliquer pour le moment, mais il faut que ça reste entre nous.

Ash hocha la tête et Brandt s'empressa de monter. Molly l'attendait bien dans le couloir.

— Avez-vous lu le mot ? demanda-t-il alors qu'elle ouvrait la porte.

— Non. Vous m'avez dit de ne pas le toucher.

— Je sais, mais vous faites rarement ce qu'on vous dit de faire.

— Je n'aime pas qu'on me donne des ordres, répondit-elle d'une voix lasse.

La situation commençait à l'user. Brandt aurait aimé pouvoir faire plus pour elle que de chercher l'assassin de son père. Il dut mobiliser toute sa volonté pour ne pas la prendre dans ses bras. Il ne pouvait pas franchir cette limite, surtout alors qu'elle semblait perdue et vulnérable.

Il enfila des gants, sortit un sac en plastique de sa poche et déplia le mot.

— Qu'est-ce qui est écrit ? demanda Molly tout en s'approchant pour lire par-dessus l'épaule du shérif.

Le mot était encore rédigé sur une feuille de bloc-notes de l'hôtel, mais pas avec le stylo qui fuyait, cette fois. Et le message était plus menaçant que le premier.

— On nous donne un autre rendez-vous, répondit le shérif.

— Je vois.

Un peu trop troublée par le parfum viril de Brandt, elle s'écarta.

— Et le ravisseur menace de détruire Rowdy si on ne le paye pas, reprit-elle. Que va-t-on faire ? Je n'ai pas encore l'argent.

— On ne donnera pas cinq mille dollars. On va d'abord essayer de savoir si cette personne a Rowdy, puis on l'arrêtera pour extorsion, meurtre ou les deux. Vous vous souvenez que j'essaye d'attraper un meurtrier ?

— Je ne l'ai pas oublié, mais je pensais qu'on récupérerait d'abord Rowdy et qu'on arrêterait le tueur quand il viendrait chercher l'argent.

— C'est un amateur, dit le shérif en fixant le mot. Il aurait dû nous fournir un numéro de téléphone pour qu'on négocie. S'attend-il vraiment à ce qu'on dépose cinq mille dollars dans les bois ?

— Alors on ne fait rien, une fois encore ?

— J'ai déposé un mot exigeant une preuve qu'il a bien Rowdy à l'endroit du rendez-vous précédent, dit le shérif. Soit cette personne n'est pas allée au rendez-vous, soit elle n'a pas Rowdy. Je suis de plus en plus convaincu qu'il ne s'agit pas du tueur.

Il tourna la tête vers elle.

— Ça va ? demanda-t-il d'un air inquiet.

Elle s'assit au bord du lit et soupira.

— Oui, ça va. C'est juste que je n'y comprends rien. Pourquoi mon père a-t-il ouvert la porte en sachant que son visiteur venait le tuer ?

— On ne sait pas si c'est ce qui s'est passé.

— Ah oui ? On sait que mon père est venu régler des affaires et faire ses adieux. Ça peut avoir un rapport avec la mort de Ruby ou le suicide de son frère Ty. Ça peut aussi être tout à fait autre chose. Il se savait mourant et il n'avait pas peur de la personne à qui il a ouvert, sinon il ne serait pas revenu à Fortune Creek.

— Comment ça, votre père est venu faire ses adieux ? demanda le shérif.

— Oh ! J'ai oublié de vous en parler. Je n'étais pas sûre que ça vous intéresserait.

Le shérif se passa la main sur le visage, approcha une chaise du lit pour s'asseoir en face d'elle et répondit d'un ton agacé :

— Je pourrais vous surprendre.

— Mon père et May Greenly étaient amoureux quand ils étaient jeunes. Apparemment, ils n'ont jamais cessé de s'aimer. Elle ne sait pas pourquoi il est parti et a changé de nom, mais il est allé la voir avant sa mort. Pour lui faire ses adieux.

— C'est donc pour ça qu'il est venu à Fortune Creek, dit le shérif après quelques instants de réflexion.

— Pas seulement. Il a dit à May qu'il avait des affaires à régler.

— Il ne lui a rien expliqué de plus ?

Molly secoua la tête.

— J'ai regardé l'un de ses spectacles sur Internet. Rowdy disait que May Greenly était son grand amour. Je crois maintenant que toutes les histoires de Rowdy étaient fondées sur quelque chose de réel. Dire que j'ai toujours cru qu'il avait tout inventé...

— Par conséquent, je me demande s'il a aussi parlé de la raison de son départ dans un spectacle, répondit Brandt.

— Je me le demande aussi, mais j'ai peur qu'il s'agisse d'un horrible secret. Et s'il avait provoqué l'accident de Ruby volontairement ? Et s'il l'avait laissée mourir alors qu'il aurait pu la sauver ?

— On n'est pas sûrs que Ruby soit la jeune femme que votre grand-mère a mentionnée. Vous savez, je crois de plus en plus qu'il est dangereux que vous restiez. Vous devriez rentrer à New York.

— Je vous ai déjà dit que je n'irais nulle part avant qu'on ait trouvé l'assassin, répliqua-t-elle sèchement.

— Et votre travail ?

— Il m'attendra... ou pas. Je crois que je m'en fiche,

maintenant. Je suis devenue analyste financière à cause de mon père, parce que je voulais un métier qui me semblait réel. Les chiffres ne mentent pas. Je ne voulais surtout pas ressembler à mon père. À présent… je ne suis plus très sûre d'avoir envie de faire ça toute ma vie.

— Je ne prendrais pas de décision hâtive, à votre place. Ces derniers jours ont dû être très perturbants pour vous. Prenez le temps de digérer tout ça. Je suis sûr que vous serez ravie de retrouver votre vie à New York.

Elle y réfléchit quelques instants.

— Peut-être, lui accorda-t-elle en se levant pour s'approcher de la fenêtre. Vous avez l'intention de laisser un autre mot sur le lieu du rendez-vous, n'est-ce pas ? De tendre une sorte de piège ? Je vous accompagne.

— Il n'en est pas question.

— Si, il le faut. C'est moi qui devrais laisser le mot. Si vous vous faites repérer, cette personne nous filera entre les doigts.

— On est à Fortune Creek, répliqua-t-il. Tout le monde sait tout sur tout le monde. Cette personne sait forcément déjà que vous m'avez parlé du mot.

— Je n'en suis pas si sûre. On n'a toujours pas découvert les secrets de mon père, et vous ignoriez sa relation avec May Greenly.

Le shérif soupira.

— Je savais que vous étiez allée la voir.

— Et vous saviez que mon père lui avait envoyé des cadeaux de tous les endroits où il était allé ? Qu'ils étaient amoureux, mais que leurs parents ne voulaient pas qu'ils se marient ?

— Je savais que May avait eu un petit ami qui lui avait brisé le cœur et que c'était pour ça qu'elle ne s'était jamais mariée. Si vous sous-entendez qu'elle pourrait l'avoir tué…

— Bien sûr que non. Elle est restée ici comme si elle s'attendait à ce qu'il revienne… et il est bien revenu. Pour mourir.

Pour expier un péché lointain. Pour lui dire qu'il l'aimait. C'est une histoire d'amour tragique et j'en fais partie, maintenant. C'est pour ça que c'est moi qui reçois les mots et que c'est moi qui dois agir.

Brandt réprima un grognement. Cette femme était farouchement indépendante et déterminée. S'il était honnête, c'était un trait de caractère qu'il appréciait, mais cela lui compliquait beaucoup les choses et il commençait à craindre qu'elle se fasse tuer à force d'entêtement.

— Vous pouvez toujours vous cacher dans les bois pour tendre votre piège, ajouta-t-elle.

Subitement, il regretta d'être le shérif, non un simple cow-boy face à une femme qu'il désirait.

— Je vais le regretter, n'est-ce pas ? lui lança-t-il.

— Ça dépend de quoi vous parlez, répondit-elle avec un sourire provocant.

Pouvait-elle lire dans ses pensées ? Il la vit jeter un coup d'œil au lit. Ce n'était pas vraiment une invitation, mais ils étaient sur la même longueur d'onde.

Il était sûr que Molly serait de plus en plus en danger à mesure qu'ils approcheraient de la vérité, ce qui signifiait qu'il devait la garder à l'œil.

— Très bien, dit-il, ce qui la prit manifestement de court.

Elle s'attendait à livrer bataille, pas à le voir rendre les armes.

Elle le regarda avec méfiance alors qu'il glissait le mot dans le sac en plastique.

— Vous ne comptez pas me laisser en plan, hein ?

Il secoua la tête.

— Comme vous l'avez dit, c'est vous qui recevez les mots. C'est vous qui devriez apporter notre réponse au ravisseur dans les bois au milieu de la nuit. Je vous accompagnerai sans me montrer. Ce sera quand même dangereux... mais on ne vit qu'une fois, n'est-ce pas ?

— Vous essayez de me faire peur.

— Vous devriez avoir peur, répliqua-t-il fermement. Ce n'est pas un jeu. Il y a un tueur en liberté. Vous vous souvenez de l'homme qui a essayé de s'introduire dans votre chambre hier soir ? C'est peut-être lui que vous êtes si pressée de retrouver dans les bois.

— Si vous tentez de me dissuader...

— Non, la coupa-t-il. Je veux juste que vous compreniez qu'il ne s'agit peut-être pas du tout de Rowdy. Vous pourriez être la cible du tueur.

20

Irma Crandell gara la vieille camionnette en bordure de la ville, à un endroit d'où elle voyait bien l'hôtel. Des traces de pneus prouvaient que quelqu'un d'autre s'était garé là récemment. Son mari ? Gage ? Cela pouvait même être l'un de ses petits-fils.

Ce n'était pas le plus important. Elle songea à ce qu'elle venait de faire – quitter le ranch sans le dire à personne pour la deuxième fois... Mais cela non plus n'était pas très important, surtout à côté de ce qu'elle s'apprêtait à faire. La veille, elle avait entendu Cecil partir au milieu de la nuit. C'était à ce moment-là qu'elle avait compris qu'elle ne pouvait plus attendre.

Elle s'en voulait de ne pas avoir pris les choses en main autrefois. Elle avait perdu son précieux fils et il était mort, maintenant. Elle était presque sûre que Cecil l'avait tué pour l'empêcher de venir la voir au ranch. Elle s'occuperait de Cecil plus tard. Elle était là pour voir la fille de Seth.

Elle s'était postée au même endroit la veille. Ce matin, elle avait vu la jeune femme aller au café avec le shérif, puis ils étaient retournés à l'hôtel. Le shérif était ressorti seul un peu plus tard. Maintenant, Irma attendait le patron de l'hôtel. La veille, il était sorti à 13 heures pour déjeuner.

Quand le patron apparut, à la même heure que la veille, Irma mit son plan à exécution. Comme elle l'espérait, il n'y avait personne dans le hall. Il ne lui fallut pas longtemps pour deviner dans quelle chambre était Molly : il ne manquait que deux clés sur le tableau, celles de deux chambres du deuxième étage. Elle prit l'escalier, même si ce serait plus long que l'ascenseur.

Arrivée au deuxième étage, elle s'accorda un moment pour reprendre son souffle et vérifia qu'elle avait toujours son couteau dans sa poche. Cecil avait plusieurs armes à feu, mais elles étaient sous clé.

Elle frappa doucement à la porte de la première des deux chambres en tenant bien son couteau de l'autre main.

21

Après avoir quitté Molly, Brandt se rendit à Eureka. Il trouva Tom Sherman dans le grand bureau qui était autrefois celui de son père. Dans son costume en lin, Tom avait l'allure d'un homme d'affaires important.

— Je ne peux t'accorder que quelques minutes, lui dit-il. J'ai une réunion.

— J'aimerais t'interroger sur la mort de Ruby, répondit Brandt.

Les traits de Tom se durcirent.

— C'est bien dommage que la police ne s'y soit pas intéressée à l'époque, répliqua-t-il.

— Tu n'as pas caché ce que tu en pensais, dit Brandt. C'est Seth Crandell que tu tiens pour responsable de la mort de ta sœur, n'est-ce pas ? J'aimerais que tu m'expliques pourquoi. Je suis sûr que tu te souviens de cette soirée.

— Je préférerais l'avoir oubliée, répondit Tom en posant les bras sur son bureau. Ruby venait d'avoir dix-sept ans. Papa l'a laissée aller à une fête chez les Harper. Alex, qui avait quatorze ans, dormait chez un ami. J'avais huit ans. J'ai été réveillé au milieu de la nuit par les gyrophares des voitures de police garées devant la maison. Ma mère était hystérique et mon père furieux. Il exigeait des réponses.

— En a-t-il obtenu ?

— Tout est devenu clair dans les jours suivants. Alex et moi, on avait entendu Ruby se plaindre qu'un Crandell la suivait partout. Mon père a dit qu'il réglerait le problème, mais il n'a rien fait. Ensuite, on a appris que Seth Crandell s'était disputé avec Ruby à la fête et qu'il était parti juste après elle, en ayant l'air pressé. Il l'a pourchassée. C'est la seule explication logique. Elle n'aurait jamais conduit aussi vite si elle n'avait pas eu peur.

— C'est une théorie, dit Brandt.

— C'est plus qu'une théorie ! s'écria Tom, furieux. Ton père a traîné les pieds, ce qui a laissé le temps à Seth de s'engager dans l'armée pour s'en tirer à bon compte.

— S'il y avait eu une preuve...

— Une preuve ? Tout le monde sait qu'il a tué ma sœur et détruit ma famille.

— Comment ça, détruit ta famille ?

— Mes parents se sont séparés à la fin de cette année-là. Alex et moi, on a dû aller vivre dans le Colorado avec notre mère. Elle ne s'est jamais remise de la mort de Ruby. Mon père non plus, d'ailleurs. Ils sont tous les deux morts de chagrin.

— As-tu revu Seth ?

Tom baissa les yeux.

— J'ai essayé de le retrouver, quelques années plus tard, mais je n'ai pas réussi.

— Qu'aurais-tu fait si tu l'avais trouvé ?

— Je lui aurais mis une raclée.

— Tu l'aurais tué ?

Tom se leva.

— Merci pour cette évocation délicieuse du bon vieux temps, ironisa-t-il, mais je vais être en retard à ma réunion.

Brandt se leva aussi, surpris que Tom ne lui demande pas pourquoi il l'interrogeait sur la mort de Ruby et sur Seth Crandell après toutes ces années.

Molly était au téléphone avec son patron quand elle entendit frapper à sa porte. Elle supposa que c'était Georgia, qu'elle n'avait pas vue de la matinée, et espéra que l'agent d'assurances n'avait pas pris l'initiative de rencontrer des gens qui avaient répondu à l'annonce.

— Reste en congés tout le temps que tu veux, lui dit son patron. La mort de ton père a dû être un choc. Ne prends pas de décision sur un coup de tête.

Le shérif lui avait donné le même conseil.

— Il faut que je vous laisse, répondit-elle.

Elle raccrocha et alla ouvrir la porte.

Elle perdit le sourire qu'elle réservait à Georgia en découvrant Irma Crandell dans le couloir.

— Il faut qu'on parle, dit Irma en la poussant pour entrer. Ferme la porte.

Trop surprise pour protester, Molly obéit. Que faisait Irma dans sa chambre ? Quand sa grand-mère lui avait dit de ne plus remettre les pieds au ranch, elle avait supposé qu'elle ne reverrait aucun des Crandell.

— Tu dois t'en aller, dit Irma. Tu n'es pas en sécurité.

Cette femme était-elle tellement habituée à donner des ordres qu'elle espérait se faire obéir de la petite-fille qu'elle avait rejetée ?

— Je n'irai nulle part avant de savoir qui a tué mon père, répondit Molly.

— C'était mon fils. Celui qui l'a tué aura ce qu'il mérite.

— Si vous savez qui l'a fait, vous devez le dire au shérif.

La vieille femme pouffa.

— Tu ne sais rien sur rien, aboya-t-elle.

Même si son cœur battait la chamade, Molly croisa les bras et lança à tout hasard :

— Je sais pour Ruby Sherman.

La stupeur d'Irma lui prouva qu'elle avait mis dans le mille.

— Ne parle pas de ça !

— Dites-moi ce qui s'est passé ce soir-là, répondit Molly, bien consciente qu'il était risqué de bousculer sa grand-mère. Pourquoi l'a-t-il pourchassée ?

Irma resta figée, un poing serré, l'autre main dans la poche de sa longue veste.

— Je vous en prie, insista Molly. Aidez-moi à comprendre.

Après l'avoir fixée un long moment, Irma s'assit au bord du lit, dont la souplesse parut la surprendre.

— Ce n'était qu'un gamin, murmura-t-elle. La suivre comme ça, l'espionner en croyant qu'elle voudrait... Elle se moquait de lui derrière son dos.

— Le shérif a trouvé des photos de la fête qui prouvent que Ruby et Seth se sont disputés et que Ty était là aussi, dans une cabane dans un arbre.

— Pauvre Ty, gémit Irma, les larmes aux yeux. Ce n'était qu'un béguin. Il avait quatorze ans. Mais cette fille se foutait de lui, et Seth n'allait pas laisser passer ça.

Ty, pas Seth ? Seth s'était-il disputé avec Ruby parce qu'elle disait des méchancetés sur son frère ?

— Alors il a suivi Ruby après la fête ?

Irma secoua la tête, visiblement agacée que Molly ne l'écoute pas assez attentivement à son goût.

— C'était Ty qui courait après cette fille. Seth a juste essayé de les sauver. Quand il a vu que Ty s'était caché dans la voiture de la fille, il a eu peur de ce qu'il risquait de faire – ou de ce que la fille ferait quand elle le découvrirait à l'arrière. Mais il ne les a pas rattrapés. Il est arrivé trop tard.

Tout s'expliquait, subitement.

— Et Ty n'a pas été blessé dans l'accident ? demanda Molly.

— Il n'a pas eu une égratignure parce qu'il était à l'arrière. Seth l'a sorti de là. Ruby était morte, il ne pouvait rien faire pour elle. Ty était couvert de son sang et hurlait qu'il voulait mourir avec elle. Seth l'a ramené à la maison et l'a débarbouillé. Quand les flics sont venus, Seth a menti pour couvrir son frère. Cecil s'est rendu compte qu'il mentait, mais Seth n'en a pas démordu. Alors, Cecil l'a chassé. Il l'avait toujours détesté. J'aurais dû l'en empêcher. J'aurais dû intervenir à ce moment-là.

— Seth devait savoir qu'il aurait l'air coupable en partant comme ça...

Irma ne répondit rien.

— Et Ty... s'est suicidé ? demanda prudemment Molly.

— Quelques semaines plus tard. Il a laissé un mot dans lequel il expliquait ce qui s'était passé. Je l'ai brûlé. Ty était le chouchou de Cecil. Cecil méritait de croire que Ty s'était tué parce qu'il avait chassé Seth.

L'intensité de la haine qui couvait dans cette famille donna la nausée à Molly. *Sa* famille, se corrigea-t-elle. Et elle-même n'avait jamais pardonné à son père de les avoir abandonnées. Était-ce pour cela qu'il lui semblait aussi important d'aller jusqu'au bout ? S'il lui était désormais impossible de se réconcilier avec son père, elle pouvait au moins tout faire pour que son meurtrier soit puni.

Son père avait eu de la chance de partir, mais son enfance l'avait cabossé. À dix-sept ans, il s'était sûrement senti coupable de tout.

— Qui a tué mon père ?

— Je t'ai dit de ne pas t'occuper de ça, aboya sa grand-mère en se levant pour s'approcher d'elle. Fais tes valises et va-t'en tant que tu le peux.

— Vous n'avez pas peur que je dise tout ça au shérif ?

Pendant un long moment, Irma la fusilla du regard en tripotant quelque chose dans sa poche.

— À quoi bon protéger encore la réputation de cette famille ? finit-elle par répondre. Fais ce que tu veux.

Sur ces mots, Irma s'en alla d'un pas lourd.

22

— Voilà qui résout un mystère, commenta Brandt quand Molly, visiblement encore ébranlée, lui eut raconté la visite d'Irma.

— C'est tout ce que vous trouvez à dire ?

— Désolé. Je me doutais que c'était quelque chose de ce genre à cause du timing. Je n'avais juste pas fait le lien avec l'accident de Ruby Sherman. Ty s'est donc suicidé parce qu'il était le vrai coupable. Maintenant, ils sont morts tous les trois, et ça m'étonnerait qu'Irma accepte de témoigner. Ça ne changerait rien au passé.

— Mais Cecil ne voulait peut-être pas que ça se sache, s'il l'a découvert.

Brandt acquiesça.

— Je suis allé voir Tom Sherman, tout à l'heure, lui dit-il.

— Le frère de Ruby ?

— Il n'avait que huit ans, à l'époque, mais son récit concorde avec celui d'Irma. Ruby se plaignait d'être harcelée par un Crandell, mais elle ne leur avait pas dit lequel, apparemment.

— Tom et son frère ont donc un mobile, s'ils croyaient Seth coupable.

— Alex est à l'étranger.

— Il reste Tom.

— Effectivement, lui accorda Brandt. Il en veut vraiment

à Seth. Il m'a dit qu'il avait essayé de le retrouver et qu'il lui aurait mis une raclée.

— Le croyez-vous capable de tuer ?

— Je crois que tout le monde en est capable dans certaines circonstances.

Il hésita avant d'ajouter :

— Je pense qu'Irma a raison. Vous devriez repartir à New York.

Elle se contenta de le fusiller du regard.

— Vous n'êtes pas en sécurité, insista-t-il.

— Vous n'arriverez pas à me chasser. Maintenant, je dois aller jusqu'au bout, même si ça me fait perdre mon travail.

— Molly...

— Je ne peux pas partir, dit-elle avec des larmes dans la voix. Je le dois à mon père, que je commence seulement à connaître. Il a essayé de me parler à travers Rowdy, mais je ne l'écoutais pas. Si l'auteur de la demande de rançon est bien son meurtrier, il ne nous reste plus qu'à l'attraper ce soir.

Brandt soupira.

— C'est ma faute. Je n'aurais pas dû vous impliquer dans cette enquête. Vous m'avez beaucoup aidé, mais vous courez trop de risques, maintenant.

Ils sursautèrent tous les deux quand on frappa à la porte. Ils échangèrent un regard, puis Brandt se posta dans un coin où on ne pouvait pas le voir avant que Molly n'aille ouvrir.

— Il faut qu'on parle, dit Georgia, qui avait l'air tout excitée, avant de s'engouffrer dans la chambre.

— Vous avez trouvé Rowdy ? demanda le shérif.

Georgia sursauta en découvrant qu'il était là.

— Non.

Molly ignora le shérif, qui venait d'essayer de lui faire peur. Elle savait qu'elle n'était pas dans son élément et qu'elle prenait des risques, mais elle était bien décidée à aller au rendez-vous.

— Pourquoi es-tu si joyeuse, alors ? demanda-t-elle à Georgia.

— L'adjoint m'a proposé de sortir avec lui, chuchota Georgia.

— Rien de nouveau du côté de la récompense ?

Georgia secoua la tête et jeta un coup d'œil au shérif. Il était évident que sa présence la contrariait.

Celui-ci se dirigea vers la porte.

— Je vous laisse entre vous, mesdames, annonça-t-il. Réfléchissez bien à ce que je vous ai dit, Molly.

— De quoi parle-t-il ? demanda Georgia quand il fut sorti.

— De rien d'important. Alors ? L'adjoint et toi ?

Georgia retrouva son sourire.

— J'ai oublié à quand remonte la dernière fois qu'un homme m'a invitée à dîner ! Mais je n'ai rien à me mettre.

— Ne me regarde pas comme ça, répondit Molly. Je n'ai pas apporté grand-chose, vu que je ne pensais pas rester longtemps.

— On pourrait aller faire les boutiques ? S'il te plaît...

— Tu seras jolie quoi que tu portes.

Mais Molly voyait bien que Georgia tenait à se faire belle pour sa soirée. Elle regarda sa montre. Elle avait largement le temps de faire les boutiques avant le rendez-vous. De plus, cela lui ferait sans doute du bien après ses discussions avec Irma et le shérif. Elle pourrait même en profiter pour acheter des vêtements noirs, qui seraient plus discrets dans les bois.

— Très bien, allons-y, dit-elle à Georgia. À quelle heure as-tu rendez-vous ?

— À 18 heures.

— Tu sais où aller ?

— J'ai fait une recherche sur Internet. Il y a plusieurs boutiques à Eureka.

En songeant qu'elle en était arrivée à voir Eureka comme une grande ville, Molly ne put s'empêcher de sourire.

Elles quittèrent l'hôtel et montèrent en voiture.

— C'est sérieux entre l'adjoint et toi ? demanda Molly après avoir démarré.

— Ce n'est qu'un dîner. Jaden est adorable, mais je sauterai dans le premier avion quand on aura trouvé Rowdy.

— Juste une aventure, alors ?

— Ne me dis pas que tu n'as pas envisagé d'en avoir une avec le shérif.

Molly esquissa un sourire.

— Ce qui se passe dans le Montana reste dans le Montana ?

— Exactement.

Le téléphone de Georgia sonna. Elle regarda l'écran, prit un air contrarié et ne décrocha pas.

— Ta compagnie qui veut des nouvelles ? demanda Molly.

Georgia secoua la tête.

— Juste… un ex.

Elle alluma la radio et se mit à chanter.

Une heure plus tard, Molly avait mal aux pieds. Elle s'assit sur un banc devant la dernière boutique qu'elles avaient visitée. Chercher la robe parfaite avait été une épreuve. Heureusement, elles venaient de la trouver dans cette boutique.

Molly se demanda à quand remontait la dernière fois qu'elle s'était mise dans un état pareil pour un rendez-vous et pouffa. Elle n'était pas sûre que cela lui soit jamais arrivé. Elle songea au shérif… Non, quelques pensées indécentes ne comptaient pas.

Georgia sortit de la boutique, rayonnante, et l'employée ferma derrière elle.

— Il faut qu'on se dépêche ! lança Georgia à Molly.

— Ne t'en fais pas. On a largement le temps de rentrer.

Alors qu'elles commençaient à traverser la rue, un van qui tirait une remorque à chevaux manqua de les renverser. Le van s'arrêta net et ses portières s'ouvrirent. Molly crut que ses occupants allaient s'excuser et s'assurer qu'elles allaient bien jusqu'à ce qu'elle découvre que les deux hommes portaient des masques d'Halloween.

Le plus grand des deux attrapa Georgia. Molly n'eut pas le temps de réagir avant que l'autre ne lui saisisse le bras. Il lui arracha son sac et l'entraîna vers la remorque, dans laquelle il la poussa brutalement. Georgia tomba sur le plancher de la remorque deux secondes après elle. Molly s'empressa de se relever, mais elle retomba quand le véhicule se mit en route.

— Que se passe-t-il ? s'écria Georgia.

Molly n'en savait rien, mais cela avait probablement un rapport avec le meurtre de son père.

— Tu as ton téléphone ? demanda-t-elle.

Georgia secoua la tête.

— Il a pris mon sac à main, répondit-elle en serrant le sac contenant sa robe contre sa poitrine comme si c'était une bouée de sauvetage. Qui...

Elle éclata en sanglots.

— Je vais être en retard à mon rendez-vous et je ne peux même pas passer un coup de fil, gémit-elle entre deux hoquets.

Molly eut envie de la rassurer, mais d'après ce qu'elle pouvait voir par les fentes sur les côtés de la remorque, ils n'étaient pas sur la route de Fortune Creek. Ils s'éloignaient d'Eureka en direction de la montagne.

Elle envisagea une fuite désespérée, mais même si elle réussissait à ouvrir la portière de la remorque, ils allaient trop vite pour qu'elles en sautent.

Il fallait pourtant qu'elle fasse quelque chose ! Elle ne savait absolument pas qui étaient ces hommes ni ce qu'ils avaient prévu, mais elle n'était pas naïve. Georgia et elle étaient en danger. Étaient-elles à la merci de l'assassin de son père ?

Mais ce n'était pas le plus important à ce stade. Après avoir vérifié qu'il n'y avait rien qui pouvait servir d'arme dans la remorque, elle se tourna vers Georgia.

— Donne-moi ton collier.

— Quoi ? Pourquoi ?

— Donne-le-moi, vite.

Georgia retira son collier fait de grosses perles colorées et le lui tendit. Molly le glissa dans sa poche. Après avoir cassé le lacet, elle s'approcha d'une fente et commença à faire tomber des perles sur la route.

— Sérieusement ? s'écria Georgia.

— On n'a pas de miettes de pain, ironisa Molly.

— Tu crois vraiment que ça va nous aider ? demanda Georgia, qui semblait commencer à reprendre ses esprits.

— Je suis désolée pour ton rendez-vous, lui dit Molly.

— Je suis idiote, hein ? On va sûrement mourir, et je me désole parce que j'ai payé une fortune pour une robe que je ne mettrai sans doute jamais.

Elles tombèrent quand le véhicule tourna pour s'engager sur un chemin de terre.

— Tu as une idée de l'endroit où on est ? demanda Georgia.

— Aucune, répondit Molly, qui s'était empressée de recommencer à lancer des perles.

Elle n'en avait presque plus et elle commençait à se dire que cela ne servait à rien. Personne ne les chercherait. Le shérif ne voulait pas qu'elle l'accompagne ce soir, et l'adjoint s'imaginerait sûrement que Georgia lui avait posé un lapin.

Elle avait lancé ses dernières perles et s'était mise à prier quand le véhicule s'arrêta.

23

— Je viens de voir un truc dingue, dit l'interlocuteur du shérif. Ça pouvait être une blague. Vous savez comment sont les jeunes... Mais ces deux femmes avaient l'air vraiment effrayées.

Le shérif demanda à l'homme de lui décrire le van et de lui dire dans quelle direction il était parti. Après avoir appelé Ash, il n'eut plus aucun doute sur l'identité des deux femmes en question.

— Elles sont allées faire du shopping à Eureka, lui dit Ash. Non, je ne les ai pas vues depuis.

Les boutiques étaient fermées quand il arriva à Eureka. Il craignit de devoir appeler leurs propriétaires et leurs employés, ce qui lui ferait perdre un temps précieux.

Mais la chance lui sourit : il repéra la voiture de Molly devant l'une des boutiques. Il appela la propriétaire.

— Oui, je les ai vues, lui dit celle-ci. Celle qui voulait une robe n'arrivait pas à se décider. Je leur ai suggéré d'aller chez Marigold, au bout de la rue.

— Avez-vous remarqué quelqu'un qui les aurait observées ?

— Désolée. J'étais occupée à leur montrer des robes.

Il appela ensuite Marigold, dont la boutique était proche de la précédente. Molly et Georgia avaient dû y aller à pied.

Marigold ne travaillait pas, aujourd'hui, mais elle lui donna le numéro de son employée. Tina répondit à la quatrième sonnerie.

Il entendit la télévision et des voix d'enfants derrière elle. Il ne fut pas surpris qu'elle se souvienne de ces deux clientes.

— Ça a pris du temps, mais j'ai trouvé la robe parfaite. D'ailleurs, j'ai fermé en retard.

Il lui demanda si elle avait vu quelqu'un tourner autour de sa boutique ou observer les deux clientes. Elle aussi avait été trop occupée pour remarquer quoi que ce soit.

— Les avez-vous vues s'éloigner ?

— Je les ai raccompagnées à la porte et j'ai fermé. J'ai vu qu'elles ont failli se faire renverser par un van en traversant la rue... Et puis j'ai éteint la lumière et je suis sortie par-derrière. Je ne les ai pas revues.

— Vous n'auriez pas reconnu le van ou vu dans quelle direction il allait, à tout hasard ?

Le moteur s'arrêta et Molly entendit les deux hommes sortir du van. Terrifiée, elle fixa la portière de la remorque. La nuit tombait et il n'y avait aucune lumière à l'extérieur. Ils pouvaient être au beau milieu de nulle part.

Après plusieurs secondes, elle fut surprise qu'il ne se soit toujours rien passé. Elle jeta un coup d'œil à Georgia, qui avait recommencé à serrer le sac de sa robe contre son cœur.

Alors, Molly entendit des voix d'hommes, l'une plus forte que l'autre.

— Qu'est-ce qui t'a pris ?

— Il voulait qu'elle disparaisse. Elles étaient ensemble. Qu'est-ce que je pouvais faire d'autre ?

L'autre homme jura et Molly entendit une portière claquer. Comme elle le craignait, c'était sa faute.

— Désolée, dit-elle à Georgia.

— Et moi, je suis désolée pour tout à l'heure, répondit Georgia. Pleurer pour un rendez-vous... Pour être honnête – puisqu'on est sur le point de mourir –, je n'ai plus de vie privée depuis longtemps. Je ne fais que travailler pour cette maudite compagnie d'assurances, sans obtenir la moindre reconnaissance en échange.

— Si tu rates ton rendez-vous de ce soir, tu pourras toujours voir l'adjoint demain.

Georgia éclata de rire.

— Es-tu toujours aussi optimiste ?

Molly s'approcha de son amie pour la serrer dans ses bras.

— Je suis contente pour toi, lui dit-elle. Les vrais rendez-vous n'existent presque plus. On est si occupées qu'on est obligées de chercher des hommes sur Internet.

— Sauf que j'ai été enlevée. Ça faisait si longtemps que je n'avais pas rencontré quelqu'un... de gentil. J'aurais pu m'engager dans une relation sérieuse avec Jaden.

Molly hocha la tête et songea au shérif.

— Je comprends ce que tu ressens et je suis désolée. Mais tu as entendu ce qu'ils ont dit. Ils ne voulaient enlever que moi.

Georgia haussa les épaules.

— On est dans le même bateau, et puis c'est moi qui ai voulu qu'on aille faire du shopping.

Après quelques secondes de silence, ce que Georgia venait de dire frappa Molly.

— Exactement. Comment savaient-ils qu'on était à Eureka ?

— Quelqu'un surveillait peut-être l'hôtel ? suggéra Georgia.

Molly songea à la visite d'Irma, sauf qu'Irma semblait être venue parce qu'elle voulait la protéger... Mais si ce n'était pas elle, qui les avait vues quitter l'hôtel ?

Sans doute tout le monde à Fortune Creek, songea-t-elle amèrement.

— Comment va-t-on s'en sortir ? demanda Georgia. Si seulement j'avais mon revolver !

— Tu as une arme ? demanda Molly, surprise.

— Je ne sors jamais sans elle – sauf aujourd'hui pour aller faire les boutiques.

— C'est bien dommage, effectivement, lui accorda Molly.

Elle fouilla ses propres vêtements, qui ne contenaient qu'un morceau de papier qu'elle ne se rappelait pas avoir mis là. Les sourcils froncés, elle le sortit de sa poche, le déplia et essaya de lire ce qui y était écrit.

— Qu'est-ce que c'est ? demanda Georgia.

— Un mot.

C'était une page de la Bible sur laquelle quelqu'un avait entouré les mots « Œil pour œil ». Molly lut péniblement ce qui était écrit en dessous : « L'assassin de Seth ira en enfer. »

— Irma a dû le mettre dans ma poche quand elle est venue me voir, tout à l'heure. Ma veste était sur le lit et elle s'y est assise.

Elle tendit le mot à Georgia.

— De la bonne vieille vengeance, commenta celle-ci.

Molly entendit une portière claquer et des pas qui approchaient. Elles n'avaient pas eu l'occasion de se défendre au moment de l'enlèvement, et cela risquait de ne pas être mieux quand la remorque s'ouvrirait.

— Je crois qu'on devrait leur obéir pour le moment, chuchota-t-elle.

Georgia ne répondit rien. Alors, elles entendirent les portières du van s'ouvrir et deux personnes monter dans le véhicule. Leurs ravisseurs ? Ils se remirent en route.

Le cœur de Molly se serra. Que comptaient-ils faire d'elles ?

Irma entendit Cecil rentrer et comprit à sa démarche lourde qu'il était de mauvaise humeur. Un peu plus tôt, les fils de Gage étaient revenus de la ville. Après avoir passé des années à écouter le moindre son du ranch, elle reconnaissait le bruit de chaque véhicule.

Du coin de l'œil, elle vit Cecil tirer une chaise et s'y laisser tomber. Après avoir passé des années auprès de cet homme, elle n'avait plus aucune illusion sur son compte. Elle songea à l'avis de décès qu'elle ferait passer dans le journal. « Cecil Crandell aimait ses terres et sa famille. Il était prêt à tout pour les protéger, même à tuer. »

Elle posa sa cuillère, s'essuya les mains sur son tablier et se tourna vers lui. Il avait les épaules voûtées et un air de chien battu.

Elle inspira profondément et se souvint de toutes les fois où il était entré dans cette cuisine pour lui annoncer de mauvaises nouvelles.

— Qu'as-tu fait, Cecil ?

Brandt roula le plus vite possible. Comme il n'y avait personne sur la route, il n'avait pas besoin d'allumer la sirène. Il n'avait fait que quelques kilomètres lorsqu'il vit un petit objet briller à la lumière de ses phares.

Il en vit vite un autre, puis encore un autre. Qu'était-ce donc ? Il poursuivit jusqu'à l'intersection qui menait au ranch des Crandell par l'arrière. En s'y engageant, il repéra un nouvel objet brillant.

Il s'arrêta pour le ramasser. C'était une grosse perle en plastique. Il se souvint aussitôt que Georgia portait un collier fait de perles semblables la dernière fois qu'il l'avait vue. Les deux femmes lui avaient laissé une piste à suivre ?

Il s'empressa de se remettre en route. Lorsqu'il atteignit le ranch, son espoir s'évapora. Il ne distingua aucun van avec une remorque à chevaux.

Il ne vit qu'un homme armé d'un fusil à pompe. Il alluma la sirène.

Au lieu de se pousser, l'homme leva son arme.

Molly fut surprise de sentir que le véhicule s'était remis à rouler sur une route goudronnée.

— Où nous emmènent-ils ? chuchota Georgia.

Molly, qui n'avait rien de rassurant à lui dire, ne répondit pas.

Au bout d'un moment, le véhicule ralentit, puis s'arrêta. Molly vit de la lumière à travers les fentes. Leurs ravisseurs sortirent du van sans couper le moteur.

Alors, la portière de la remorque s'ouvrit.

— Sortez ! ordonna le plus grand des deux hommes, qui étaient toujours masqués.

Georgia et elle avaient les jambes si engourdies par les cahots qu'il leur fallut un certain temps pour se lever. Les deux hommes les aidèrent à sortir de la remorque.

Molly fut abasourdie de découvrir qu'elles étaient revenues à leur point de départ, dans le centre-ville d'Eureka. Tous les magasins étaient fermés.

Les deux hommes leur lancèrent leur sac.

— Allez-vous-en ! Quittez la ville ! Vous n'avez rien à faire ici ! grogna le plus grand des deux avant de remonter dans le van.

— Désolé, chuchota l'autre quand il passa près de Molly.

Il rejoignit son complice et le van s'éloigna.

— Pourquoi nous ont-ils relâchées ? balbutia Georgia.

— Parce qu'ils n'étaient pas censés nous enlever, répondit Molly, qui tremblait encore, en cherchant les clés de la voiture dans son sac. Allons-nous-en. Tu seras en retard, mais tu peux encore aller à ton rendez-vous.

Le shérif pila à quelques mètres de Gage Crandell, qui le visait à travers le pare-brise. Il allait dégainer quand Cecil apparut et arracha le fusil des mains de son fils.

À la lumière des phares, Brandt les vit se disputer pendant deux minutes, puis Cecil s'approcha de la voiture, le fusil dans sa main gauche.

Brandt baissa sa vitre.

— Que se passe-t-il ? demanda-t-il.

— Je l'ai tué, dit Cecil d'une voix rauque et chargée d'émotion. J'ai tué mon fils Seth.

Le shérif jeta un coup d'œil à Gage, qui était toujours devant sa voiture, la tête baissée. Une petite silhouette apparut derrière lui. Irma.

— Où sont vos petits-fils ? demanda Brandt à Cecil.

— Ils vont revenir de la ville. Seuls.

— Les femmes vont bien ?

Cecil hocha la tête.

— Je vais sortir de ma voiture. Posez votre arme, Cecil.

Cecil parut hésiter un instant avant de laisser tomber le fusil à pompe dans l'herbe.

Brandt sortit de sa voiture en surveillant Gage et sa mère du coin de l'œil. Tous deux restèrent parfaitement immobiles pendant qu'il menottait Cecil. Après s'être assuré qu'il n'avait pas d'autre arme et lui avoir lu ses droits, il le fit monter à l'arrière de sa voiture.

Alors, Brandt s'empressa d'appeler Molly en priant pour que le vieil homme ne lui ait pas menti. Elle décrocha à la troisième sonnerie.

— Vous allez bien ? lui demanda-t-il.

— Oui. Vous savez ce qui s'est passé ?

— Oui. Où êtes-vous ?

— On rentre à Fortune Creek.

— Très bien. Moi aussi.

Brandt se mit au volant et soupira de soulagement. Molly avait l'air secouée, mais il ne lui était rien arrivé d'horrible, contrairement à ce qu'il craignait.

Il avait deviné qui les avait enlevées, Georgia et elle, dès que l'employée de la boutique lui avait décrit le van.

Il fit demi-tour. Dans le rétroviseur, il vit que Cecil avait fermé les yeux. Derrière, son fils était tombé à genoux au milieu du chemin et Irma avait disparu.

24

Brandt avait fait signer ses aveux à Cecil, qui avait refusé de dire quoi que ce soit de plus et d'appeler un avocat.

— Et la marionnette de votre fils, Rowdy ? avait demandé Brandt.

Cecil s'était contenté de secouer la tête. Soit il ne l'avait pas prise, soit il s'en était déjà débarrassé.

Brandt avait compris qu'il n'en tirerait rien de plus. Cecil avait avoué. L'affaire était maintenant entre les mains du procureur.

Brandt avait hâte de retrouver Molly.

Dans le hall de l'hôtel, il croisa Georgia et Jaden, qui s'étaient faits beaux tous les deux. Il haussa un sourcil.

— J'espérais prendre votre déposition, dit-il à Georgia.

— Molly vous racontera tout, répondit-elle. J'ai un rendez-vous.

Il esquissa un sourire. Au moins, elle ne semblait pas trop traumatisée.

— Passez à mon bureau demain, conclut-il.

Il monta au deuxième étage et frappa à la porte de la chambre de Molly. Elle venait de prendre une douche et avait encore les cheveux mouillés.

Il la trouva si belle et il était si soulagé qu'il ne put s'empêcher de la prendre dans ses bras. Elle se laissa faire et ils restèrent immobiles un long moment.

Quand il s'écarta, il comprit subitement ce qu'impliquait ce qu'il s'apprêtait à dire. Elle allait partir.

— Cecil Crandell a avoué le meurtre de votre père. C'est terminé.

Elle hocha la tête, les larmes aux yeux.

— A-t-il dit pourquoi ?

— Non. On le découvrira peut-être s'il y a un procès.

— Je n'avais pas pensé qu'il pouvait y avoir un procès, dit-elle en s'approchant de la fenêtre. Ici ?

— Sans doute à Kalispell.

— Qu'arrivera-t-il à Cecil ?

— Ça dépendra du juge, mais vu son âge, il va sans doute mourir derrière les barreaux.

Quand un petit sanglot échappa à Molly, il s'approcha pour poser les mains sur ses épaules.

— Je suis désolé, murmura-t-il. J'aimerais pouvoir faire plus.

— Je crois que j'ai besoin d'être seule, répondit-elle.

Il recula.

— Bien sûr. Avant de partir, passez à mon bureau pour faire une déposition. Vous pouvez porter plainte.

— Je ne porterai pas plainte.

Il hocha la tête et se dirigea vers la porte. Avant de sortir, il demanda :

— Qui a eu l'idée de semer des perles ?

Molly esquissa un sourire triste.

— Moi.

— J'en étais sûr.

Après le départ du shérif, Molly fondit en larmes. Ce fut comme si tout ce qu'elle avait retenu en elle s'échappait d'un coup. Pendant des années, elle avait haï son père parce qu'elle n'avait pas réussi à obtenir son amour.

Elle savait bien qu'il était mort, mais elle n'en prenait

vraiment conscience que maintenant que Cecil avait avoué. Comme le shérif l'avait dit, c'était fini.

Elle songea à la seule chance qu'elle avait eue de parler à son père, quand il lui avait fait parvenir un mot pendant son spectacle. Si elle avait été moins orgueilleuse, il aurait peut-être essayé de tout lui expliquer.

Comme May l'avait dit, les fantômes de son passé l'avaient suivi toute sa vie. Ils avaient fini par le rattraper dans cet hôtel.

Elle pleura jusqu'à ce que l'épuisement la calme, puis elle essuya ses larmes.

Elle se leva et retourna à la fenêtre. Elle n'avait jamais vu autant d'étoiles... Plus rien ne la retenait dans cette ville.

Elle songea à Irma. Que lui arriverait-il ? Elle avait encore Gage, ses petits-fils et leur femme, mais elle n'était pas sûre que cela la réconforterait vraiment. Même si elle haïssait Cecil, son absence allait créer un grand vide dans sa vie après tant d'années de mariage.

Molly n'arrivait pas à se représenter une relation aussi longue. Elle n'avait jamais eu envie de s'enraciner quelque part.

Elle songea au shérif, sourit et regretta de ne pas ressembler davantage à Georgia. Mais elle ne voulait pas d'une aventure passagère. Elle était certaine qu'elle y laisserait des plumes. Quoi que l'avenir lui réserve, il valait mieux qu'elle laisse le shérif tranquille.

Elle se coucha. Alors qu'elle pensait qu'elle n'arriverait pas à dormir, elle fut réveillée en sursaut, peu avant minuit, par des coups frappés à sa porte.

La chanson que chantait Rowdy s'arrêta net, mais pas assez vite pour qu'elle croie l'avoir rêvée. Elle alluma la lumière et balaya la chambre du regard en s'attendant à y trouver son père avec Rowdy.

Elle n'avait pas non plus rêvé les coups frappés à la porte, qui recommencèrent.

— Qui est-ce ? demanda-t-elle en enfilant sa robe de chambre.

Brandt s'était débarrassé de quelques tâches administratives avant de monter dans son appartement. Il n'avait pas faim et ne se sentait pas fatigué. Il ouvrit la fenêtre de sa chambre et grimpa sur le toit.

De là, il pouvait voir toute la ville. Il lui arrivait souvent de s'installer à cet endroit pendant l'été, pour boire une bière en s'abandonnant au fil de ses pensées.

Ce soir, il prit conscience qu'il avait recommencé. Il était tombé amoureux d'une femme qui n'était pas faite pour lui. Il pouffa. Dire qu'il n'avait même pas essayé de l'embrasser...

Une pensée lui traversa l'esprit. Demain, il faudrait qu'il aille interroger Irma et le reste de sa famille. L'un des Crandell savait-il ce que Cecil avait fait de Rowdy ? Plus important encore, connaissaient-ils les détails du meurtre ? Il se souvint qu'on avait aussi trouvé les empreintes de Gage dans la camionnette de Clay Wheaton.

Un peu plus tôt, un tuyau anonyme lui avait permis de trouver l'arme du crime, qu'il avait envoyée au laboratoire de Kalispell. Était-ce l'un des Crandell qui avait appelé ? Il était sûr que c'étaient les fils de Gage qui avaient enlevé Molly et Georgia. Cecil avait ses raisons pour avouer et ne pas vouloir d'avocat. Quand la justice aurait décidé de son sort, sa famille pourrait commencer à guérir.

Tout s'achevait proprement. Peut-être un peu trop. Était-ce cela qui le tracassait ?

De son perchoir, il vit Jaden ramener Georgia à l'hôtel. Ils s'embrassèrent, puis son adjoint partit et Georgia rentra dans l'hôtel après avoir fait un signe de la main à Jaden.

Partirait-elle alors que Rowdy n'avait pas été retrouvé ? Le fait que la marionnette obsédait Molly avait agacé Brandt, au début. À présent, il aurait aimé pouvoir la lui rendre avant son départ.

Il se répéta que l'enquête était résolue et qu'il pouvait se détendre, mais il continuait à avoir l'impression que cela avait été trop facile. Y avait-il un élément qui lui échappait ? Il tirerait cela au clair demain, songea-t-il en rentrant dans sa chambre. Il jeta un dernier coup d'œil à l'hôtel, espéra que Molly dormait déjà, puis ferma les rideaux.

— Qui est-ce ? répéta Molly.

— Moi, répondit Georgia. Il faut que je te parle.

Molly soupira. Elle n'avait pas envie de l'entendre raconter sa soirée. Quelle heure était-il, déjà ?

— Je dormais, dit-elle alors que Georgia entrait dans sa chambre.

— Je viens d'apprendre que Cecil Crandell avait avoué. Tu as Rowdy ? Tu ne l'as pas détruit, dis-moi ?

Molly alla s'asseoir au bord du lit avant de répondre :

— Je ne sais rien sur Rowdy.

— Mais si le père de Clay a avoué...

— Il faudra que tu poses la question au shérif demain, la coupa Molly.

Elle eut envie de se gifler quand elle s'entendit demander :

— Comment s'est passée ta soirée ?

Georgia s'assit à côté d'elle et leva les yeux vers le plafond.

— Ça a été génial, comme je m'y attendais.

— Tant mieux. Mais tu vas quand même quitter Fortune Creek, hein ?

— Bien sûr que oui ! s'écria Georgia. Rester quelque part à cause d'un homme ? J'ai déjà commis cette erreur. Heureusement que j'avais obtenu une mutation au sein de ma compagnie, parce qu'il m'a larguée quelques mois plus tard. Évidemment que je m'en vais, quels que soient les atouts de Jaden. Le shérif ne t'a vraiment rien dit sur la marionnette ?

— Je n'ai même pas pensé à lui poser la question.

— Est-ce que ça veut dire que tu ne veux plus détruire Rowdy ?

— Je suppose, répondit Molly après quelques instants de réflexion.

— Tant mieux. On dirait que tu as fait la paix avec ton père.

— J'y travaille, disons. Mais sache que je ne veux pas de l'argent de l'assurance, si on ne retrouve pas Rowdy. Tu devrais pouvoir garder ton emploi si ta compagnie n'a rien à débourser, non ?

— Tu es sérieuse ? Tu renoncerais à un million de dollars ?

Molly hocha la tête.

— Je peux signer quelque chose ou parler à ton patron, si tu veux.

— Non, ça ira, mais merci. C'est très gentil à toi.

— J'ai tout ce qu'il me faut, répondit Molly en haussant les épaules.

— Le shérif ? s'écria Georgia.

— Non, mais ça aurait été sympa.

— Sympa ? répéta Georgia. Je parie que ça aurait été bien mieux que ça. En tout cas, si tu passes dans mon coin, appelle-moi. On ira boire un verre ensemble.

— C'est promis - à condition que tu me laisses dormir, maintenant.

Georgia pouffa et se leva.

— Bonne nuit.

Molly se recoucha. Elle était sur le point de s'endormir quand un bruit lui fit ouvrir les yeux. Elle tourna la tête du côté de la porte et vit la feuille pliée en deux sur la moquette.

Elle se leva et alla déplier la feuille du bout du pied. Le cœur affolé, elle lut :

Si tu veux revoir Rowdy le cow-boy de rodéo, rejoins-moi maintenant. Je te laisse vingt minutes. Si tu ne viens pas seule, je détruirai la marionnette. Je t'attends près du gros rocher que tu vois depuis la fenêtre de ta chambre.

Elle voyait de quel rocher il s'agissait. Mais y aller maintenant ? Au milieu de la nuit ? Au moins, elle ne risquait pas de se retrouver en face du tueur, puisque Cecil avait avoué. Et il était sûr que Georgia pourrait garder son emploi si elle récupérait Rowdy.

Quand cette pensée lui vint, elle comprit qu'il ne s'agissait pas que de cela. Elle voulait retrouver Rowdy pour son père. Elle aimait l'idée qu'il finisse dans un musée et elle pensait que son père l'aurait voulu aussi.

Elle s'habilla à la hâte en songeant qu'elle devait prévenir le shérif. Mais celui qui détenait Rowdy risquait de le détruire... Elle décida de garder son téléphone à la main pour pouvoir l'appeler si elle avait des ennuis.

Une fois prête, elle fonça vers l'escalier de secours.

25

Brandt se réveilla en sursaut. Quelque chose clochait. Dès qu'il retrouva l'idée qui l'avait tiré du sommeil, il s'habilla et fonça dans son bureau.

— Où est-ce que j'ai mis ça ? grommela-t-il.

Il lui fallut dix bonnes minutes pour retrouver la copie du mot que Clay Wheaton avait laissé dans sa chambre d'hôtel.

Brandt s'assit sur sa chaise, appela le second numéro et écouta le message qui lui disait que le bureau de la compagnie dans le Montana était fermé. Il avait oublié le nom de la compagnie. Maintenant qu'il l'avait, il pouvait appeler le bureau de New York, qui devait venir d'ouvrir.

Il attendit que quelqu'un décroche en se reprochant de ne pas y avoir pensé plus tôt et en espérant qu'il se trompait.

— Bonjour, que puis-je faire pour vous ? finit par lui demander une jeune femme.

Il expliqua rapidement qui il était et ce qu'il voulait.

— C'est une question de vie ou de mort, dit-il.

— C'est une requête très inhabituelle, répondit-elle. Veuillez patienter pendant que je vois ce que je peux faire.

L'attente parut interminable à Brandt.

— Désolée, je devais vérifier votre identité, dit la jeune femme quand elle reprit la communication. Vous êtes à votre bureau ? Je vous rappelle.

— D'accord, mais faites vite.

Il raccrocha, les nerfs à vif. Il avait beau se dire que Molly devait dormir profondément, il était fou d'inquiétude. Il songea à l'appeler, mais pour lui dire quoi ? Pour lui exposer sa théorie délirante et lui dire de n'ouvrir à personne ?

Son téléphone sonna deux minutes plus tard.

— Shérif Brandt Parker.

Il écouta la jeune femme lui fournir l'information qu'il demandait et eut envie de se gifler. Qu'il avait été stupide ! Depuis le début, il ne s'agissait que de Rowdy.

Il appela Molly dès qu'il eut raccroché et tomba sur le répondeur. Elle devait avoir éteint son téléphone. Le cœur affolé, il fonça vers l'hôtel.

Les bois étaient terriblement obscurs. De temps à autre, Molly apercevait le gros rocher éclairé par la lune entre les branches, ce qui lui permettait de s'orienter.

Ses doigts étaient crispés sur son téléphone. Elle savait bien qu'elle n'aurait pas dû être là toute seule.

En progressant lentement, elle réfléchit à tout ce qui s'était passé. Les aveux de Cecil l'avaient-ils surprise ? En tout cas, le vieux fermier lui semblait tout à fait capable de commettre un meurtre.

Elle se souvint du moment où il les avait menacés avec son fusil et fronça les sourcils. Ses mains tremblaient. Sur le coup, elle s'était dit que c'était à cause de la colère.

Mais ses mains tremblaient toujours quand elle était passée à côté de lui, alors qu'il avait posé son fusil. Et elles ressemblaient à des serres. À cause de l'arthrite ? Était-il seulement capable de tirer ? Une chose était sûre : il n'avait pas pu écrire les demandes de rançon.

Elle s'arrêta net. Elle n'était plus qu'à quelques dizaines

de mètres du rocher. La personne qui l'attendait avait dû l'entendre approcher.

Mais qui était-ce ?

Brandt récupéra le double des clés des chambres de Molly et de Georgia à la réception. Il essayerait de réveiller Molly en tambourinant à sa porte, mais il n'hésiterait pas à entrer si cela ne marchait pas.

Il monta l'escalier quatre à quatre et frappa à la porte de Molly. Pas de réponse. Le cœur affolé, il ouvrit le battant – qu'il aurait défoncé s'il n'avait pas trouvé le double de la clé.

Il vit tout de suite que le lit était vide.

— Molly ? appela-t-il.

Il ne lui fallut que quelques secondes pour vérifier qu'elle n'était pas dans la salle de bains. Il s'apprêtait à aller inspecter la chambre de Georgia quand il vit le mot sur la table de nuit. Il le lut et jura. Depuis quand était-elle partie ? Et pourquoi y était-elle allée seule ? N'avait-elle pas confiance en lui ?

Il fonça dans la chambre de Georgia en sachant qu'il n'y trouverait personne.

Il jeta un coup d'œil par la fenêtre et vit la lumière d'une lampe de poche près du gros rocher. Il partit en courant. Il devait rejoindre Molly avant qu'il ne soit trop tard.

L'instinct de Molly lui ordonnait de s'enfuir, mais si elle voulait connaître la vérité... La personne qui l'attendait alluma une lampe de poche. Elle l'éteignit rapidement, mais cela permit à Molly de la localiser.

Elle fit un pas dans sa direction, puis un autre. Elle finit par se retrouver au bord d'une clairière, de l'autre côté du rocher. C'était là qu'il l'attendait. Sa ressemblance avec Cecil et Seth la frappa. Comme son père et son frère, c'était un homme imposant.

— As-tu apporté l'argent ? lui lança Gage.

Elle tapota son sac, qui ne contenait que deux cents dollars, en espérant qu'il ne demanderait pas à voir l'argent d'abord. Elle était venue pour obtenir des réponses. Elle adorerait sauver Rowdy en mémoire de son père, mais elle voulait surtout savoir qui avait tué Clay.

— Où est Rowdy ? demanda-t-elle.

Gage s'écarta. L'étui de Rowdy se trouvait derrière lui.

— Ouvrez-le, s'il vous plaît.

— Vous êtes méfiantes, vous, les filles de la ville, ricana Gage.

Il ouvrit l'étui assez longtemps pour qu'elle aperçoive le visage peint de Rowdy, puis le referma.

— Comment se fait-il que vous ayez Rowdy, si c'est votre père qui a tué le mien ?

— À ton avis ?

— Et vous allez laisser votre père porter le chapeau ?

Gage éclata de rire.

— Il vaut mieux qu'il soit en prison, crois-moi. Quand ma mère apprendra qu'il a avoué le meurtre de Seth, son fils chéri, elle lui fera la peau. Elle lui en veut déjà à mort de ne pas lui avoir dit que Seth était dans le coin. D'une manière ou d'une autre, ça finira mal pour mon père.

Molly en resta bouche bée.

— Tu ne comprends pas, dit Gage en s'approchant d'elle. Ce soir-là, on est allés à l'hôtel pour tuer Seth, mon père et moi. J'avais coincé la porte avec un livre pour qu'on puisse entrer. Mon père ne voulait pas que je vienne. J'ai sauté dans la camionnette au moment où il partait.

— Et vous saviez qu'il y allait pour le tuer ?

— Oui, vu qu'il avait pris le flingue avec le silencieux. C'était inévitable, après notre première discussion avec Seth. Et je voulais qu'il le fasse... C'est pour ça que je l'ai accompagné. Mais il n'a pas réussi, dit Gage avec dégoût. Alors que Seth était à genoux et attendait la mort, il n'a pas réussi. Il a lâché le flingue et il est parti. Il espérait peut-être que Seth se suiciderait.

Molly comprit subitement qu'elle avait fait ce que Brandt craignait : elle était allée seule dans les bois pour retrouver le tueur.

— Qu'avez-vous fait ? murmura-t-elle.

— J'ai laissé le bouquin sous la porte et j'ai suivi mon père. Il est parti sans m'attendre, comme s'il avait oublié que j'étais là. Comme d'habitude... Je suis le fils oublié, celui qui est resté coincé au ranch après le départ et la mort des deux seuls dont mes parents se souciaient.

— Alors vous êtes retourné dans la chambre de votre frère.

Gage hocha la tête.

— Seth nous avait rendu les choses si faciles... Il voulait que mon père le tue. Ou peut-être qu'il était déjà mort, tout au fond de lui. C'était peut-être pour ça qu'il avait changé de nom et qu'il laissait cette poupée idiote parler à sa place.

— Et vous l'avez tué.

Gage cligna des yeux.

— Non. Quand je suis retourné dans la chambre, Seth était déjà mort et le flingue avait disparu. J'ai juste pris le bloc-notes et le stylo.

Lui disait-il la vérité ?

— Et Rowdy ?

— Mon père l'a emporté en partant, sûrement pour le détruire, mais il l'a jeté dans des buissons derrière l'hôtel. Je l'ai récupéré en redescendant. Je voulais peut-être tuer Seth... Je ne sais pas. Mais je n'ai pas eu à le faire. J'ai pris les clés de la camionnette pour rentrer, et mon fils Cliff m'a suivi pour que je la rapporte à l'hôtel.

— Si c'est vrai, qui a tué votre frère ?

— J'en sais rien, mais j'ai besoin de ces cinq mille dollars pour acheter ma liberté. J'ai été obligé d'être le fils qui ne pouvait pas abandonner ses parents alors qu'ils avaient perdu les deux autres. J'en ai marre d'envier Ty et Seth parce qu'ils ont échappé à cette vie. Je veux être libre, moi aussi.

— Ça peut s'arranger, dit quelqu'un derrière Molly avant de tirer.

Gage porta ses mains à son torse et s'effondra à côté de l'étui de Rowdy.

Brandt paniqua quand il entendit la détonation. Il avait tout compris, mais pas assez vite – peut-être pas assez vite pour sauver Molly.

Il n'était plus très loin du rocher et il entendait des voix, mais un son plus proche le fit sursauter. Il y avait quelqu'un derrière lui.

Le coup sembla venir de nulle part. Brandt s'effondra dans les aiguilles de pin, et les ténèbres l'engloutirent.

Georgia entra dans la clairière.

Abasourdie, Molly fixa le revolver qu'elle tenait et qui était maintenant pointé sur elle.

— Tu as vraiment une arme, balbutia-t-elle.

— Je t'ai dit que je ne m'en séparais jamais.

— Que se passe-t-il ?

— Disons que je te sauve la vie et que je récupère Rowdy. N'étais-tu pas censée me prévenir si la personne qui l'avait te contactait ? Je te faisais confiance.

Molly n'y comprenait plus rien.

— Tu as tué Gage.

— Si je n'avais pas découvert que tu avais reçu des demandes de rançon – ce que tu m'as caché –, j'aurais peut-être fini par laisser tomber et partir sans la marionnette. Mais puisque quelqu'un l'avait, je ne pouvais pas m'en aller sans savoir où elle était.

— Mais pourquoi as-tu tué Gage ? Il allait me donner Rowdy. C'était fini. Tu aurais eu la marionnette et tu aurais sauvé ton emploi.

— Oui, mon emploi que je déteste. Quand ton père est venu pour assurer Rowdy, j'ai vu une porte de sortie. Je ne savais pas qu'un crétin allait l'assassiner et embarquer la marionnette. Ça ne faisait pas partie du plan. J'avais juste vu que Clay Wheaton n'avait plus très longtemps à vivre. Tu ne comprends toujours rien, hein ?

Georgia ricana.

— J'ai changé le bénéficiaire, dit-elle. Tu n'aurais jamais vu la couleur de ce million de dollars. Ton père a signé un document bidon avec ton nom dessus et je lui ai fait signer une autre page, sur laquelle j'ai mis mon nom. C'est moi qui toucherai l'argent de l'assurance.

— Que tu partageras avec moi, dit une autre voix que Molly reconnut.

Brandt revint à lui avec une migraine épouvantable.

Il entendit des voix un peu plus loin. Il se releva péniblement et se mit en route en titubant un peu. Tant que des gens parlaient, il y avait une chance que Molly soit encore en vie.

Molly se tourna vers Jessica Woods, la prétendue enquêtrice paranormale que Georgia lui avait présentée. Comme Georgia, Jessica était armée. Molly se souvint du moment, à l'hôtel, où elle les avait suspectées de tramer quelque chose dans son dos. Sur le coup, elle s'en était voulu d'avoir une pensée aussi mesquine. Elle savait maintenant que son instinct avait vu juste – mais elle le comprenait trop tard pour que cela lui serve à quoi que ce soit.

— Vous faisiez toutes les deux semblant de chercher Rowdy, dit-elle.

— Oh ! on ne faisait pas semblant ! répondit Georgia. On avait vraiment besoin de mettre la main sur Rowdy et de le détruire avant que quelqu'un le retrouve. Avec tous tes bons sentiments, tu n'as fait que nous compliquer les choses. Aurais-tu vraiment renoncé à un million de dollars pour m'aider ?

— Oui. Tu étais mon amie. Je ne voulais pas que tu perdes ton emploi.

Georgia éclata de rire.

— Je te l'avais dit, Jessica ! C'est une sainte, et on ne trouve pas plus crédule. Le shérif et elle font vraiment la paire.

— Je vois que tu as ton téléphone, dit Jessica. Ne te donne pas la peine de l'appeler. Je suis tombée sur le shérif dans les bois et je me suis occupée de lui.

Le cœur de Molly manqua un battement. Qu'avait fait Jessica ? Personne d'autre que le shérif ne viendrait la sauver.

— L'adjoint du shérif faisait aussi partie de ton plan ? demanda-t-elle à Georgia, surprise que sa voix ne tremble presque pas.

— Jaden ? C'était une distraction et une source d'information. C'est grâce à lui que j'ai découvert l'existence de ces demandes de rançon.

— Ne traînons pas ici, intervint Jessica. Prends la marionnette et va-t'en. Je finirai le boulot. Laisse l'étui. Comme ça personne ne saura jamais s'il contenait la marionnette.

Finir le boulot ?

— C'est bien dommage que ton oncle t'ait tuée, Molly, dit Georgia. Au moins, tu as eu le temps de tirer un coup de feu et de le tuer aussi. Jaden trouvera une arme avec vos empreintes près de chacun de vous. Tu n'aurais pas dû venir ici toute seule. Je serai dévastée quand j'apprendrai la nouvelle. On était devenues de si bonnes amies...

Au moment où Georgia ouvrait l'étui de Rowdy, Molly vit

la main de Gage bouger. Il y eut un coup de feu, et Georgia s'effondra. Jessica jura et se précipita vers sa complice par réflexe.

Molly en profita pour se jeter sur elle et essayer de lui arracher son arme.

Quand la détonation retentit, Brandt se mit à courir. Il lui avait fallu trop de temps pour revenir à lui... En débouchant dans la clairière, il repéra aussitôt Gage et Georgia étendus près de l'étui de Rowdy.

Deux secondes plus tard, il vit un mouvement du coin de l'œil et se retourna. Molly et Jessica se battaient par terre et Jessica avait une arme à la main.

Il fonça vers elles sans oser tirer, de peur de toucher Molly. Alors qu'il hésitait, un coup de feu retentit.

Pendant quelques instants, tout se figea. Brandt cligna des yeux. Jessica était toujours au-dessus de Molly... mais Molly lui arracha son arme et Jessica s'effondra à côté d'elle.

Brandt se précipita auprès de Molly.

— Es-tu blessée ? s'écria-t-il, terrifié de la voir couverte de sang.

Le soulagement l'étourdit quand elle secoua la tête.

— J'ai tout, répondit-elle alors qu'il la prenait dans ses bras.

Ce ne fut que bien plus tard, après l'arrivée des renforts et le départ de Gage pour l'hôpital, lorsque Molly et lui se retrouvèrent dans son bureau, qu'il comprit ce qu'elle avait voulu dire par là.

Elle avait tout enregistré sur son téléphone.

26

Brandt écouta l'enregistrement de Molly une deuxième fois. Il contenait les aveux de Gage, mais aussi ceux de Georgia et de Jessica.

Quand Molly lui avait dit qu'elle était sûre d'avoir entendu Rowdy chanter, il avait fouillé toutes les chambres de l'étage et il avait trouvé le petit magnétophone dans le conduit d'aération de l'une d'elles.

Il avait maintenant presque tout ce dont il avait besoin pour libérer Cecil et arrêter le véritable assassin de Seth Crandell, alias Clay Wheaton.

Il ne lui manquait qu'une preuve matérielle.

Molly était à l'hôtel, sans doute en train de faire ses valises. Il ramassa son stetson et partit à Eureka.

Tom Sherman parut surpris de le voir entrer dans son bureau.

— Brandt ? dit-il en se levant. J'ai appris que tu avais arrêté le meurtrier de Seth. Félicitations.

— Je vois que les dernières nouvelles ne te sont pas parvenues, répondit Brandt. Cecil Crandell ne l'a pas tué.

— Je croyais que tu avais trouvé l'arme du crime...

— Grâce à un coup de fil anonyme.

— Ça devrait être suffisant pour le faire condamner, non ?

— Les techniciens de la police scientifique sont en train d'examiner l'arme en ce moment même. Vois-tu, les assassins pensent avoir tout nettoyé, mais ils oublient toujours un endroit. On a juste besoin d'une empreinte claire.

Tom s'appuya sur son bureau. Pour cacher sa nervosité ?

— Je suppose que le meurtrier de Seth a eu peur qu'il n'y ait pas assez de preuves contre Cecil malgré les aveux de celui-ci, poursuivit Brandt. De fait, il arrive souvent que des gens avouent pour couvrir quelqu'un d'autre.

— Son fils Gage, dit Tom. J'y avais pensé.

— Gage n'a pas tué Seth.

— Quoi ?

— Je vais avoir besoin de tes empreintes, Tom.

— Pourquoi ?

— Je parie qu'on trouvera aussi les empreintes de Seth dans ta voiture. Tu l'as rencontré une première fois avant d'aller le tuer, n'est-ce pas ? T'a-t-il raconté ce qui s'était passé le soir de la mort de ta sœur ou a-t-il continué à couvrir son frère Ty ?

— Tu ne peux pas prouver que...

— Justement, je crois que si. J'ai oublié de te dire que j'avais aussi trouvé le magnétophone de Seth, celui sur lequel il enregistrait des chansons de Rowdy. Je suppose que c'est ça que les Thompson ont entendu le soir du meurtre. Tu l'as allumé pour leur faire croire que Seth était encore en vie. Est-ce pour faire peur à Molly que tu l'as réglé pour pouvoir le déclencher à distance ? Dans ce cas, tu as gravement sous-estimé sa détermination. Et es-tu sûr de ne pas avoir laissé d'empreintes sur le magnétophone ?

— Tu ne peux rien prouver, dit Tom avec une assurance qui sonnait faux.

Brandt appela son adjoint, qui attendait dans le couloir.

— Jaden ! Peux-tu lire ses droits à M. Sherman, s'il te plaît ?

Tom craqua à cet instant.

— Il fallait que quelqu'un rende justice à Ruby, puisque ton père ne l'a pas fait, dit-il en s'effondrant dans son fauteuil.

— Sauf que tu as tué la mauvaise personne. C'est Ty qui était responsable de la mort de ta sœur, pas Seth. Je suppose que c'est pour ça que Ty s'est suicidé.

Tom écarquilla les yeux.

— Je veux un avocat !

— Je suis sûr que tu en connais un.

Brandt regarda Jaden menotter Tom, puis l'entraîner hors de son bureau après lui avoir lu ses droits. Toute cette histoire était une tragédie. Si Cecil n'avait pas laissé son arme dans la chambre d'hôtel, Tom n'aurait peut-être pas tué Seth.

L'ironie était que Tom n'aurait eu qu'à attendre quelques semaines pour que Seth meure naturellement… Mais se serait-il senti privé de sa vengeance ?

27

— Je ne veux pas que tu partes.

Molly se tourna vers Brandt dans l'aéroport de Kalispell et lui sourit. Après tout ce qui s'était passé, il lui avait fallu un moment pour réussir à sourire de nouveau.

L'arrestation de Tom Sherman avait stupéfié le comté. Ses empreintes avaient été trouvées sur le magnétophone et sur l'arme.

Les habitants de Fortune Creek avaient été encore plus choqués d'apprendre que Georgia Eden était une criminelle. Comme Molly, ils étaient tous tombés sous son charme. Georgia avait dupé tout le monde.

— Quelque chose me dit qu'on se reverra bientôt, répondit-elle à Brandt en ramassant l'étui de Rowdy après avoir fait enregistrer sa valise.

— Pas assez vite à mon goût.

Il prit son visage entre ses mains et l'embrassa tendrement.

— C'est vraiment nécessaire ? demanda-t-il quand il s'écarta.

— Je tiens à livrer Rowdy au musée personnellement, répondit-elle.

Au moins, cette partie de l'histoire de Georgia était vraie. Molly donnerait l'argent à Gage, qui lui avait sauvé la vie. Il était encore à l'hôpital, mais les médecins pensaient qu'il se rétablirait complètement. Molly voulait lui offrir la possibilité de quitter le ranch dans lequel il s'était senti piégé pendant des décennies.

— Tu sais qu'il ne partira sans doute pas, dit Brandt comme s'il avait lu dans ses pensées.

— Peut-être pas. Je pense qu'il ne mesure pas à quel point il est lié à sa famille et à ses terres. Mais j'aime l'idée que Rowdy lui offre une nouvelle vie, puisqu'il l'a sauvé.

— Je n'ai jamais cru que tu le détruirais, dit Brandt.

Elle esquissa un sourire triste et se demanda s'il avait raison.

— Il a fallu que mon père soit assassiné pour que je fasse sa connaissance. J'aimerais tant qu'il sache à quel point j'en suis désolée...

— Tu as risqué ta vie pour sauver Rowdy, qui va désormais habiter un musée, alors je crois que ton père le sait.

Elle se mit à pleurer, et Brandt la prit dans ses bras. Quand l'embarquement de son vol commença, elle essuya ses larmes.

— Si tu repasses à Fortune Creek, fais-moi signe, lui dit Brandt.

Sur le chemin du retour, Brandt s'arrêta dans une librairie et acheta *À l'est d'Eden*. Contrairement à Ash, il n'était pas sûr de l'avoir vraiment lu au lycée. Il ne s'intéressait qu'au rodéo, à cette époque.

Quand il eut terminé de lire cette histoire de rivalité entre deux frères, trois jours plus tard, il songea à Gage Crandell, qui avait quinze ans l'année où Seth s'était engagé dans l'armée et où Ty s'était tué.

Gage avait-il une raison de coincer la porte avec ce livre ou l'avait-il choisi au hasard ?

Il emporta le livre à l'hôpital.

— As-tu lu ça ? demanda-t-il à Gage.

Gage secoua la tête.

— Tu devrais, dit Brandt en lui tendant le roman. Tu te sentiras peut-être moins seul.

28

Helen, qui donnait à boire à Fantôme, fut la première à la repérer.

Brandt l'entendit pousser un cri et leva les yeux. Helen, qui avait toujours dit qu'elle n'aimait pas les chiens, tenait dans ses bras la boule de fourrure minuscule qui avait été récupérée dans la caravane de Jessica.

Brandt avait proposé de confier Fantôme à un refuge, mais Helen s'était insurgée, et la chienne et elle étaient inséparables depuis. Cela avait surpris Brandt – mais pas autant que d'apprendre que Jessica était réellement une chasseuse de fantômes. En revanche, on ignorerait sans doute toujours comment Georgia et elle s'étaient rencontrées.

— Regardez-moi ça ! s'écria Helen.

Il tourna la tête vers la fenêtre et vit Molly à côté d'une voiture qui semblait neuve. Elle était revenue ?

À chaque fois qu'ils s'étaient parlé, ces dernières semaines, elle lui avait dit qu'elle réglait ses affaires. Il n'avait pas fait pression sur elle. À vrai dire, il n'imaginait pas ce qu'une femme comme elle ferait à Fortune Creek. Tiendrait-elle seulement une semaine si elle revenait ?

Il s'était interdit d'espérer… mais elle était bien là.

Il poussa la porte avec un sourire si grand qu'il en avait mal aux joues.

Dehors, l'été s'était lentement frayé un chemin jusqu'à Fortune Creek. Le ciel était d'un bleu éblouissant et l'air si lumineux qu'il en vibrait. Les gens tombaient amoureux du Montana pendant l'été.

— Tu es revenue, lui dit-il.

— Comment aurais-je pu ne pas revenir ?

Il regarda la voiture, qui était remplie de sacs et de cartons.

— On dirait presque que tu emménages.

Au lieu de répondre, elle s'approcha de lui et l'embrassa.

Brandt sentit son cœur prendre son envol comme l'aigle qu'il avait vu dans la matinée.

— Mais que vas-tu donc faire à Fortune Creek ? lui demanda-t-il.

— Après t'avoir épousé, tu veux dire ? Tu vois ce bâtiment, là-bas ? Je le veux. J'ai l'intention d'ouvrir une boutique.

Il haussa un sourcil.

— Ne t'en fais pas, ajouta-t-elle. Je suis analyste financière. Je sais ce que je fais.

Il éclata de rire.

— Si c'était vrai, tu n'envisagerais pas d'épouser le shérif d'une petite ville.

Molly pressa de nouveau ses lèvres contre les siennes.

Le jour où leurs enfants lui poseraient la question, Brandt leur dirait que c'était ce baiser qui avait tout fait, que leur mère l'avait conquis grâce à un baiser magique.

— Demandez-la en mariage, idiot, lui lança Helen depuis le pas de la porte.

Quand il s'écarta de Molly, il vit que la moitié des habitants étaient dans la rue. Il était vrai qu'il se passait si peu de choses à Fortune Creek que la naissance d'un veau était un grand événement.

Il posa un genou à terre et sortit de sa poche la bague qui s'y trouvait depuis des semaines.

— Molly, acceptes-tu de devenir ma femme ?

— J'ai cru que tu ne me le demanderais jamais.

Elle l'aida à se relever et se blottit dans ses bras. Certains de ceux qui les regardaient applaudirent, les autres retournèrent à leur train-train. Helen rentra dans le bureau avec sa chienne.

Brandt se demanda combien de personnes feraient des paris sur la longévité de leur mariage. Il pouffa. Il avait un bon pressentiment et il était prêt à miser sur eux.

Il y aurait un mariage à Fortune Creek ! Il avait hâte de passer le reste de sa vie auprès de cette femme.